Melissa Foster

Bei Rückkehr Liebe

DIE BRADENS

DIE AUTORIN

Melissa Foster ist eine preisgekrönte *New-York-Times-* und *USA-Today*-Bestsellerautorin. Ihre Bücher werden vom *USA-Today-Bücherblog*, vom *Hagerstown Magazin*, von *The Patriot* und vielen anderen Printmedien empfohlen. Melissa hat mehrere Wandgemälde für das *Hospital for Sick Children*, eine Kinderklinik in Washington, D. C., gemalt.

Besuchen Sie Melissa auf ihrer Website oder chatten Sie mit ihr in den sozialen Netzwerken. Sie diskutiert gern mit Lesezirkeln und Bücherclubs über ihre Romane und freut sich über Einladungen. Melissas Bücher sind bei den meisten Online-Buchhändlern als Taschenbuch und E-Book erhältlich.

www.MelissaFoster.com

Melissa Foster

Bei Rückkehr Liebe

Die Bradens

Love in Bloom – Herzen im Aufbruch

Aus dem Amerikanischen von Rita Kloosterziel

Die Originalausgabe erschien erstmals 2014 unter dem Titel
»Flirting with Love – The Bradens« bei World Literary Press, MD, USA.

Deutsche Erstveröffentlichung
2016 bei World Literary Press, MD, USA
© 2014 der Originalausgabe: Melissa Foster
© 2016 der deutschsprachigen Ausgabe: Melissa Foster
Lektorat: Judith Zimmer, Hamburg
Umschlaggestaltung: Natasha Brown

ISBN: 9781941480397

Für Gracie, 2002–2014
*Und für Jim und Mikki, die nicht aufhören,
ihren »Kaffeehund« zu lieben.*

Vorwort

In *Bei Rückkehr Liebe* lernen Sie Ross Braden und Elisabeth Nash kennen. Elisabeth ist erst vor Kurzem auf der Suche nach einem besseren Leben nach Trusty in Colorado gezogen. Und mit etwas Glück findet sie vielleicht die Liebe, von der sie immer geträumt hat. Elisabeth stammt aus Los Angeles, einer ganz anderen Welt als die Kleinstadt, in der Ross aufgewachsen ist und in der er seine Tierarztpraxis betreibt. Dates mit Frauen aus Trusty sind für ihn tabu – und ganz ohne es zu wollen, stellt Elisabeth seine Entschlossenheit auf die Probe, sich an diese Regel zu halten. Also: Machen Sie es sich mit einer Tasse Kaffee gemütlich – Sie dürfen auf ein romantisches Abenteuer gespannt sein.

Falls dies Ihr erstes Buch über die Bradens ist, haben Sie eine ganze Familie von unverschämt sinnlichen und ganz schön unanständigen Bradens aufzuholen, die füreinander durchs Feuer gehen würden. Die ersten sechs Bände handeln von den Bradens in Weston, Colorado. Die Bradens in Trusty sind ihre Cousins und Cousinen, von denen Sie bereits Luke, Wes und Pierce in den ersten drei auf Deutsch erschienenen Büchern kennenlernen konnten. Sie alle gehören zur Reihe *Love in Bloom – Herzen im Aufbruch*, die noch einige weitere heiße Heldinnen und Helden zu bieten hat. Die Figuren aus den einzelnen Serien *(Snow Sisters, The Bradens, The Remingtons* und *Seaside Summers)* tauchen auch in den weiteren Bänden auf, sodass Sie sich immer auf ein Wiedersehen freuen können.

Bei Rückkehr Liebe ist das zehnte Buch über die Bradens, das achtzehnte Buch der Reihe *Love in Bloom – Herzen im Aufbruch* und das vierte, das auf Deutsch erscheint. Es kann unabhängig von den anderen Bänden gelesen werden, aber wer noch mehr Lesespaß haben will, sollte auch die anderen Bücher kennenlernen. Weitere Bände in deutscher Sprache sind in Vorbereitung. Am Ende des Buches finden Sie eine vollständige Liste aller *Herzen im Aufbruch*-Titel.

Melissa Foster

Eins

Ross Braden legte Flossie, eine gebrechliche getigerte Katze mit dünnem Fell und schwermütigem Blick, in die Arme ihrer Besitzerin. Nach mehr als drei Jahrzehnten als Leiterin der Stadtbücherei von Trusty, einer Kleinstadt in Colorado, war Alice Shalmer seit Kurzem im Ruhestand. Sie lebte am Stadtrand und hatte sieben Katzen, doch die fünfzehn Jahre alte Flossie war ihr erklärter Liebling.

Alice drückte sich die Katze an die schmale Brust und vergrub die spitze Nase und das knochige Kinn in ihrem Fell. »Was meinst du, Ross, wird mir mein altes Mädchen noch ein Jahr erhalten bleiben?«

Nein, Ross glaubte nicht daran, doch das wusste Alice längst. Dieses Frage-und-Antwort-Spielchen trieben sie schon seit Monaten. Warum sollte er das Unvermeidliche aussprechen und ihr unnötigen Schmerz bereiten?

»Das hoffe ich doch sehr«, erwiderte Ross. Er hoffte es wirklich.

Lächelnd schob Alice ihre schwarz umrandete Brille auf der Nase zurecht. Mit der zufrieden schnurrenden Flossie auf dem Arm verließ sie den Behandlungsraum und zog die Tür hinter sich zu. Es war Freitagmorgen. Ross war der einzige Tierarzt in Trusty und hatte noch einen langen Tag vor sich, doch das machte ihm nichts aus. Der Freitag war weniger stressig als die anderen

Wochentage, weil er nur die routinemäßigen Gesundheitschecks erledigte. Und dann waren es nur noch ein paar Stunden bis zum Freitagabend. In Gedanken ging er schon die verschiedenen Möglichkeiten durch, was er mit dem Abend anstellen wollte. Vielleicht rief er einen seiner Brüder an und traf sich mit ihm auf ein Bier in der Stadt. Oder er fuhr in die eine oder andere Nachbarstadt von Trusty und traf sich mit einer der Handvoll von Frauen, mit denen er in den letzten Monaten ausgegangen war und verlor sich für ein paar Stunden in ihr. Ross verabredete sich nicht mit Frauen aus seiner Heimatstadt, hier gab es schon mehr als genug Klatsch und Tratsch. Er behielt sein Privatleben lieber für sich und zog es vor, eine halbe Stunde mit dem Auto zu fahren, um ungestört zu sein.

»Ross?« Kelsey Trowell steckte den Kopf in das Behandlungszimmer, in dem sich Ross gerade die Hände wusch. Sie hatte ihr langes, dunkles Haar nachlässig zu einem Pferdeschwanz gebunden. Kelsey war Mitte zwanzig und schminkte sich nur selten. In den für Trusty üblichen Jeans, Cowboystiefeln und T-Shirt sah sie aus wie achtzehn. Sie war intelligent, tüchtig und einfach richtig süß. Und da sie außerdem eine der wenigen Frauen in der Umgebung war, die nicht nach einem Mann Ausschau hielt und nicht die Absicht hatte, Ross als einen der letzten alleinstehenden Braden-Brüder in den Hafen der Ehe zu zerren, war sie die ideale Besetzung für die Stelle als Sprechstundenhilfe in seiner Praxis.

»Ja, was gibt's?«

Knight, einer der drei Labradorhunde von Ross, kam gleich hinter Kelsey ins Behandlungszimmer. Sie streichelte sein dichtes schwarzes Fell, als er sich an ihr vorbeidrängte.

»Ich habe der Zwei-Uhr-Patientin gesagt, dass sie schon um zehn kommen kann. Sie hatte vergessen, dass sie einen Frisörtermin hat, und sie konnte ihn nicht mehr verlegen.«

Ross zog eine Augenbraue hoch und griff sich eine Patientenkarte. »Na, wir wollen ja nicht, dass Mrs. Mace ihren Frisörtermin verpasst, oder? Ist schon in Ordnung.«

Kelsey trat einen Schritt zur Seite, als sich Sarge, Ross' drei Jahre alter blonder Labrador, zu Knight gesellte, der sich zu Füßen seines Herrchens niedergelassen hatte. Ross' Jungs folgten ihm auf Schritt und Tritt. »Soll ich die Jungs mit nach vorne nehmen, damit du Tracie Smith mit ihrem neuen Silky Terrier hereinholen kannst? Ihre Tochter Maddy ist so süß. Sie schleppt den Welpen die ganze Zeit auf dem Arm herum, seit sie ihn bekommen haben. Ach so, und die beiden Patienten, die danach dran sind, sind auch schon da. Heute sind anscheinend alle ein bisschen zu früh dran. Soll ich sie schon mal in die anderen Behandlungszimmer bringen?«

Ross blickte von den Aufzeichnungen auf, die er gerade durchsah. Es war zwanzig vor neun und Tracie hatte einen Termin für Viertel vor neun. »Nein. Ich muss mal schnell nach oben. Wenn ich runterkomme, hole ich Tracie und Maddy.« Er schlug den Hefter zu. »Justin Bieber? Tracie hat ihren Welpen Justin Bieber getauft?« Tracie war in Trusty aufgewachsen, sie war ein paar Jahre jünger als Ross. Justin Bieber war der erste Welpe, den sich die Familie angeschafft hatte. »Maddy hat den Namen ausgesucht«, sagt Kelsey und fügte im Flüsterton hinzu: »Das kommt dabei heraus, wenn man so was einer Achtjährigen überlässt.«

Auf der Hintertreppe nahm Ross zwei Stufen auf einmal, während Sarge und Knight ihm dicht auf den Fersen waren. Sein Wohnhaus und die Tierarztpraxis waren durch eine vordere und eine rückwärtige Treppe miteinander verbunden und es gab auch eine Tür, die von der Praxis aus unmittelbar in seine Küche führte. Das Grundstück war mehr als einen Hektar groß und man hatte einen wunderbaren Ausblick auf die Colorado Mountains. Ross schnappte sich sein Handy vom Nachttisch und warf Ranger, dem zweijährigen blonden Labrador, der auf seinem Bett lag und so tat, als würde er schlafen, einen finsteren Blick zu.

»Runter da!«

Ranger öffnete ein Auge und gähnte. Dann krabbelte er zur Bettkante und ließ sich zu Boden gleiten. Seit sechs Jahren arbeitete Ross als Tierarzt und Trainer bei »Partner mit vier Pfoten« mit, einem Ausbildungsprogramm für Assistenzhunde, das im Gefängnis von Denton durchgeführt wurde. Denton lag vierzig Meilen westlich von Trusty. Es fiel ihm schwer, sich von den Hunden zu trennen, die die Abschlussprüfung nicht schafften – daher die drei Jungs.

Ranger kletterte in seinen Hundekorb und schloss die Augen. Ross ging die Vordertreppe hinunter in den Anmeldebereich der Praxis, mit Sarge und Knight im Schlepptau. Wenn er seine Patienten untersuchte und sich mit ihren Besitzern unterhielt, warteten sie vor dem jeweiligen Behandlungszimmer, doch wenn er in der Lobby war, wichen sie ihm nicht von der Seite.

Maddy Smith sprang auf und hielt ihm mit einem strahlenden Lächeln in den Augen ihren Silky Terrier entgegen. »Sehen Sie nur, Dr. Braden, das ist unser Welpe! Er heißt Justin Bieber. Den Namen hab ich ausgesucht. Ist er nicht süß, unser Justin?« Tracie legte ihrer aufgeregt plappernden Tochter die Hand auf die Schulter und zuckte die Achseln. »Der Name gefiel ihr so gut.« Tracie befreite Maddys feuerrote Haare, die sich mit Justin Biebers Leine verheddert hatten.

»Der Name ist prima«, sagte Ross und streichelte den hübschen Welpen, während der Berner Sennenhund Mack, Ross' Neun-Uhr-Patient, seine Beine beschnupperte.

»Wie geht's, Dr. Braden?« David, Macks Besitzer, nickte ihm zu.

»Gut, David, ich kann nicht klagen. Ich kümmere mich gleich um Mack. Danke für Ihre Geduld.«

An der Anmeldung unterhielt sich Kelsey gerade mit Janice Treelong. Mit einer Hand hielt Janice ihre Katze, mit der anderen ihren kleinen Sohn Michael. Dass drei Patienten warteten, machte Ross nichts aus. Freitage waren die leichten Tage.

Da stürmte plötzlich eine Frau mit einem laut quiekenden Ferkel auf dem Arm herein. Sie versuchte verzweifelt, das sich windende Tier zu bändigen.

»Kann mir bitte jemand helfen? Es tut mir leid, aber irgendwas stimmt nicht mit ihm. Ich weiß nicht, was ich machen soll.« Sie beugte sich über den Anmeldetresen und ihr langes blondes Haar fiel ihr ins Gesicht, als sich das Ferkel ihrem Griff entwand und quiekend über den Tresen rannte. Janice' Sohn kreischte, was die Katze auf ihrem Arm in Panik versetzte. Sie sprang zu Boden und sauste in großen Sätzen den Flur hinunter. Knight sah aus, als wollte er der Katze nachjagen, während Sarge Anstalten machte, auf den Tresen zu klettern, um an das Ferkel heranzukommen, das Kelsey zu fangen versuchte. Ross hätte die Blondine gerne genauer betrachtet, doch zuerst musste er sich um das Chaos kümmern, das sich vor seinen Augen ausbreitete.

»Aus«, befahl Ross mit tiefer ruhiger Stimme und nahm Maddy den zappelnden Justin Bieber ab, damit nicht noch ein Tier entwischte und frei herumlief. Sarge und Knight setzten sich schwanzwedelnd und winselnd auf ihr Hinterteil. Als gelernte Assistenzhunde gehorchten sie Ross aufs Wort. Er erlebte nicht zum ersten Mal, dass sich Tiere gegenseitig zur Raserei brachten, und er hatte sich schon vor langer Zeit dieses ruhige Verhalten angewöhnt, um die Tiere zu besänftigen und dafür zu sorgen, dass sie nicht allzu gereizt wurden.

»Bleib.« Ross warf einen Blick auf die Hunde – und dann auf die Blondine.

David hatte alle Mühe, Mack an seiner Leine festzuhalten, der ebenfalls versuchte, der Katze nachzujagen.

Janice zeigte in den Flur, in dem ihre Katze verschwunden war, und Ross nickte. »Geh nur.«

»Kelsey, du übernimmst das Ferkel«, wies er seine Sprechstundenhilfe an.

»Bin schon dabei.« Kelsey versuchte, das quiekende Ferkel zu packen.

Mit Justin Bieber unter einem Arm stand Ross zwischen Mack und dem Anmeldetresen.

»David, können Sie Mack bitte in Raum zwei bringen?« Drei

Tiere hatten sie unter Kontrolle. Blieb noch eines übrig.

»Klar, mach ich«, sagte David und zerrte den widerwilligen Mack den Flur hinunter.

Ross reichte Justin Bieber an Tracie weiter. »Raum drei, okay? Ich komme gleich nach.«

»Ja sicher, okay.« Tracie schnappte sich Justin Bieber, nahm Maddy bei der Hand und verschwand mit Hund und Tochter im Flur.

»Es tut mir so leid! Ich wusste nicht, was ich machen sollte, und ich konnte keinen Transportkorb für ihn finden und –«

Ross wandte sich zu der Frau um, die dieses Chaos in seiner Klinik angerichtet hatte. Oder besser gesagt: zu der hinreißend aussehenden Frau mit Haaren, die so seidig waren, dass sie das Licht in mindestens sieben Blondschattierungen reflektierten, und Augen so grün wie Knospen im Frühling. Heiliger Strohsack, sie war wunderschön und kam ganz sicher nicht aus Trusty. Auch in Trusty gab es schöne Frauen, aber keine von ihnen hatte so makellose Haut und derart verführerische Rundungen, dass sie aussah, als sei sie geradewegs einer Modezeitschrift entstiegen.

»Okay, hab ihn. Raum vier.« Kelsey hatte das Ferkel in die Kapuzenjacke gewickelt, die über der Rückenlehne ihres Schreibtischstuhls gehangen hatte. Sie trug es den Flur hinunter in den letzten freien Behandlungsraum.

»Es tut mir so leid. Ich wollte nicht ein derartiges Chaos veranstalten. Er frisst nicht und ich habe schon alles versucht. Ich konnte keinen Korb oder so was finden und –«

»Schon okay. Wir kümmern uns um ihn. Entspannen Sie sich. Atmen Sie tief durch.« Sein Tag war gerade tausendmal besser geworden. Auch er holte tief Luft, um sein wachsendes Interesse in Schach zu halten.

Sie nickte, schloss dann die Augen und atmete ein paarmal tief ein und aus. Ross nutzte diese wenigen Augenblicke und ließ seinen Blick über ihren Körper gleiten. Sie hatte nichts Enganliegendes oder besonders Freizügiges an: eine schlichte

Bauernbluse mit Spitze an den Ärmeln und Jeans, die sie in flache braune Stiefel gestopft hatte. Sie war ein Stück kleiner als Ross, vielleicht eins fünfundsiebzig oder eins achtundsiebzig, nahm er an, und als sie die Augen aufmachte und ihn anlächelte, war es, als würde ihn ein Stromstoß mitten ins Herz treffen.

»Jetzt geht's schon besser«, hauchte sie. »Es tut mir wirklich leid.«

»Ist schon okay. Ich nehme an, es ist nicht Ihr Ferkel?«

»Doch, es gehört mir. Ich meine, jetzt gehört es mir. Ich habe gerade die kleine Farm meiner Tante Cora übernommen und das Ferkel gehörte ihr, daher nehme ich an, dass es jetzt mir gehört.«

Sie ließ den Blick durch das leere Wartezimmer schweifen und obwohl sie die Stirn gerunzelt hatte, sah sie immer noch aus, als sei sie glücklich. Sie legte ihre Hand leicht auf Ross' Unterarm. Ross hatte sich angewöhnt, zu den Besitzern und Besitzerinnen seiner Patienten auf Distanz zu bleiben, und normalerweise fiel es ihm nicht schwer, diese professionelle Haltung einzunehmen. Nun blickte er auf die Hand auf seinem Arm hinunter und seine Mundwinkel zuckten, obwohl er sich alle Mühe gab, unbeteiligt zu wirken. Sein unkomplizierter Tag wurde plötzlich ziemlich kompliziert.

»Meinen Sie Cora Aslin, die Cora von Trusty Pies?« Cora hatte eine kleine Farm besessen und ein Geschäft mit selbst gebackenen Kuchen betrieben, bis sie vor ein paar Wochen plötzlich und unerwartet gestorben war. Ross' und ihr Grundstück grenzten aneinander, dazwischen gab es nur ein Wäldchen aus Weidenbäumen. Ross hatte Cora gut gekannt und sie hatte oft von ihrer Nichte gesprochen. In einer Stadt wie Trusty gab es keine Geheimnisse, hier verbreiteten sich Gerüchte schneller als der Wind. Man erzählte sich hinter vorgehaltener Hand, dass Coras Schwester ihre Tochter zu einer arroganten jungen Frau herangezogen hatte, wie man sie nur in Kalifornien findet. Nun, jedenfalls sah sie ganz wie das typische California Girl aus.

»Mein Beileid«, sagte Ross. »Cora war ein wunderbarer

Mensch.«

»Ja. Ich habe sie sehr geliebt und vermisse sie schrecklich.« Sie sah sich im Wartezimmer um. »Nun habe ich alle Ihre Patienten verjagt. Tut mir leid. Dann setze ich mich in …« Sie zeigte mit dem Daumen den Flur hinunter. »Zimmer vier?«

»Ja, Zimmer vier ist richtig.« Er streckte ihr die Hand entgegen. »Ich bin übrigens Ross Braden.«

»Ach, entschuldigen Sie, ich habe mich gar nicht vorgestellt. Ich bin Elisabeth Nash.« Sie legte ihre Hand in seine und drückte sie leicht. Genauso hatte Cora ihn immer begrüßt und die Erinnerung versetzte ihm einen traurigen Stich.

»Elisabeth«, wiederholte er.

»E-liss-abeth.«

Ross zog eine Augenbraue hoch. »Natürlich. Entschuldigung. E-liss-abeth.« Vielleicht stimmte es doch, was die Gerüchteküche über sie zu berichten wusste.

Elisabeth saß auf dem Boden und sang dem Ferkel, das sich inzwischen beruhigt hatte, ein leises Lied vor, als Dr. Braden ins Untersuchungszimmer trat. Dr. Brandheiß-und-sexy, der jeden Tumult ohne mit der Wimper zu zucken in den Griff bekam. Er sah mit rabenschwarzen Augen fragend auf sie hinunter und fuhr sich mit der Hand durch das dichte dunkle Haar, sodass sie einen raschen Blick auf die unwiderstehlichen Geheimratsecken erhaschte, bevor ihm das Haar wieder in die Stirn fiel. Er hockte sich neben sie und die Temperatur im Raum stieg merklich an.

»Einem Ferkel etwas vorsingen – das ist eine neue Taktik. Normalerweise summt und brummt man nur. So machen es auch die Mutterschweine, wenn sie sie beruhigen wollen.«

»Ich hab mich schon gefragt, warum ihm das so gut gefiel«, flüsterte sie. »Er ist eingeschlafen.« Sie griff nach einer Strähne ihres langen Haares und wickelte sie sich um den Finger, doch dann merkte sie, wie kokett diese Geste wirken musste, und ließ die Hand wieder sinken. Sie war bei einer Mutter aufgewachsen, der das Äußere über alles ging und die ihre weiblichen Reize schamlos einsetzte, wenn sie etwas wollte. Elisabeth hatte sich viel Mühe gegeben, nicht in ihre Fußstapfen zu treten, doch manchmal kehrte die nervöse Angewohnheit zurück.

Einen Augenblick lang starrte Ross sie einfach an, dann glitt sein Blick langsam an ihren Beinen entlang zu dem Ferkel, das zu ihren Füßen lag. Sie fühlte sich nackt unter seinem Blick.

»Er ist völlig erledigt. Wann ist er geboren?«, fragte er. Seine tiefe Stimme fühlte sich an wie ein sanftes Streicheln auf ihrer Haut, egal wie sachlich sein Ton war.

Es überraschte sie, wie ihr Körper auf ihn reagierte, sich für seine Stimme, seinen Blick erwärmte. Sie war gut aussehende Männer gewohnt. In Los Angeles sahen selbst die Müllmänner aus wie Fotomodelle, doch Ross gab sich überhaupt keine Mühe, gut auszusehen. Er hatte dichte dunkle Brauen, die zur Nasenspitze hin etwas schräg verliefen, und seine Wimpern waren so dicht und lang, dass sein Blick etwas Verführerisches hatte. Und er hatte einen Dreitagebart. Warum zum Teufel musste er einen Dreitagebart haben? Ein Dreitagebart ließ den Sexy-Faktor rasant in die Höhe schnellen. Elisabeth hatte die Erfahrung gemacht, dass Männer, die sich nicht anstrengen mussten, um gut auszusehen, besonders egozentrisch waren und kaum einen Funken Interesse für andere aufbrachten. Und sie waren besonders unwiderstehlich. Nicht, dass sie allzu viel Erfahrung in dieser Hinsicht hatte, sehr zum Verdruss ihrer Mutter. *Du bist zu wählerisch*, sagte sie immer. Elisabeth war immer eher mit Hunden und Katzen verabredet als mit Männern.

»Er ist ungefähr ein paar Wochen alt, ich weiß es nicht genau. Es tut mir leid. Gibt es hier in der Nähe einen Tierarzt für Schweine, zu dem ich hätte fahren sollen? Ich habe Tante Coras Adressbuch durchgesehen und unter Tierarzt standen nur Ihr

Vorname und Ihre Anschrift: Ross, Staynor Way 15. Sie sind ja praktisch gleich nebenan, also bin ich in mein Auto gesprungen und hierhergekommen.«

»Wie haben Sie es geschafft, ihn lange genug ruhig zu halten, um ihn herzubringen?« Ross schob seine Hand vorsichtig unter das schlafende Ferkel und nahm es hoch. Dann stand er auf, während er es an die Brust gedrückt hielt. Das Ferkel wachte auf und quiekte und wand sich. Er klemmte es sich unter den Arm wie einen Fußball und ging zum Behandlungstisch.

»Wir haben bestimmt eine Viertelstunde lang auf Ihrem Parkplatz gestanden, als wir hier ankamen. Ich habe mich zu ihm auf die Rückbank gesetzt und ihm einfach gut zugeredet, bis er sich so weit beruhigt hatte, dass ich ihn packen und reinlaufen konnte.«

»Frisst er?« Ross sah Elisabeth nicht an, sondern konzentrierte sich auf das Ferkel und tastete seinen Bauch und die Beine ab, während sich der Patient nach Kräften gegen jede seiner Berührungen wehrte.

»Nein, nicht viel. Und er ist wirklich viel kleiner als die anderen Ferkel. Ich bekam es einfach mit der Angst zu tun, als er gar nicht mehr aufhörte zu kreischen oder zu quieken oder wie immer man das nennt.« Sie wusste nicht, ob es die Ernsthaftigkeit war, mit der Ross das Ferkel begutachtete, oder der vollendete Schwung seiner Lippen oder vielleicht die Art, wie sein Oberhemd sich über seinem Bizeps spannte – aber irgendwas ließ sie losplappern wie eine Idiotin. Die Tatsache, dass sie den Blick nicht von ihm wenden konnte, machte es nur noch schlimmer. *Ich stiere ihn an und rede dummes Zeug, als sei ich nicht ganz gescheit. Na prima!*

Plötzlich klopfte es an der Tür und Elisabeth erwachte aus ihrer Trance, in die Ross sie versetzt hatte.

»Komm rein, Kelsey«, sagte er, ohne einen Blick zur Tür zu werfen.

Die Sprechstundenhilfe trat ein und schloss die Tür hinter

sich.»Ich dachte, du könntest Hilfe gebrauchen.«

Elisabeth sah zu, wie die beiden Hand in Hand arbeiteten, als seien sie seit Jahren daran gewöhnt. Ross maß die Temperatur bei dem Ferkel und wog es, was für sich genommen schon eine sehenswerte Aktion war. Elisabeth überlegte, ob die beiden wohl ein Paar waren, obwohl Kelsey sehr jung aussah, während Ross wahrscheinlich etwa Mitte dreißig war. In Los Angeles wäre so etwas nichts Außergewöhnliches, aber was war schon außergewöhnlich in Los Angeles? Das war einer der Gründe, weshalb sie sich so darauf gefreut hatte, wieder nach Trusty zu kommen. Als sie das letzte Mal hier gewesen war, war sie noch ein Kind, doch sie hatte die Stadt seitdem immer mit einem Leben in Gesundheit und Frieden in Verbindung gebracht, und all ihre Hoffnungen und Träume kreisten darum, eines Tages hierher zurückzukehren.

Kelsey schlüpfte aus dem Behandlungsraum und kam kurz darauf mit einem Babyfläschchen wieder, das sie Ross reichte.

»Ich gebe Ihnen die Papiere mit, dann können Sie sie zu Hause ausfüllen. Sie können sie irgendwann im Laufe der kommenden Woche vorbeibringen«, sagte sie lächelnd zu Elisabeth. Dann meinte sie zu Ross gewandt:»Mrs. Mace hat angerufen und den Termin abgesagt. Ihrem Mann geht es wohl nicht so gut.«

Ross nickte, während er das sich windende Ferkel mit der einen Hand festhielt und ihm mit der anderen die Saugflasche ins Maul schob. Ein Mundwinkel zuckte und ließ sein ernstes Gesicht weicher erscheinen.

»Danke, Kelsey. Ich hoffe, es ist nichts Schlimmes.«

Schließlich waren sie wieder allein im Behandlungsraum und Ross lehnte sich gegen den Behandlungstisch. Endlich sah er Elisabeth an. Zunächst sagte er nichts, sondern verzog nur einen Mundwinkel zu einem angedeuteten Lächeln, das in ihrem Innern eine warme Woge auslöste.

»Er ist der Kümmerling des Wurfs, nehme ich an?« Das Ferkel saugte schnaufend und schmatzend an seinem Fläschchen. Ross hatte sich die Ärmel hochgekrempelt und seine Unterarmmuskeln spannten sich gegen das Gezappel des kleinen Tieres. Er ging sanft und doch energisch mit dem Ferkel um, eine Mischung, die Elisabeth magnetisch anzog. Unwillkürlich trat sie neben ihn.

»Ja, er ist viel kleiner als die anderen. Er heißt Kennedy.«

Das Lächeln, das sich nun auf seinem Gesicht ausbreitete, war nicht zu verkennen. »Kennedy?«

»Nun ja, ich finde, er ist stark, obwohl er so klein ist, ein bisschen wie Jackie O., aber er ist ein Junge, also kann ich ihn nicht Jackie nennen. Ich meine, ich könnte wahrscheinlich schon, aber ...« Sie zuckte mit den Schultern und lächelte. »Wahrscheinlich gefällt mir Kennedy einfach.«

»Der Name ist schon in Ordnung. Nun, Kennedy braucht Nahrung. Er quiekt, weil er nicht genug bekommt. Das hier«, er deutete auf das Fläschchen, »ist Ziegenmilch. Kuhmilch vertragen Ferkel nicht gut. Sie brauchen den Immunschutz durch die Muttermilch, aber wenn sie nicht genug bekommen, kann man mit Ziegenmilch oder einem Ziegenmilchersatz zufüttern.«

Ziegenmilchersatz? So was gab es tatsächlich? »Okay, wo bekomme ich die Milch?«

»Das Futtermittelgeschäft in der Stadt verkauft sie, aber wenn Sie sie frisch vom Bauernhof holen wollen, gehen Sie am besten zu Wynchel am Stadtrand.« Er hob den Kopf und ihre Blicke trafen sich.

Elisabeths Puls beschleunigte sich und Ross lächelte, so als würde er es spüren.

»Wie geht es dem Rest des Wurfs?«

»Gut, glaube ich.« Sie zog ihr Handy hervor. »Wenn Sie sie mal durchchecken wollen, bringe ich sie vorbei.« Sie tippte eine Notiz ein, dass sie Ziegenmilch kaufen musste.

Ross nahm dem Ferkel das Fläschchen aus dem Maul und stellte es ab. »Sie brauchen sie nicht in die Praxis zu bringen. Ich komme vorbei und sehe sie mir an. Wann passt es Ihnen am besten?«

Elisabeth fragte sich, ob er bei allen seinen Patienten

Hausbesuche machte. Oder spürte auch er die Hitze, die sich zwischen ihnen ausbreitete, sobald sich ihre Blicke trafen, und suchte nur nach einer Gelegenheit, sie zu sehen?

»Ein Hausbesuch?«

»Ja, klar. Bei Nutztieren ist das einfacher für alle Beteiligten und weniger stressig für die Tiere.«

Soviel dazu, dass er die Hitze spürte.

»Tja, also, mir passt es eigentlich immer. Ich bin immer noch damit beschäftigt, mich zurechtzufinden und Tante Coras Unternehmen und die ganze Sache mit der Farm auf die Reihe zu bekommen.«

Wieder ließ er seinen Blick über ihren Körper gleiten und diesmal ließ er sich dabei viel Zeit. *Okay, vielleicht spürt er die Hitze doch.* Sie fühlte, wie ihr Inneres dahinschmolz. O ja, Ross Braden hatte ganz gewiss eine intensive Sinnlichkeit an sich, mit der er wahrscheinlich jede Frau, die er haben wollte, in sein Bett kriegte.

»Sie haben nicht viel Erfahrung mit Tieren, oder?« Ein sexy Lächeln spielte um seine Lippen.

Sie hing in Gedanken noch dem verführerischen Spaziergang seiner Augen über ihren Körper nach. Seine Bemerkung ließ sie hochschrecken. Sie fand sie ein bisschen beleidigend.

»Ich habe jede Menge Erfahrung mit Hunden und Katzen. Schließlich hab ich in Los Angeles eine Bäckerei und einen Wellnesssalon für Haustiere betrieben.« Sie schob ihr Handy in die Hosentasche zurück.

»Eine Bäckerei für ... Na, egal. Ich meinte Nutztiere.« Kopfschüttelnd öffnete er die Tür. »Ich bin gleich wieder da.«

Elisabeth schnaubte frustriert. *Keine Erfahrung mit Tieren, also wirklich. Ich liebe Tiere.*

Als Ross wiederkam, trug er das Ferkel gut gesichert in einem Transportkorb für Katzen. »Ich bringe ihn zu Ihrem Auto. So ist es sicherer, als wenn er während der Fahrt frei im Auto herumläuft. Aber sobald Sie zu Hause sind, sollten Sie ihn herauslassen, der

Korb ist zu klein für ihn.«

Elisabeth war immer noch verstimmt über seine abschätzige Reaktion und fauchte:»Ich würde ihn nie im Leben da drin lassen.«

Falls er ihre schlechte Laune wahrnahm, so ließ er sich jedenfalls nichts anmerken, während sie ihm aus dem Behandlungszimmer folgte. Zwei Labradorhunde, ein schwarzer und ein blonder, warteten an der Tür. Sie streichelte sie, als sie hinter Ross her zu ihrem Auto gingen. Seit ihrer Ankunft in Trusty hatte sie keinen Kontakt zu Hunden und Katzen gehabt und sie vermisste sie. Es war beruhigend, sie zu streicheln und zu kraulen.

Ross öffnete die hintere Tür und stellte den Katzenkorb auf den Rücksitz, dann hielt er ihr die Fahrertür auf. Überrascht von dieser Geste schob sie sich hinters Steuer.»Danke für all Ihre Hilfe.« *Danke, Mr. Groß-dunkel-und-verwirrend.*

Ross legte einen Arm auf das Autodach und beugte sich zu ihr hinunter, sodass sie auf Augenhöhe waren. Er trug eine beigefarbene Hose und auf seinem schwarzen Hemd waren die Worte *Tierklinik Trusty* eingestickt. Sie versuchte, nicht auf die beeindruckende Wölbung direkt unter seinem Ledergürtel zu starren.

»Notieren Sie sich meine Nummer, falls Sie noch mehr Notfälle haben.« Rechts und links von ihm saßen seine Hunde. Sie zog ihr Handy hervor und versuchte, möglichst lässig zu wirken, während er seine Nummer herunterrasselte und sie sie in ihre Kontaktliste eingab. Sie fragte nicht, ob es die Nummer der Klinik oder seine private Nummer war. Sie brachte es nicht fertig. Sein Blick schien sie geradewegs zu durchbohren. Es grenzte an ein Wunder, dass sie überhaupt noch funktionierte. Aber wahrscheinlich wollte er einfach nur nett sein, sonst gar nichts. Sie war neu in der Stadt und er ... *Heiliger Bimbam*. Bei ihm war sogar der Geruch nach Hund und nach Desinfektionsseife unglaublich sexy. Elisabeth überlegte, dass Frauen ihm wahrscheinlich ebenso auf Schritt und Tritt folgten wie seine Hunde. Der Gedanke machte

sie nachdenklich und gleichzeitig faszinierte er sie.
Finger weg, Elisabeth.
Sie legte ihr Handy auf den Beifahrersitz und wandte sich zu ihm, um ihm noch einmal zu danken. Sein Gesicht war so nah an ihrem, dass sie jedes Barthaar an seinem markanten Kinn und die drei entzückenden Linien auf seiner Unterlippe sehen konnte, die sie am liebsten mit dem Finger nachgezeichnet hätte. Er lächelte und wieder schien ihr Kopf wie leer gefegt.
Lieber Himmel, was ist denn mit mir los? Ich benehme mich ja wie eine läufige Hündin. Diese Gedanken überraschten sie. Sie war nicht auf Sex aus, und selbst wenn sie tatsächlich nach einem Mann Ausschau gehalten hätte, wollte sie eher eine Beziehung, nicht nur Sex. Sex konnten alle, aber für eine tiefer gehende, beständige Beziehung brauchte es zwei Menschen, die einander wirklich liebten, und das war es, wovon sie träumte.

»Ross«, rief Kelsey vom Praxiseingang aus, »Luke ist am Telefon, er will dich sprechen.«

Ross hielt Elisabeths Blick noch einen Moment gefangen. »Willkommen in Trusty, Elisabeth. Ich schaue vorbei, wenn ich Zeit habe.«

Es dauerte eine Weile, bis sie wieder atmen konnte – und sich in Erinnerung rief, warum er vorbeischauen wollte. *Um die Ferkel zu untersuchen.* Sie musste sich zusammenreißen. Vielleicht konnte er sie dann auch gleich mit einem Anti-Ross-Mittel impfen, sie schien es nötig zu haben. Denn schließlich wollte sie hier ihr neues Leben aufbauen und Tante Coras Unternehmen weiterführen. Und ein Mann wie Ross würde sie wahrscheinlich vernaschen und dann links liegen lassen. Aber das Vernaschen wäre ganz bestimmt wunderbar.

Zwei

Es war nicht das ausgehungerte Ferkel, das Ross durch den Kopf spukte, als er die vierzig Minuten von Denton zurück nach Trusty fuhr. Vielmehr war es die schöne, verdatterte Blondine, die dafür gesorgt hatte, dass sein ganzer Körper auf Hochtouren lief, seit sie das kleine Ferkel zur Untersuchung in seine Praxis gebracht hatte. Die äußere Erscheinung einer Frau machte meist wenig Eindruck auf Ross. Für ihn zählte eher die Persönlichkeit, doch Elisabeth strahlte etwas Gesundes aus, das eine Saite in ihm zum Klingen brachte.

Storm, ein sechs Monate alter Labrador, saß auf dem Beifahrersitz und gähnte. Er war einer der Hunde, die im Gefängnis von Denton zu Assistenzhunden ausgebildet wurden, und Ross war sein Wochenendpate. Seit er mit acht Wochen in das Programm von Partner mit vier Pfoten aufgenommen worden war, holte Ross ihn freitagabends ab und behielt ihn bis spät am Sonntag bei sich. Dann brachte er ihn ins Gefängnis zurück, wo er die Woche über ins Hundeprogramm eingebunden war. Storm hatte zu Ross eine ebenso enge Bindung entwickelt wie zu Ranger, Sarge und Knight. Ross strubbelte ihm den Kopf. Sein Magen knurrte laut, und Storm legte den Kopf zur Seite und zog die Stirn kraus. Es war halb acht am Freitagabend und Ross war inzwischen ebenso ausgehungert wie das kleine Schwein.

»Wird Zeit, dass ich was zu essen bekomme. Und dabei

können wir dir gleich eine Lektion in Sozialisation verpassen.«

Ross hielt vor dem Trusty Diner und legte Storm an die Leine. Die Wochenenden bei ihrer Patenfamilie waren ein wichtiger Teil der Ausbildung für die angehenden Assistenzhunde. In dieser Zeit begleiteten sie ihre Betreuer überall hin, sodass sie sich an Menschen, Verkehr und Geschäfte gewöhnten und Geräusche, Gerüche und andere Dinge kennenlernten, die es im Gefängnis nicht gab.

Die Glocke über der Tür läutete, als Ross und Storm das Diner betraten.

»Zwei meiner Lieblingsjungs«, rief Margie von ihrem Platz hinter ihrer Theke.

»Sitz«, wies Ross den Welpen vorsorglich an, denn er wusste, welch einen Wirbelwind Margie Holmes entfachen konnte. Sie kam in ihrer rosafarbenen Kellnerinnenuniform herangeeilt und tätschelte Ross die Wange. Margie arbeitete schon seit Ewigkeiten als Kellnerin im Diner vom Trusty und sie kannte die Regel, dass Begleithunde nicht gestreichelt werden sollten, doch bei Menschen kannte Margie kein Pardon. Sie herzte und tätschelte sie, wie es nun mal ihre Art war.

»Du weißt, dass ich dich liebe, Ross, aber es bringt mich um, dass ich diesen kleinen Kerl hier nicht streicheln darf.«

»Das weiß ich, Margie, und ich bin dir dankbar für deine Zurückhaltung. Schließlich habe ich schon drei Burschen, die es nicht geschafft haben. Ich würde Storm gerne an ein gutes Zuhause vermittelt sehen.« Das stimmte nur teilweise. Ross liebte den sechs Monate alten Labradorwelpen ebenso wie seine eigenen Hunde, aber in seinem Bett war allmählich kein Platz mehr für weitere Körper. Genauer gesagt, für Körper, die nicht warm und weiblich waren, was seine Gedanken zu Elisabeth zurückbrachte. Es war Jahre her, seit er mit einer Frau aus Trusty ausgegangen war. Zu wissen, wie hier getratscht wurde, war eine Sache. Im Mittelpunkt dieser Klatschgeschichten zu stehen, war ein ganz anderes Kaliber.

Margie strich ihre Achtzigerjahre-Föhnfrisur zurecht. »Ja, klar doch. Willst du was essen, Schätzchen?«

»Ja, ich bin halb verhungert.« Ross schob sich in eine der Nischen. »Geh, leg dich dort hin«, befahl er Storm und wies auf den Boden. Der Hund krabbelte unter den Tisch und legte sich hin. »Brav.«

Margie brachte ihm ein großes Glas Eiswasser und die Speisekarte. »Wenn du Männer so abrichten könntest, würdest du ein Vermögen verdienen.«

»Dir ist doch wohl klar, dass ich auch ein Mann bin, oder?« Er blickte lächelnd zu der Frau auf, die ebenso zu Trusty gehörte wie die klare Bergluft.

»Ach, Schätzchen, das kann eine heißblütige Frau ja wohl kaum übersehen.« Augenzwinkernd wandte sie sich ab, um einen anderen Kunden zu bedienen.

Vierzig Minuten später stand Ross satt und zufrieden an der Kasse. Sein Bauch war voll von Hackbraten und Kartoffelpürree und sein Kopf war voll von seinem nächsten Ziel: Elisabeth.

»Wie ich höre, hattest du hübschen Besuch heute«, sagte Margie und tippte den Betrag in die Kasse.

Ross reichte ihr seine Kreditkarte. »Woher wusstest du, dass Alice Shalmer in der Praxis war?«

»Ach, nun tu nicht so unschuldig.« Margie schob seine Karte in das Gerät, ohne den Blick von seinem Gesicht zu wenden. »Du weißt doch, dass ich das glatt durchschaue.« Sie beugte sich vor und flüsterte: »Sie ist ja verdammt hübsch, aber sie ist typisch Los Angeles, Ross. Und das bedeutet Ärger, lass es dir gesagt sein. Wahrscheinlich ist sie nur hergekommen, um Coras Haus und das Land zu verkaufen und ihr sauer verdientes Geld einzustreichen, und dann ist sie wieder auf und davon.«

»Hm.« Ross verstaute die Karte in seiner Brieftasche und gab sich alle Mühe, sich nicht von Margies Einschätzung beeinflussen zu lassen. Margie hatte immer schon einen ausgeprägten Beschützerinstinkt gehabt, was Ross und seine Geschwister anging.

Früher hatte er angenommen, dass sie sich so verhielt, weil sein Vater die Familie verlassen hatte, als Ross fünf Jahre alt war, doch mittlerweile war ihm klar, dass sich Margie allen respektablen Bewohnern von Trusty gegenüber wie eine Glucke aufführte.

»Schönen Abend noch, Margie. Das Essen war köstlich, wie immer.« Er blickte zu Storm hinunter, der geduldig neben ihm wartete. »Komm, wir gehen.«

Zehn Minuten später bog er in den Fahrweg ein, der zu Coras kleiner Farm führte. *Zu Elisabeths kleiner Farm.* Cora war fünfundvierzig Jahre alt gewesen, als ihr Mann an einem Herzinfarkt starb. Die beiden hatten keine Kinder und die nächsten zwanzig Jahre standen ihr die Bewohner von Trusty bei, wo sie nur konnten. Als Ross das angrenzende Grundstück kaufte und sein Haus mit der Praxis baute, unterstützte auch er sie, half ihr mit ihren Tieren und besorgte kleine Reparaturen auf der Farm, sah nach ihr, wenn es stürmte, und sorgte im Winter dafür, dass sie mit Lebensmitteln eingedeckt war. Irgendwann hatte sie dann einen Landarbeiter eingestellt, der sich auch nach ihrem Tod weiterhin um die Tiere kümmerte. Ross hatte gar nicht mitbekommen, dass ihre Nichte eingezogen und die Farm übernommen hatte.

Er parkte seinen Wagen hinter Elisabeths Subaru Outback. Nicht gerade das Modell, das man sich bei einem typischen L. A.-Girl vorstellt.

»Na, dann komm«, sagte er zu Storm und schnappte sich seine Arzttasche aus dem Wagen.

Storm stellte sich neben ihn und Ross sah sich um. Als sein Blick auf Coras alten Lieferwagen mit der Aufschrift »Trusty Pies« fiel, mit dem sie lange Jahre ihre Kuchen und Pasteten ausgeliefert hatte, wurde ihm das Herz schwer. Sie hatte ihn schon lange nicht mehr benutzt, doch bei seinem Anblick erinnerte er sich daran, wie er und seine Brüder in der Stadt herumgelungert und ihr zugewinkt hatten, wenn sie das Diner oder eine andere Adresse ansteuerte. Wenn sie sie bei einer Lieferung antrafen, schnitt sie jedem von ihnen ein Stück Kuchen ab und schärfte ihnen ein, niemandem ein Sterbenswörtchen davon zu verraten, weil sie sonst keinen Kuchen mehr übrig hätte. Nun war der Lieferwagen über dem Vorderrad ganz durchgerostet, die Hinterreifen waren platt und das Gras ringsum stand kniehoch. Er schluckte die Traurigkeit über den Verlust seiner Nachbarin herunter und ging an den Ställen vorbei auf das Farmhaus zu. Gleich hinter dem Stall, in dem die Schweine untergebracht waren, erstreckte sich eine Weide, auf der Coras Kuh Dolly und die Ziegen Chip und Dale grasten. Ross musste lächeln. Die Namen verrieten Coras Sinn für Humor.

Die Stufen knarrten, als er die Treppe zu der umlaufenden Veranda hinaufstieg. Hinter der mit Fliegengitter bespannten Eingangstür war Musik zu hören. Ross spähte in den breiten Flur und konnte geradewegs bis zur offen stehenden Hintertür sehen. Dort erhaschte er den Blick auf etwas Schwarzes, das verdächtig nach Hintern und Bein einer Frau aussah. Ein genauerer Blick blieb ihm aber versperrt. Er stieg die Verandastufen wieder hinunter und ging um das Haus herum zur Rückseite.

Die Musik kam nicht aus dem Haus, sondern aus dem Garten. Beim Anblick von Elisabeth in schwarzer Yogahose und eng anliegendem Tanktop blieb er abrupt stehen. Ihr Haar hatte sie zu einem Pferdeschwanz gebunden und ihr Körper war zu einer Art Knoten verschlungen, wobei sie ihren unglaublich heißen Hintern in die Luft reckte. *Lieber Himmel, bist du sexy!* Ross malte sich aus, wie sie ihre langen Beine um seine Schultern wand und – da entwirrte sie ihre Gliedmaßen, wandte sich um und ertappte ihn dabei, wie er sie lüstern anstarrte.

»Oh.« Sie errötete heftig.

Ross konnte noch nicht einmal so tun, als würde er sie nicht anstarren, also tat er das Einzige, zu dem er fähig war: Er lächelte.

»Hallo.«

»Ross. Dr. Braden. Ich hab Sie gar nicht bemerkt.« Sie stand auf und Ross wollte demjenigen die Füße küssen, der Yogahosen und Tanktops erfunden hat. Elisabeth sah aus wie ein typisches

California Girl und daran hatte Ross nicht das Geringste auszusetzen. Sie nahm ein Handtuch und tupfte sich das schweißglänzende Gesicht, den Hals und den Ausschnitt ab.

Verdammt. Was würde er nicht darum geben, jetzt dieses Handtuch zu sein.

»Bitte, nennen Sie mich doch Ross«, brachte er schließlich hervor.

»Ross«, wiederholte sie. »Und wer ist dieser hinreißende kleine Kerl?«

Ross sah zu Storm hinunter. »Frei«, sagte er zu dem Welpen und nahm ihm die Leine ab. Der Befehl signalisierte Storm, dass er nicht mehr im Dienst war und spielen durfte.

»Das ist Storm. Er wird gerade zum Assistenzhund ausgebildet.«

Sie kniete sich hin und streichelte Storm. »Er ist goldig. Sechs Monate alt?«

»Ja, ungefähr.« Ross wollte gerade fragen, wie es kam, dass sie sein Alter so schnell schätzen konnte, doch dann fiel ihm ein, dass sie ja diese verrückte Bäckerei und den Wellnesssalon für Haustiere betrieben hatte. Und da er schließlich nicht die ganze Zeit herumstehen und sie anstarren konnte, versuchte er sich in höflicher Konversation. »Yoga?«

»Ja. Das ist das Einzige, das mich zentriert. Sie wissen schon: neue Stadt, neuer Anfang. Ich habe das Zentrieren also dringend nötig.« Sie sah an sich herunter. »Bitte entschuldigen Sie, dass ich so verschwitzt bin.«

Ross nickte. Er wusste nicht, was er sagen sollte. *Süße, ich zentriere dich gern, und deinen verschwitzten Körper kannst du jederzeit an meinen drücken* käme wahrscheinlich nicht so gut an. Außerdem war es überhaupt nicht klug, sich mit einer Nachbarin einzulassen. Selbst wenn die Nachbarin aussah, als sei sie erschaffen worden, um all seine Fantasien Wirklichkeit werden zu lassen.

»Sind die Schweine im Stall?« Er deutete mit dem Daumen in die entsprechende Richtung.

»Ja. Ich komme mit.«

Sie ging neben ihm und Storm, und Ross fiel auf, dass sie den Hund dabei die ganze Zeit streichelte.

»Sie bilden also Assistenzhunde aus?« Sie löste ihren Pferdeschwanz und schüttelte ihr Haar, sodass ein Hauch von Fruchtshampoo in der Luft lag.

Sein neuer Lieblingsduft.

»Ich arbeite mit Strafgefangenen in Denton zusammen und bringe ihnen bei, wie man die Hunde trainiert. An den Wochenenden sind die Hunde dann in Patenfamilien, damit sie sich an die Welt außerhalb der Gefängnismauern gewöhnen.« Er öffnete die Stalltür. Die tiefstehende Sonne schickte ihre letzten Strahlen über die Weide.

»Ich schalte das Licht ein.«

Ross sah ihr nach, dann zwang er sich, den Ferkeln seine Aufmerksamkeit zu widmen. Er war schon mit vielen Frauen ausgegangen, doch eine feste Beziehung hatte er bis vor Kurzem eigentlich nie in Betracht gezogen. Aber nun war sein Bruder Luke mit Daisy Honey verlobt, die in Trusty aufgewachsen und inzwischen die einzige Allgemeinärztin in der Stadt war, und sein jüngerer Bruder Wes lebte mit Callie Barnes zusammen. Sie kam aus Denver und leitete jetzt die örtliche Stadtbücherei, nachdem sich Alice zur Ruhe gesetzt hatte. Beide Brüder waren früher ziemliche Draufgänger gewesen, wenn es um Frauen ging. Für seinen ältesten Bruder Pierce waren Frauen eigentlich immer austauschbar gewesen, aber selbst er war neuerdings verliebt. Seine Verlobte, Rebecca Rivera, war für ihn der wichtigste Mensch auf der Welt.

Ross war kein Draufgänger. Im Gegenteil: Er war eher vorsichtig, wenn es um Dates ging. An interessierten Kandidatinnen hatte es nie gefehlt, doch Ross mochte selbstbewusste Frauen mit Köpfchen, und außerdem zog er natürliche Schönheit der Schönheit aus den Tiegeln und Tuben der Kosmetikindustrie vor. Bis jetzt hatte er die Frau noch nicht gefunden, die auf lange Sicht zu ihm passte. Sobald die Frauen von seinem Anteil an dem beträchtlichen Vermögen seiner Familie erfuhren, wurde alles andere für sie unwichtig. Doch nachdem er gesehen hatte, wie glücklich seine Brüder mit der Liebe ihres Lebens waren, wollte er die Hoffnung nicht aufgeben. Ross selbst ähnelte eher seiner Schwester Emily und nicht so sehr seinem Bruder Jake, der als Einziger noch keine feste Freundin hatte. Der war Stuntman in Los Angeles und Ross konnte sich nicht vorstellen, dass er sich jemals auf eine dauerhafte Beziehung einlassen würde. Ross glaubte – wie seine Schwester – an die Liebe, egal wie sehr er sich seinen Brüdern gegenüber auch darüber lustig machte. Da ging es bloß darum, seinen Ruf zu wahren. In Wirklichkeit konnte er sich sogar eine Familie vorstellen, eine große Kinderschar. Und ihm war nur allzu deutlich bewusst, dass er fünfunddreißig Jahre alt war und nicht jünger wurde.

Im Stall ging das Licht an und brachte Ross' Gedanken in die Realität zurück. *Ferkel.* Das Mutterschwein lag auf der Seite, die Ferkel dicht daneben. Die Sau stand auf, sobald er in den Pferch kletterte.

»Vorsicht«, warnte Elisabeth. »Sadie ist etwas reizbar. Sie mag es nicht, wenn man sich ihren Babys nähert.«

Er nickte und kniete sich hin. Dabei ließ er Sadie nicht aus den Augen. »Hallo Sadie. Ich will mir nur mal deine Kleinen ansehen.« Sadies Nackenhaare standen steil in die Höhe. Er kannte sich mit Säuen aus und wusste, dass sie jeden Moment angreifen konnte.

»Wenn sie so aussieht, sehe ich zu, dass ich aus der Box komme«, sagte Elisabeth.

Er hob seine Hand in ihre Richtung und nickte. »Süße Sadie, es ist alles in Ordnung. Ich tue deinen Babys nichts.« Er sah kurz zu Storm hinüber. »Sitz«, wies er ihn an. Gehorsam setzte sich Storm.

»Schweine können nicht so gut sehen, daher ist es hilfreich, wenn man auf derselben Höhe wie sie ist. Und wie ich heute früh schon sagte, hilft auch das Summen«, erklärte Ross, ohne den Blick von Sadie zu wenden. Aus den Augenwinkeln sah er, dass Elisabeth den Hund mit einer Hand kraulte. *Dieser Glückspilz!*

Sadie grunzte und Ross summte eine Melodie nach der anderen, bis er eine gefunden hatte, die sie beruhigte. Schließlich stellte sie sich neben ihn, während er freundlich auf sie einredete.

»Ich will nur sehen, ob mit deinen Babys alles in Ordnung ist.« Bald ließ Sadie zu, dass er ihren Nachwuchs kurz untersuchte. Als er sich vergewissert hatte, dass es den Ferkeln gut ging, bedankte er sich bei Sadie und kletterte aus dem Pferch.

»Ich denke, sie sind alle gesund und munter. Nur auf Kennedy müssen Sie achtgeben.«

»Ja, mache ich. Danke – und es tut mir leid, dass Ihre Hose so schmutzig geworden ist.«

Sie legte ihm die Hand auf den Arm, wie sie es am Morgen in der Praxis getan hatte. Ross überlegte, ob sie das bei allen Männern so machte. Bei dem Gedanken zog sich sein Magen zusammen. Er beschloss, nicht an Elisabeth in der Gesellschaft anderer Typen zu denken.

»Kein Problem, schließlich gibt es ja Waschmaschinen.« Sie schalteten das Licht aus und verließen die Scheune. Draußen senkte sich die Dunkelheit über das Land und das Zirpen der Grillen erfüllte die Luft.

»Ich liebe die nächtlichen Geräusche hier«, sagte sie, während sie zum Haus zurückschlenderten.

»Wahrscheinlich sind das ganz andere Geräusche als in L. A., oder?«

»Oh, allerdings. L. A. ist sehr ...« Sie blickte nach oben, als läge die Antwort im Himmel. »Ich weiß nicht. Nicht so natürlich, würde ich sagen. Sie wissen schon, der Unterschied zwischen dem Leben auf dem Land und in der Stadt. Stammen Sie aus Trusty?«

»Ja, und ich hab noch nie den Wunsch verspürt, irgendwo anders zu wohnen.« Die ersten fünf Jahre seines Lebens hatte er mit seiner Familie in Weston in Colorado verbracht, doch im

Moment hatte er nicht die geringste Lust, die unerfreuliche Vergangenheit seiner Familie vor ihr auszubreiten.

»Danke, dass Sie noch vorbeigeschaut haben. Was bin ich Ihnen schuldig?«, fragte sie.

»Gar nichts. Lag auf dem Nachhauseweg.«

Sie lächelte. »Wie wär's mit einem Glas Wein?«

Der warme Abend, ihr umwerfender Yoga-Körper und dieses einladende Lächeln, das ihre Lippen umspielte, entlockten ihm eine Antwort, die ihn selbst überraschte. »Klar, warum nicht.«

Klar, warum nicht?

Eigentlich sollte er sich davor hüten, ein Glas Wein von einer Frau anzunehmen, die er anziehend fand. Insgeheim zählte er auf, warum er ihr besser nicht ins Haus folgte: *Sie ist eine Nachbarin. In der Stadt wird sowieso schon über sie getratscht. Sie kommt aus L. A., da ticken die Uhren ganz anders als hier.* Wenn man dann noch in Betracht zog, dass sie höllisch attraktiv war, hatte man gute Gründe, ein wenig auf Distanz zu gehen. Dafür, dass er jetzt eine Flasche Wein aufmachte und ihnen beiden ein Glas einschenkte, brauchte es jedoch nur einen einzigen Grund: Er *wollte* hier sein.

Er wusste nicht, wann er zuletzt einen Abend damit hatte verbringen wollen, eine Frau kennenzulernen, doch Elisabeth hatte etwas Offenes an sich, das er ungemein erfrischend fand – trotz der Bemerkungen, die Margie losgelassen hatte. In Trusty kamen Klatsch und Tratsch meist aus einem Sumpf aus Eifersucht. Allein ihr Aussehen war Anlass genug, die Gerüchteküche anzuheizen.

Ross sah zu, wie Elisabeth mit untergeschobenen Füßen in ihrem Sessel saß. Sie wirkte verdammt entspannt, nicht so aufgeregt wie Frauen es normalerweise waren, wenn sie einen Typen zum ersten Mal auf einen Drink trafen.

»Und, wie lange werden Sie in Trusty bleiben?« Ross fragte sich, ob Margies Vermutung richtig war, dass Elisabeth Haus und Hof verkaufen wollte.

»Lieber Himmel, ich habe in L. A. alles eingepackt, was ich besitze, also hatte ich eigentlich nicht vor, wieder abzureisen.«

Gut zu wissen.

»Es sei denn, ich schaffe es nicht, mir in Trusty etwas aufzubauen. Ich werde hier nicht gerade mit offenen Armen empfangen, also kann das durchaus passieren.« Sie schob sich eine Haarsträhne hinters Ohr und trank einen Schluck Wein.

»Sind die Leute unfreundlich?« Ross leerte sein Glas und schenkte ihr nach, bevor er sein Glas erneut füllte. Warum weckte der Gedanke seinen Beschützerinstinkt?

»Nein, das kann man eigentlich nicht sagen, aber ... Ich weiß nicht. Manche Leute strahlen schon etwas Kaltes aus.«

»Trusty ist eine großartige Stadt, aber die Leute hier brauchen eine Weile, um mit Fremden warm zu werden.« Sie saßen auf ihrer hinteren Veranda mit Blick auf die Berge. Ross spürte das Verlangen, die Hand auszustrecken und Elisabeth zu berühren, sie in die Arme zu schließen und sie mit mehr als bloßen Worten zu trösten. Stattdessen begann er, Storm zu kraulen.

»Streng genommen bin ich gar nicht fremd hier. In den Sommerferien habe ich immer meine Tante besucht. Jedenfalls, bis ich auf die Highschool kam. Dann haben meine Mom und sie sich zerstritten, und danach habe ich sie nur noch selten gesehen. Aber wir haben oft telefoniert und uns geschrieben.«

Trusty war wahrscheinlich der letzte Ort, an dem die Leute sich noch richtige Briefe statt E-Mails schrieben. »Aber für die Leute hier gelten Sie als Fremde, weil Sie nicht hier aufgewachsen sind. Na, sie werden sich schon noch an Sie gewöhnen.« Er merkte, dass er sie beschützen und ihr helfen wollte, sich einzuleben, und stellte fest, dass er selbst sich viel zu schnell an sie gewöhnte.

»Ich hoffe es jedenfalls, denn schließlich habe ich schon mit einer Architektin über den Umbau der Küche gesprochen, um die Kuchenproduktion meiner Tante – oder besser gesagt: meine Kuchenproduktion – ein bisschen besser unterzubringen. Ich kann mir überhaupt nicht vorstellen, wie sie das alles mit nur einem einzigen Ofen bewältigen konnte. Nach ihren Aufzeichnungen hatte sie wenigstens fünfundzwanzig Bestellungen jede Woche, und wenn ich meinen Wellnessservice für Haustiere ans Laufen kriege, brauche ich auch Platz, um Snacks für die Tiere zu backen.«

»Snacks für Tiere?«

»Ja, klar.« Sie lächelte und sah ihn an, als seien *Snacks für Tiere* das Normalste der Welt.

»Und Sie lassen die Küche umbauen?« Offensichtlich hatte sie nicht vor, das Anwesen zu verscherbeln.

»Ja, ich habe schon mit –« Ihre Augen weiteten sich. »Ich habe mit Emily Braden gesprochen. Ist das Ihre Frau?«

Er hielt seine linke Hand hoch und wackelte mit den Fingern. »Kein Ring, sehen Sie? Und wenn ich verheiratet wäre, würde ich nicht mit einer schönen Blondine hier sitzen und Wein trinken.«

Sie errötete und senkte den Blick. Sie war höllisch süß und Ross widerstrebte es, ihre Hoffnungen und ihr Lächeln zunichtezumachen, indem er ihr sagte, dass ein Wellnessservice für Haustiere in einer Stadt wie Trusty mit ihren Ranchern bestenfalls wie ein müder Witz wirkte. Die Stadt würde es ihr noch früh genug beibringen.

»Emily ist meine Schwester. Sie ist Architektin und hat sich auf ökologisches Bauen spezialisiert. Und sie ist richtig gut. Sie hat die Pläne für mein Haus und die Praxis entworfen.« Damals kam Emily frisch vom College und hatte weder die Erfahrung noch den nötigen Hintergrund, um sein Haus selbst zu bauen. Mittlerweile hatte sie ihre eigene Baufirma, doch damals hatte sie einen Spezialisten für Passivhäuser aus einer anderen Gegend angeheuert und die Bauarbeiten für Ross überwacht.

»Oh, das weiß ich, dass sie richtig gut ist. Deshalb habe ich mich ja auch an sie gewandt. Dieses alte Haus hat es dringend nötig und wahrscheinlich ist das Dach so löchrig wie ein Sieb. Es wird eine Weile dauern, bis alles so ist, wie ich es mir vorstelle. Ich träume davon, irgendwann einen komplett grünen Lebensstil zu haben. Auf keinen Fall will ich einen riesigen CO_2-Fußabdruck hinterlassen.« Sie holte tief Luft und breitete die Arme aus, sodass Ross ihren fantastischen Körper noch genauer beäugen konnte.

»Ist Ihnen der alte Lieferwagen meiner Tante vor dem Haus aufgefallen?«

»Der hat schon mal bessere Tage gesehen.«

»Ja.« Sie runzelte die Stirn. »Ich würde ihn liebend gern behalten, doch wahrscheinlich wäre es das Beste, wenn ich ihn loswerde. Ich habe Angst, dass sich Schlangen und andere Tiere in dem hohen Gras einnisten. Aber ich denke, meiner Tante würde es gefallen, dass ich dort einen schönen Vorgarten anlegen will. Nun muss ich nur noch herausfinden, wer ihn mir wegschleppt, denn wahrscheinlich springt er nicht mehr an.«

»Da kann ich Ihnen weiterhelfen.« *Was zum Teufel rede ich denn da?*

»Oh, aber Sie haben schon so viel für mich getan.« Sie schüttelte den Kopf.

»Ist schon okay. Ich rufe Tate McGregor an. Ihm gehört eine Autowerkstatt in der Stadt. Er kann sicher im Laufe der Woche rauskommen. Und er weiß, wo und wie man alte Autos loswird.«

Sie knabberte an ihrer Unterlippe und nickte. »Ich habe schreckliche Schuldgefühle. Früher bin ich liebend gern mitgefahren, wenn sie ihre Bestellungen ausgeliefert hat. Zwischendurch hatte ich überlegt, ihn wieder herrichten zu lassen, aber vermutlich wäre das teurer als einen neuen zu kaufen.«

Er streckte die Hand aus und berührte ihren Arm. Ihre Haut fühlte sich warm und seidenweich an. Rasch zog er die Hand zurück, bevor es ihm so gut gefiel, dass er dazu nicht mehr in der Lage war. »Überlegen Sie es sich. Ich muss Tate ja nicht Bescheid sagen, ich wollte nur helfen.«

»Ist schon okay. Schließlich kann ich ihn ja nicht ewig behalten. Besonders schön sieht er auch nicht aus. Und so sehr ich Erinnerungen schätze: Dafür brauche ich den Wagen eigentlich nicht. Das Haus und die Wälder und Wiesen ringsum sind voller guter Erinnerungen für mich. Wahrscheinlich mache ich es so, wie

Sie vorschlagen. Ich bin dankbar für jede Hilfe, den Wagen abholen zu lassen, denn sonst tue ich es vielleicht nie. Wie ich mich kenne, lasse ich ihn die nächsten zwanzig Jahre dort stehen, weil ich meine Tante so geliebt habe.«

Zu hören, wie viel ihr ihre Tante bedeutet hatte und wie wichtig ihr Familienerinnerungen waren, machte sie für Ross noch attraktiver. Er hätte ihre Einladung zu einem Glas Wein nicht annehmen sollen, und obwohl er wusste, dass es keine gute Idee war, wollte er nicht aufstehen und gehen.

Sie beugte sich zu Storm hinunter und wuschelte ihm über den Kopf. »Sehen Sie sich nur an, wie hinreißend es hier ist. Sie können sich glücklich schätzen, dass Sie hier groß geworden sind. An einem solchen Ort will ich meine Kinder aufwachsen sehen. Eine kleine Stadt, frische Luft. Dann brauche ich nur noch gute Freunde und eine saubere Lebensweise.«

»Sie beschreiben Trusty so, wie es sich für mich anfühlt. Sie haben in L. A. also alles aufgegeben, um hier die Kuchenbäckerei Ihrer Tante weiterzuführen?« Der Gedanke, seine Familie hinter sich zu lassen und seine Praxis aufzugeben, um irgendwo ganz von vorn anzufangen, war Ross vollkommen fremd.

Sie fuhr mit dem Finger über den Rand des Weinglases und ihr Blick wurde weicher. »Tante Cora war mir der liebste Mensch auf der Welt. Sie war so liebevoll und sie lebte ein so simples, gutes Leben. Ich glaube, ich habe es meiner Tante zuzuschreiben, dass ich immer an die Kraft der Liebe geglaubt habe. Wissen Sie, sie hat meinen Onkel angebetet, und selbst nach seinem Tod war es ihrer Stimme anzuhören, was er ihr bedeutet hat. In ihren Briefen an mich erwähnte sie immer wieder, wie sehr sie ihn vermisste oder dass irgendetwas sie an ihn erinnerte, und wenn ich hier bei ihr war, war alles so anders als in meinem Leben mit Mom. Man kann sich kaum vorstellen, dass die beiden Schwestern waren.« Sie holte tief Luft und schüttelte den Kopf. »Verstehen Sie mich nicht falsch. Ich liebe meine Mom, aber sie ist genau das, was man sich unter einer California Woman vorstellt. Sie liebt es hektisch und oberflächlich, wirft ständig mit Namen von Prominenten um sich – und solchen, die es gerne wären. Das volle Programm also. Cora ging es immer um die Familie, sie wollte so viel wie möglich von allen erfahren. Meine Mom dagegen fährt auf Glitzer und Glamour ab. Also, wenn ich mit Cora telefoniert habe, dann hat sie mir erzählt, wie es dem und dem geht oder dass die Enkelin von irgendjemand schwanger ist oder heiratet. Meine Mutter wusste nicht einmal, womit ich gerade beschäftigt war, und von dem, was ihre Nachbarn so machten, hatte sie erst recht keine Ahnung. Aber sie wusste immer, was die Promis anstellten. Sie ist eine tolle Mutter, aber wir haben einfach vollkommen andere Werte.«

Es gefiel ihm, was er da hörte, und er genoss es, mit Elisabeth zusammenzusein. Beides überraschte ihn. Am liebsten hätte er sich neben sie gesetzt, um sie noch ein bisschen besser kennenzulernen, aber das war nun wirklich keine gute Idee. Angestrengt suchte er nach einem Haar in der Suppe, um sein wachsendes Interesse in Schach zu halten.

»Was sagt sie dazu, dass Sie hierher gezogen sind?« War Elisabeth vielleicht auf der Flucht vor Konflikten in ihrer Familie? War sie eine rebellische Tochter, die sich nur so rein und unschuldig gab? *Ach verdammt, eine rebellische Frau wäre gar nicht schlecht.* Na toll. In Gedanken war er also schon dabei, sich einen Weg zwischen ihre Beine zu bahnen. Auf jeden Fall war es aber ganz schön mutig von ihr, alles hinter sich zu lassen, das sie kannte und das ihr vertraut war, und ihrem Herzen in eine Stadt zu folgen, die sie sicherlich fünfzehn Jahre lang nicht gesehen hatte.

Sie lachte in sich hinein. »Meine Mom und ich verstehen uns gut, obwohl wir so unterschiedliche Ansichten und Lebensweisen haben. Ich habe versucht, L. A. zu lieben. Ich hab's wirklich versucht und manches an der Stadt habe ich auch tatsächlich geliebt. Sommer und Sonne das ganze Jahr über – wem gefällt das nicht? Als Teenager fand ich dieses hektische Leben irgendwie nicht schlecht, aber es kann ganz schön anstrengend sein, in einer Stadt zu leben, in der jeder den anderen überholen will. In L. A.

kann sich kaum jemand einfach mal entspannen und ein Glas Wein trinken, ohne dabei einen Hintergedanken zu haben.« Sie hob ihr Glas in die Höhe. »Oder spazieren gehen und nicht von einem Termin zum anderen hetzen. Irgendwas an Trusty und an der Art, wie glücklich Tante Cora hier war, ist bei mir hängengeblieben. Manche Leute fühlen sich zu Gott berufen. Ich habe mich immer zu einem Leben hier in Trusty berufen gefühlt, obwohl es nicht meine Heimatstadt ist.«

Er strich die Idee von der rebellischen Tochter und ersetzte sie durch: *Zu schön, um wahr zu sein?* Auch diese Sorte Frauen war ihm durchaus vertraut. Sie erzählten einem Mann das, was er hören wollte, um ihn zu umgarnen, und nach ein paar Wochen kam ihr wahrer Charakter zum Vorschein und haute ihn aus den Socken. Er lehnte sich zurück, straffte die Schultern und versuchte, sich zurückhaltend und distanziert zu geben, wie er es so gut konnte. Leichter gesagt als getan. Denn der Impuls, die Hand auszustrecken und sie zu berühren, war stark ... die Finger durch ihr seidiges Haar bis zum Nacken gleiten zu lassen und herauszufinden, wie süß ihre schönen Lippen schmeckten ...

Gütiger Himmel. Reiß dich zusammen.

Er räusperte sich und versuchte, seine Gedanken zu sammeln.

»Nach dem Studium hätte ich überall hingehen können, aber ich wollte nirgendwo anders als in Trusty sein. Außerdem lebt meine Familie hier. Haben Sie Geschwister?« Ross dachte an Emily. Sie war vier Jahre jünger als er und er konnte sich nicht vorstellen, dass sie in eine fremde Stadt zog und dort ganz von vorn anfing, ohne ihre Familie im Rücken. Er würde sich ständig Sorgen um sie machen. Das tat er auch so und das, obwohl sie nur fünf Minuten entfernt lebte.

»Nein, da sind nur meine Mom und ich. Geschwister habe ich also verpasst, aber schließlich gibt es ja Freunde, stimmt's?«

»Ja, Freunde kann man nicht genug haben.« Seine Gefühle für Elisabeth waren alles andere als freundschaftlich. Ross genoss es, dazusitzen und sich mit ihr zu unterhalten, doch je länger er mit ihr sprach, desto deutlicher stand ihm vor Augen, was er sonst noch alles mit ihr anstellen wollte. »Danke für den Wein, Elisabeth. Ich will nicht Ihren ganzen Abend in Anspruch nehmen.« *Lügner!* Auch wenn sein Radar keine Warnsignale aufschnappte, konnte er es nicht gebrauchen, sich einer Frau gegenüber zu öffnen und dann herauszufinden, dass sie nicht wirklich die war, als die sie sich ausgab. Das hatte er alles schon mal erlebt, als er aufs College ging, und genau das war der Grund, weshalb er jetzt aufbrach.

»Oh, ja, okay. Na ja, es ist ja nicht gerade so, als hätte ich heute Abend furchtbar viel vor. Ich sehe nur die Aufzeichnungen meiner Tante durch, weil ich verstehen will, wie sie ihren Lieferservice aufgezogen hat. Und ich will mir Gedanken machen, wie ich meinen Wellnessservice für Haustiere hier ans Laufen bringen kann.«

Er streichelte Storm. »Wellness und Kuchen?«

Sie nickte lächelnd.

Verdammt, dieses Lächeln gefiel ihm. »Viel Glück damit.« Er folgte ihr mit den Weingläsern ins Haus.

»Sie halten nichts davon, Haustiere zu verwöhnen?«, fragte sie, als er die Gläser und die Weinflasche neben der Spüle abstellte. Sein Blick fiel auf einen Pappkarton auf dem Boden. Obenauf lag ein gerahmtes Foto von Elisabeth und einem Mann. Der Mann hatte den Arm um ihre Taille gelegt und Elisabeth lächelte.

Sie hat einen Freund. Zeit zu gehen.

Er wandte sich um und hätte sie fast umgerannt. Sie packte ihn an beiden Armen, damit er nicht nach hinten stolperte. Sich von ihr zu verabschieden, solange sie in sicherer Entfernung in einem Sessel saß, war eine Sache. Es kostete jedoch sehr viel mehr Willenskraft, wenn sie ihn festhielt und ihm in die Augen sah. Ihr Blick war so offen und rein und ihre verführerischen Lippen verströmten den Duft von süßem Wein. Er fragte sich, ob ihr Mund so süß schmeckte, wie sie duftete. Sein Blick fiel auf die pulsierende Ader an ihrem Hals und er sah, wie der Puls schneller wurde. Oh ja, sie spürte es auch. Ihre Blicke trafen sich und ihre Augen wurden eine Spur dunkler.

Er hätte sie am liebsten von oben bis unten verwöhnt. *Mit dem Mund.*

Und genau deshalb war es höchste Zeit zu gehen.

»Verwöhnen finde ich gut, nur nicht bei Haustieren.« Seine Stimme klang rau vor Verlangen. Er räusperte sich und blickte zu Storm hinunter. »Komm, lass uns gehen.«

Ihre Hand glitt von seinen Armen und streifte seine Finger.

»Danke, Ross. Es war schön, Sie kennenzulernen.« Sie begleitete ihn zur Haustür und er hatte doch wahrhaftig das Gefühl, es sei das Ende eines Dates und er sollte ihr einen Abschiedskuss geben.

Lass es, ermahnte er sich. *Nachbarin. Gerede. Hat einen Freund.*

Ach, verdammt.

Er ging, bevor er eine Dummheit machen konnte.

Drei

Vor ihrem Umzug nach Trusty war der Samstag Elisabeths liebster Tag in der Woche. Zuerst machte sie Yoga und dann fuhr sie zu den vier Wellnesskunden, die sie am liebsten mochte. Während sie mit den Haustieren beschäftigt war, redeten ihre Besitzer ununterbrochen über ihr Leben. Sie hatten eine Menge Geld und die meisten waren in der Filmbranche – Produzenten, Regisseure, Schauspieler – oder waren mit jemandem verheiratet, der damit zu tun hatte. Sie stellten Elisabeth Fragen nach ihrem Leben und sie hatte nie viel zu erzählen, aber sie wusste, dass sie eigentlich sowieso kein Interesse an dem hatten, was sie sagte. Sie wollten von sich reden und das war in Ordnung, denn es machte ihr Spaß, ihre Geschichten zu hören. Dass sie dabei immer wieder die Namen von Stars und Sternchen einfließen ließen, machte allerdings nicht so viel Eindruck auf sie, wie ihre Kunden wahrscheinlich hofften. Manche Leute genossen es einfach, andere zu beobachten, und Elisabeth genoss es, Zeit mit anderen zu verbringen. Wohlhabende Filmleute interessierten sich nicht für jemanden, der nicht in derselben Branche tätig war, also brauchte sie keine unwillkommenen Annäherungsversuche zu befürchten. Die Zeit, die sie mit ihnen verbrachte, half ihr, die Lücke zu überbrücken, die sie immer schon in ihrem Leben verspürt hatte. Das Beste war jedoch, dass sie die Haustiere dieser schicken Kunden besonders gern hatte und der unablässige Redefluss der Besitzer ihr ein paar zusätzliche

Augenblicke mit ihren Lieblingen bescherte. Es war eine Win-win-Situation.

Seit dem Umzug auf Coras Farm hatten sich einige dieser Lücken geschlossen. Elisabeth stand im Morgengrauen auf, fütterte die Tiere und mistete die Ställe aus, und nachdem sie nun die meisten Umzugskartons ausgepackt hatte, wollte sie zu Beginn der neuen Woche anfangen, vormittags zu backen und nachmittags die Kuchen auszuliefern. Sie hatte Glück: Die Kunden ihrer Tante hatten ihre Bestellungen aufrechterhalten. Netterweise gaben sie ihr Zeit, sich in Haus und Hof einzurichten, bevor sie regelmäßig backte und lieferte. Sie fand es seltsam, dass sie zwar weiterhin ihre üblichen Kuchenmengen bestellten, aber nicht sonderlich freundlich zu ihr waren, doch vielleicht waren sie einfach derart süchtig nach den Kuchen, dass sie gar nicht anders konnten. Oder vielleicht stimmte auch, was Ross gesagt hatte: Sie brauchten etwas Zeit, um sich an sie zu gewöhnen. Wenigstens hatten sie diese Tür nicht komplett zugeschlagen.

Ihre Tage gingen so zu Ende, wie sie morgens anfingen: mit der Versorgung der Tiere. Manchmal musste sie ihre Yoga-Übungen auf den Abend verschieben, doch meist schaffte sie es, sie noch vor den täglichen Arbeiten zu machen, so wie es ihr am liebsten war. Sie nahm sich fest vor, noch früher aufzustehen und jeden Tag mit Yoga zu beginnen, sobald sich das Kuchengeschäft eingespielt hatte. Alles in allem war der Umzug nach Trusty genau das, was sie sich erhofft hatte. Das Leben hier verlief ein bisschen langsamer, das Haus und das Grundstück und ihr eigener Alltag machten sie zufrieden und glücklich. Es waren die Leute und die größeren Tiere, die ihr Kopfzerbrechen bereiteten.

Und Ross. *Ganz sicher auch Ross.*

Als sie alle Erledigungen hinter sich gebracht hatte, machte Elisabeth an der Bücherei Halt und suchte sich etwas Unterhaltsames und Prickelndes zum Lesen aus. Wenigstens war es das, was die nette Bibliothekarin sagte. Beides konnte sie im Moment gebrauchen. Sie ging in den Stadtpark und breitete eine

Decke in der Nachmittagssonne aus.

Als die Sonne unterging, klappte sie das Buch zufrieden zu. Sie fühlte sich erfrischt. Es ging doch nichts über ein gutes Buch! Sie raffte ihre Decke zusammen, klemmte sie sich unter den Arm und machte sich auf den Weg zu ihrem Auto. In Gedanken war sie bereits bei den Arbeiten, die sie auf der Farm erwarteten, als sie am anderen Ende des Parks ein Paar Arm in Arm einen schmalen Pfad entlanggehen sah. Elisabeth seufzte. Sie blieb stehen und beobachtete, wie die Frau den Kopf an die Schulter des Mannes lehnte. Elisabeth wurde es warm ums Herz. Sie liebte die Liebe, mehr noch: Sie glaubte daran.

Eines Tages ...

Im Farmhaus angekommen ging sie in die Küche, wo ein letzter Pappkarton auf dem Boden stand. »Privates« stand darauf. Die Klappen waren offen und nach außen umgebogen. Um diesen Karton hatte sie bisher immer wieder einen Bogen gemacht, weil sie sich nicht mit dem Inhalt beschäftigen wollte – oder mit den Erinnerungen, die sie damit verband. Doch sie hatte gesehen, wie Ross einen Blick darauf warf, und das reichte, um sich selbst den nötigen Tritt in den Hintern zu versetzen. Sie setzte sich auf den Boden und starrte den Karton lange an.

Sie nahm die gerahmte Fotografie in die Hand und fuhr mit dem Finger über Robbies Gesicht. Sie dachte an den Abend, als das Foto gemacht worden war, und lächelte. Es war bei einem Open-Air-Festival, bei dem sich auch jede Menge Promis unter die Besucher gemischt hatten. Sie hatte sich fehl am Platz gefühlt, aber Robbie war vollkommen glücklich. Als sein Bruder das Foto machte, lachte Elisabeth gerade über ein Paar hinter ihm, das einen Tanz aus den 60er Jahren aufführte. Sie legte das Bild beiseite und holte ein gefaltetes Baumwollhemd hervor. Es hatte Robbie gehört und sie hatte es immer als Nachthemd benutzt. Sie vergrub die Nase darin und sog den Duft ein. Es roch wie ein ganz normales Hemd. Wie konnte sie nur nach ihrer Trennung wochenlang glauben, dass es nach ihm roch? Seit dem Abend, an dem sie sich getrennt hatten, war ein Jahr vergangen. An diesen Abend wollte sie noch nicht einmal mehr denken. Sie war über ihn hinweggekommen. Über sie beide.

Sie legte das Hemd beiseite und griff nach einem dicken, mit einem Gummiband zusammengehaltenen Stapel Briefe und las die Absenderadresse in der Handschrift ihrer Tante: *Staynor Way 17, Trusty, Colorado.* Elisabeth hatte sie allesamt aufgehoben. Sie drückte die Briefe an die Brust und warf einen Blick in den Karton. Dabei dachte sie an ihre Tante. Cora hatte mehrmals mit ihr über eine Rückkehr nach Trusty gesprochen, hatte sie aber nie gedrängt. *Du wirst wissen, wann die Zeit reif ist,* hatte sie immer gesagt. Elisabeth hatte nie einen Zweifel daran gehabt, dass sie eines Tages wieder in Trusty leben würde, doch dann startete sie nach dem College ihren Wellnesssalon und die Snackbäckerei für Haustiere. Und während sich ihre Geschäftsidee rasanter entwickelte, als sie es sich je vorgestellt hatte, war der Gedanke an Trusty im Chaos untergegangen. Als der Anwalt ihrer Tante ihr mitteilte, dass Cora ihr Haus und Grundstück hinterlassen hatte, war es ihr egal, was das ganze Unterfangen kosten würde. Es war an der Zeit, L. A. den Rücken zu kehren und nach Trusty zu ziehen. Sie musste einfach herausfinden, ob sie sich falsche Hoffnungen machte oder ob ihr Glaube ans Schicksal und an alles, was mit Liebe zu tun hatte, das Beste war, was sie je getan hatte. Es war spannend, das Risiko einzugehen, und auch Tante Cora hatte offenbar geglaubt, dass es das Richtige für sie war. Sie holte tief Luft und wandte ihre Aufmerksamkeit wieder dem Karton zu.

Darin waren noch mehr Bilder von ihrer Tante, ihrer Mutter und von einigen der Tiere ihrer Kunden in L. A. Elisabeth hatte gute Laune. Es war schön gewesen, Ross näher kennenzulernen, und der Tag in der Sonne hatte ihr auch gutgetan. Der Anblick von Robbie auf dem Foto katapultierte sie zurück in eine unglückliche Zeit und die Briefe und Aufnahmen von Tante Cora würden sie nur traurig machen.

Ich muss das nicht jetzt erledigen.

Ross wollte jemanden namens Tate vorbeischicken, um den Lieferwagen abzuschleppen. Das reichte vorerst an Erinnerungsarbeit. Den Karton würde sie sich ein andermal vornehmen. Sie stopfte das Hemd, die Briefe und das gerahmte Foto wieder in den Karton und atmete erleichtert auf. Dann stand sie auf und ging zur Tür. Sie musste sich um die Tiere kümmern.

Wie jeden Abend brachte sie die Ziegen Chip und Dale in den Stall und machte sich dann auf die Suche nach Dolly. Sie rief ihren Namen und ging ein Stück auf die Weide, doch von der Kuh fehlte jede Spur. Die Weide war riesig und es wurde bald dunkel. Sie rannte zum Stall zurück und schnappte sich das alte Fahrrad ihrer Tante. Sie packte die schwarzen Gummigriffe an der geraden Lenkstange und warf einen Blick auf das alte rosafarbene Rad, das schief an der Wand lehnte. Darauf war sie als Kind herumgeradelt und sie konnte kaum glauben, dass ihre Tante es all die Jahre aufgehoben hatte. Sie konnte kaum glauben, dass Cora nicht mehr da war.

Sie schob ihre Traurigkeit beiseite und fuhr mit dem Rad durch das dichte Gras am Weidenzaun entlang. Die kühle Abendluft brannte ihr in den Augen, während sie an den Spielgeräten für die Ziegen und der großen alten Eiche vorbeifuhr, die vom Haus aus so winzig wirkte. Aus der Nähe sah sie gigantisch aus. Noch immer war von Dolly nichts zu sehen. Je weiter sie sich vom Haus entfernte, desto dicker wurde der ängstliche Knoten in ihrem Bauch. Sie fuhr schneller, vorbei an dem scheinbar endlosen Zaun und der leeren Weide. *Dolly, wo bist du?* Sie hielt an, um nach Luft zu schnappen, ließ den Blick über die Weide schweifen und fragte sich, ob sie Dolly vielleicht übersehen hatte. War sie womöglich krank? Lag sie im Gras und Elisabeth war gerade an ihr vorbeigesaust? Sollte sie eher nach einer liegenden Kuh Ausschau halten und nicht nach einer, die auf ihren vier Beinen stand?

Das Herz sackte ihr noch ein bisschen weiter in die Hose, während sie sich das Haar aus der schweißnassen Stirn strich, die Füße auf die Pedale setzte und weiter bis zur äußersten Grenze ihres Grundstücks fuhr.

Ihr Herz machte einen Satz, als sie Dolly entdeckte. Sie stand in einem Feld an der Grundstücksgrenze. Die Kuh hob den Kopf und sah Elisabeth mit ihren großen braunen Augen an.

»Wie kann das sein?« Sie fuhr näher heran, dann stieg sie ab und legte das Rad ins Gras. Sie sah sich den Zaun genauer an, konnte aber keine schadhaften Stellen finden. Das Gatter war auch ordnungsgemäß verschlossen.

»Hallo Süße, wie bist du denn über den Zaun gekommen?« Als Elisabeth näherkam, wich Dolly zurück. Sie musste die Kuh wieder auf die Weide holen. Ganz in der Nähe gab es zwar ein weiteres Gatter, doch sie hatte Dolly immer nur mit Mühe dazu bewegen können, irgendwo hinzugehen. Sogar in den Stall. Sie hätte sich in der Stadtbücherei besser ein Buch über Kühe ausleihen sollen, keinen Liebesroman.

»Na komm schon, Dolly«, bettelte sie. Sie wusste, dass Kühe blinde Flecken haben, und erinnerte sich, dass es so etwas wie eine Bewegungszone gab, doch sie hatte keine Ahnung, wo Dollys blinder Fleck war oder wo ihre Bewegungszone anfing und aufhörte. Sie stupste Dolly in die Seite. »Komm, Schätzchen. Wir gehen auf die Weide zurück.«

Dolly warf ihr einen kurzen Blick zu und graste dann ungerührt weiter.

Elisabeth seufzte und versuchte es noch einmal. Sie schob und drückte, doch sie hätte es genauso gut mit einer Bretterwand aufnehmen können. Nachdem sie eine halbe Stunde lang auf Dolly eingeredet hatte, schwang sie sich aufs Rad und fuhr so schnell wie möglich zum Haus zurück. Dort schnappte sie sich einen Kapuzenpullover, legte einen Hundesnack in den Fahrradkorb – *was tut man nicht alles in einer aussichtslosen Lage* – und sauste wieder zu Dolly, die sich inzwischen sechs Meter in die falsche Richtung bewegt hatte.

Na toll.

Sie hielt den Hundesnack auf der flachen Hand. »Komm,

Dolly, wir gehen zum Zaun. Du bekommst auch etwas ganz Leckeres.« Sie bettelte, flehte, hielt der Kuh den Snack unter die Nase und gab schließlich laut schnaubend auf. Mit einem Snack für Kühe hätte sie jetzt vielleicht eine Chance. *Ein Hundekuchen! Was hab ich mir dabei eigentlich gedacht?* Ein paar Schritte von Dolly entfernt ließ sie sich ins Gras fallen.

Wen ruft man an, wenn man seine Kuh nicht auf die Weide kriegt? Die Polizei? Den örtlichen Hundefänger?

Ross?

Dann denkt er, ich rufe ihn an, weil ich ihn wiedersehen will.

Elisabeth überlegte, wen sie sonst noch anrufen könnte. Sie hatte noch keine Freunde in der Stadt und Ross war ihr direkter Nachbar.

Ich bin so ein Loser. Sie zog ihr Handy aus der Tasche und wählte seine Nummer. Nach dem zweiten Klingeln hob er ab.

»Hallo?«

»Ross? Hier ist Elisabeth. Ihre neue Nachbarin.« Als würde er sich nicht mehr daran erinnern, dass er ein Glas Wein mit ihr getrunken hatte.

»Ah ja, meine Wein-und-Schwein-Nachbarin.«

Sie lächelte. »Ja, mit Wein und Schwein liegen Sie schon richtig, allerdings mutiere ich gerade zur Wein-, Schwein- und Kuh-Nachbarin. Meine Kuh hat vermutlich Flügel bekommen, denn sie ist auf der anderen Seite des Zauns, und ich krieg sie nicht wieder auf die Weide.«

»So, so. Flügel, sagen Sie.«

Sie stellte sich vor, wie er seine dichten Brauen runzelte und die Lippen zu einem schiefen Lächeln verzog. *Oh, diese Lippen.*

»Das Gatter ist zu und ich habe keine Ahnung, wie sie entwischt ist. Meinen Sie, Sie könnten mir helfen, sie wieder auf die Weide zu holen? Oder mir sagen, was ich tun soll? Ich weiß nicht, wen ich sonst fragen könnte.« *Bitte, bitte, bitte.*

»Ich bin gerade in Allure und muss danach noch einen Patienten besuchen, es kann also noch dauern. Haben Sie versucht, sie zu bewegen?« Allure war die Nachbarstadt, etwa eine halbe Autostunde entfernt.

»Hm, darauf bin ich überhaupt nicht gekommen.« Sie verdrehte die Augen. »Ja, natürlich habe ich es versucht.« Ihre Zickigkeit war nicht gerade hilfreich. »Tut mir leid. Ich hab's versucht, aber sie starrt mich nur an, als hätte ich den Verstand verloren.«

»Ich sehe zu, dass ich noch vorbeikomme, wenn ich hier fertig bin. Machen Sie vor allem keine abrupten Bewegungen, Sie sollten sie nicht verschrecken.«

»Danke, Ross.«

Und jetzt machte sie sich Sorgen um Dolly und war nervös, weil sie Ross wiedersehen würde. Sie ließ sich ins Gras sinken, um ein bisschen zu meditieren.

Eine Kuh, die fliegen kann. Na, wenn das nicht der beste Spruch war, den er im Laufe des Jahres gehört hatte. Er glaubte nicht, dass Dolly weit kommen würde, egal, wie sie es über den Zaun geschafft hatte – das würde er sich auch ansehen müssen. Anderthalb Stunden später hatte er seinen letzten Patienten für den Tag verarztet und war auf dem Weg zu Elisabeths Farm. Wahrscheinlich hatte sie Dolly längst eingesammelt. Er klopfte an die Tür, doch offenbar war niemand zu Hause.

»Na, dann komm«, sagte er zu Storm. Er holte sich noch eine Taschenlampe aus dem Wagen und suchte den Stall nach Elisabeth ab. Weder von ihr noch von Dolly war etwas zu sehen. Vermutlich war Elisabeth an dem Zaunstück entlanggegangen, das dem Haus am nächsten lag. Er ging zum gegenüberliegenden Zaunabschnitt, der dem Waldsaum folgte. Während er den Zaun nach Löchern absuchte, behielt er gleichzeitig die Weide im Auge und suchte nach Elisabeth und Dolly. Wenn sie sich das alles nur ausgedacht hatte, um ihn wiederzusehen, dann musste sie wirklich Sehnsucht nach ihm gehabt haben, denn anderthalb Stunden sind eine lange Wartezeit.

Kurz vor der Grundstücksgrenze fand er die schadhafte Stelle. Ein dicker Ast war auf die Querlatten gefallen und hatte ein Loch hineingeschlagen. Nun wusste er also, was er später am Abend noch tun würde.

Er umrundete die äußerste Ecke der Weide und ging hinüber zu der anderen Seite, wo er Dolly auf dem Feld jenseits des Zaunes stehen sah. Elisabeth war dagegen nirgends zu sehen. Er leuchtete mit der Taschenlampe das Gras ab und der Lichtstrahl erfasste ein Metallgestänge. Ein Fahrrad?

Als er über die Weide ging, hörte er Elisabeth leise singen. Er blieb stehen und lauschte einen Moment. Die Worte konnte er nicht verstehen, doch ihre Stimme klang glücklich. Er ging ihrer Stimme nach und fand sie ein paar Schritte von Dolly entfernt im Gras sitzen. Sie sang und summte und flocht eine Schnur aus Grashalmen.

Sie blickte auf und lächelte. »Da sind Sie ja.« Mit einer Hand griff sie in ihre Haare und wickelte eine Strähne um den Finger.

»Sie singen. In der Dunkelheit.« *Für eine Kuh. Hat die ein Glück!* Er reichte ihr die Hand und half ihr auf die Füße.

»Ja.« Sie atmete tief ein und klopfte sich das Gras vom Hinterteil. »Ich konnte sie ja nicht ganz allein hier draußen lassen. Ohne Chip und Dale kam sie mir so einsam vor, und ich hab es nicht geschafft, sie zum Gatter zu kriegen. Es tut mir so leid, dass ich Sie schon wieder um Hilfe bitten muss. Wahrscheinlich halten Sie mich für verrückt.«

Damit lag sie gründlich falsch. Er war verrückt, dass er jetzt erst hergekommen war.

In der Dunkelheit singen, damit sich die Kuh nicht so alleine fühlt? Warum fand er das so entzückend?

Er zwang sich zu einem professionellen Verhalten, damit seine Gedanken *diese* Spur nicht weiter verfolgten. »Ich habe herausgefunden, wie sie entwischt ist. Ein Ast hat eine Lücke in den Zaun geschlagen. Das kann ich morgen für Sie reparieren, aber für heute Abend müssen wir das Loch provisorisch flicken.«

»Den Zaun am Wald habe ich mir gar nicht angesehen. Ich bin so blöd! Ich hab mich nur auf Dolly konzentriert. *Mannomann!* Danke, Ross. Normalerweise bin ich nicht so gedankenlos, ehrlich.« Sie schob die Hände in die Taschen ihrer sehr knappen Shorts und lächelte.

Allein auf einer Weide mit einer wunderschönen Frau, mit der er tatsächlich gern zusammen war. Er konnte sich eine Menge Sachen vorstellen, die er lieber tun würde als das, was sie tun mussten. Und nur zwei Gründe, warum er sie besser nicht tat. Erstens war sie seine Nachbarin und zweitens kannte er sie kaum und war sich nicht sicher, ob sie wirklich so gut war, wie sie schien. Beide Gründe kamen ihm immer mehr wie lahme Ausreden vor, sie nicht zu küssen.

Er schob seine Gedanken beiseite und konzentrierte sich auf die Sache, die ihn wieder mit Elisabeth zusammengebracht hatte.

»Sehen wir zu, dass Dolly sicher zurück auf die Weide kommt, und dann flicken wir den Zaun, damit sie nicht wieder ausbüxt.« Während er Dolly auf die Weide lotste, erklärte er ihr, wie sich Kühe führen ließen. »Ihre Tante hatte ein Händchen für Dolly, also ist sie es gewöhnt, angefasst zu werden. Sie ist wirklich sehr sanftmütig, aber alle Tiere können sich erschrecken, daher ist es wichtig, sich langsam zu nähern. Wenn Sie wollen, dass eine Kuh vorwärts geht, nähern Sie sich von der Seite, direkt hinter der Schulter.« Er stellte sich an die entsprechende Stelle und spürte die Hitze von Elisabeths Blick.

»Der Balancepunkt einer Kuh liegt im Schulterbereich. Wenn Sie also vor dem Schulterbereich auftauchen, dreht sie sich weg oder macht einen Schritt zurück. Kühe sehen anders als wir. Sie können mehr als dreihundert Grad auf einmal erfassen, bei uns sind es dagegen nur hundertachtzig Grad. Ihr blinder Fleck ist direkt hinter ihnen.« Er deutete auf den Bereich hinter Dolly. »Sie kann Sie also nicht sehen, wenn Sie dort stehen.«

»Und was ist die Bewegungszone?«, fragte Elisabeth, die neben ihm herging.

Bewegungszone? Sie wartete mit immer neuen Überraschungen auf und das machte es ihm umso schwerer, Distanz zu wahren.

»Aha, von der Bewegungszone haben Sie also schon mal gehört?«

»Ja, aber ich habe keine Ahnung, was damit gemeint ist. Ich habe den Begriff irgendwo gelesen oder gehört. Vielleicht in einem Dokumentarfilm oder so.«

»Nun, die Bewegungszone ist der Bereich unmittelbar um die Kuh herum. Wenn Sie diesen Bereich betreten, setzt sie sich in Bewegung, weil sie sich bedroht fühlt und dem Druck ausweichen will. Sie müssen auf ihren Balancepunkt und auf die Entfernung zu ihrem Körper achten. Um sie weiter vorwärts laufen zu lassen, halten Sie sich seitlich, so wie ich jetzt, am Rand ihrer Bewegungszone. Sehen Sie, wie weit entfernt ich stehe?« Er hob den Arm, um den Abstand zwischen sich und Dolly zu verdeutlichen. »Das ist in etwa der richtige Abstand. Wenn sie zu schnell wird, lassen Sie sich ein bisschen zurückfallen, bis sie langsamer wird. Wenn sie zu langsam wird oder stehen bleibt, gehen Sie näher an sie heran, um sie dazu zu bewegen, weiterzugehen.«

»Ich bin von der Seite an sie herangetreten, aber mehr in Schulterhöhe, und sie hat sich von mir streicheln lassen.«

»Das haben Sie Ihrer Tante Cora zu verdanken. Sie hat viel Zeit mit Dolly verbracht.« Er griff nach Elisabeths Hand. »Kommen Sie, Sie übernehmen das und ich kümmere mich um das Gatter.«

»Ich weiß nicht. Was ist, wenn ich sie in die falsche Richtung jage?«

Er lächelte ihr beruhigend zu und führte sie näher an Dolly heran. »Das wird schon nicht passieren. Und wenn doch, dann hole ich sie zurück.« Er ging neben ihr her, bis sie das Gatter erreichten. »Das klappt doch prima. Sehen Sie, es ist gar nicht so schwierig, wenn man weiß, wie's geht.«

Während er das Gatter öffnete, übernahm sie die Führung.

»Ich glaube, in Sachen Tierhaltung habe ich noch Einiges nachzuholen.«
»Vielleicht sollten wir mal zusammen in die Stadtbücherei fahren. Callie, die Bibliothekarin, ist die Freundin meines Bruders Wes.« Seite an Seite mit ihr zu gehen, gefiel ihm besser, doch er ließ sich die Gelegenheit nicht entgehen, ihr Lächeln gierig aufzusaugen, ihre Augen, ihre Schultern, ihre Brüste ... Er drehte sich zur Weide um und holte tief Luft. Er sollte sich lieber auf die Kuh konzentrieren und auf die Zaunreparatur, nicht auf die Latte in seiner Hose.
»Ich war heute Nachmittag dort. Ist Callie die Frau mit dem dunklen Haaren? Sehr hübsch und eher ein stiller Typ?«
Ihm fiel auf, dass sie ohne Probleme zugeben konnte, dass eine andere Frau hübsch war. Manchmal stellten sich Frauen in dieser Hinsicht komisch an. Noch ein Pluspunkt auf der Was-ich-an-Elisabeth-mag-Liste. Welche Überraschungen mochten wohl sonst noch in ihrem schönen Kopf schlummern?
»Ja, das ist Callie. Sie ist eine ganz Liebe. Das machen Sie gut, Elisabeth.« Er schloss das Gatter hinter Dolly und zusammen gingen sie zu der kaputten Stelle im Zaun. In der Mitte zwischen zwei Pfosten klaffte eine v-förmige Lücke. Die Latten mussten ersetzt werden, keine schwierige Reparatur, doch Ross fragte sich, was Elisabeth gemacht hätte, wenn er nicht vorbeigeschaut hätte.
»Ich bringe Dolly in den Stall. Nehmen Sie doch das Rad und fahren zurück zum Haus. Dann hole ich schnell ein paar Holzlatten und repariere den Zaun.«
»Das brauchen Sie nicht, Ross. Bestimmt haben Sie etwas Besseres zu tun, als meinen Zaun zu flicken. Sie haben schon so viel für mich getan und ich bin Ihnen wirklich dankbar.«
»Elisabeth, was hätten Sie gemacht, wenn ich nicht vorbeigekommen wäre?«
Wortlos zuckte sie mit den Schultern.
»Wären Sie die ganze Nacht bei Dolly geblieben?«
Sie knabberte an ihrer Unterlippe und nestelte am Saum ihres

Hoodies. »Kann schon sein. Ich hätte sie ja schließlich nicht alleinlassen können. Dann hätte ich mir die ganze Nacht Sorgen gemacht, dass sie sonst wohin läuft.«

Er wusste, dass sie genau das getan hätte. Sein Handy klingelte und Jim Trowells Name erschien im Display. Das Herz zog sich ihm zusammen. Jim war Kelseys Großvater und seine Hündin hatte nicht mehr lange zu leben.

»Ich muss drangehen, aber ich bringe Dolly gleich in den Stall zurück.«

»Macht es Ihnen etwas aus, wenn ich Storm mitnehme?« Sie sah ihn mit großen Augen an und sah so süß aus, dass er keinen klaren Gedanken fassen konnte.

»Kein Problem.« Er sah ihr nach, als sie ging, um ihr Fahrrad zu holen. Storm heftete sich an ihre Fersen und Ross fragte sich, wie lange es wohl dauern würde, bis sie Storms Herz erobert hatte.

Er wandte seine Aufmerksamkeit dem Anruf zu und sprach mit Jim Trowell. Es war, wie er es erwartet hatte: Seiner Hündin Gracie ging es nicht gut und Jim wollte, dass Ross sie sich ansah.

Er brachte Dolly in den Stall und fand Elisabeth auf der Verandatreppe. Sie hielt einen Hammer und eine Kiste mit Nägeln in der Hand und sah hinreißend aus.

»Was haben Sie denn damit vor?« Ross setzte sich neben sie.

»Den Zaun provisorisch zusammenflicken, sodass er sicher ist, bis ich ihn reparieren lassen kann.« Sie zog die Brauen zusammen und sah ihn an, als sei seine Frage absolut lächerlich.

»Den können Sie nicht mit Hammer und Nägeln reparieren. Wir müssen neue Querstreben kaufen, aber erst muss ich noch zu einem Patienten rausfahren. Der Hündin von Kelseys Großvater geht es nicht gut und ich habe versprochen, vorbeizuschauen.«

»Oh, das arme Ding. Was fehlt ihr denn?«

»Sie ist alt und ich fürchte, ihr bleibt nicht mehr viel Zeit.« Er stand auf. »Wie wär's, wenn ich das Holz auf dem Rückweg besorge? Für heute Nacht ist Dolly im Stall gut aufgehoben. Ich komme vor Sonnenaufgang und repariere den Zaun.«

Sie erhob sich ebenfalls und folgte ihm zu seinem Truck. »Ich könnte jemanden kommen lassen, der den Zaun repariert.«

Er hob eine Augenbraue.

»Nun ja, wahrscheinlich kommt er nicht sofort her, aber Sie können mir sicher sagen, wen ich anrufen soll.«

»Ihren Zaun repariere ich«, sagte er eine Spur zu entschieden. Wenn Ross das nicht übernahm, blieb nur noch Chet Daily als Alternative. Chet wurde in Trusty immer gerufen, wenn es etwas zu reparieren gab, Zäune, Ställe und was sonst noch auf den umliegenden Farmen anfiel. Er war schon in der Highschool als unersättlicher Schürzenjäger bekannt und daran hatte sich seitdem nichts geändert. Auf gar keinen Fall würde Ross einen Typen wie Chet in Elisabeths Nähe lassen. »Ich kann das machen, ehrlich.« Er öffnete die Fahrertür.

»Okay, also, nun ... kann ich mitkommen, wenn Sie zu Ihrem Patienten fahren? Ich biete Massagen für sterbenskranke Haustiere an.«

Massagen für Haustiere. Er überlegte einen Moment. Die Verlobte seines Cousins Rex hatte sich auf Pferdemassagen spezialisiert. Vielleicht war die Idee gar nicht so dumm. Er senkte den Blick und lehnte sich an seinen Wagen. »Vielleicht muss ich sie einschläfern. Das wollen Sie bestimmt nicht miterleben.«

Sie trat einen Schritt auf ihn zu. »Vielleicht nicht, aber ich kann dafür sorgen, dass sie sich besser fühlt. Die Massage dauert nur fünf Minuten, aber sie kann wirklich viel bewirken.« Sie machte einen weiteren Schritt auf ihn zu. »Bitte. Ich verspreche, dass ich mich nicht in das einmische, was Sie tun müssen.«

Es wäre so einfach, sie zu küssen. Sich herunterbeugen, sie küssen und fertig.

Und fertig? Ja, klar. Sich zu ihr herunterbeugen, sie küssen und sie bis zum Morgengrauen lieben.

»Ross? Bitte!«

Er schüttelte den Kopf, um klarer denken zu können. »Sind Sie sich ganz sicher?«

»Ich kann ihr helfen und in der letzten Zeit habe ich mich nicht besonders nützlich gefühlt. Ich kann ihre Schmerzen lindern und ihr helfen, sich zu entspannen und sich geliebt zu fühlen. Das ist doch nicht ganz unwichtig.«

»Sie sind mir vielleicht eine, Elisabeth. Sie haben hier genug eigene Probleme und sind bereit, alles stehen und liegen zu lassen und einer Hündin zu helfen, die Sie nicht einmal kennen.«

»Sie würden es doch genauso machen. Warten Sie, ich hole nur schnell meinen Haustürschlüssel.«

Eine halbe Stunde später standen sie in Jim Trowells spärlich möbliertem Wohnzimmer. Gracie hatte sich auf dem Futon ausgestreckt, den Jim für sie gekauft hatte. Anfangs, nachdem sein Sohn ihm Gracie geschenkt hatte, brachte er es nicht übers Herz, ihr beizubringen, dass sie kein Schoßhündchen war. Gracie war eine bunte Promenadenmischung, das Einzige, was man sicher über ihre Herkunft sagen konnte, war, dass irgendwo in ihrem Stammbaum ein Chow-Chow auftauchte. Ihre Zunge war teilweise blau gefärbt und bis vor Kurzem hatte sie auch das typische dichte Fell gehabt. Nun war sie stark abgemagert, das Fell fiel büschelweise aus und sie fraß nicht mehr. Sie lag mit angewinkelten, spindeldürren Beinchen auf der Seite. Ihr großer Kopf ruhte auf einem Kissen, das Jim ihr hingelegt haben musste. Die Untersuchung hatte Ross' Vermutung bestätigt: Gracies Leben neigte sich dem Ende zu.

»Elisabeth?«, sagte Ross leise und wies mit dem Kopf auf die Hündin. Dann trat er zu Jim, der aus dem Wohnzimmerfenster in die Dunkelheit starrte.

Kurz bevor Jims Sohn seinem Vater die Hündin geschenkt hatte, war Jims Frau gestorben, und Gracie sollte die Lücke füllen, die ihr Tod in sein Leben gerissen hatte. Sie hatte diesen Zweck hervorragend erfüllt und hatte Jim nicht nur eine Aufgabe gegeben, sondern sie war auch jemand, den er lieben konnte. Ross fragte sich, wie der weißhaarige Mittsiebziger den Verlust eines weiteren geliebten Wesens verkraften würde.

Er legte ihm die Hand auf die Schulter, während Jim beobachtete, was Elisabeth tat. Sie hielt Gracies linkes Vorderbein in beiden Händen und massierte vorsichtig den Schmerz weg. Gracie schloss die Augen und Elisabeth begann, eine leise Melodie zu summen. Alle paar Sekunden verlangsamte sie ihre Bewegungen und strich Gracie mit der Hand über den Kopf, von den Brauen bis zum Nacken.

»Es ist alles in Ordnung, Süße«, sagte sie leise, dann nahm sie sich Gracies rechtes Vorderbein vor, dann ihre Hinterläufe und schließlich die Hüften.

Jim sah ihr stumm zu. Er hatte Tränen in den Augen und das Herz war ihm so schwer, dass Ross sich wünschte, er könnte ihm beim Tragen helfen. Elisabeth lächelte, während sie summte und die Schmerzen der Hündin linderte. Sie sah glücklich aus, obwohl ihnen allen klar war, dass Gracie nicht mehr lange zu leben hatte. Ross sah, dass ein Hauch von einem Lächeln um Jims Lippen spielte. Dass Elisabeth die Hündin mit so viel Respekt behandelte, half Jim sicherlich ebenso sehr wie Gracie.

Elisabeth massierte Gracie den Rücken und den Nacken und kraulte sie hinter den Ohren, bevor sie sie sanft in die Arme schloss.

»Danke, dass ich dich streicheln durfte, Gracie. Du bist wunderschön.« Sie gab ihr einen Kuss auf die Schnauze und Gracie schlug die Augen auf.

Ross war sich ganz sicher, dass die Hündin lächelte. Gracie litt seit ein paar Jahren an Diabetes, seit zwei Jahren war sie fast blind. Es war schmerzlich, ihren Kampf mit anzusehen, doch sie hatte eine positive Lebenseinstellung, und Jim hatte sich entschieden, sie bei sich zu behalten. Viele andere hätten sie schon längst einschläfern lassen. Vor ungefähr zwei Wochen hatte Jim gemerkt, dass Gracie immer schwächer wurde, und Ross gebeten, sie sich anzusehen. Ross war sofort klar gewesen, dass das Ende nahte.

»Jim?« Ross wartete, bis Jim seine Aufmerksamkeit von Gracie losriss. »Das Blut, das Sie im Urin gesehen haben, deutet auf ein Nierenversagen hin. Die Entscheidung liegt bei Ihnen.« Das war das Schwierigste am Ende eines Tierlebens: dem Besitzer bei der endgültigen Entscheidung zu helfen, ohne ihr geliebtes Haustier weiterzuleben.

Jim nickte und rieb sich mit Daumen und Zeigefinger die Augen.

»Ich weiß, was zu tun ist, Ross, aber ich brauche noch einen Tag mit ihr.« Jim warf ihm einen flehentlichen Blick zu.

»Das verstehe ich.« Als Tierarzt stand es Ross seiner Meinung nach nicht zu, darüber zu urteilen, wie sich Menschen von ihren Haustieren verabschiedeten. Für manche musste es schnell gehen, andere dagegen zögerten den letzten Augenblick so lange wie möglich hinaus.

Ross und Elisabeth fuhren schweigend davon und nach einer Weile griff Ross nach ihrer Hand. Es fühlte sich irgendwie richtig an.

»Alles okay bei Ihnen?«

»Ja«, sagte sie. »Ich dachte gerade, wie gut Gracie es doch hat. Jim liebt sie so sehr. Sie muss ein wunderbares Leben bei ihm gehabt haben.« Sie blickte auf ihre ineinander liegenden Hände hinunter. »Und Sie? Alles okay?«

»Ja, klar. Es tut mir leid für Gracie und Jim, aber das gehört eben zum Leben dazu, nicht wahr?« Er drückte ihre Hand.

»Danke, dass ich mitkommen durfte.«

»Danke, dass Sie mitgekommen sind. Für mich war es schön, dass Sie da waren, und ich glaube, für Gracie war es auch schön, dass Sie da waren.«

Elisabeth sah aus dem Fenster. Er konnte die Traurigkeit spüren, die sie umgab, und hätte zu gern gewusst, wie er sie trösten sollte. Er konnte besser mit Tieren als mit traurigen Frauen umgehen. Er steuerte die Unterhaltung weg von Gracie, in der Hoffnung, dass ihre Gedanken eine andere, optimistischere Richtung einschlagen würden.

»Mir ist gerade eingefallen, dass mein Bruder Luke auf seiner Farm noch Zaunmaterial hat. Wie wär's, wenn ich Sie nach Hause bringe und dann rausfahre und es hole? Die Geschäfte haben jetzt sowieso zu. Und dann komme ich morgen früh vorbei und repariere den Zaun.«

»Sicher? Ich habe das Gefühl, Ihnen zur Last zu fallen.«

»Tun Sie aber nicht und, ja, ich bin mir sicher.« *Ganz sicher.* Er würde Chet Daily keine Gelegenheit geben, sich ihr zu nähern, wenn er es irgendwie verhindern konnte.

»Elisabeth, kommen Sie klar, wenn ich Sie jetzt zu Hause absetze?«, fragte er.

Sie lächelte, doch das Lächeln reichte nicht bis zu ihren Augen.

»Ja, aber würde es Ihnen etwas ausmachen, wenn ich ein bisschen näherrücke? In einer Situation wie dieser würde eine Umarmung guttun.«

Er klopfte mit der Hand auf den Sitz neben seinem und sie löste ihren Sicherheitsgurt, rutschte neben ihn, gurtete sich wieder an und schmiegte sich in seinen Arm. Ross gab ihr einen leichten Kuss auf die Schläfe, ohne zu zögern und ohne überhaupt darüber nachzudenken. Es fühlte sich völlig normal an, als sie den Kopf an seine Schulter legte. So fuhren sie den Rest des Wegs zu ihrem Haus, und als Ross in die Zufahrt einbog, tat er es widerwillig. Er wäre viel lieber so weitergefahren, hätte sie lieber weiter so gehalten.

Elisabeths Haus lag in völliger Dunkelheit. Wahrscheinlich hatte sie vergessen, das Verandalicht einzuschalten, als sie losfuhren. Ross parkte in der Einfahrt und half ihr aus dem Truck. Er ließ eine Hand auf ihrem Arm liegen, als sie zur Veranda gingen.

»Sie haben keinen Bewegungsmelder?«, fragte er und ließ den Blick über das Haus und das angrenzende Gelände schweifen. Außer gelegentlichen Kuhschubsereien gab es in Trusty kaum

Kriminalität. Die Verbrechen in Trusty gingen tiefer: üble Nachrede und schiefe Blicke. Er hoffte, dass Elisabeth weder das eine noch das andere jemals aushalten musste.

»Ich glaube nicht.« Sie stand mit dem Rücken zu ihm, während sie einen Schlüssel nach dem anderen probierte. »Ich kann nicht sehen, welcher der richtige ist.«

Ross trat von hinten an sie heran und legte seine Hände auf ihre. Seine Lippen berührten leise ihr Ohr und er spürte, wie ein Zittern ihren Körper durchfuhr. »Kommen Sie, ich helfe Ihnen.«

»Okay«, flüsterte sie.

Sie drehte den Kopf und verschob dabei ihren Körper ein winziges Stück, sodass ihr Hintern seinen Reißverschluss streifte. Ihre Lippen waren kaum mehr als einen Fingerbreit voneinander entfernt. Verlangen durchströmte Ross. Er konnte es nicht länger aushalten, er musste sie wenigstens an sich spüren, und wenn es nur für einen Augenblick war. Er beugte sich vor und presste seine Schenkel von hinten gegen ihre, wünschte sich, sie möge sich in seinen Armen umdrehen, sodass er ihre weichen Brüste fühlen konnte.

»Er …« Sie fuhr sich mit der Zunge über die Lippen.

Lieber Himmel, sie war heißer als die Hölle.

»Er hat einen eckigen Kopf.«

»Wie bitte?« Seine Gedanken waren hoffnungslos verstrickt. Er schob seinen Hunger beiseite und versuchte, sich auf die verdammten Schlüssel zu konzentrieren, doch ihr Hintern streifte seine Härte und ihre Zunge hatte auf ihren Lippen einen feuchten Schimmer hinterlassen. Heiliger Strohsack! Er begehrte sie so sehr, dabei versuchte sie noch nicht einmal, seine Aufmerksamkeit auf sich zu lenken. Kaum auszudenken, wie es ihm ergehen würde, wenn sie sich erst Mühe gab.

»Der Schlüssel.« Wieder berührte sie seine Hand. »Er hat einen eckigen Kopf.«

»Ach so. Ja, hier ist er.« *Zur Hölle damit.* Er wiegte seine Hüften gegen ihren Hintern und schloss die Tür auf. Sie sollte wissen, was sie mit ihm anstellte. Es ging gar nicht anders, sie musste sein Verlangen doch spüren. Und wenn sie es nicht wahrnahm, dann fühlte sie jetzt, wie es sich an sie presste, hart wie Stahl. Diese Situation heraufzubeschwören war entweder das Dümmste oder das Klügste, was er je getan hatte, und da sie beide den Atem anhielten, konnte er sich nicht entscheiden, was es denn nun war.

Er musste hier weg. Dringend.

Er drehte sie sanft zu sich herum und stützte sich mit einer Hand neben ihrem Gesicht am Türrahmen ab. Er fühlte ihren heißen Atem an seinem Kinn und spürte das schmerzliche Verlangen, sie zu schmecken, die Luft aus ihren Lungen einzuatmen.

»Ross«, flüsterte sie.

Er gab ihr einen flüchtigen Kuss auf die Stirn und drückte ihr das Schlüsselbund in die Hand. »Ich repariere Ihren Zaun noch vor Sonnenaufgang.« Bevor er es sich anders überlegen und sie in die Arme schließen konnte, streifte er mit den Lippen ihre Wange, denn er konnte nicht gehen, ohne sie wenigstens ein bisschen berührt zu haben. Dann flüsterte er: »Schlafen Sie gut.«

Von Elisabeth wegzugehen war das Schwierigste, was er seit Jahren getan hatte.

Er sah, wie sie ins Haus ging und das Licht einschaltete, dann ließ er seinen Wagen an.

Als er den Truck wendete, korrigierte er sich. Von Elisabeth wegzufahren war das Schwierigste, was er je getan hatte.

Vier

Am Sonntagmorgen stand Elisabeth mit dem ersten Hahnenschrei auf, in der Hoffnung, Ross zu erwischen, während er den Zaun reparierte. Ihre Tante hatte den Hahn auf den Namen Rocky getauft, kurz nachdem sie ihn bekommen hatte. Das Tier war auch tatsächlich so imposant und stolz wie der Boxer aus dem Film. Er ging überall hin, wo er hinwollte, und weigerte sich, ihr zu nah zu kommen. Elisabeths Gedanken weilten bei Ross, der ihr gestern Abend eindeutig imponiert hatte. *Und wie!* Er fühlte sich so gut an, wie er sich an ihren Rücken drückte. Sie konnte kaum atmen, als seine Lippen ihre Wange berührten, aber warum um alles in der Welt hatte er sie nicht geküsst? Sie wünschte sich eine Beziehung, doch sie wünschte sich auch diesen Kuss, und zwar so sehr, dass sie ihn beinahe schmecken konnte. Die kalte Dusche, die sie sich gestern vor dem Zubettgehen und heute früh nach dem Aufstehen verordnet hatte, hatte daran nichts geändert. Es war unmöglich, die Hitze zu ignorieren, die zwischen ihnen knisterte, so sehr sie sich auch einzureden versuchte, dass eine derartige Hitze nie zu einer dauerhaften Beziehung führen konnte. Wenn sie ehrlich war, nahm sie sich diesen Einwand selbst nicht mehr ganz ab. Vielleicht war es ja eher so, dass sich die Leidenschaft zwischen ihnen nicht ignorieren ließ, weil sie in Wirklichkeit nur das Sahnehäubchen war? Und unter diesem Sahnehäubchen schlummerte womöglich etwas Reicheres und Beständigeres, wovon sie immer geträumt hatte?

Sie eilte zum Stall, um ihr Fahrrad zu holen, und sauste durch das taufeuchte Gras hinunter zum anderen Ende der Weide. Dann legte sich die Enttäuschung bleischwer in ihren Magen. Ross hatte Wort gehalten: Der Zaun war bereits repariert – und sie hatte ihn verpasst. Sie hätte doch nur nach seinem Truck Ausschau halten müssen, dann hätte sie sich keine unnötigen Hoffnungen gemacht. *Ich bin so blöd!* Sie kehrte zum Stall zurück und stellte fest, dass er nicht nur ihren Zaun geflickt, sondern auch ihre morgendlichen Arbeiten für sie erledigt hatte. Die Tiere waren mit Futter versorgt, die Boxen waren sauber, und als sie Dolly und die Ziegen auf die Weide lassen wollte, fand sie eine Notiz, die mit einem Nagel an der Stalltür befestigt war.

Guten Morgen, Schlafmütze. Dolly sollte nun eigentlich sicher sein, es sei denn, sie bekommt doch noch Flügel. Der Kaffee war noch heiß, als ich ihn hier abgestellt habe. Ihr Nachbar und Stallbursche R. B.

Sie sah sich nach dem Kaffee um und entdeckte einen Pappbecher mit Deckel auf dem Tisch an der Tür. Der Kaffee war lauwarm, aber er kam von Ross und das machte ihn perfekt. Sie holte ihr Handy hervor und schickte ihm eine SMS.

Der Kaffee ist perfekt. Danke! Schade, dass ich Sie verpasst habe. Sie haben bei mir was gut. E.

Ross antwortete sofort: *Hört sich vielversprechend an, finde ich.*

Wie sollte sie sich bloß konzentrieren, wenn ihre Gedanken unaufhörlich um diese aufreizenden Worte kreisten? Sie ging ins Haus und um sieben Uhr häuften sich Mehl, Zucker, gehackte Früchte und andere Zutaten in der Küche. Das Radio war an und sie wippte mit den Hüften zur Musik, während sie sich durch die Rezepte ihrer Tante arbeitete. Diese Kuchen waren ihr Einstieg ins Geschäft. Ihre allerersten Bestellungen seit dem Tod ihrer Tante.

Morgen würde sie sie ausliefern, und wenn alles gut ging, waren ihre Kuchen genauso gut wie die ihrer Tante und ihre Kunden wären begeistert und würden bei ihren Bestellungen bleiben. Sie hoffte, dass sie vielleicht auch bei Freunden und Verwandten Reklame für sie machen würden.

Sie hielt sich streng an die Rezepte ihrer Tante, doch daneben hatte sie auch ihre eigenen Ideen. Wo sie gerade dabei war, backte sie ein Blech mit Cupcakes für Hunde, als Dankeschön für Ross für seine Hilfe. Sie nahm sich aber fest vor, sie ihm erst am Montag zu bringen. Sie hatte schon genug von seiner Zeit in Anspruch genommen. Wieder fragte sie sich, warum er sie nicht geküsst hatte. Eigentlich war sie sich ziemlich sicher, genügend Ich-will-dich-Signale ausgesandt zu haben. Andererseits war sie besser darin, sich Männer vom Leib zu halten, als sie anzulocken.

Sie war immer stolz darauf gewesen, dass sie in dieser Hinsicht das genaue Gegenteil ihrer Mutter war, auch wenn Elisabeth sie in dem Glauben gelassen hatte, sehr viel mehr sexuelle Erfahrungen zu haben, als es tatsächlich der Fall war. Das war einfacher, als einer sexuell hyperaktiven Mutter zu erklären, warum sie mit siebenundzwanzig Jahren erst mit zwei Männern geschlafen hatte. Sie hatte sich oft genug mit Männern verabredet, um diesen Eindruck bei ihrer Mutter zu bestätigen. Die Wirklichkeit sah ganz anders aus: Während ihre Freundinnen von einem Bett ins andere hüpften, hatte Elisabeth von einer Zukunft in einer Stadt geträumt, in die sie eines Tages zurückzukehren hoffte. In diesem Traum gab es auch einen Ehemann, der dieselben Werte vertrat, wie sie sie von ihrer Tante gelernt hatte. Sie ahnte, dass sie für den Geschmack ihrer Mutter viel zu brav und anständig lebte, und das war auch der Grund, weshalb sie ihr die alljährlichen Sommerferien bei Tante Cora verbot. *Es hat schon seine Gründe, weshalb Frauen nicht mehr so leben wie in den 1950er Jahren*, hatte ihre Mutter immer gesagt.

Sie dachte an Ross und an ihre Antwort, als er sie nach ihrer Beziehung zu ihrer Mutter gefragt hatte. Dabei hatte sie wirklich nicht gelogen. Sie hatte tatsächlich eine gute Beziehung zu ihrer Mutter. Nur gründete diese Beziehung auf der Vorspiegelung falscher Tatsachen. Sie hatte sich so sehr gewünscht, dass sie in Trusty all die richtigen Dinge finden würde. Und nun hatte sie Ross kennengelernt und fand alles noch viel spannender, als sie es sich vorgestellt hatte.

Als um Viertel vor neun ihr Telefon läutete, wunderte sie sich nicht. Ihre Mutter hatte jeden Sonntag um acht einen Termin im Nagelstudio. Ihre Maniküristin arbeitete nur mittwochs und sonntags, was hervorragend in den Terminkalender von Elisabeths Mutter passte. Um diese Uhrzeit hatten sie die Pediküre erledigt und ihre Mutter verspürte das dringende Bedürfnis zu plaudern und ihre Hände zu beschäftigen, bevor sie durch frischen Nagellack daran gehindert wurde.

»Hallo Mom.«

»Hallo Schätzchen. Wie ist das Leben auf dem Lande? Hast du es schon satt und kommst bald nach Hause?«

Vor ihrem inneren Auge sah Elisabeth ihre Mutter vor sich, mit ihrem langen blonden, perfekt geglätteten Haar, das ihr offen über die Schultern fiel. Vermutlich trug sie ein Kostüm von Chanel und teure Hochhackige und hatte sich die Lippen sorgfältig rot geschminkt – und das alles für einen Fußpflege- und Fingernageltermin. Nach der Highschool hatte Elisabeth dem Drängen ihrer Mutter nachgegeben und versucht, neben ihrem Lebensstil auch ihre Einstellung zu Beziehungen zu übernehmen. Für ihre Mutter war sexuelle Selbstbestimmung gleichbedeutend mit gesellschaftlichem Fortschritt und ständig wechselnde Partner galten ihr als eindeutiges Zeichen für den Aufstieg auf einer wichtigen unsichtbaren Leiter. Elisabeth war noch Jungfrau gewesen, als sie aufs College kam, und stellte bald fest, dass alle Typen, mit denen sie sich verabredete, nur noch das Ziel hatten, diesen Status zu ändern. Irgendwann hatte sie schließlich nachgegeben und nach sechs vielversprechenden Dates mit dem Sohn eines Filmproduzenten geschlafen. Eine Woche später war er zu seinem Vater an ein Filmset gereist und sie hörte nie wieder von ihm. Der Versuch, so zu sein wie alle anderen und ihrer Mutter zu gefallen, hatte sie ihre Jungfräulichkeit gekostet. Sie war keineswegs prüde. Sie *wollte* sich verlieben und wilden, leidenschaftlichen, bedeutsamen Sex haben, aber sie wollte diesen Sex zu ihren Bedingungen. Wenn sie bereit war. Wenn sie einem Mann ihr Herz und ihren Körper auf diese Weise geben wollte. Zu spät erkannte sie, dass ihre Jungfräulichkeit ihr wichtig gewesen war, und das war nun unwiederbringlich verloren. Bald gab sie es auf, so zu tun, als interessierte sie sich für Mode und aufgesetzte Unterhaltungen, ließ ihre Mutter aber weiterhin in dem Glauben, dass sie ihr ähnlicher war als ihrer Tante. In dieser Hinsicht war es nicht gerade eine ehrliche Beziehung, doch für ihre Mutter war es einfacher so. Elisabeth hatte ganz offensichtlich die falsche Nash-Schwester als Mutter erwischt. Und sie hatte sich noch weiter zurückgezogen – bis Robbie in ihr Leben trat. Sie schob alle Gedanken an ihn weg und antwortete ihrer Mutter.

»Ich komme nicht nach Hause, Mom. Wir haben das doch alles schon besprochen. Ich will, dass das hier ein Erfolg wird.« Sie holte die Cupcakes aus dem Ofen und stellte sie zum Abkühlen beiseite.

»Oh ja, das weiß ich doch, Schätzchen, aber man kann ja wenigstens mal fragen. Ich vermisse dich hier in der Stadt.«

Sie stellte sich ihre Mutter vor, wie sie in ihrem Pediküréstuhl saß, die mit Botox aufgespritzte Stirn so glatt und faltenlos wie die ihrer Tochter. Elisabeth war erleichtert, dass sie sich diesem Druck nicht mehr aussetzen musste. Sie warf einen Blick auf die abgeschnittene Jeans und die Arbeitsstiefel, die sie letzte Woche im Laden für Farmzubehör erstanden hatte. Ihre Mutter würde auf der Stelle umfallen, wenn sie wüsste, dass ihre Tochter dort einkaufte, aber Elisabeth hatte es gefallen. Dort hörte man nicht das Klick, Klick, Klick hoher dünner Absätze auf Marmorböden und Eltern hielten ihre Kinder an der Hand, statt ständig auf ihr Handy zu starren. Trusty war genauso, wie sie die Stadt aus den

Sommerferien in Erinnerung hatte. Nun, abgesehen von Ross. Er war die beste Überraschung.

»Ich weiß, Mom. Rate mal, was ich heute früh gemacht habe?« Sie lächelte, als sie ihre Mutter seufzen hörte. Sie wusste genau, dass sie gerade die Augen verdrehte. »Nein, Mom, so schlimm ist es nicht. Ich habe Kennedy, mein kleinstes Ferkel, mit der Milchflasche gefüttert. Ist doch toll, oder?«

»Toll? Du hörst dich schon an, als hättest du zeit deines Lebens in diesem schäbigen Nest gewohnt. Ach Schätzchen, dir ist doch hoffentlich klar, dass ich dich zu deinem eigenen Wohl bei mir in L. A. behalten habe, nicht wahr? Und ich hoffe, du vergisst nicht alles an Bildung und Kultur, das du hier gelernt hast.«

Das war eine der ständigen Reden ihrer Mutter, doch Elisabeth konnte sich immer noch keinen Reim darauf machen. Bildung und Kultur? Sie hatte gelernt, anderen Honig um den Bart zu schmieren, wie in einem Hamsterrad immer in Aktion zu sein und dass Männer Frauen wie Pralinen behandelten – eine nach der anderen vernaschen und bloß nicht zurückblicken.

Sie holte tief Luft. *Lass dich nicht von ihrer Welt einfangen. Lass los.* Sie stieß einen langen und beruhigenden Atemzug aus, straffte dann die Schultern und heftete den Blick lächelnd auf ihre Arbeitsschuhe, die längst zu ihren Lieblingsschuhen avanciert waren.

»Ja, ich weiß, Mom.«

»Gibt es wenigstens ein paar gut aussehende Männer in Trusty? Bei dem Namen fallen mir eigentlich nur Overalls und Bierbäuche ein.« Bevor Elisabeth etwas erwidern konnte, meinte ihre Mutter: »Oh, Schätzchen, ich muss Schluss machen. Meine Fingernägel sind an der Reihe. Hab dich lieb.« Sie hauchte zwei Küsschen ins Telefon und legte auf.

Kurz darauf vibrierte Elisabeths Handy erneut. Eine SMS von Ross: *Übrigens, seien Sie vorsichtig, wenn Sie einem Mann sagen, dass er was bei Ihnen gut hat. Männer mögen es, wenn sie bei schönen Frauen etwas gut haben.*

Es gab durchaus gut aussehende Männer in Trusty und einer von ihnen dachte gerade an sie. Sie konnte nicht behaupten, dass sie L. A. vermisste.

Fünf

Am Montagvormittag zog sich Elisabeth ein hübsches Sommerkleid über und schlüpfte in passende Absatzschuhe. Mit einer Kühltasche mit der Aufschrift *Trusty Pies* in der Hand und einem mulmigen Gefühl in der Magengegend begann sie ihre erste Kuchenlieferung. Tante Cora hatte eine Reihe von Stammkunden gehabt und Elisabeth war fest entschlossen, nicht einen einzigen von ihnen zu verlieren. Netterweise hatten sie ihr ein paar Wochen Zeit gegeben, damit sie ihre Kartons auspacken und sich im Haus einleben konnte. Sie hoffte, sie würde sie nicht enttäuschen.

Margie Holmes vom Trusty Diner stand als Erste auf ihrer Liste. Elisabeth wusste mittlerweile, dass das Diner der Dreh- und Angelpunkt von Trusty war. Praktisch jeder ging dort essen. Sie hatte dort ein paarmal Kaffee getrunken und wusste, wer Margie war. Und sie wusste, dass Margie hartnäckig und neugierig war. Bei ihrem ersten Besuch hatte sie sie mit Fragen geradezu gelöchert.

Im Diner roch es nach Eiern, Bacon und Kaffee. Alle Tische waren besetzt. Zwei Kellnerinnen gaben die Bestellungen an die Küche weiter und hasteten hin und her, um sie zu servieren. Elisabeth stand an der Kasse und wartete. Die Kellnerinnen trugen rosafarbene Uniformen mit weißen Schürzen und dem eingestickten Namen über der linken Brust. Sie sah Margie, die einem alten Mann den Kaffeebecher auffüllte und mit ihm plauderte. Die Glocke schlug an und der Ruf »Fertig!« hallte von einer Durchreiche in der Wand aus durch den Raum. Dahinter konnte Elisabeth die Küche sehen. Margie schnappte sich die Teller, verglich sie mit ihren Notizen auf dem Bestellblock und lächelte in die Durchreiche.

»Danke, Sam.« Sie servierte den Kaffee und das Essen an einem Tisch in der Ecke und war in Sekundenschnelle wieder da. Sie warf einen kurzen abschätzigen Blick auf Elisabeths Kleid und Schuhe. An der Art, wie sie die Lippen schürzte, war nicht zu erkennen, was sie dachte: Entweder fand sie Elisabeth hübsch oder völlig fehl am Platz.

Elisabeth fühlte sich überhaupt nicht wohl in ihrer Haut.

»Hallo Schätzchen«, sagte Margie. »Suchen Sie einen Sitzplatz? Das kann aber ein paar Minuten dauern.«

»Nein, also, mein Name ist Elisabeth Nash von Trusty Pies. Ich hab Ihre Kuchenbestellung.« Konnte es wirklich sein, dass Margie sie nicht erkannte? Jeder in der Stadt wusste ganz genau, wer sie war.

Ein Paar an einem nahegelegenen Tisch betrachtete sie wie Margie von oben bis unten und bedachte sie mit einem derart feindseligen Blick, dass sich ihr die Nackenhaare sträubten. Mit hoch erhobenem Kopf stand sie da und dachte an das, was Ross ihr gesagt hatte. *Für die Leute hier sind Sie eine Fremde, weil Sie nicht in Trusty aufgewachsen sind. Sie werden schon noch auftauen.* So sehr es auch schmerzte: Sie musste zugeben, dass er recht hatte. Sie kannten sie nicht. Sie holte tief Luft und lächelte den beiden zu. Mit der Zeit würden sie sie kennenlernen und sich bestimmt ganz anders benehmen.

Hoffte sie jedenfalls.

Margies Blick fiel auf die Kühlbox zu ihren Füßen. »Tut mir leid. Ich weiß, wer Sie sind, aber die Kühlbox hab ich nicht gesehen.« Sie beugte sich zu Elisabeth und flüsterte: »Erzählen Sie das bloß keinem, dass mir das entgangen ist. Schließlich habe ich einen Ruf zu wahren. Adleraugen und Elefantenohren.« Sie zwinkerte und wies mit dem Kopf in Richtung Küchentür. »Bringen Sie sie gleich da rein, Schätzchen. Sam kümmert sich drum.«

»Kuchenlieferung«, brüllte sie in die Küche.

In der Küche roch es wie bei einem Frühstücksbuffet: Eier, gebutterter Toast, Bacon, Würstchen und Bratkartoffeln. Elisabeth war den ganzen Vormittag so mit ihren Kuchen beschäftigt, dass sie ganz vergessen hatte zu frühstücken.

»Legen Sie sie auf das Wandregal.« Sam war ein bierbäuchiger Mann mit schütterem Haar und Wangen, die schwabbelten, wenn er sich bewegte. In seinen dunklen Knopfaugen war nicht der Hauch eines Lächelns zu erkennen.

Elisabeth stellte die Kuchen ab. »Ich habe Ihnen einen zusätzlichen Kuchen mitgebracht, mit Himbeeren und Aprikosen. Zum Probieren.«

Sam brummte etwas Unverständliches.

»Hier duftet es so wunderbar. Sie müssen ein sehr guter Koch sein.« Sie lächelte ihn an, doch er hob nicht einmal den Blick. Wieder brummelte er etwas und Elisabeth hatte das Gefühl, dass sie sich verabschieden sollte.

Die restlichen vier Lieferungen waren nicht besser. Sie begannen damit, dass man sie von oben bis unten musterte, und endeten mit einem unfreundlichen Brummeln. Zum Schluss fuhr sie zur Farm der Wynchels hinaus. Sie wollte die unerfreulichen Begegnungen vergessen und ihren Vormittag mit etwas Nettem beschließen. Außerdem brauchte sie Ziegenmilch für Kennedy. In der Stadt gab es ein Geschäft, in dem sie sich für das Wochenende versorgt hatte, doch frische Milch war ihr lieber. Und bei dem Gedanken an einen Bauernmarkt sah sie freundliche Farmer und Stände mit buntem Obst und Gemüse vor sich. Sie lächelte und war zuversichtlich, dass ihre Runde durch den Ort angenehmer enden würde als sie angefangen hatte.

Die Zufahrt zur Farm war auf beiden Seiten mit Bäumen gesäumt und schlängelte sich durch große Obstbaumwiesen bis zu einem kiesbestreuten Parkplatz. Als Elisabeth den Wagen abstellte, kamen zwei große Hunde auf sie zu. Sie streichelte sie und stellte dabei fest, dass ihr Fell verfilzt und ungepflegt war. Dann folgte sie handgemalten Schildern zum Hofladen in der Scheune. Das Gebäude aus wettergegerbtem Holz war riesig, drinnen duftete es nach Obst und Heu. Elisabeth stand auf der Türschwelle und atmet den Duft tief ein, während sie alles auf sich wirken ließ. Sie hatte sich immer vorgestellt, dass sie in einem solchen Laden frisches Obst und Gemüse einkaufen würde, wo sich ein Tisch an den anderen reihte, mit Körben voller frischer Äpfel, Möhren und Tomaten. Und zwar tatsächlich auf einer Farm und nicht an einem Marktstand mitten unter Hochhäusern. An der Wand links von der Tür standen Tiefkühltruhen und Kühlschränke mit Glastüren. Sie waren von oben bis unten mit frischer Milch in Glasflaschen, Butter, Eiern und selbstgemachter Marmelade gefüllt. Vor ihr erstreckte sich eine große Verkaufstheke mit einer Waage und zwei altmodischen Registrierkassen, die schwere metallene Kassenladen und Handkurbeln an den Seiten hatten. Hinter der Theke stand eine stämmige Frau. Sie trug einen Overall, ihr gerade geschnittenes kurzes Haar reichte ihr bis zu den Ohrläppchen und ihre Finger huschten flink über die Tasten der Kasse, nachdem sie die Ware ausgewogen hatte.

Elisabeth verbrachte zwanzig Minuten damit, einen Korb mit Ziegenmilch, Butter, Obst und Gemüse zu füllen. In der Zwischenzeit hatte die Frau ihre Kunden bedient und war nun damit beschäftigt, Maiskolben zu schälen.

»Sie sind Coras Nichte«, sagte die Frau und ließ ihren Blick über Elisabeths Kleid gleiten, um dann an ihren Absatzschuhen hängenzubleiben.

Vielleicht hätte ich doch meine abgeschnittenen Jeans und die Arbeitsschuhe anlassen sollen. »Ja, Ma'am. Ich bin Elisabeth.«

»Elisabeth, ich bin Wren.«

»Das ist aber ein schöner Name. Meinen spricht man übrigens E-liss-abeth aus.« Dieses Problem hatte sie in L. A. nicht gehabt.

Verrückte Namen gab es dort wie Sand am Meer.

Wren zog eine Augenbraue hoch, sagte aber nichts.

Okay, das war's. Von jetzt an hieß sie eben Elisabeth. Es lohnte sich nicht, sich wegen einer blöden Silbe noch weiter ins Abseits zu manövrieren. Sie zuckte die Schultern und kämpfte gegen die wachsende Frustration an, nachdem man sie schon den ganzen Tag lang wie einen Alien behandelt hatte. Sie rang sich ein Lächeln ab.

»Ich finde es toll hier. Meinen Sie, Sie könnten ein paar von meinen frischen Obstkuchen verkaufen, wenn ich Ihr Obst zum Backen nehme?« Diese Idee war ihr gerade gekommen und sie spürte einen leisen Hauch von Hoffnung.

»Wir verkaufen keinen Kuchen.« Wren hielt den Blick starr auf die Kasse gerichtet, während sie Elisabeths Einkäufe eintippte.

Aha. Diese Idee konnte sie also gleich wieder vergessen. »War nur so ein Gedanke. Wann ist der Laden geöffnet?«, fragte sie und griff sich ihre Taschen. Von einem Stapel auf der Ladentheke nahm sie eine Ankündigung der County Fair und steckte ihn ein.

»Schätzchen, Sie sind hier in Trusty. Hier wohnen Rancher. Fragen Sie lieber, wann der Laden nicht geöffnet ist.« Sie schnaubte missbilligend, schüttelte den Kopf und kehrte mit spöttischem Grinsen zu ihren Maiskolben zurück.

Ein weiterer Hund kam in die Scheune getrottet. Elisabeths Herz hüpfte. Heute war aber wirklich ihr Glückstag. Sie hatte einen Laden gefunden, in dem sie frische Milchprodukte, Obst und Gemüse kaufen konnte, und war obendrein noch ein paar süßen Hunden begegnet.

»Darf ich Ihren Hund mal streicheln?«

»Nur zu.«

Sie spürte Wrens Blick auf sich, als sie ihre Taschen wieder absetzte und sich vor dem Hund auf den Boden kauerte, um ihn zu kraulen. Sein Fell war derart verfilzt, dass sie mit den Fingern nicht durchkam. »Wie heißt er?«

»Barney.«

Elisabeth gab Barney einen Kuss auf die Nase. »Hallo Barney. Du bist ja ein Prachtkerl. Bestimmt findest du es hier toll, mit so viel Platz zum Spielen.«

Wren lächelte und sah nun schon nicht mehr ganz so finster aus. »Er jagt gern den Kaninchen hinterher und macht sich dabei richtig dreckig, so viel steht fest.«

»Bürsten Sie ihm das Fell?« Elisabeth drehte ihr Gesicht so, dass Barney ihr die Wange lecken konnte.

Wren antwortete nicht und ihr Schweigen ließ Elisabeth schließlich aufblicken. Die finstere Miene war wieder da. *Oh je.* »Ich meine es nicht so, wie es wahrscheinlich klingt. Ich mache Fellpflege und so was.«

»Nun, wenn Sie auf der Suche nach Kundschaft sind, verschwenden Sie hier Ihre Zeit, das können Sie mir glauben. Barney sieht nach zehn Minuten wieder genauso aus wie jetzt.«

Elisabeth verkniff sich einen längeren Vortrag, wie schlecht es für Fell und Haut eines Hundes war, wenn er nicht ordentlich gebürstet wurde.

»Kann ich mir vorstellen. Wie viele Hunde haben Sie?« Drei hatte sie bisher gezählt.

»Sechs. Hab's nicht übers Herz gebracht, den Wurf wegzugeben.« Wieder schüttelte Wren den Kopf, diesmal aber kam es Elisabeth so vor, als staunte sie über sich.

Sie stand auf und nahm ihre Taschen. In ihrem Kopf begann eine Idee zu sprießen. »Vielen Dank für alles.«

Elisabeth entschied sich dagegen, Ross die Hundekuchen zu bringen, die sie als Dankeschön gebacken hatte. Sie konnte nicht noch jemanden gebrauchen, der sie anstarrte, als gehörte sie nicht hierher. Gut, in der Praxis hatten weder Ross noch Kelsey sie so angesehen, aber sie wollte das Risiko nicht eingehen. Ross hatte zwar so ausgesehen, als wollte er sie küssen, als er sich letztens verabschiedet hatte, doch sie wusste, wie wankelmütig Männer sein konnten. In einem Moment begehren sie eine Frau, im nächsten haben sie es sich schon wieder anders überlegt. Vielleicht war wankelmütig nicht das richtige Wort, *hinterhältig* war wohl treffender. Möglicherweise wissen Männer von Anfang an *genau*, was sie tun.

Sie musste über sich selbst lachen. Ross schien überhaupt nichts Hinterhältiges an sich zu haben. Ein Mann mit einer sinnlichen Seite? Ganz bestimmt. Heiß, sexy, interessiert? So verdammt interessiert, dass die Luft zwischen ihnen beinahe in Brand geriet. Sie schob alle Gedanken an ihn beiseite und konzentrierte sich darauf, Flyer für ihre Idee zu entwerfen. Wenn ihr Wellnessservice und die Bäckerei für Haustiere ein Erfolg werden sollten, musste sie dafür sorgen, dass es sich herumsprach. Bestimmt hielt nicht jeder hier Fellpflege für Zeitverschwendung.

Ross schloss gerade die Praxis ab, als sein Handy vibrierte: eine Nachricht von seiner Schwester. *Bin bei Mom zum Abendessen. Kommst du auch?*

Er warf einen Blick in seinen Garten, wo Sarge und Ranger herumtollten. Knight stand direkt neben ihm, das war sein Lieblingsplatz. Eigentlich hatte er vorgehabt, laufen zu gehen und Knight mitzunehmen, aber das war eine Farce. Klar, er wollte laufen, doch in Wirklichkeit trieb es ihn zu Elisabeths Haus. Dort würde er dann so tun, als wollte er noch einmal nach den Ferkeln sehen. Eine lahme Ausrede, das wusste er selbst, aber er konnte den ganzen Tag an nichts anderes denken. Sie hatte erwähnt, dass sie mit Emily gesprochen hatte, und vielleicht konnte er ja noch ein paar Informationen aus seiner kleinen Schwester herausholen.

Klar. Bin in zwanzig Minuten da, schrieb er zurück und ging dann zur Haustür, weil es geklopft hatte. Auf seiner Veranda stand Elisabeth mit einem Korb in der Hand und einem Lächeln auf den Lippen, das seinen Magen Purzelbäume schlagen ließ.

Er konnte einfach nicht anders: Er musste seinen Blick über

das kurze sexy Sommerkleidchen gleiten lassen, das ihre Kurven betonte. Sie trug Absatzschuhe, in denen ihre Beine unendlich lang aussahen und die sie fast auf Augenhöhe mit Ross brachten.

»Heute ohne Ferkel unterwegs?« *Gütiger Himmel, du siehst so heiß aus.*

Knight schob sich an Ross vorbei und beschnüffelte den Korb. Sie kniete sich hin, um ihn zu streicheln. »Ja, heute hab ich kein Ferkel dabei. Dafür habe ich aber etwas Leckeres für Ihre Hunde, als Dankeschön, weil Sie sich Kennedy und seine Geschwister angesehen haben. Und mir mit Dolly geholfen haben. Und mit dem Zaun. Und weil Sie mir Kaffee gebracht haben.« Sie seufzte und lächelte wieder. »Danke, dass Sie immer zur Stelle sind, wenn ich wieder mal nicht weiter weiß, Ross.«

Er lachte und trat auf die Veranda hinaus. Vorsichtshalber schob er die Hände in die Hosentaschen, damit er sie nicht ausstreckte und Elisabeth berührte. »Nun, das ist wirklich nett von Ihnen, aber schließlich haben Sie ja Ihren Wein mit mir geteilt.«

»Stimmt.« Sie erhob sich zu ihrer vollen Größe und als sie ihr Kleid glattstrich, blieben einige Hundehaare daran hängen.

»Tut mir leid, er haart fürchterlich.« Er wischte die Hundehaare von ihren Hüften.

»Hundehaare finde ich überhaupt nicht schlimm.« Sie warf einen Blick auf seine Hand, die weiterhin über ihre Hüfte fuhr.

Hoppla.

Elisabeth streckte ihm den Korb entgegen.

»Hier sind ein paar Cupcakes für Ihre Hunde.«

»Cupcakes?« Mit gerunzelter Stirn nahm er den Korb entgegen. »Meine Hunde brauchen keinen Zucker.«

Sie schob eine Hüfte nach vorn. »Das gilt ja wohl für alle Hunde, Sie Dummchen. Kein Zucker, keine ungesunden Fette. Und es sind nur natürliche Zutaten enthalten wie gekochtes Huhn und Maismehl. Glauben Sie mir, Sie könnten die ebensogut essen, aber ich würde es Ihnen nicht empfehlen. Sie haben einen Überzug aus Kartoffelbrei und sind mit Möhren verziert.«

»Kartoffelbrei und Möhren?« Seinen Hunden würde das bestimmt schmecken, auch wenn sie es nicht brauchten.

»Ja, sehen Sie.« Sie nahm einen kleinen Karton aus dem Korb und zeigte ihm einen Cupcake. Der marmorierte Überzug war mit winzigen organgefarbenen Stückchen durchsetzt. Sie hielt ihn auf der flachen Hand und Knight wedelte mit dem Schwanz und reckte den Hals, um daran schnuppern zu können.

»Ruhig.«

Knight setzte sich gehorsam neben ihn.

»Das ist wirklich lieb von Ihnen, aber das wäre doch nicht nötig gewesen.« Er sah zu Knight hinunter. »Sie können es ihm geben, wenn Sie mögen.«

Sie kniete sich hin mit einem Lächeln, das ihre Augen leuchten ließ und für ihn jeden Versuch zunichte machte, unbeteiligt zu bleiben. Er versuchte die Tatsache zu ignorieren, dass sie wieder einmal himmlisch duftete.

Elisabeth stand auf und griff in den Korb. »Ich muss gestehen, dass ich auch in eigener Sache hier bin.« Sie wedelte mit einem Flyer. »Ob Sie die vielleicht bei sich auslegen könnten, sodass Ihre Patienten sie sehen?«

Er klemmte sich den Korb unter den Arm und las den Flyer durch. »Trusty Haustierservice – Wellness und Snacks?«

»Ja.« Sie wippte ein wenig auf den Zehen und er musste lächeln. »Bei dem Namen bin ich mir noch nicht ganz so sicher. Am liebsten hätte ich etwas, das ich mit Tante Coras Kuchenbäckerei verbinden kann. Aber zunächst muss ich sehen, ob ich meinen Haustierservice überhaupt auf die Beine kriege. Bei diesem Namen ist sofort klar, worum es geht, also werde ich bald genug wissen, ob es ein Riesenreinfall wird oder nicht.« Ihr Ton wurde ernst. »Sie sind der einzige Tierarzt hier, daher hatte ich gehofft, dass Sie meine Flyer an Ihre Kunden weitergeben könnten. Ich will morgen auch in den Hundepark gehen und in ein paar Geschäften vorbeischauen, damit es sich herumspricht.«

Ross setzte sich auf die Verandatreppe und klopfte auf den

Platz neben sich. Als sie sich zu ihm setzte, fiel ihr das Haar über die Schulter, ein paar Strähnen klebten an ihrer Wange. Er schob sie mit dem Zeigefinger zur Seite und sie errötete, so wie sie es am Abend zuvor getan hatte. Falls sie tatsächlich vorhatte, Coras Erbe mit dem größtmöglichen Gewinn zu verhökern und auf schnellstem Wege wieder aus der Stadt zu verschwinden, dann gab sie sich jedenfalls große Mühe, diese Tatsache zu verschleiern.

»Ich kann Ihre Flyer gerne bei mir auslegen, aber ich glaube, Sie sollten sich keine allzu großen Hoffnungen machen, dass sich ein solches Unternehmen hier halten wird. Sie wissen, dass es drüben in Allure einen Hundesalon gibt? Das ist nicht weit von hier.«

»Ja, klar. Aber fahren Sie denn in die nächste Stadt, um Ihren Hund pflegen zu lassen?«

Ross legte Knight einen Arm um den stämmigen Nacken. »Ich bürste meine Jungs. Mir macht das tatsächlich Spaß. Es ist eine großartige Gelegenheit, Nähe und Vertrauen aufzubauen, und außerdem kann ich sofort sehen, ob sie beim Herumtollen irgendwelche Verletzungen davongetragen haben.«

Sie streckte die Hände mit den Handflächen nach oben aus. »Sehen Sie? Wenn doch nur alle so denken würden wie Sie. Heute Vormittag war ich auf Wynchels Farm – danke übrigens für den Tipp. Es ist so toll dort draußen. Sie haben sechs Hunde, wussten Sie das?«

»Klar, ich bin ihr Tierarzt.«

»Natürlich sind Sie das. Tut mir leid.« Wieder lächelte sie. »Jedenfalls hat Barney, dieser große knuddelige Bursche, ein ganz verfilztes Fell. Und die anderen waren schlammverkrustet. Wren meinte, Fellpflege sei Zeitverschwendung. *Zeitverschwendung!* Als sei ein Hund die zwanzig Minuten nicht wert, die man braucht, um ihn wenigstens schnell abzubürsten. Ich wüsste gern, wie sie sich fühlen würde, wenn sie sich nicht kämmen könnte. Und zwar nie!«

Knight vergrub die Schnauze zwischen den Vorderpfoten.

»Ich sag's ja nur ungern, aber wahrscheinlich werden Sie in Trusty und Umgebung überall auf diese Einstellung stoßen. Die Leute hier sind Farmer und Rancher. Sie haben genug damit zu tun, etwas zu essen auf den Tisch zu kriegen und das Vieh zu versorgen. Für Wellness und Snacks für Haustiere bleibt da nicht viel Geld übrig.«

Das Leuchten in ihren Augen erlosch. Er legte seine Hand auf ihre, ohne daran zu denken, wie sehr es seinem Verlangen einheizen würde, wenn er sie berührte – was es natürlich auf der Stelle tat.

»Elisabeth, wie haben Sie sich das alles vorgestellt? Dachten Sie, Sie kommen her, ziehen dasselbe Geschäft auf wie in L. A. und die Einheimischen sind sofort Feuer und Flamme?« Er sah, wie sie rasch den Blick abwandte, und drückte ihre Hand fester, um ihr zu zeigen, dass er sie verstand. Wahrscheinlich fühlte sie sich einsam, seit sie entdeckt hatte, dass Trusty eine Stadt war, in der man Neuankömmlingen mit Vorsicht begegnete, in der man sich Vertrauen verdienen musste, ebenso wie Freundschaften.

»Ich bin mir nicht sicher«, gab sie ehrlich zu. Den Blick hielt sie starr auf ihre Hände gerichtet. »Vermutlich habe ich so lange davon geträumt, in Trusty zu sein, dass es mir gar nicht in den Sinn kam, dass ich es nicht schaffen könnte.« Sie sah ihn an und nun lag Entschlossenheit in ihrem Lächeln. »Ich werde es schaffen. Auch wenn ich nicht genau dasselbe machen kann wie vorher, fällt mir irgendwas ein. Vielleicht kauft hier niemand Cupcakes für Hunde oder interessiert sich für Pfotenpflege, aber ein paar Leute werden sich sicher für Fellpflege erwärmen lassen. Ich passe mich eben an.«

»Daran habe ich gar keinen Zweifel.«

»Jetzt habe ich diese Flyer schon gemacht und will sie nicht einfach wegwerfen. Hoffentlich ist es nicht so schlimm, dass ich von *verwöhnen* spreche und nicht von Fellpflege.«

»Das hoffe ich auch.« *Aber ich würde mich nicht darauf verlassen.* »Bevor ich es vergesse: Ich habe mit Tate gesprochen und er kann den Lieferwagen Ihrer Tante morgen abschleppen. Oder haben Sie es sich anders überlegt?«

Knight gähnte und Ross kraulte ihm den Nacken.

»Wow, das ging aber schnell.« Sie runzelte die Stirn. »Nein, ich hab's mir nicht anders überlegt. Ich muss anfangen, Bewegung in die Dinge zu bringen. Die alten Ideen ausmisten und neue austesten. Danke, dass Sie sich darum gekümmert haben. Das war wirklich sehr nett von Ihnen.«

Sein Handy vibrierte und er las eine weitere SMS von Emily. *Bring Nachtisch mit.* Er hatte keine Ahnung, was ihn bewog, das zu tun, was er als Nächstes tat, doch die Worte waren heraus, bevor er darüber nachdenken konnte.

»Haben Sie heute Abend schon was vor?«

»Was – heute Abend?« Sie zuckte mit den Achseln und griff nach einer Haarsträhne, ließ dann aber schnell die Hand sinken. »Nein, eigentlich nicht.«

»Ich bin mit meiner Mutter und meiner Schwester zum Abendessen verabredet. Haben Sie Lust, mitzukommen?«

Ihr Blick wurde ernst.

»Ohne Druck. Kein Date, nur ein ... Abendessen unter Nachbarn.«

Sofort wurde ihr Blick wieder weicher. »Ach Mist«, sagte sie mit gespieltem Ärger, als sie beide aufstanden.

Da standen sie also wieder, so nah beieinander, dass er die gelben Pünktchen in ihren Augen sehen konnte. *Ach Mist* beschrieb nicht annähernd das, was ihm durch den Kopf ging.

»Sind Sie sich sicher, dass es niemanden stört?«

Ross musste lächeln. Er fand ihre Besorgnis sehr sympathisch. »Meine Schwester hat gesagt, ich soll den Nachtisch mitbringen.«

Einen Augenblick lang stockte ihr der Atem. Ihm gefiel diese Reaktion, sie gefiel ihm sogar sehr. »Ah, das Girl aus Kalifornien hat also eine schmutzige Fantasie. Ich enttäusche Sie ja nur ungern, aber zu dieser Sorte von Mann gehöre ich nicht.«

Er wusste, dass er sie mit seiner Neckerei ein bisschen überrumpelte, doch er konnte einfach nicht anders. Schließlich war er ein Mann und Elisabeth reizte jeden einzelnen Sinnesnerv in seinem Körper. Er ließ die Worte wirken und ihre Wangen röteten sich wieder. Zu sehen, wie sie sich wand, machte ihn nur noch mehr an. Verdammt, das gefiel ihm viel besser, als es sollte.

»Oh. Ähm.« Na prima, jetzt hatte er es mit der Doppeldeutigkeit wohl doch übertrieben. Oder war es die Ernsthaftigkeit, mit der er betont hatte, dass er nicht zu *dieser* Sorte Mann gehörte?

Er trat noch einen Schritt näher zu ihr und hörte, wie sie die Luft anhielt. »Elisabeth, es ist nur ein Abendessen mit meiner Mutter und meiner Schwester. Kein Druck. Keine Erwartungen. Oh, und dann würde ich gerne einen Ihrer Kuchen kaufen. Als Nachtisch.«

Vielleicht hatte er keine Erwartungen, aber er war sich verdammt sicher, dass er mit ihr zusammen sein wollte. Und wer weiß? Vielleicht gab es später am Abend doch noch ein ganz besonderes Dessert für sie beide.

Sechs

Das Haus von Ross' Mutter stand hoch oben auf einer Felsklippe, von der aus man die Colorado Mountains überblicken konnte. Es war aus Zedernholz und Steinen gebaut und hatte viele große Fenster und eine breite Veranda und war umgeben von riesigen Grasflächen und Gärten, die vor Farbenpracht zu explodieren schienen.

Ross legte Elisabeth eine Hand auf den Arm, als sie die Verandastufen hochgingen. Als stünden ihre Nerven nicht eh schon in Flammen. *Kein Druck. Keine Erwartungen.* Ja, klar. Sie hoffte *so* sehr auf eine tiefgehende Beziehung, nicht nur eine physische, und seine große Hand auf ihrem Arm verstärkte ihre geheimen Wünsche. Sie trug einen Erdbeer-Aprikosen-Kuchen, den sie am Morgen gebacken hatte, und Ross hatte einen Blumenstrauß in der Hand, den er unterwegs für seine Mutter gekauft hatte. Es gefiel ihr sehr, dass er so aufmerksam war.

Er streckte die Hand nach dem Türknauf aus und zögerte.
»Haben Sie Emily schon persönlich kennengelernt?«
»Noch nicht, wir haben bisher nur telefoniert.«
Er lächelte und in seinen Augen blitzte etwas Schalkhaftes auf. Er öffnete die Tür.
»Ross?« Aus der Küche klang eine Frauenstimme, gefolgt von raschen Schritten. Elisabeth erkannte Emily von ihrer Facebookseite. Sie lief auf Ross zu und warf sich in seine Arme. Im

Vergleich zu ihm sah sie winzig aus. Ihr langes braunes Haar war ein wenig dunkler als seins, es fiel ihr ins Gesicht, als sie ihn stürmisch umarmte. »Ich freu mich so, dass du es geschafft hast.«

Ross hielt sie einen Moment mit einem Arm in der Luft und als er sie auf dem Boden absetzte, wandte er sich zu Elisabeth. »Em, dies ist Elisabeth Nash.«

Emily runzelte die Stirn. Ihr Blick ging zwischen Elisabeth und Ross hin und her und ein langsames Lächeln breitete sich auf ihrem Gesicht aus. »Wie konnte ich Sie nur übersehen? Tut mir leid. Hi, ich bin Emily.« Sie umarmte Elisabeth, dann weiteten sich ihre Augen und sie fragte: »Elisabeth Nash? Coras Nichte?«

»Genau die. Wir haben miteinander telefoniert.«

Emily nahm Elisabeth den Kuchen ab, hakte sie breit grinsend unter und zog sie in Richtung Küche. Elisabeths Nervosität verschwand.

»Woher kennen Sie Ross?«

»Er hat mein Ferkel mehr oder weniger vor dem Verhungern gerettet. Außerdem sind wir Nachbarn.« Sie warf Ross über die Schulter einen Blick zu. Auf seinem Gesicht lag ein zufriedenes Grinsen, als er ihnen durch den Flur folgte.

»Mom, das ist Elisabeth, mit ss. Ross hat sie mitgebracht.«

Emilys lockere und freundliche Art ließ Elisabeth aufatmen. Dass sie außerdem die ungewöhnliche Aussprache ihres Namens betonte, fand sie so rücksichtsvoll, dass sie sich sofort noch wohler fühlte und sich nicht wie eine Außerirdische vorkam. Ob alle Bradens so warmherzig waren wie Ross und sie?

Die Mutter stand mit dem Rücken zu Elisabeth. Ihr Haar hatte dieselbe Farbe wie Emilys, wie dunkle Schokolade, und reichte ihr bis über die Schultern. Als sie sich umdrehte, war klar, von wem Emily und Ross ihr Äußeres geerbt hatten. Sie hatte dieselben vollen Lippen und dasselbe einladende Lächeln.

»Elisabeth, es tut mir so leid mit Ihrer Tante. Cora war eine wunderbare Frau und ich vermisse sie sehr.« Sie umarmte Elisabeth. »Ich bin übrigens Catherine und ich freue mich, Sie wiederzusehen. Das letzte Mal waren Sie vielleicht zehn oder elf Jahre alt.«

»Haben Sie mich damals gekannt?« Sie konnte sich nicht an Catherine erinnern.

»Ja, aber es wundert mich nicht, dass Sie sich nicht an mich erinnern. Wir sind uns ein paarmal begegnet, wenn Sie in den Sommerferien hier waren.« Catherine berührte Elisabeths Haar. »Sie haben immer noch wunderschönes Haar.«

»Danke.« Sie warf Ross einen Blick zu, der seine Mutter in die Arme schloss.

»Hi, Mom. Die Blumen sind für dich.«

Seine Mutter streichelte ihm die Wange. »Das ist so lieb von dir, Ross. Danke.« Sie nahm die Blumen, während Ross eine Vase aus einem der Küchenschränke holte.

»Ich wusste gar nicht, dass du Elisabeth kennst«, sagte Catherine.

»Wir haben uns gerade erst kennengelernt. Em sagte, ich sollte was zum Nachtisch mitbringen. Und Elisabeth backt Kuchen.«

Emily lachte. »Also bitte. Das soll ich dir glauben? Dass du Elisabeth wegen ihres *Kuchens* mitgebracht hast?«

Ross berührte Elisabeth an der Schulter und sah sie auf eine Weise an, die einen Schauder durch ihr Innerstes jagte. »Ich habe Elisabeth mitgebracht, weil sie neu in der Stadt ist und weil sie meine Nachbarin ist.«

Sie spürte, wie eine Woge der Enttäuschung über sie hinwegschwappte. Warum eigentlich? Er hatte ihr eigentlich keinen Anlass zur Hoffnung gegeben.

»Und weil ich es wollte«, fügte Ross hinzu und drückte ihr die Schulter.

Ihr Magen schlug einen kurzen Purzelbaum und sie warf ihm einen neugierigen Blick zu, den er auffing und mit einem kleinen Zwinkern beantwortete. Sie erinnerte sich, mit welcher Ruhe Ross das Chaos in den Griff bekommen hatte, als sie mit ihrem Ferkel in seine Praxis gestürzt kam, und sie fragte sich, ob er immer so ruhig war und die Zügel in der Hand behielt, oder ob im Bett eine ganz andere Seite an ihm zum Vorschein kam.

Grundgütiger! Was sind denn das für Gedanken?

Sie fragte sich, ob die anderen ebenfalls spürten, wie sich die Atmosphäre zwischen ihnen entzündete.

Catherine versuchte ohne Erfolg, ein Lächeln zu unterdrücken, das ihre Mundwinkel unweigerlich in die Höhe schob.

Oh Gott. Sie spüren es auch!

Für den Bruchteil eines Augenblicks machte sie sich Sorgen, dass sie sich zu kokett gab oder dass ihre lüsternen Gedanken sie in ein Leben zogen, wie ihre Mutter es führte, doch immer, wenn sie Ross ansah, fühlte sie sich einfach nur gut. Nicht nur heiß an all den richtigen Stellen, sondern interessiert an dem, was er sagte und tat. Sie mochte ihn. Sie mochte ihn sogar sehr. Wenn sie verbergen wollte, wie attraktiv sie ihn fand, dann gab es nur eine Möglichkeit: Sie musste verschwinden – und das würde sie auf keinen Fall tun.

»Nun, Elisabeth«, sagte Catherine, »ich hoffe, Sie mögen Parmesan-Hähnchen. Es ist eines von Ross' Lieblingsgerichten. Ross, Schatz, kannst du bitte den Salat mitbringen und ein Gedeck für Elisabeth?«

»Klar, Mom.«

Sie folgten Catherine nach draußen auf die hölzerne Terrasse, wo der Tisch für drei gedeckt war. Ross setzte die Salatschüssel ab, deckte Teller, Glas und Besteck für Elisabeth – wobei er sie nicht aus den Augen ließ – und schob ihr den Stuhl zurecht.

»Oh, danke.« Sie erwartete eine solche Behandlung von Ross nicht, aber er hatte sich ihr gegenüber von Anfang an wie ein Gentleman benommen, sodass es sie eigentlich nicht überraschte. Sie genoss das Gefühl, etwas Besonderes für ihn zu sein. Und hier bei seiner Familie zu sein und von ihm so aufmerksam behandelt zu werden, so fühlte sich der Abend doch an wie ein Date, egal, was er sagte.

»Und was ist mit mir?« Emily stand neben ihrem Stuhl und

lächelte Ross an.

»Selbstverständlich.« Er rückte ihren Stuhl zurecht. »Bitte sehr, Prinzessin.«

Catherine nahm kopfschüttelnd Platz. Ihr Lächeln spiegelte die Liebe, die sie für die beiden empfand. »Also, Elisabeth, wie ich gehört habe, hat Cora Ihnen ihr Haus und das Grundstück vermacht und Sie führen die Kuchenbäckerei weiter. Wie kommen Sie denn zurecht? Haben Sie sich schon ein bisschen eingelebt?«

»Ich find's toll hier. Es ist etwas anderes als meine Bäckerei und der Wellnesssalon für Haustiere, den ich in L. A. hatte, aber es macht mir Spaß. Ich wünschte nur, ich hätte besser aufgepasst, wenn meine Tante die Tiere versorgt hat, und nicht nur mit ihnen gespielt. Aber das lerne ich auch noch. In L. A. habe ich für Tiere gebacken, nicht für Menschen.« Sie lächelte, weil sich das so seltsam anhörte. »Ich weiß, das klingt komisch, aber ich bin überzeugt, dass Tiere Leckereien ebenso genießen wie wir Cupcakes und Kekse. Ich meine, wer freut sich nicht, wenn er zum Geburtstag etwas Besonderes gebacken kriegt?« *Jetzt klinge ich aber wirklich verrückt.* Sie sah rasch zu Catherine und Emily hinüber, die aufmerksam zuhörten – und zwar ohne diesen *Meinen Sie das wirklich ernst?*-Blick in den Augen. Das nahm ihr etwas von ihrer Unsicherheit und sie fügte hinzu: »Ich habe auch Massagen, Pfoten- und Fellpflege für Katzen und Hunde angeboten, aber über Ferkel, Kühe und Ziegen muss ich noch eine Menge lernen.« Sie breitete ihre Serviette auf dem Schoß aus und war sich dabei nur allzu deutlich der Tatsache bewusst, dass Ross' Stuhl sehr nah an ihrem stand und dass er sie ansah, als wollte er jedes Wort von ihr in sich aufsaugen.

»Mein Bruder hat ein bisschen Ahnung von Tieren. Ich bin sicher, dass er Ihnen helfen kann. Für einen Kuchen, meine ich.« Emily grinste unschuldig.

»Oder ein Glas Wein«, fügte Elisabeth hinzu. Bei dem Lächeln, das Ross ihr zuwarf, bekam sie zittrige Knie.

Emily und Catherine zogen die Augenbrauen in die Höhe,

lächelten und tauschten vielsagende Blicke. *Interessant*, schienen sie zu sagen.

»Ich will Sie ja nicht unter Druck setzen, aber Sie sagten, dass Sie Ihre Küche renovieren wollen. Ich wüsste schrecklich gern, was Sie sich vorstellen. Nächste Woche könnte ich mal rauskommen und dann zeigen Sie mir, wie Sie sich das gedacht haben, ja?«

»Lieber Himmel, Em, du weißt aber, wie du jemanden in Zugzwang bringst.« Ross warf ihr einen finsteren Blick zu.

»Ist schon okay, Ross. Ich hatte sowieso vor, sie anzurufen, ich hab's nur noch nicht geschafft. Wie wär's denn nächsten Dienstag?« Emily war die erste Frau in Trusty, die ihr das Gefühl gab, willkommen zu sein, und sie konnte sich überhaupt nicht vorstellen, sich einen anderen Architekten zu suchen.

»Perfekt. Ihre Farm liegt auf dem Nachhauseweg von meinem Büro. Würde Ihnen fünf Uhr passen?«, fragte Emily.

Sie verabredeten sich für Dienstagnachmittag. Die Unterhaltung beim Abendessen war locker und ungezwungen. Sie lachten und redeten und Ross erzählte ihnen, wie er Elisabeth singend auf der Weide vorgefunden hatte.

Er sah Elisabeth unverwandt an, während er die Geschichte erzählte. »Sie war einfach hinreißend, wie sie da im hohen Gras saß und ein Lied von Sonnenschein und Regentagen sang ...«

Sie wusste zuerst nicht recht, was sie davon halten sollte, doch je länger er redete, desto vertrauter klang das, was er von ihr erzählte, und desto sinnlicher wurde sein Blick. Er behandelte sie, als wären sie ein Paar – und zwar schon eine ganze Weile. Auch wenn sie wünschte, dass es stimmte: Die Tatsache, dass er nicht einmal versucht hatte, sie zu küssen, verunsicherte sie. Machte sie sich zu viele Hoffnungen?

Catherine fragte sie nach ihrer Mutter, dem Leben in Los Angeles und nach ihrem neuen Unternehmen. Sie schien sich wirklich für das zu interessieren, was Elisabeth sagte, und Elisabeth unterhielt sich gerne mit ihr. Unterhaltungen, bei denen es nicht nur um irgendwelche Promis ging, hatten ihr gefehlt. Nach dem

Essen räumten die drei Frauen den Tisch ab, während Ross das Geschirr spülte.

»Elisabeth, Sie wissen, dass ich Sie mit Ross nur aufziehe, nicht wahr?«, fragte Emily. »Er ist ein netter Kerl. Ein wirklich netter Kerl.«

»Oh, es ist nichts zwischen uns. Wir sind nur Freunde.« *Glaube ich.*

Emily griff nach Salz- und Pfefferstreuer. »Nur Freunde? Aha.«

»Emily, sei nicht so neugierig«, sagte Catherine. »Es ist egal, was sie sind. Es ist schön, dass sie mit Ross zum Essen gekommen ist.«

»Ich will ja nur sagen, dass Ross seit Jahren keine Frau mehr zu einem Familienessen mitgebracht hat.« Emily brachte die Gewürze in die Küche und ließ Elisabeth mit offenem Mund stehen.

Seit Jahren? Und dann sagt er, es gibt keinen Druck und keine Erwartungen?

Sie räumten fertig ab und während sich Catherine und Emily mit einem Glas Wein auf die Terrasse setzten, ging Elisabeth in die Küche, um nach Ross zu sehen. Er steckte bis zu den Ellenbogen im Seifenwasser und sah unglaublich sexy aus.

»Ihre Schwester hat tolle Ideen für meine Küche.«

»Sie ist ganz patent. Sie müssen diese Neckereien entschuldigen.« Er stellte einen Teller auf das Abtropfbrett. »In meiner Familie neckt jeder jeden.«

»Mir gefällt das, ehrlich. Es ist offensichtlich, dass Sie einander wichtig sind.«

Ross lächelte und reichte ihr einen Teller. »Danke, dass Sie mir hier in der Küche Gesellschaft leisten.«

Sie nahm ein Geschirrtuch und trocknete den Teller ab. »Spülen Sie immer das Geschirr ab, wenn Sie hier sind?«

Er zuckte mit den Schultern. »Meine Mutter hat jahrelang für mich gekocht, aufgeräumt und meine Wäsche gewaschen. Das ist das Mindeste, was ich tun kann.«

Blumen, Geschirrspülen und Wertschätzung? Eigentlich hatte sie es nicht für möglich gehalten, dass Ross noch sexier werden könnte, aber er hatte gerade ungeahnte Höhen in Sachen Sexysein erreicht.

Sein Handy klingelte.

»Können Sie mir einen Gefallen tun und das Telefon rausholen?«

»Ja, klar.« Sie sah sich suchend nach dem Handy um und er wackelte mit seiner Hüfte. »Oh. Also ...« Sie deutete auf seine Hosentasche und lächelte. »Sie wollen, dass ich ...«

»Ja, bitte.«

»O-kay.« Sie ließ ihre Hand in die Tasche gleiten.

»Da ist nichts drin, was Sie beißt«, flüsterte er, was sie sofort innehalten ließ. Er lachte und es war ein leises, warmes Lachen voller Andeutungen.

Sie schnappte sich das Handy, so schnell sie konnte, und hielt es ihm entgegen.

Sein Blick wanderte zu seinen nassen Händen.

»Sie wollen, dass ich Ihre Nachricht lese?«, fragte sie mit großen Augen. »Und wenn es etwas Persönliches ist?«

Emily kam in die Küche und sah die beiden neugierig an. »Was ist los?«

»Schon gut. Tut mir leid«, sagte Ross zu Elisabeth. »Em, kannst du mal die SMS lesen, die grade gekommen ist? Meine Hände sind nass.«

»Klar.« Emily schnappte sich das Handy und grinste hinterhältig. »Letzte Nacht war unglaublich. Wann können wir –«

»Emily!« Mit einer nassen Hand packte er ihren Arm und sie krümmte sich vor Lachen.

Elisabeth bückte sich, um das Wasser aufzuwischen, das Ross auf dem Küchenboden verteilt hatte, und versuchte, sich den Stich nicht anmerken zu lassen, den die Eifersucht ihr versetzte.

»Ach, komm schon. War doch nur Spaß. Tut mir leid«, meinte Emily. »Ich konnte einfach nicht widerstehen. Du bietest dich aber auch regelrecht an für solche Scherze, Ross. Die SMS ist von Wes.

Er will wissen, wo du bist.«

»Du Idiotin«, sagte er lächelnd, wischte sich die Hände an seiner Jeans trocken und schrieb Wes eine Antwort.

Emily brachte den Kuchen nach draußen auf die Terrasse und Ross half Elisabeth auf die Beine.

»Lassen Sie, das kann ich doch aufwischen.« Sein Blick war weich und ... verführerisch. »Ich hab überhaupt nicht nachgedacht, wegen meiner Hosentasche, meine ich. Tut mir wirklich leid. Ich wollte Sie nicht in Verlegenheit bringen.«

»Ist schon okay.« Ob er sich wirklich nichts dabei gedacht hatte? Die widersprüchlichen Signale, die er aussandte, verwirrten sie.

»Ich würde Sie nie bitten, eine SMS zu lesen, wenn ich Sorge hätte, dass es etwas Ungehöriges ist.«

»Ist schon okay. Sie brauchen es nicht zu erklären.«

Er trat einen Schritt näher, sodass nur noch ein winziger Spalt zwischen ihnen war, und streifte mit der Hand ihre Hüfte. Wieder einmal schien die Luft um sie herum nur so zu zischen.

»Ungehörig gibt es bei mir nicht.«

Der hungrige Blick in seinen Augen ließ sie schwer schlucken.

»Es sei denn, Sie wollen es«, setzte er im verführerischen Flüsterton und mit einem teuflischen Grinsen hinzu.

Auf der Heimfahrt kam sie sich vor wie in einem atemlosen Strudel, neben einem Mann, der ihren Motor so heißlaufen ließ, dass sie kaum Luft bekam. Vielleicht war es auch gar keine Luft, die sie brauchte. Ross war so ruhig wie die Nacht, die sich ringsum ausbreitete. Er stützte einen Arm auf das geöffnete Autofenster, der Wind zauste ihm das Haar ein wenig. Sie fragte sich, ob er ihr Herz wild pochen hörte oder ob ihm auffiel, dass sie kaum atmete. Jedenfalls ließ er sich nichts anmerken.

Er bog in ihre Zufahrt ein und stellte den Motor aus. Einen Augenblick lang war es still im Wagen, da waren nur die Dunkelheit und die Hitze zwischen ihnen. Elisabeths Puls beschleunigte sich, als er ausstieg, um ihr die Tür zu öffnen.

»Danke, dass Sie heute Abend mitgekommen sind.« Er nahm ihre Hand und half ihr aus dem Truck. »Ich hoffe, Sie fanden uns nicht allzu unmöglich.«

»Mir hat es großen Spaß gemacht. Danke, dass Sie mich mitgenommen haben.« Sie stand an der offenen Beifahrertür, mit dem Rücken zum Wagen und nur einen Hauch von Ross entfernt. Er hatte ihre Hand nicht losgelassen. *Küss ihn einfach. Beug dich vor. Küss ihn. Genieß es.*

Lieber Himmel, jetzt hörte sie sich schon an wie ihre Mutter.

Aber sie fühlte sich nicht wie ihre Mutter. Je besser sie Ross kennenlernte, desto deutlicher sah sie ihn. Er war mitfühlend und großzügig, und seine Familie war ihm offenbar wichtig. Er wirkte überhaupt nicht wie ein Typ, der nur auf heißen Sex aus war. Sonst hätte er doch längst den entscheidenden Schritt getan, oder? Wenn sie Ross ansah, spürte sie etwas Kribbeliges und Warmes in der Brust. Sie war nicht auf der Suche nach einem Mann und ihr lag auch nichts an einer Schnitzeljagd nach der wahren Liebe. Wenn die wahre Liebe sie schließlich fand, würde sie es schon merken.

Ein einziger Kuss wird mir sagen, ob das alles echt ist oder nicht. Ich weiß, dass es so ist.

Sie brachte es nicht über sich, den hauchdünnen Spalt zwischen ihnen zu schließen und ihre Lippen auf seine zu drücken. Dieser Schritt erinnerte sie immer noch zu sehr an den Stil ihrer Mutter. Sie konnte warten, selbst wenn ihr Körper unter Strom stand. Oder etwa nicht?

Sie trat einen kleinen Schritt zur Seite, um sich von seinen Lippen abzulenken. Er behielt ihre Hand in seiner, als er die Autotür zuschlug. Die Stille war ohrenbetäubend. Vielleicht sollte sie ein bisschen näherrücken, ihm signalisieren, dass sie interessiert war. Hatten sie nicht beide den ganzen Abend lang mit Andeutungen um sich geworfen? *Oh Gott.* Das war die reinste Quälerei. Sie musste dringend an etwas anderes denken als an diesen Kuss.

»Meinen Sie, ich könnte mir morgen Ihre Hunde ausleihen,

wenn ich in den Hundepark gehe?« Die Blätter in den Bäumen raschelten und sie versuchte, sich auf dieses Geräusch zu konzentrieren und nicht darauf, wie schön es war, seine Hand zu halten.

»Meine Hunde ausleihen? Sie sind doch keine Tassen mit Zucker.«

Sie musste lächeln. »Das weiß ich. Ich dachte nur, dass es ihnen vielleicht Spaß macht, mit anderen Hunden zu spielen, während ich dort bin. Und außerdem hätte ich dann selbst ein paar Hunde, mit denen ich spielen kann. Das macht es bestimmt einfacher, mit den Hundebesitzern in Kontakt zu kommen.«

»Ah, so wie Süßigkeiten für Kinder?« Er ging neben ihr die Verandatreppe hoch.

»Nein. Nun, vielleicht ein bisschen, ich spiele einfach gerne mit Hunden.«

»Und warum haben Sie dann keinen?«

Sie versuchte, eine vernünftige Antwort zusammenzubringen, doch ihre Worte klangen gestelzt und atemlos. »Zeit. Es gibt so viel zu tun. Eines Tages ...« *Ich rede vollkommenen Blödsinn.*

Er begleitete sie schweigend zur Haustür. Sein nachdenklicher Blick machte sie noch nervöser. Mit zitternden Fingern suchte sie nach dem passenden Schlüssel, während Ross mit der Hüfte an die Hauswand gelehnt dastand und ihr zusah.

»Sie sind nervös«, sagte er, ohne sie aus den Augen zu lassen.

»Ein bisschen«, gab sie zu.

»Es ist alles okay. Keine Erwartungen, das wissen Sie doch. Ich bin einfach nur Ihr netter Nachbar.« Er stieß sich von der Wand ab und sofort wurde die Luft zwischen ihnen brandheiß.

Mein netter Nachbar? Ein netter Nachbar hilft mit einer Tasse Zucker aus. Er lässt die Nachbarin nicht flatterig werden, und steht auch nicht da und sieht gleichzeitig verwegen und einfühlsam aus, was im Übrigen total unfair ist.

Er nahm ihr das Schlüsselbund ab, schloss die Tür auf und öffnete sie.

»Sie können die Jungs morgen mit in den Park nehmen, wenn Sie wollen, aber sie sind nicht ohne, da haben Sie alle Hände voll zu tun. Sie müssen auch nicht alle drei mitnehmen.«

»Meine Hände sind ziemlich groß.«

Seine Augen wurden fast schwarz und seine Mundwinkel verzogen sich zu einem Grinsen. Jetzt erst wurde Elisabeth klar, was sie da angedeutet hatte. *Lieber Himmel.* Er stand im Türrahmen, mit ihren Schlüsseln in der Hand und hielt ihren Blick fest. Als er sich zu ihr beugte, war sie bereit für einen Kuss. So sehr, dass sie kaum atmen konnte. Sie schloss die Augen – und er drückte ihr die Lippen auf die Wange. Dann fühlte sie, wie die Schlüssel in ihre Handfläche glitten und er ihre Finger darum schloss. Sie öffnete die Augen und er sah sie mit übermütigem Blitzen in den Augen an.

Was zum Teufel?

»Gute Nacht, Lissa.«

Lissa. So hatte ihre Tante Cora sie immer genannt. Außer ihr hatte nie jemand diesen Namen benutzt. Ihn aus seinem Mund zu hören war fast so schön, wie seine Lippen auf ihrer Wange zu spüren.

Und nun wandte er sich zum Gehen. Während alles in ihr schrie: *Lass ihn nicht gehen! Lauf zum Truck, pack ihn beim Kragen und küss ihn, was das Zeug hält,* sah sie in Gedanken ihre Mutter vor sich, wie sie sich an einen wohlhabenden Mann heranmachte. Sie drängte die Vorstellung beiseite, doch das Verlangen blieb.

Und es knisterte durch ihren Körper bis hinunter zu den Zehen.

Sieben

Als der Leiter des Ausbildungsprogramms für Assistenzhunde Ross vor sechs Jahren gefragt hatte, ob er mitmachen wollte, war Ross skeptisch. Die Vorstellung, einem Strafgefangenen einen acht Wochen alten Welpen zu überlassen, behagte ihm gar nicht. Damals hatte er überhaupt keine Erfahrung mit verurteilten Kriminellen und seine Liebe zu Tieren war stärker als jede Liebe, die er jemals empfunden hatte, von der Liebe zu seiner Familie abgesehen. Er hatte jedoch von ähnlichen Programmen in anderen Gefängnissen gehört und die Beziehung, die Hunde und Insassen zueinander aufbauten, unterschied sich nicht von der Beziehung, die außerhalb von Gefängnismauern entstand. Das Programm selbst verfolgte ein lohnendes Ziel und die Hunde wurden gut versorgt. Er wollte es versuchen. Heute war Dienstag und als er seinen Wagen am Gefängnis von Denton parkte, dachte er über das Programm nach. In den Jahren, in denen er nun schon dabei war, hatte er die härtesten Burschen weich werden sehen. Sie liebten die Hunde so sehr, dass es ihm die Kehle zuschnürte, wenn er daran dachte, dass er die Idee beinahe verworfen hätte. Ross war im Allgemeinen niemand, der Risiken einging, doch mit seiner Mitarbeit bei Partner mit vier Pfoten hatte er etwas riskiert, und es hatte sich als eines der lohnendsten Projekte herausgestellt, das er je kennengelernt hatte. Und neuerdings riskierte er auch in seinem Privatleben etwas.

Sein ganzes Leben lang hatte Ross Tratsch und Klatsch wie die Pest gemieden, doch es gelang ihm nicht, auf Abstand zu Elisabeth zu gehen. Er gab sich alle Mühe, doch er fühlte sich zu ihr hingezogen wie eine Katze zu Katzenminze. Und wie er sie verschlingen wollte! Fast hätte er es getan, als sie sich Gute Nacht sagten, doch irgendwie schaffte er es, sein Verlangen im Zaum zu halten. Er wusste: Wenn er einmal nachgab, dann war's das. Immer wenn er sie sah, passierten seltsame Dinge mit seinem Magen, und sie machte ihn bei der leisesten Berührung fast wahnsinnig vor Erregung. Wie würde es sein, wenn sich ihre Lippen tatsächlich trafen? Wenn seine Hände die Rundungen ihres Körpers erkundeten?

Verdammt.

Seine Lenden reagierten schon bei diesem Gedanken.

Er wusste, dass es keine gute Idee war, mit einer Frau auszugehen, um die sich jetzt schon so viel Klatsch und Tratsch drehte, doch es wurde immer schwieriger, sein Verlangen für sich zu behalten. Das Letzte, was er brauchte, war, in das verfluchte Gewirr der Gerüchteküche von Trusty verstrickt zu werden. Doch selbst diese Erkenntnis hielt seinen Körper nicht davon ab, sie mit aller Macht zu begehren, und seine Gedanken hörten nicht auf, um sie zu kreisen.

Er suchte einen Sender mit Rockmusik, die er hasste, und stellte sich Frauen vor, die jedes sexuelle Verlangen aus seiner Fantasie vertrieben. *Rosie O'Donnell. Barbara Walters. Hillary Clinton.* Die Trainingsstunde im Gefängnis kam genau richtig. Sie würde ihn von Elisabeth ablenken. Ein paar tiefe Atemzüge später war er so weit, dass er das Hundetraining ohne peinliche Wölbung in der Hose angehen konnte.

Auf der Warteliste für das Programm standen mehr als fünfhundert Namen. Die Strafgefangenen mussten strenge Kriterien erfüllen, um aufgenommen zu werden. Vor allem durfte ihr Lebenslauf keine Sexualstraftaten und keine Grausamkeit gegen Tiere aufweisen. Natürlich gab es auch noch andere Aspekte wie persönliche Reife, Bildungsniveau, Länge der Haftstrafe. Außerdem durften sich die Häftlinge neunzig Tage vor der Aufnahme in das Programm und natürlich auch während des Programms selbst keinerlei Verstöße zuschulden kommen lassen. Ross begrüßte diese Auflagen, weil auf diese Weise die Insassen herausgefiltert wurden, die ihre eigenen Bedürfnisse über die des Hundes stellen würden. Dass die Kandidaten von einem Gremium ausgewählt wurden, bedeutete für ihn eine weitere Absicherung, doch es gab immer mal wieder einen der sogenannten Hundebetreuer, der Ross Sorgen bereitete. Trout Granger war einer davon und Storm war sein Ausbildungshund. Das war der Grund, weshalb sich Ross Storm als Patenhund für die Wochenenden ausgesucht hatte. Das gab ihm die Möglichkeit, Storms Fortschritte genau zu beobachten und nach Warnsignalen Ausschau zu halten. Bis jetzt gab es jedoch keine beunruhigenden Anzeichen.

Trout war ein Koloss, neben dem sich der sechs Monate alte Labradorwelpe winzig ausnahm. Bei einer Größe von eins fünfundneunzig wog er um die hundertdreißig Kilo und sah aus wie der Mörder, der er nun mal war – oder früher einmal gewesen war. Ross war sich nicht sicher, wie er die Häftlinge bezeichnen sollte, wenn sie so lange eingesessen hatten wie Trout. Timothy Michael Granger, so lautete sein voller Name, war gerade achtzehn geworden, als er festgenommen wurde, weil er dem früheren Freund seiner Mutter die Kehle durchgeschnitten hatte – zehn Jahre, nachdem dieser Mann seine Mutter umgebracht hatte. Er rief die Polizei noch aus der Wohnung des Mannes an und wartete auf die Beamten, als sie zehn Minuten nach der Tat auftauchten. Mittlerweile hatte er fünfzehn Jahre seiner lebenslangen Strafe abgesessen. Nach dem Tod seiner Mutter war er zehn Jahre lang von einer Pflegefamilie zur anderen durchgereicht worden und hatte es trotzdem geschafft, seinen Highschool-Abschluss als Bester seines Jahrgangs zu machen. Zur Zeit des Mordes hatte er ein Vollstipendium fürs College in der Tasche, und am Tag nach seinem achtzehnten Geburtstag machte er all seine Chancen zunichte. Ross liebte seine Familie und würde für sie durchs Feuer gehen, aber er wusste, dass er keinen anderen Menschen töten konnte. Er fragte sich, was Trout dazu gebracht hatte, diese Grenze zu überschreiten, und warum er zehn Jahre gewartet hatte, bevor er es tat.

Ross war etwa eins neunzig groß und wog etwa fünfundneunzig Kilo, er hatte gute Gene, trainierte konsequent und war eine ansehnliche Erscheinung, doch er hatte keinen Zweifel, dass der Mann, der da vor ihm stand, ihm mit einer Handbewegung den Hals brechen konnte – und danach vielleicht nie wieder an ihn denken würde.

Storm saß Trout zu Füßen. Trout hatte ihm seine rote Hundeweste mit der Aufschrift *Assistenzhund in Ausbildung, bitte nicht streicheln* übergestreift. Ross fand es immer beeindruckend, wenn sowohl die Hundebetreuer als auch die Hunde das Training in der korrekten Haltung begannen. Storm machte sich gut. In der Woche zuvor war er nervös und unruhig gewesen und mochte sich auf nichts einlassen. *Er macht Fortschritte.*

»Gibt es irgendwelche Schwierigkeiten?«, fragte Ross.

Trouts mahlte mit dem Unterkiefer. Er verzog keine Miene und gab keinen Laut von sich. Ross kannte ihn als wortkargen Mann; wenn er etwas sagte, dann galt es allein dem Hund: bei Fuß, Platz, aus, guter Junge, frei. Weiter waren sie in ihrer Kommunikation bisher nicht gekommen. Ross wartete darauf, dass Trout nickte oder seinen frankensteinähnlichen kahlen Schädel schüttelte, auf dem die Worte *Ehre deine Mutter* eintätowiert waren. Sie passten zu seinen über und über tätowierten Armen, so wie eine Mütze zu einem Mantel passte.

Trout schüttelte den Kopf.

»Gut. Frisst er ordentlich? Und schläft in seiner Box?« Ross beobachtete Storm, der Trout mit dem Vertrauen und der Bewunderung eines Kindes für seinen Vater ansah. Ross sandte ein stummes Gebet gen Himmel, dass Trout bei Storm niemals die Beherrschung verlieren würde, obwohl er bei ihm noch nie irgendeine Regung in der einen oder der anderen Richtung gesehen hatte. Die Wachen sagten, dass er kaum mit jemandem sprach.

Ein knappes Nicken, dann ging sein Blick zu Storm und dieser kurze Blick ließ Ross aufhorchen.

»Schlafprobleme?«

Trout sah zu Storm hinunter. »Bleib.« Er gab seine Kommandos mit leiser Stimme, die am anderen Ende des Raumes kaum zu hören war. Diese Stimme in Verbindung mit seiner unbewegten Miene würde ausreichen, um jeden normalen Menschen in die Flucht zu schlagen. Doch Trout hatte den richtigen Ton für Storm gefunden, der gehorsam jeden Befehl ausführte.

Er trat einen Schritt auf Ross zu – eine Wand aus Muskeln und Schweigen.

»Was ist los, Trout?« Trout trug die übliche Gefängnisuniform – graues Oberhemd, graue Hose – und roch nach Industrieseife und Schweiß. Nicht gerade eine angenehme Mischung.

Er beugte sich näher zu Ross und sprach mit leiser Stimme, als wollte er nicht, dass Storm hörte, was er sagte. »Letzte Nacht hatte Storm Probleme mit dem Schlafen.«

Seine Stimme klang tief und rau vor Sorge. Dass er so beunruhigt war, zeigte, wie tief seine emotionale Bindung zu Storm inzwischen war. Diese Bindung stellte eines der Ziele des Programms dar. Ross war überrascht, dass Trout etwas anderes von sich gab als die paar Worte, die sie im Training benutzten, und die Besorgnis in seinen sonst so eiskalten Augen milderte Ross' Einschätzung von ihm.

»Das kommt schon mal vor. Ging es ihm nicht gut? Und wie benimmt er sich heute?« Er trat einen Schritt beiseite und warf einen Blick auf Storm, dessen Augen leuchteten. Der Hund legte den Kopf schief und hechelte.

»Heute okay. Gestern okay. Er hat gejault und gewimmert und ich hab versucht, die Box abzudecken und mit ihm zu reden.«

»Und?«

»Und ...« Er ließ den Blick durch den leeren Raum schweifen, dann sah er Ross an. »Die anderen haben gemeckert, also bin ich in die Box gekrochen und hab den Arm um ihn gelegt.«

»Sie sind in die Box gekrochen? Sie passen in die Box?«

Trout lächelte schief und auf seinen Wangen erschienen zwei Grübchen, was ihn eher wie einen freundlichen Riesen und nicht so sehr wie ein bedrohliches Ungetüm aussehen ließ. Ein freundlicher, aber mörderischer Riese. Das war das erste Mal, dass Ross bei Trout eine echte Gefühlsregung wahrnahm. Ihm kam der Gedanke, dass sich der Mann, bei dem er die größten Bedenken gehabt hatte, vielleicht als der mitfühlendste erweisen würde.

»Schultern und Oberkörper. Was hätte ich machen sollen, Doc? Konnt ihn ja nicht einfach weiterjaulen lassen, wo die anderen sich so beschwert haben.« Trout war in einem besonderen Teil des Gefängnisses untergebracht, der allein den Häftlingen mit Hunden vorbehalten war.

»Das ist eine gute Frage. Wir hatten schon Hundebetreuer, die es so gemacht haben wie Sie, aber das ist eher selten, und wir ermuntern sie auch nicht dazu, denn die Hunde sollen lernen, sich selbst in den Griff zu bekommen. Sie haben versucht, die Box abzudecken, und das hat nicht geholfen?«

Trout schüttelte ganz langsam den Kopf. »Er war traurig, glaube ich.«

»Traurig?«

Trout nickte. »Traurig.«

Mit einem Hundertdreißig-Kilo-Typen würde er sich nicht streiten. »Ich würde ihn gerne kurz untersuchen, um sicherzugehen, dass mit ihm alles in Ordnung ist. Und dann, denke ich, warten wir einfach ab, wie es in der kommenden Nacht wird. Rechnen Sie mal damit, dass es gut geht. Machen Sie alles so, wie Sie es normalerweise machen. Wenn die Probleme nicht verschwinden, finden wir schon eine Lösung. Aber vermutlich war es nur eine einmalige Sache.«

»Mir macht es nichts, mich zu ihm zu legen. Ist das erlaubt?«

Nach den ersten paar Wochen hatten die Hunde nachts meist keine Probleme. Theoretisch durften sich die Insassen zu ihren Hunden legen, doch Ross wollte nichts fördern, was Storm daran hindern könnte, sich an seine Hundebox zu gewöhnen. Er musste die Box akzeptieren, das war Teil des Programms. Andererseits redete Trout nun und das war ein Fortschritt auf einem ganz anderen Gebiet.

»Ich habe ein Problem mit der Größe der Hundebox, Trout. Sie könnten ihn zerquetschen, wenn Sie sich versehentlich auf ihn legen.«

Trouts Augen verengten sich zu Schlitzen. Er nickte. »Ich pass auf.«

»Sehen wir mal, wie sich die Sache entwickelt. Wenn er heute Nacht wieder so unruhig ist, versuchen Sie, mit ihm zu reden. Und wenn das nicht funktioniert, legen Sie einfach eine Hand in die Hundebox. Okay?«

»Klar, Doc. Ist 'ne gute Idee.«

Sie beendeten das Trainingspensum für den Tag. Bevor sich Ross auf den Heimweg machte, schaute er bei Walt Norton herein, dem Leiter von Partner mit vier Pfoten. Er berichtete ihm, was er von Trout erfahren hatte, und bat ihn, die beiden im Auge zu behalten. Walt war ein hohlwangiger Mittsechziger mit tiefliegenden Augen, der immer ernst aussah, auch wenn er lächelte.

»Ich pass auf die beiden auf. Trout hat sich verändert, seit er an dem Programm teilnimmt. In der Cafeteria setzt er sich nicht mehr abseits, sondern sitzt mit den anderen Insassen zusammen. Und er antwortet auf Fragen, statt nur zu knurren. Einer der Mithäftlinge hat ihn gefragt, warum er sich zu ihnen setze, und der Aufseher hörte, wie er sagte, das sei gut für den Hund.«

Ein wesentlicher Aspekt des Trainingsprogramms war, dass die Hunde rund um die Uhr mit ihren Betreuern zusammenblieben. Sie lernten, beim Essen dabeizusitzen, ohne zu betteln, und auf andere Menschen und Hunde so zu reagieren, wie man es

außerhalb der Gefängnismauern auch von ihnen erwartete.
Walt schüttelte den Kopf. »Gut für den Hund. Er ist ein eiskalter Mörder. Mehr als ein Knurren oder Nicken war aus ihm nicht herauszukriegen, seit er vor fünfzehn Jahren hierher kam. Und nun lockt ihn ein Hund aus seinem Schneckenhaus. Kaum zu glauben!«

Auf dem Rückweg nach Trusty dachte Ross über Trout nach. Er überlegte nicht zum ersten Mal, ob das Schweigen für Trout einfach eine Strategie war, um sich anzupassen und im Gefängnis zu überleben, oder ob er schon vorher eher wortkarg gewesen war. Anfangs hatte er versucht, sich mit Trout zu unterhalten, doch nach den ersten drei Fragen war offensichtlich, dass er damit nicht weiterkam. Ross wusste, dass die Liebe eines Tieres einen Menschen ändern konnte, und er war froh, dass Trout nicht so abgebrüht war, dass er nicht wenigstens einen Hauch von Mitgefühl spürte.

Sich anpassen, das war immer eine schwierige Sache. Wieder dachte er an Elisabeth – *Lissa* –, wie eigentlich den ganzen Vormittag schon. Der Kosename war ihm ganz spontan über die Lippen gekommen, er hatte überhaupt nicht darüber nachgedacht. Doch er fühlte sich ihr so nah, dass ihm diese Vertrautheit völlig richtig erschien. Und das war noch so eine Sache, die ihn komplett durcheinanderbrachte. Wie konnte er sich einer Frau so nah fühlen, die er noch nicht einmal geküsst hatte? Den ganzen Vormittag über hatte er in Gedanken jeden Blick noch einmal durchlebt, jede Berührung, das Verlangen in ihren Augen, als er sich an ihrer Haustür von ihr verabschiedete. Und ebenso lange hatte er sich immer wieder in Erinnerung gerufen, dass sie in Trusty lebte und dass es überhaupt keine gute Idee wäre, sich mit ihr einzulassen. Er wusste, wohin es führen würde, wenn sie ein paarmal zusammen ausgingen und er dann merkte, dass seine Gefühle für sie nicht so tragfähig und überwältigend waren, wie er jetzt dachte. Ihm war klar, dass er ihren Ruf noch weiter schädigen und sich selbst zum Mittelpunkt aller Klatschgeschichten in der

Stadt machen konnte, von den verheerenden Folgen für ihr Verhältnis als Nachbarn ganz zu schweigen. Doch all das hinderte seinen Körper nicht daran, sofort und sehr eindeutig zu reagieren, wenn sie ihm in den Sinn kam. Und es brachte eine widerspenstige Seite an ihm zum Vorschein, die sich mit Nachdruck Gehör verschaffte.

Pfeif doch auf die Klatschgeschichten.

Zu Hause angekommen parkte Ross hinter dem Truck seines jüngeren Bruders Wes und warf einen Blick auf das Buch über Tierhaltung, das er für Elisabeth mitgebracht hatte. Er ließ es auf dem Beifahrersitz liegen und folgte einer Blutspur zum Rasen, wo er Wes zusammen mit seiner junger Bloodhound-Dame Sweets fand. Wes betrieb eine Gästeranch außerhalb von Trusty und er hatte einen Hang zu gefährlichen Aktivitäten wie Klettertouren oder Fallschirmspringen. Dass er sich verletzte, war nichts Ungewöhnliches. Wusste der Himmel, was er jetzt wieder angestellt hatte.

»Ross, du musst mir helfen.« Wes hatte eine klaffende Wunde an der Stirn.

»Was ist passiert?« Ross warf einen kurzen, prüfenden Blick auf Sweets, die an den Pfoten zu bluten schien. Sweets war der einzige Bloodhound ohne Geruchssinn, dem Ross jemals begegnet war, doch ansonsten war sie so süß wie ihr Name.

Wie zum Beweis leckte sie Wes über die Wange.

»Beim Klettern an 'ner Felswand runtergefallen«, erklärte Wes. Offenbar bezog er sich auf seine eigene Verletzung, denn seine Hündin würde er nie an einer Felswand herumklettern lassen.

Ross wies mit dem Kopf auf den Eingang zur Praxis und sie gingen hinein. Er schaltete das Licht ein und führte Wes in einen der Behandlungsräume.

»Gestern Abend wollte ich auf ein Bier vorbeischauen, aber du warst mit Elisabeth Nash unterwegs.« Wes hockte auf dem Behandlungstisch, mit Sweets neben sich, und sah Ross mit anzüglichem Grinsen an.

Margie Holmes vom Diner war nicht die Einzige in Trusty, die Klatsch und Tratsch verbreiten konnte. Die Bradens standen ihr in dieser Hinsicht in nichts nach. Ross sah Wes finster an.

»Mom oder Emily?«

»Em, wer denn sonst? Ein Date mit einem Mädel aus Trusty? Ist ja was ganz Neues.«

»Es war kein Date.« Aber er hatte sich sehr zusammenreißen müssen, um es dabei zu belassen.

»Em hat was ganz anderes erzählt. Sie sagt –«

Ross brachte ihn mit einem giftigen Blick zum Schweigen und begann, Sweets Pfoten zu untersuchen. »Ich sehe keine Schnittwunden oder Prellungen an den Pfoten. Was ist passiert?«

»Oh, mit Sweets ist alles in Ordnung. Nur ich hab was abgekriegt. Das ist *mein* Blut an ihren Pfoten.« Wes' Jeans waren voller blutiger Pfotenabdrücke und offenbar hatte er versucht, die Blutung an der Stirn mit seinem Hemdsärmel zu stoppen, denn der war ebenfalls blutdurchtränkt.

Ross lehnte sich an das Sideboard und atmete einmal tief durch. Er war erleichtert, dass Sweets nichts passiert war, und Wes' Wunde beunruhigte ihn nicht weiter. Wes trug ständig irgendwelche Verletzungen davon und diese sah so aus, als ließe sie sich mit ein paar Stichen zusammenflicken. Aber warum zum Teufel war er dann in seiner Praxis, wenn die Hündin nicht verletzt war? Und warum sah Sweets traumatisiert aus?

»Warum hältst du sie so fest, als hätte sie sich verletzt?«

Wes gab Sweets einen Kuss auf den Kopf und flüsterte: »Sie hat einen Schreck gekriegt, als ich ohnmächtig war.«

»Ohnmächtig? Wes, du gehörst in Daisys Praxis, nicht in meine.« Daisy war die Verlobte ihres Bruders Luke und die einzige Allgemeinärztin in Trusty.

»Wenn ich zu Daisy gehe, erzählt sie's Callie, und dann krieg ich wirklich Ärger, weil ...« Er zog seine Hand hervor, die er bisher unter Sweets verborgen hatte. Sie war dick bandagiert.

Ross lachte. »Derselbe Felsen?«

»Vor drei Tagen. Ich hab ihr gesagt, dass ich nicht wieder hingehe, und eigentlich hatte ich das auch gar nicht vor, aber –«

Ross hob die Hand. »Sag lieber nichts. Ich will es gar nicht wissen.« Er nahm Sweets hoch und schmuste ein bisschen mit ihr, bevor er sie auf den Boden setzte. Sie wedelte mit dem Schwanz und sah jaulend zu Wes auf.

»Setz dich hier auf den Stuhl. Lieber Himmel, Sweets benimmt sich, als sei sie deine Ehefrau.« Wes rutschte vom Behandlungstisch und nahm auf dem Stuhl Platz. Sweets legte ihm den Kopf auf den Schoß. »Und wie willst du das vor Callie geheimhalten?«

»Will ich ja gar nicht. Ich lüge sie nicht an.«

Ross hob eine Augenbraue.

»Ehrlich, ich hatte überhaupt nicht vor, an dieser blöden Felswand herumzuklettern. Sie ist auf der Nordseite des Berges und ich wollte eine neue Route für die Besuchergruppe auskundschaften, die nächste Woche auf die Ranch kommt, und ...« Wes zuckte mit den Schultern und lächelte entschuldigend.

»Du wirst es ihr also sagen?«

»Ja. Klar. Du kannst eine Frau nicht anlügen. Sie haben einen eingebauten Sensor für so was.«

Gut zu wissen. »Dann solltest du erst recht bei Daisy sein.«

Wes seufzte schwer. »Auf keinen Fall. Wenn Daisy es Callie erzählt, bevor ich es ihr sage, dann ist mein Leben keinen Pfifferling mehr wert. Das ist fast wie Lügen, wenn ich es ihr erst sage, nachdem sie's schon von jemand anderem gehört hat. Und am Telefon kann ich es ihr nicht sagen.« Wes zeigte auf seine Augen und sah auf einmal ausgesprochen zerknirscht aus. »Sie muss mich dabei sehen.«

»Du Idiot.« Ross säuberte die Wunde und wartete darauf, dass die betäubende Wirkung des Medikaments einsetzte.

Wes sah sich um. »Wo sind die Jungs?«

»Die haben sich mit ihren Freunden zum Spielen verabredet.« Er dachte daran, wie Elisabeth am Morgen gekommen war, um die Hunde abzuholen. Er hatte die Tür geöffnet und einen heißen Moment lang hatten sich ihre Blicke getroffen und die Luft zwischen ihnen zischte und funkelte. Ross musste sich mit aller Macht zusammenreißen, um sie nicht mit einem Kuss zu begrüßen. Und ihr nervöses Lächeln und die atemlose Art, wie sie sprach, sagten ihm, dass es ihr ebenso schwerfiel, sich von ihm fernzuhalten.

»Sie haben … ach, egal. Willst du mir nicht von Elisabeth erzählen? Nach allem, was ich höre, ist sie nur wegen des Geldes hier. Und zwar wegen deines Geldes, sei also vorsichtig.« Alle Bradens hatten einen beträchtlichen Anteil am Familienvermögen, das von einer Generation zur anderen weitervererbt wurde.

»Sie ist nicht hinter meinem Geld her und wir sind kein Paar.« Sie war mit Sack und Pack von Los Angeles hierhergezogen, sie sprach davon, die Küche renovieren zu lassen, und sie versuchte, ihren Platz in Trusty zu finden. Das hörte sich nicht nach einer Frau an, die nur darauf aus war, sich die Taschen vollzustopfen und wieder zu verschwinden. Er begann, die Wunde zu vernähen. Dass Wes zusammenzuckte, war ihm egal.

»Mensch, Ross.« Wes ballte die Hand zur Faust.

»Stell dich nicht so an. Und falls Callie fragt, sagst du ihr, dass ich dich gedrängt hab, sie anzurufen.«

»Ja, klar, alles wie gehabt.«

Schließlich war Ross fertig und Wes säuberte sich so gut es ging, ohne großen Erfolg. »Wie wär's mit 'nem Bier?«

»Auf dich wartet eine Verlobte, mit der du reinen Tisch machen musst«, erinnerte Ross ihn.

Auf dem Weg zur Haustür fragte Wes: »Woher weißt du, dass Elisabeth nicht nur auf Geld aus ist, wenn ihr kein Paar seid?«

»Emily soll Coras Küche für sie neu einrichten.«

»Wahrscheinlich will sie das Haus verkaufen«, meinte Wes.

»Nein, will sie nicht.« Warum verteidigte er Elisabeth Wes gegenüber? »Und wenn du das nächste Mal ein Bier trinken willst, schreib mir eine SMS mit dem Wort *Bier*. Ich hätte eins gebrauchen können, als ich sie gestern Abend vor ihrer Haustür abgesetzt hab.«

»Nicht zum Zuge gekommen, was? Kein Wunder, dass du so zickig bist.«

Ross öffnete die Tür. »Hau ab.«

Elisabeth hatte den ganzen Vormittag damit verbracht, die Bestellungen für den nächsten Tag zu backen. Dann rechnete sie aus, was sie bisher eingenommen hatte, und verglich die Summe mit dem, was sie in den Aufzeichnungen ihrer Tante fand. Die Bestellungen waren leicht rückläufig. Es war nicht dramatisch und wahrscheinlich wäre es ihr gar nicht aufgefallen, wenn sie die Zahlen nicht nebeneinandergestellt hätte, doch selbst die Handvoll Kuchen, die sie bisher weniger verkauft hatte, waren zu viel. Sie musste sich mehr anstrengen, Bestellungen hereinzuholen und die Kuchenbäckerei parallel zu ihrem Haustierservice zu betreiben.

Im Hundepark hatte sie einen wunderbaren Nachmittag mit Ranger, Knight und Sarge verbracht, allerdings hatte sie eher mit den Hunden gespielt als Werbung für ihre Geschäftsidee zu machen. Es war so lange her, dass sie mit Hunden zusammen gewesen war, und das fehlte ihr sehr. Kühe, Ziegen und Schweine waren wunderbar, doch Katzen und Hunde waren einfach himmlisch. Sie hatte einige Flyer verteilt und mit allen Hundebesitzern gesprochen, doch die meisten wechselten das Thema, sobald die Sprache auf Fellpflege oder Wellness kam, sodass sie überhaupt keine Zeit hatte, ihren Service wirklich vorzustellen und zu erklären, worum es dabei ging.

Später war sie nach Allure gefahren, um sich bei Missys Hundesalon vorzustellen und herauszufinden, ob die Inhaberin Interesse daran hatte, dass sie sich gegenseitig Kunden zuschanzten. Missy hatte sich jedoch alle Mühe gegeben, Elisabeth ihre Idee auszureden, einen Fellpflegeservice aufzuziehen. Offenbar wollte sie keine Konkurrenz und Elisabeth hatte allmählich den Eindruck, dass Trusty wohl doch nicht das richtige Pflaster für Hundepflege war. Als sie nach Hause zurückfuhr, hatte sie kaum noch einen Funken Hoffnung. Sie brauchte eine bessere Idee.

Eine bessere Idee. Wem machte sie denn eigentlich etwas vor? War es ihr so wichtig gewesen, nach Trusty zurückzukehren, dass sie sich eingeredet hatte, die Stadt sei so bereit, sie mit offenen Armen aufzunehmen wie Tante Cora? War der gesunde Lebensstil, den sie wahrgenommen hatte, nichts weiter als ihre Liebe zu ihrer Tante? Und den Rest hatte sie sich zusammengesponnen? Tränen stiegen ihr in die Augen.

Nein. Nein, nein, nein. Nicht weinen.

Knight, der sich geweigert hatte, mit den anderen Hunden hinten zu sitzen, stieß einen Seufzer aus und legte ihr seinen großen schwarzen Kopf auf den Schoß, als wüsste er, wie allein sie sich fühlte. Sie streichelte ihn. Natürlich wusste er es. Hunde verstanden sie so gut.

»Ich gebe nicht auf. Kommt nicht in Frage. Ich habe so lange davon geträumt, hierher zurückzukommen, dass ich nicht bei den ersten Schwierigkeiten aufgebe.« Im Moment klangen ihre Worte überzeugender, als sie sich fühlte.

Auf der Zufahrt zu Ross' Haus kam ihr ein Truck entgegen. Der Fahrer winkte und lächelte freundlich. Gerade hatte sie noch gedacht, wie unfreundlich die Leute in Trusty doch waren, da winkte ihr ein Typ in einem Truck zu und gab ihr einen Grund zum Lächeln. Sie winkte zurück und schaffte es fast, tatsächlich zu lächeln, als sie Ross mit ernstem Gesicht auf seiner Veranda stehen sah. Hoffentlich hatte sie die Hunde nicht zu lange behalten.

Sie parkte den Wagen und streichelte Knight über den Kopf.

Die Zeit mit den Hunden hatte sich gelohnt, auch wenn Ross jetzt vielleicht verstimmt war. Alle drei Hunde hatten ihr Herz erobert und es tat ihr gut, ihre bedingungslose Zuneigung zu spüren. Ross trat an ihren Wagen und öffnete die Fahrertür, und als er lächelte, verschwand ein wenig von der Spannung, die sie eben noch auf seinem Gesicht gesehen hatte. Elisabeth war erleichtert, doch aus irgendeinem Grund war sie wieder den Tränen nahe.

Elisabeth konnte durchaus eigensinnig sein, doch sie war eine empfindsame Seele. Das war immer ein Streitpunkt zwischen ihrer Mutter und ihr gewesen, die eine dieser willensstarken Frauen war, an denen alles abperlte.

Ross beugte sich zu ihr hinunter. »Hallo, Lis. Haben die Jungs sich gut benommen?«

Lis. Lieber Himmel, das gefiel ihr. *Es sollte ihr aber nicht gefallen. Er war einfach nur nett zu ihr.* Wahrscheinlich wusste er, dass ihre Geschäftsidee zum Scheitern verurteilt war. Und was war dann? Sie hatte ihre Wohnung in L. A. verkauft und sowieso wollte sie nicht dorthin zurück. Sie wollte hier sein. Für immer. *Nirgendwo sonst.* Trotz der unfreundlichen Leute und der Schwierigkeiten, die sie mit ihrem Unternehmen hatte. Das war der Ort, von dem sie immer geträumt hatte. Sie konnte sich doch nicht so sehr getäuscht haben. Und auch Tante Cora konnte sich nicht so sehr getäuscht haben, als sie ihr alles vererbt hatte.

Knight warf Ross einen Blick zu, ließ aber seinen Kopf in ihrem Schoß liegen. Elisabeth war dankbar dafür, dass sein Gewicht sie sicher in ihrem Auto verankerte. Sonst hätte sie sich Ross in die Arme geworfen, um sich von ihm trösten zu lassen.

Mühsam brachte sie eine Antwort hervor. »Sie waren wunderbar.« Sie schluckte ihr Bedürfnis herunter, all ihren Kummer vor ihm auszubreiten, schob Knights Kopf sanft beiseite, stieg aus und ging rasch nach hinten, um Sarge und Ranger herauszulassen.

»Das kann ich kaum glauben. Ranger kann ein bisschen frech sein.«

Knight ging mit nach hinten zur Heckklappe, wo Sarge und Ranger Elisabeths Gesicht ableckten. Sie hatte die Hände im flauschigen Fell der beiden vergraben und genoss ihre Liebesbekundungen.

»Kommt, Jungs, übertreibt es nicht.«

»Nein, das ist okay, wirklich.« Sie setzte sich zwischen die beiden, legte die Arme um sie und baumelte mit den Beinen.

»Das Gesabber macht Ihnen nichts aus?« Ross' Lächeln schnitt ihr ins Herz.

»Überhaupt nicht, ich brauche das.« *Und ich müsste in den Arm genommen werden und reichlich Wein wäre auch nicht schlecht.*

Ross schlug sich auf den Schenkel. Sarge sprang aus dem Auto und überließ Ross seinen Platz. »Harter Tag im Hundepark?«

»Alles okay«, log sie und wandte sich ab.

Ross hob ihr Kinn und zwang sie, ihn anzusehen. »Hey. Ist irgendwas passiert?« Seine Stimme klang ernst, sein Blick war besorgt.

»Nein. Im Park war alles okay. Ich glaube, Sie haben recht. Die Leute hier halten wahrscheinlich wirklich nichts davon, ihre Haustiere zu verwöhnen oder ihnen sogar eine Fellpflege zu gönnen.« Sie merkte, wie ihre Unterlippe zitterte, und drehte ihr Gesicht weg. Sie hatte es so weit gebracht und sie liebte ihren Job. Sie hätte sich nie träumen lassen, dass sie mit einem Unternehmen, das in L. A. sechsstellige Beträge einbrachte, nicht wenigstens die Hälfte in Trusty verdienen könnte. Noch nie in ihrem Leben hatte sie sich so verschätzt, und einen Job, bei dem sie nicht mit Hunden und Katzen zu tun hatte, konnte sie sich überhaupt nicht vorstellen. Sie backte gerne und ihre Tante hatte ihr ein gut laufendes Geschäft hinterlassen. Sie würde sich richtig ins Zeug legen, um es am Laufen zu halten, aber sie wollte auch ihren Haustierservice. Dieser Wunsch war so stark, dass sich der Gedanke, ihn aufgeben zu müssen, wie ein Schlag ins Gesicht anfühlte.

Wieder stiegen ihr Tränen in die Augen.

Verdammt. Sie trat einen Schritt vom Auto weg und wandte Ross den Rücken zu.

»Tja, ich sollte zusehen, dass ich nach Hause komme.« Sie bugsierte Ranger aus dem Auto und wollte einsteigen, doch Sarge und Ranger strichen ihr um die Beine, winselten und leckten ihr die Hände. Knight gesellte sich zu ihnen und sie musste sich zusammenreißen, um nicht zu Boden zu sinken und sich noch ein, zwei tröstliche Stunden mit ihnen zu gönnen. Eine Träne lief ihr über die Wange. *Oh Gott. Nein, nein, nein.*

Sie spürte Ross' kräftige Hände auf den Schultern, seinen Brustkorb an ihrem Rücken und – *oh Gott* – seine Bartstoppeln an ihrer Wange, was aus irgendeinem Grund erst recht die Tränen kullern ließ.

»Hey, was immer es ist: So schlimm kann es doch nicht sein.« Er drehte sie in seinen Armen herum und Elisabeth vergrub das Gesicht in seinem Hemd.

Sie sah nicht zu ihm auf und dachte auch nicht darüber nach, wie peinlich es war, sich vor ihrem heißen Nachbarn die Seele aus dem Leib zu heulen und ihm das Hemd zu zerknautschen. Sie war dankbar, dass er die Arme tröstend um sie legte, und spürte seinen Herzschlag an ihrer Wange. Tief atmend versuchte sie, sich zusammenzureißen, und sog seinen männlichen Geruch ein.

Das war so unfair. Konnte er nicht einen Augenblick aufhören, so attraktiv zu sein, während sie sich in ihrem Kummer suhlte?

Er strich ihr über den Rücken und legte die Wange auf ihren Kopf. Warum? Warum schob er sie nicht beiseite oder sagte ihr, sie solle sich zusammenreißen und das Beste daraus machen? Warum drängte er sie nicht, nach Hause zu fahren? Und warum machte er sich keine Gedanken um sein teures Oberhemd? Jeder Mann in L. A. hätte das getan. Dass er ihr erlaubte, an seiner Ruhe teilzuhaben, sich in seine tröstliche Wärme zu flüchten, das waren die Dinge, die ihre Tante getan hätte. Und es waren Dinge, die Elisabeth mit Trusty in Verbindung brachte. Das war Trusty für sie: tröstlich, sicher und bereit, sie mit offenen Armen zu empfangen.

Sie hatte sich geirrt.

Das war überhaupt nicht Trusty. Das war Ross Braden.

Knight drängte seine Schnauze zwischen Ross und Elisabeth und trotz ihrer Tränen musste sie ein wenig lachen. Sie löste sich von Ross, ohne sein Hemd loszulassen, und blickte zu ihm auf. Wahrscheinlich sah sie zum Fürchten aus, mit ihren nassen, verquollenen Augen. Bestimmt hatte sie eine rote Nase. Ross sah sie so besorgt an, als wollte er nichts lieber, als ihr ihre Traurigkeit zu nehmen. Für jemanden, der es gewohnt war, Tiere zu trösten, leistete er bei ihr gute Arbeit. Sanft nahm er ihr Gesicht in beide Hände. Seine Hände waren kräftig, sicher und warm. Sie schloss die Augen, als er ihre Tränen mit dem Daumen wegwischte. Es fühlte sich so gut an, getröstet zu werden.

Als sie die Augen wieder öffnete, lag etwas anderes in Ross' Blick, etwas, das ihren Körper trotz ihrer Traurigkeit heiß durchzuckte. Am liebsten hätte sie sich auf Zehenspitzen gestellt und einen sanften Kuss auf seine wunderschönen Lippen gedrückt. Aber vielleicht bildete sie sich diesen Blick ja auch nur ein. Vielleicht hatte sie sich nicht nur Trusty schön gedacht, sondern auch Ross.

Oh Gott.

»Kommen Sie, wir gehen ein Stück.« Ross nahm ihre Hand, als sei er seit Ewigkeiten ihr bester Freund.

Dabei hatte Elisabeth eigentlich keinen besten Freund oder eine beste Freundin. Klar, in L. A. hatte sie Freunde, aber das waren keine besonders engen Freundschaften. Zu den typischen Frauen in L. A. fühlte sie sich nie so recht zugehörig, und wahrscheinlich war das der Grund, weshalb sie sich lieber mit Tieren umgab. Tiere urteilten nicht über Menschen. Sie nahmen Liebe und gaben sie tausendfach zurück. Ihnen war es ganz egal, ob man eine dieser Frauen war, die die Männer wechselten wie die Unterwäsche, oder ob man eher zu der Sorte gehörte, die die Hoffnung auf echte, herzerwärmende Liebe nicht aufgaben, weil sie selbst treu waren und an die Liebe glaubten. Irgendetwas sagte ihr, dass sie sich nicht auf dem Holzweg befand, wenn sie sich zu Ross hingezogen fühlte. Sie hatte das Gefühl, dass er ebenso treu und seine Liebe ebenso bedingungslos war wie die eines Tieres. *So wunderbar, wie ich mir die Liebe immer vorgestellt habe.*

Nur nichts überstürzen. Sie versuchte, den Gedanken beiseitezuschieben, doch er ließ sich nicht verdrängen und verscheuchte die Traurigkeit, die sie eben noch verspürt hatte.

Sie gingen der untergehenden Sonne entgegen. Sein Grundstück erstreckte sich über riesige Weiden und in der Ferne wachten die Colorado Mountains über dieses Stück Paradies. Die Sonne blinzelte zwischen den hohen Berggipfeln hindurch und schickte das letzte Tageslicht über den Horizont. Die Hunde trabten hinter ihnen her, sie raschelten im hohen Gras. Mit jedem Schritt fiel ein bisschen mehr Anspannung von Elisabeth ab. Ross schwieg, er blickte nachdenklich in die Ferne, und das war wahrscheinlich auch gut so. Es war ihr ein bisschen peinlich, dass sie wie ein Baby geheult hatte, und obwohl ihre Tränen versiegt waren, fühlte sie sich immer noch am Rande des nächsten Tränenausbruchs. Dabei konnte sie gar nicht sagen, ob sie sich von der Realität oder von Ross' Freundlichkeit überwältigt fühlte.

Sie streiften durch das hohe Gras und gelangten zu einem kleinen Wäldchen. Elisabeth hatte keine Ahnung, wo sie waren, aber mit Ross würde sie überall hingehen. Sie machte sich Sorgen um ihre Tiere, es wurde allmähliche Zeit, sie zu füttern, doch ein paar Minuten würden sie sicher noch aushalten.

Blätter und Zweige knisterten unter ihren Füßen. Die Hunde liefen mit der Nase dicht am Boden und beschnüffelten jedes Loch, an dem sie vorbeikamen. Unter den Bäumen war es dunkler und kühler und mit der einsetzenden Dunkelheit begannen die Grillen zu zirpen. Das letzte Sonnenlicht brach durch das Blattwerk, als sie das Wäldchen verließen und am äußeren Ende des Grundstücks ihrer Tante ankamen.

Mein Grundstück. Ihr war nicht klargewesen, dass ihre

Grundstücke aneinandergrenzten. Die Träumerin in ihr wisperte: *Das ist Schicksal.* Dann holte die Erinnerung an die Ereignisse des Tages sie ein und vertrieb diesen Gedanken, bevor er sich einnisten konnte.

»Wir sollten nach den Tieren sehen.« Das war keine Frage. Sie hatte festgestellt, dass Ross nicht wirklich fragte. Er stellte etwas in den Raum, wartete einen Moment, und wenn sie nicht antwortete, ging er weiter. Das mochte sie an ihm. Und es gefiel ihr, dass er an ihre Tiere dachte und sie in diese Richtung gesteuert hatte, als er ihr den Spaziergang vorschlug, den sie so dringend brauchte, ohne es selbst zu merken.

Elisabeth hatte immer gedacht, sie sei in völligem Einklang mit ihrem Körper und Geist, doch nun fragte sie sich, wie ihr dieses Bedürfnis nach einer kurzen Pause hatte entgehen können – und wie es kam, dass Ross es gesehen hatte.

An der Stalltür blieb er stehen und legte ihr die Hände auf die Schultern. Mit der Abenddämmerung im Hintergrund strahlte er Stärke und Sicherheit aus. Er sah gut aus und wirkte, als hätte er alles unter Kontrolle. Er blickte zu ihr hinunter und als er mit kräftiger, sinnlicher Stimme sprach, waren sich ihr Geist und ihr Körper vollkommen einig. Sie wusste genau, was sie brauchte und was sie wollte. *Ross.*

»Geht es Ihnen besser, Lis?« Seine Hände glitten an ihren Schultern entlang zu ihrem Nacken. Seine Daumen streiften die Unterseite ihres Kinns. Das war erotisch und gleichzeitig lieb und sie bekam weiche Knie.

»Ich sehe nach Dolly und den Ziegen. Wollen Sie die Schweine und die Hühner versorgen?«

Nein. Ich will dich küssen und in deinen Armen liegen, hier im Gras. Und die Sterne begleiten uns durch die Nacht. Ich will dir in die Augen sehen und wissen, was du denkst – die heißen Sachen und auch alles andere. Ich will spüren, wie unsere Herzen schlagen, als seien sie eins, und den Rest der Welt verschwinden lassen. Und wenn der Morgen kommt, will ich ihm mit dir zusammen begegnen.

»Lis?«

Mit einem Blinzeln verscheuchte sie ihre Gedanken und sah in seine besorgten Augen.

»Ja ... natürlich.«

Behutsam nahm er ihr Gesicht in die Hände und gab ihr einen Kuss auf die Stirn. »Was immer es auch ist: Alles wird gut.«

Einfach so, ohne Vorwarnung, ohne Gehabe, hatte er ihre Sorgen zerstreut. Wie zum Teufel war ihm das gelungen? Da er sich gleich darauf auf den Weg zur Weide machte, hegte er vermutlich auch diesmal keine Erwartungen. Während sie ihren Tagträumen um Ross nachhing, schien er in der Lage zu sein, einfach zum nächsten Punkt überzugehen, ohne irgendeinen Lohn für seine Fürsorglichkeit zu erwarten. Nicht einmal einen einzigen Kuss. Vielleicht hatte sie so lange auf die wahre Liebe gewartet, dass sie sich alles zusammenfantasierte. Vielleicht war das wieder so etwas, was er als guter Nachbar eben tat: Frauen das Gefühl geben, dass es nicht umsonst war, wenn sie alles aufgaben, was sie sich mühsam aufgebaut hatten.

Sie versuchte, ihre Hoffnungen im Zaum zu halten. Nach dem Tag, den sie hinter sich hatte, hätte sie es eigentlich besser wissen müssen, doch als Ross am Tor stehen blieb und voller Mitgefühl zu ihr hinübersah, brandete die Hoffnung mit solcher Macht in ihr auf, dass sie sich ihr einfach ergeben musste.

Und sie war sich nicht sicher, ob sie sich überhaupt dagegen wehren wollte.

Acht

Die Liste der Dinge, die Ross aus der Bahn warfen, war denkbar kurz, doch Frauentränen gehörten seit jeher dazu. Auch wenn er ein Tier sah, das grausam misshandelt worden war, verlor er die Fassung. Und dann war da noch die Vorstellung, wie sehr seine Mutter gelitten haben musste, bevor sein Vater die Familie verließ. Den Gedanken daran ließ er nur selten zu, doch selbst diese schmerzlichen Erinnerungen waren nur halb so schlimm wie der Anblick von Elisabeth, als sie stumm weinend vor ihm stand. Ihm war nichts anderes eingefallen, als mit ihr durch die Wiesen in den kleinen Wald zu laufen. Wenn er ein Tier vor sich hatte, wusste er sofort, was zu tun war. Aber Frauen? Das war eine ganz andere Nummer. Und Elisabeth? Sie hatte vom ersten Moment an sein Herz gefangen genommen, was ihn wahrscheinlich zu einem Weichei machte, aber was hatte er schon zu sagen, wenn es um sein Herz ging?

Absolut gar nichts.

Und wenn er sich noch so große Mühe gab, die Anziehungskraft zu ignorieren, die sie Tag und Nacht auf ihn ausübte: Er hatte nicht die geringste Chance.

In der Vergangenheit hatte er sich manchmal gefragt, ob sein Glaube an die Liebe ein Fantasiegebilde war, das er als Gegenreaktion auf das Verschwinden seines Vaters aufgebaut hatte. Er war sich nicht sicher, ob er sich jemals zu einer Frau so hingezogen fühlen würde, wie er es bei Luke und Wes und ihren Freundinnen sah oder bei Pierce und Rebecca. Nun wusste er, dass es nicht nur ein Traum war. Er fand Elisabeth ungeheuer anziehend, war von ihrer Persönlichkeit verzaubert, hingerissen von ihrer freundlichen Art – verdammt, er wollte ihr unter die Haut kriechen und eins mit ihr sein.

Er ging auf die Weide hinaus und sah nach Dolly. Er fand auch Chip und Dale, nicht weit von der Kuh entfernt, die wie immer wie stolze Eroberer auf den Klettergerüsten standen, die Cora für sie aufgebaut hatte. *Gib einer Ziege einen ordentlichen Felsblock und sie ist glücklich*, hatte er ihr empfohlen. *Ja*, hatte sie geantwortet. *Aber gib einer Ziege ein Klettergerüst und sie weiß, dass du sie liebst.* Was konnte er dazu noch sagen?

Ross strich Dolly über den Rücken. Er ließ sich Zeit, denn er wollte versuchen, sich über seine Gefühle klarzuwerden. Keine Ahnung, wie lange er so bei Dolly stand. Fünf Minuten? Zehn? Er blieb einfach weiter so stehen und dachte daran, wie sich Elisabeth an ihn geklammert hatte. Das Gefühl, wie ihr Herz gegen seine Brust pochte. Es hatte ihn eine unglaubliche Anstrengung gekostet, ihr nur einen Kuss auf die Stirn zu geben, nur einen Moment länger dort zu verweilen, als er sollte, und ihren Duft einzuatmen. Er hatte kein Recht darauf, sie auf die Stirn zu küssen, und schon gar nicht, dort zu verweilen, doch wenn es nicht ihre Stirn gewesen wäre, dann hätte es ihre köstlichen Lippen getroffen. Und das wäre sicher nicht das Einzige gewesen, was er an ihr geküsst hätte.

Er blickte zum Stall hinüber und sah sie im Mondlicht stehen, wie sie mit der Stiefelspitze Muster in die Erde zeichnete. Die Ellenbogen zeigten nach außen, die Daumen hatte sie in die Hosentaschen geschoben.

In diesen abgeschnittenen Jeans, die kaum ihren Hintern bedeckten, sah sie einfach hinreißend aus. Aber wahrscheinlich würde sie auch noch sexy aussehen, wenn sie sich einen Kartoffelsack überzog. Das Haar fiel ihr ins Gesicht und seine Hunde standen bei ihr.

Alle drei.

Normalerweise wichen ihm seine Hunde nicht von der Seite. Warum merkte er erst jetzt, dass sie nicht bei ihm waren? Die Antwort stand im Mondlicht und malte mit der Schuhspitze Muster auf den Boden.

Er schob sein Verlangen beiseite, so gut es ging, und brachte die Tiere in den Stall. Nachdem sie alle versorgt hatten, gingen sie schweigend zurück zu Elisabeths Auto, das in seiner Einfahrt stand.

Sarge und Ranger rannten voraus und warteten an der Heckklappe des Wagens. Knight hing an ihr wie eine Klette. Er konnte seinen Hund ja so gut verstehen.

»Hat Kennedy gut getrunken?«, fragte er, um sich von seinem Bedürfnis abzulenken, sie zu berühren.

»Ja, er ist wirklich ein süßer kleiner Kerl.«

»Ich habe etwas für Sie.« Er ging zu seinem Truck und holte das Buch über Kühe heraus, das er für sie mitgebracht hatte. »Ich hatte keine Zeit, in die Bücherei zu gehen. Das ist eins von meinen. Ich denke, da steht fast alles drin, was Sie wissen müssen, und wenn Sie irgendwelche Probleme haben, bin ich ja auch noch da.«

Sie nahm das Buch und drückte es an sich. Als sie ihn anlächelte, war der Wunsch, sie zu küssen, so übermächtig, dass er den Blick abwenden musste. Er konzentrierte sich auf die Hunde und räusperte sich, in dem Versuch, das wachsende Verlangen seines Körpers loszuwerden.

»Ich glaube, Sie haben heute ein paar Freunde dazubekommen.«

»Das wäre schön. Danke, dass ich sie in den Park mitnehmen durfte. Hunde und Katzen fehlen mir so.« Allmählich wurde es kühl und Elisabeth rieb sich die Arme.

Ross legte ihr einen Arm um die Schultern und sie lehnte sich an ihn, so lässig, wie man es bei einem guten Freund macht. Es war nur eine kleine, beiläufige Bewegung, doch sie ließ ein solches

Feuer durch seine Adern schießen, dass er das Gefühl hatte, in Flammen zu stehen.

»Danke, dass Sie für mich da waren, Ross«, sagte Elisabeth und sah zu ihm auf.

»Wollen Sie drüber reden?« Eigentlich lag ihm etwas ganz anderes auf der Zunge. *Willst du, dass ich dich küsse, bis du keinen klaren Gedanken mehr fassen kannst?*

»Ich muss mir einfach etwas Neues ausdenken.« Sie drückte die Handflächen gegen seine Bauchmuskeln und lehnte sich an ihn, als sie sich hochreckte und ihm einen Kuss auf die Wange gab.

Er war drauf und dran, den Kopf ein wenig zu wenden und sie in einem gierigen Kuss zu nehmen, doch in diesem Bruchteil einer Sekunde sagte sie: »Ein Freund war genau das, was ich brauchte. Danke.«

Ein Freund.
Mist.
Wie konnte er sich bloß so vertun?

Neun

Voller Verlangen und gleichzeitig ärgerlich über sich selbst und ihren peinlichen Gefühlsausbruch marschierte Elisabeth in ihrer Küche auf und ab. Wäre sie eine andere Frau gewesen, hätte sie ihre Lippen auf seine gepresst und ihn ganz genau wissen lassen, wie dankbar sie ihm war. Allerdings war sie ihm nicht nur dankbar. Sie *mochte* ihn. *Sehr sogar.* Es war nicht das erste Mal, dass sie einen Mann attraktiv fand, doch es war etwas ganz anderes, wenn man jemanden so mochte, *wie er war*. Und Ross ... Ross stellte die verrücktesten Dinge mit ihrem Körper an. Mit dieser geballten sexuellen Energie musste sie irgendetwas anfangen, sonst würde sie schnurstracks zu seinem Haus hinüber rennen, um herauszufinden, was er mit ihrem Körper noch alles machen konnte.

Konzentrier dich, Elisabeth.

Seufzend dachte sie an die Probleme, die sie weinend in Ross' Arme getrieben hatten. Sie ging nach oben, schlüpfte in ihre Plüschpantoffeln und zog sich einen kuscheligen Kapuzenpullover über. Bei der eingehenden Betrachtung ihrer misslichen Lage brauchte sie allen Trost, den sie kriegen konnte. Dann ging sie nach unten ins Wohnzimmer und nahm ihre ruhelose Wanderung wieder auf. Wenn sie jemals hierhergehören wollte, musste sie den Leuten in Trusty zeigen, wie viel es ihr bedeutete, in dieser Stadt zu leben. Auf keinen Fall würde sie ihre Träume aufgeben, nicht einen einzigen. Es gab mehrere Möglichkeiten, sich einen Namen zu machen, sie musste flexibel sein. Als sie ihr Unternehmen in L. A. startete, hatte sie dieselben Schritte unternommen, um sich bekannt zu machen, es war nur einfacher gewesen als jetzt in Trusty. In L. A. waren Hundebesitzer durchaus bereit, ihre Lieblinge verwöhnen zu lassen, zumindest in den wohlhabenderen Gegenden. In Trusty gab es aber eigentlich keine wohlhabenden Gegenden, das hatte sie schon recherchiert. Es gab kein Villenviertel und es gab auch keine Problemviertel und auch sonst keine Trennung von Arm und Reich. Wahrscheinlich hatte sie Trusty deshalb immer schon so gemocht. Wenn sie mit ihrer Tante in die Stadt gefahren war, hatten alle gegrüßt und sich Zeit für ein Schwätzchen genommen. Warum wurde sie jetzt wie eine Aussätzige behandelt?

Ich bin nicht Tante Cora. Ich gehöre nicht wirklich nach Trusty.

Sie rieb sich die Schläfen und sah aus dem Fenster in die Richtung, in der Ross' Haus stand. Draußen war es stockfinster, aber wenn sie genau hinsah, konnte sie in der Ferne einen schwachen Lichtschein erkennen. Sie dachte daran, wie er ihr schützend den Arm um die Schulter gelegt und mit den Daumen ihre Tränen weggewischt hatte.

Nun konzentrier dich endlich!

Mit einiger Mühe verbannte sie sein Bild aus ihren Gedanken und versuchte stattdessen, über eine Lösung für ihr Problem nachzudenken. Sie rief sich die Fragen in Erinnerung, die ihre Mutter ihr gestellt hatte, bevor sie aus L. A. wegzog. *Was gefällt dir an dieser schäbigen Stadt?* Das Gefühl von Zusammengehörigkeit und der gemächliche Lebensrhythmus. *Warum meinst du, dass du jemals dazugehören wirst?* Ihre Antwort *Weil ich früher immer dazugehört habe* war nicht ganz ehrlich gewesen. Als Kind hatte sie sich nicht wirklich bemüht, dazuzugehören, oder konnte sich jedenfalls nicht daran erinnern. Eigentlich wusste sie nicht, warum sie glaubte, dass sie hierher passte. Schließlich war sie nicht auf einer Farm aufgewachsen, sie war nie bei der Landjugend gewesen und kannte keinen einzigen Country Dance, obwohl sie für ihr Leben gern tanzte. Vielleicht *wollte* sie einfach dazugehören. Sie hatte das Gefühl, hier richtig zu sein. Die klare, frische Luft, die Art, wie ihre Tante gleich morgens nach dem Aufstehen voller Tatendrang gewesen war. Tante Cora hatte immer Zeit für ihre Freunde gehabt und nie war ihr ein böses Wort über jemanden über die Lippen gekommen.

Ganz anders als mein Leben in L. A.

Rannte sie nur davon, weil sie nicht wie ihre Mutter werden wollte?

Nein. Alle ihre Träume gründeten in Trusty. Bei allen Gedanken an eine Zukunft war immer auch Trusty vorgekommen. Eigentlich hatte sie gleich nach dem College zurückkommen wollen, doch ihre Mutter hatte ihr diese Idee ausgeredet, und dann hatte sie all ihre Energie in ihr Unternehmen gesteckt. Sie fand es schrecklich, dass erst der Tod ihrer Tante sie wieder hierher brachte, doch sie hatte auch das Gefühl, dass Tante Cora ihr das Haus und alles andere nicht ohne Grund vererbt hatte. Sicher hätte sie Elisabeth nicht ihren gesamten Besitz vermacht, wenn sie nicht davon überzeugt gewesen wäre, dass ihre Nichte hier sein sollte.

Eines Tages werde ich ein Teil dieser Gemeinschaft sein. Jetzt bin ich eine Außenseiterin – in diesem Punkt hatte Ross recht –, doch in meinem Herzen gehöre ich hierher. Ich werde mir das Vertrauen der Gemeinschaft verdienen.

Und sie wusste genau, wie sie es anstellen würde. Die Erinnerung an diese Stadt und ihre Bewohner hatte sie durch so viele Dates und unwillkommene Fummeleien und so viele anstrengende Jahre getragen. Sie musste ihnen etwas zurückgeben. Im Grunde ihres Herzens war sie immer ein Mädchen aus Trusty gewesen. Sie brauchte es ihnen nur zu zeigen. Dass sie es verdiente, akzeptiert zu werden, selbst wenn sie nicht hier zur Welt gekommen war. Denn sie liebte diese kleine Stadt wie ihre Heimat, trotz des holprigen Anfangs.

Sie sah zu dem schwachen Lichtschein in der Ferne hinüber und überlegte, ob sie Ross zeigen sollte, wie sehr sie ihn wollte. *Benimm dich.*

Sie setzte sich aufs Sofa, legte die Füße auf den niedrigen Tisch davor und rückte ihren Laptop auf dem Schoß zurecht. Elisabeth hatte das Haus nicht renoviert. Sie liebte es, Erinnerungen an ihre Kindheit und an ihre Tante um sich zu haben. Coras Familienfotos hingen immer noch an den Wänden, auf den Sesseln und Sofas lagen ihre gehäkelten Wolldecken und durch das offene Fenster wehte eine leichte Brise. Elisabeth machte sich daran, neue Flyer zu gestalten, und hatte dabei das Gefühl, auf dem richtigen Weg zu sein.

Es war zwanzig nach zehn, als sie schließlich eine Handvoll Flyer ausdruckte. Sie war viel zu aufgedreht, an Stillsitzen war nicht zu denken. Wie gerne hätte sie jetzt jemandem davon erzählt! Sie ging im Wohnzimmer auf und ab und wünschte, sie hätte eine Freundin, die sie anrufen und mit der sie feiern könnte. Sie war sich sicher, dass ihre Idee großartig war. Elisabeth warf einen Blick aus dem Fenster. Bei Ross war noch Licht. Sie erlaubte ihrer vernünftigen, vorsichtigen Seite nicht, der Begeisterung über ihren neuen Plan einen Dämpfer zu verpassen. Ihr Herz pochte so wild, dass es ihr fast den Atem raubte, als sie sich eine Flasche Wein, ihre Hausschlüssel und die ausgedruckten Flyer schnappte und zur Tür hinausrannte – und sich dabei die ganze Zeit selbst zuflüsterte: *Tu's, tu's, tu's!*

Mit ihren Mitbringseln unter dem Arm und einem strahlenden Lächeln auf den Lippen klopfte Elisabeth an Ross' Tür. Vor lauter Aufregung hüpfte sie ein wenig auf und ab. Ross öffnete die Tür und sah sie an, ohne etwas zu sagen. Die Hunde stürmten an ihm vorbei nach draußen, um sie zu begrüßen. Elisabeth ließ alle

Vorsicht fahren und stürmte ihrerseits geradewegs auf Ross' nackten Oberkörper zu, stellte sich auf die Zehenspitzen, kniff die Augen zusammen und drückte ihren Mund auf seinen. Er legte die Arme um sie und vertiefte den Kuss. Ihre Lippen öffneten sich und ihre Zungen begegneten sich. Ein hungriges, männliches Stöhnen entfuhr seiner Kehle und schickte einen Hitzestrahl durch ihren Körper. Knight drängte sich zwischen sie und brachte Elisabeth ins Taumeln.

Ross fing sie mit seinem starken Arm auf.

»Hi«, sagte sie atemlos. Nach diesem Kuss schwamm ihr der Kopf, sie hatte weiche Knie und ihr ganzer Körper loderte. Dieser Kuss hatte ihr das Gehirn vernebelt und sorgte dafür, dass sie ihre Lippen kaum noch spürte. Es war genau die Art von Kuss, von der sie immer geträumt hatte.

»Hi.« Seine Stimme war aufregend verführerisch und leise. Sie biss sich auf die Unterlippe, als ihr klar wurde, dass sie sich ihm an den Hals geworfen hatte. »Ich ... konnte einfach nicht anders. Ich hatte gar nicht vor, Sie zu küssen. Ich wollte schon, aber ... ich war so nervös. Und dann war ich aufgeregt, wegen meiner Flyer, und dann haben Sie die Tür aufgemacht und haben mich so angesehen, und dann hatten Sie auch kein Hemd an. Oh Gott, Sie haben ja gar kein Hemd an –«

Er zog sie an sich und nahm sie in einem weiteren Kuss. Mit jeder Bewegung seiner köstlichen Zunge raubte er ihr den Verstand, bis sie an nichts anderes mehr denken konnte.

»Du hast mir einen Weg erspart«, sagte er an ihren Lippen, dann küsste er sie wieder und schickte ein Prickeln durch ihren ganzen Körper.

Es war ein Kuss wie kein anderer. Ein Filmkuss. Dieser Moment, diese Sekunde, dieser Kuss waren zweifellos das Beste, was sie in ihrem Leben je erlebt hatte. Als sie schließlich beide Luft holen mussten, kehrten ihre Sinne langsam zurück. Ross Körper war heiß und hart. Richtig hart. Er roch noch männlicher und hatte nichts weiter an als eine kurze Sporthose, die seine eindrucksvolle Erregung unmöglich verbergen konnte.

»Wenn ich das als dein netter Nachbar kriege, was würde dann wohl passieren, wenn ich mich als der Mann an deiner Seite bewerbe?«

»Du ...« *Oh Gott. Der Mann an meiner Seite? Du kannst alles haben, was du willst.* »Dann kriegst du etwas von meinem Wein ab und darfst meine Flyer in deiner Praxis auslegen.« Sie lehnte sich an seinen nackten Oberkörper, dann drückte sie ihre Lippen auf sein Schlüsselbein, weil sie einfach nicht anders konnte.

»Das gefällt mir. Der Kuss, meine ich.« Er nahm ihr die Weinflasche ab. »Von deinem Wein hab ich schon getrunken und deine Flyer liegen bereits in der Anmeldung.«

»Glückwunsch! Du hast dich gerade für die Stelle als Mann an meiner Seite qualifiziert.« Sie hatte keine Ahnung, woher diese forsche Antwort kam, aber sie wehrte sich nicht dagegen. Zum allerersten Mal seit sie denken konnte, hatte sie das Gefühl, dass alles stimmte. Sie machte sich keine Gedanken, was Ross von ihrer Idee halten würde, und auch der Kuss beunruhigte sie überhaupt nicht. *Oh dieser Kuss. Dieser großartige Kuss.*

Er nahm sie bei der Hand und führte sie durch eine Diele mit Holzboden in ein warmes und einladendes großes Zimmer mit weichen Sofas und einem Kamin, der das Wohnzimmer vom Esszimmer trennte und von beiden Seiten einsehbar war. Ranger und Sarge trotteten zu ihren Hundedecken neben einem der Sofas und legten sich hin. Knight folgte Ross und Elisabeth durch das Wohnzimmer in eine offene Küche, die durch einen schönen Küchentresen aus Mahagoniholz mit einer marmornen Arbeitsplatte vom Rest des Erdgeschosses getrennt war.

»Ich habe gerade trainiert. Tut mir leid, wenn man es riecht.« Er holte zwei Weingläser aus einem Schrank mit Glastüren. »Und was feiern wir mit Wein und Küssen?«

In der Dunkelheit war es einfach, forsch zu sein, doch in der hell erleuchteten Küche sah es schon ganz anders aus. Elisabeth legte die Flyer auf den Küchentresen und verbarg das Gesicht in den Händen. »Tut mir leid.«

Ross stellte die Gläser ab und schloss sie in die Arme. Er strich ihr das Haar aus dem Gesicht und sah ihr mit zusammengezogenen Brauen fragend in die Augen. Dann gab er ihr einen sanften Kuss auf die Stirn, wie er es früher am Abend schon getan hatte.

»Es muss dir nicht leidtun, es sei denn, es war nur eine einmalige Sache. In dem Fall sollte es dir tatsächlich leidtun, denn das war ein verdammt guter Kuss, und außerdem habe ich mich über mich selbst geärgert, dass ich dich nicht schon längst geküsst habe.«

»Wirklich?« Ihr Atem ging etwas rascher.

»Wirklich.« Seine Hand glitt über ihren Rücken und ließ sie wohlig erschaudern. Knight, der ihr die ganze Zeit nicht von der Seite gewichen war, stupste sie am Bein. Sie streichelte ihn und sagte: »Ich weiß nicht, was es war, aber ich hoffe, es war keine einmalige Sache. Ich war so aufgeregt und wollte dir unbedingt von meinen Plänen erzählen. Aber jetzt kommen sie mir einfach nur albern vor.«

Er schloss ihren Mund mit seinen Lippen und küsste sie, als sei sie alles, wonach er sich je gesehnt hatte. Er hielt sie an sich gedrückt, sodass sie jeden Zentimeter seiner Begierde spüren konnte. Elisabeth fuhr mit den Händen über seinen muskulösen Rücken. Immer, wenn er sie ein wenig fester packte, wölbten sich seine Muskeln unter ihren Handflächen. Was er mit seiner Zunge anstellte, raubte ihr fast den Verstand, bis sie sich mühsam daran erinnern musste, Luft zu holen. Kaum hatten sich ihre Lippen getrennt, wünschte sie sich nichts mehr als den nächsten Kuss.

»Wenn deine Ideen auch nur annähernd so sind wie deine Küsse, möchte ich mehr darüber erfahren.« Ross' Stimme war rau, seine Augen dunkel. Er löste sich von ihr und ließ sie atemlos zurück.

Sie streckte die Hand aus und hielt sich am Küchentresen fest. Er reichte ihr ein Glas Wein, dann nahm er ihre Hand und führte sie zum Sofa. Sie sank in die weichen Kissen und winkelte die Beine an.

Er deutete mit dem Kinn auf ihre Hausschuhe. »Das sind die anbetungswürdigsten Pantoffeln, die ich je gesehen habe. Wenn es dir nichts ausmacht, springe ich rasch unter die Dusche. In fünf Minuten bin ich wieder da.«

Könnte ich behilflich sein? »Okay«, brachte sie hervor. Heiliger Bimbam. Wie sollte sie hier sitzen, wenn sie wusste, dass er nackt unter der Dusche stand? Sie stellte sich vor, wie sie seinen festen Körper einseifte ... Na wunderbar. Jetzt brauchte *sie* eine kalte Dusche. In der letzten Zeit hatte sie so oft kalt geduscht, dass ihr wahrscheinlich bald das kalte Wasser ausging. Hoffentlich bedeutete das nicht, dass sie bei der Wahl ihrer Partner zu flatterhaft oder leichtfertig war. Aber hier ging es um mehr als Sex. Ganz bestimmt. Sie spürte es in den Knochen. Ach was, sie spürte es von den Haarspitzen bis hinunter zu den Zehen.

Und an all den wunderbaren Stellen dazwischen.

Sie versuchte, sich auf ihre Umgebung zu konzentrieren. Knight hatte sich zu Ranger in seinem Hundekorb gesellt. Auf einem Beistelltisch standen Familienfotos und im ganzen Raum verteilt sah sie Fotos von den Hunden. Die cremefarbenen Wände waren mit dunkel gebeizten hölzernen Deckenleisten abgesetzt. Auf einem wunderschön geschnitzten Sofatisch lagen die neuesten Ausgaben von *Men's Fitness* und *Veterinary Weekly*, einer Zeitschrift für Tierärzte. Das Haus war makellos sauber und aufgeräumt, wirkte aber anheimelnd und auf behagliche Weise bewohnt.

Es dauerte nicht lange, bis Ross zurück kam. Er hatte sich eine tiefsitzende Jeans und ein enganliegendes T-Shirt angezogen, unter dem sich sein kräftiger Oberkörper abzeichnete. Ein Mann, der barfuß und in Jeans daherkommt, wirkt zugleich sexy und unprätentiös, und ihr wurde wieder ganz heiß, als Ross sich lächelnd zu ihr auf die Couch setzte. Locker legte er ihr den Arm um die Schulter, als sei es das Normalste der Welt.

»Ich finde es schön, dich auf meiner Couch sitzen zu sehen. Das ist, als würde man im Unkraut eine Rose finden.«

Sie lehnte sich an ihn und überraschte sich damit selbst. »Danke, dass du mich nicht rausgeschmissen hast, obwohl ich einfach so hereingeschneit bin. Schließlich hättest du ja mit jemandem verabredet sein können. Tut mir leid, Ross.«

»Du brauchst dich nicht immer wieder zu entschuldigen. In Trusty verabrede ich mich nicht mit Frauen. Die Chancen, mich hier mit einer Frau anzutreffen, gehen also gegen Null.«

Gegen Null? Nervös befingerte sie den Saum ihres Kapuzenpullis. Er verabredete sich nicht mit Frauen aus Trusty? Warum nicht? Bandelte er mit Frauen an und ließ sie dann links liegen? Hatte er in Trusty alle alleinstehenden Frauen in seiner Altersgruppe schon durch? Er schien so zurückhaltend und er sagte es so leichthin – *in Trusty verabrede ich mich nicht mit Frauen.*

Oh Gott. Ich bin in Trusty. Will er mir gerade klarmachen, dass der Kuss einfach nur ein Kuss war? Und das war's dann?

Sie schob die beunruhigenden Gedanken beiseite. »Ich habe über das nachgedacht, was du gesagt hast. Und ich glaube, du hast recht, dass die Leute hier nicht sehen, was es bringen soll, ihre Haustiere zu verwöhnen. Und vielleicht können sie es sich einfach nicht leisten.«

»Tja, die Wirklichkeit in Trusty ist nicht immer erfreulich.«

So unerfreulich wie ein Kuss, der nur ein Kuss ist. »Ja, wahrscheinlich. Ich möchte wirklich hier leben, Ross. Ich mag Trusty, auch wenn die Leute mich nicht besonders mögen, jedenfalls bis jetzt nicht. Selbst wenn ich nicht dasselbe Unternehmen aufziehen kann wie in L. A., den Tieren kann ich trotzdem helfen. Ich habe beschlossen, dass ich samstagvormittags kostenlose Fellpflege anbiete. Auf diese Weise können die Leute mich kennenlernen und mitbekommen, dass es mir nicht um Geld geht. Ich meine, natürlich will ich meinen Lebensunterhalt verdienen, aber das kann ich auch auf andere Weise tun. Tante Coras Kuchenbäckerei läuft nicht schlecht und außerdem habe ich eine ganze Menge gespart. Ich drehe jeden Cent dreimal um«, gestand sie. Bestimmt würde es ihr gelingen, die Kunden zurückzugewinnen, die abgesprungen waren. Sie musste einfach an sich selbst glauben. Wer sollte denn sonst an sie glauben, wenn sie es nicht tat?

»Du willst die Tiere kostenlos verwöhnen?«

»Klar. Ein paar Samstagvormittage kann ich mir dafür nehmen. Außerdem habe ich so die Möglichkeit, Zeit mit Hunden und Katzen zu verbringen, und das mache ich so gern. Als ich heute mit deinen Jungs unterwegs war, habe ich gemerkt, wie sehr es mir fehlt.«

»Du bist wirklich etwas ganz Besonderes, Lis.«

»Nein, eigentlich nicht. Ich möchte, dass die Leute in der Stadt mich akzeptieren. Ich wollte immer hier leben. Dass ich anderswo aufgewachsen bin, wird mich nicht daran hindern. Vielleicht bin ich eine Träumerin – ganz bestimmt bin ich das –, aber so bin ich eben.«

Sie sah ihm geradewegs in die Augen und sagte mit feierlicher Miene: »Hi. Mein Name ist Elisabeth Nash und ich bin eine Träumerin. Wahrscheinlich brauche ich ein Zwölf-Schritte-Programm, denn ich glaube an das Schicksal und an die Ehe und an dieses ganz besondere Gefühl für den einzigen Mann in meinem Leben.« Sie gab sich Mühe, scherzhaft zu klingen, doch eigentlich war es gar kein Scherz: Sie wollte die Lage sondieren. Was sie über ihre Gefühle sagte, war ganz ernst gemeint.

Lachend zog Ross sie an sich und gab ihr einen weiteren köstlichen Kuss. Ein Lachen war nicht das, was sie sich erhofft hatte, doch der Kuss vertrieb bald alle Ungewissheit aus ihren Gedanken.

Sie redeten und küssten sich und redeten wieder und nach einer Stunde brachte Ross sie mit den drei Jungs im Schlepptau zu ihrem Auto. Sie lehnte sich an die Fahrertür, während sie darüber sprachen, wie schön der Mond war, wie anders die nächtlichen Geräusche in Colorado im Vergleich zu Kalifornien klangen, und jede Menge andere Nichtigkeiten, die gerade gut genug waren, um den Abschied noch weiter hinauszuzögern.

Ross fuhr mit den Händen über ihre Arme und schob sich zwischen ihre Beine, sodass sie Hüfte an Hüfte standen.

»Ich bin wirklich froh, dass du rübergekommen bist«, sagte er mit einem verführerischen Unterton in der Stimme. Er vergrub eine Hand in ihrem Haar und streichelte sie mit dem Daumen im Nacken.

Wow. Das gefiel ihr. »Ich auch.«

»Ich hab dir ja gesagt, dass ich mich nicht mit Frauen aus Trusty verabrede.«

»Ja, hab ich gehört.« *Aber danke, dass du mich nochmal daran erinnerst.* Nun, wenigstens hatten sie einen wunderschönen Abend zusammen verbracht, und ein Mann, den sie wirklich sehr mochte, hatte ihr die besten Küsse ihres Lebens gegeben.

»Das war, bevor ich dich kennengelernt habe.« Er lächelte. »Lis, gehst du am Freitagabend mit mir aus? Du wärest seit, hm, vielleicht seit zehn Jahren die erste Frau aus Trusty, mit der ich mich verabrede.«

Sie schluckte. Das war eine ziemlich große Nummer. »Zehn Jahre?«

»Ja. Wahrscheinlich sollte ich dich warnen. Die örtliche Gerüchteküche hat uns schon längst miteinander verkuppelt. Vorhin rief mich Kelsey an, meine Sprechstundenhilfe, und sie sagte, Margie vom Diner hätte ihr erzählt, dass wir ein Paar sind.«

»Wirklich? Aber wie kann das sein?« Dass sich Klatsch und Tratsch so schnell verbreiteten, war schon fast unheimlich.

»In dieser Hinsicht ist Verlass auf Trusty, glaub mir. Und vermutlich hat Emily auch etwas in dieser Richtung gesagt. Oder mein Bruder Wes. Er hat mich nach dir gefragt.«

»Ist das der Grund, weshalb du in den letzten zehn Jahren kein Date mit Frauen aus Trusty hattest?« *Zehn Jahre!*

»Ja. Mir ist schon lange klar, dass man hier nur ein Privatleben haben kann, wenn es außerhalb der Stadtgrenzen stattfindet. Also, du bist gewarnt. Überleg es dir gut, denn im Moment steht in den Köpfen der Leute noch ein Fragezeichen hinter unseren Namen. Aber wenn wir wirklich zusammen ausgehen, wird eher ein Ausrufezeichen daraus.«

Sie sah sein attraktives Gesicht, seine mitfühlenden Augen und diese Lippen, deren nächsten Kuss sie kaum erwarten konnte.

»Ich bin eine dieser Frauen, die drei Ausrufezeichen am Ende eines Satzes macht.«

Zehn

Als es endlich Freitagnachmittag war, war Elisabeth nur noch ein Nervenbündel. Dass sie Ross geküsst hatte, wuchs in ihren Gedanken zu einer gigantischen Sache an. *Sie hatte ihn geküsst.* Ob er jetzt dachte, dass sie leicht zu haben sei? Erwartete er, dass sie geradewegs in sein Bett plumpste? Selbst wenn sie es wollte – und als sie das merkte, kam sie aus dem Staunen nicht mehr heraus –, wollte sie doch nicht, dass er damit rechnete. Sie hatte ihn seit Dienstag nicht mehr gesehen, aber sie hatten sich SMS geschrieben und am Abend zuvor hatte er angerufen, um sich zu vergewissern, dass ihr Date nach wie vor feststand. Sie hatte so lange auf die wahre Liebe gewartet. Hatte sie sie nun gefunden? Oder war es doch nur Begehren? Selbst der Klang seiner Stimme ließ sie auf alle möglichen schmutzigen Gedanken kommen – und sie gab sich gar keine Mühe mehr, sie zu zerstreuen. Was um alles in der Welt war mit ihr los? Wie konnte sie hoffen, dass *er* keinen Sex erwartete, wenn *sie* seinen Körper an ihrem fühlen, ihn in sich spüren wollte? *Du meine Güte.*

Seit Dienstag hatte sie viel zu tun gehabt, Kuchen gebacken und ausgeliefert, sich um die Tiere gekümmert, sich um weitere Kuchenbestellungen bemüht und gleichzeitig Werbung für ihren Wellnessservice für Haustiere gemacht. In jedem Geschäft, an jedem Verkaufsstand und im Hundepark hatte sie Flyer aufgehängt, außerdem im Postamt und überall dort, wo sie ein

Schwarzes Brett finden konnte. Sie ging auch auf Leute zu, stellte sich vor und gab jedem einen Flyer mit, der sich bereit zeigte, einen zu nehmen.

Sie hatte ihr Möglichstes getan und in weniger als vierundzwanzig Stunden würde sie wissen, ob es geholfen hatte. Auf dem Nachhauseweg machte sie halt auf Wynchels Farm. Diesmal hatte sie Hundekekse dabei. Vielleicht kam sie ja über die Hunde an Wren heran. Außerdem hatte sie das Gefühl, dass sie nicht einfach mit ihren Flyern hereinplatzen sollte, auf denen sie die kostenlose Fellpflege an den Samstagen ankündigte.

Wren hatte eine Lesebrille auf der Nase. Als Elisabeth hereinkam, blickte sie auf. »Tag.«

»Hi Wren. Ich hab Ihnen ein paar Sachen mitgebracht.« Sie stellte die Papiertüte mit den Hundekeksen auf den Verkaufstisch und reichte ihr einige Flyer.

Wren las sich einen davon durch und presste die Lippen zu einem dünnen Strich zusammen. »Ich hab Ihnen doch gesagt, dass Fellpflege bei denen vergebliche Liebesmüh ist.« Sie schob die Flyer beiseite.

»Ja, das weiß ich. Aber ich bin neu hier und hab jede Menge freie Zeit.« *Eine kleine Notlüge hat noch niemandem geschadet.* »Wenn Sie mir Ihre Hunde vorbeibringen, kann ich ihr Fell bürsten und trimmen, und es kostet Sie keinen Cent.«

Wren nahm ein Klemmbrett, überflog das oberste Blatt und blätterte dann weiter zum nächsten. »Stimmt nicht. Es kostet mich Zeit, die ich nicht habe. Wir sind hier alleine, nur mein Mann und ich. Und ein paar Farmarbeiter. Wir haben keine Leute, die den Laden hüten, während ich bei Ihnen zu Hause sitze und zusehe, wie Sie meine Hunde bürsten.«

Mist. Daran hatte sie überhaupt nicht gedacht.

»Ich könnte doch kommen und sie abholen.« Ständig redete sie drauflos, ohne ihr Gehirn einzuschalten, aber nun hatte sie es gesagt.

Wren runzelte die Stirn. »Sie abholen?«

»Ja. Ich hole sie ab, bürste und trimme ihnen das Fell und was sonst noch dazugehört, und dann bringe ich sie wieder zurück. Und es kostet Sie kein Geld und keine Zeit.«

Wren stützte einen stämmigen Arm auf den Tresen, schob die Brille auf die Nasenspitze und sah Elisabeth über den Rand hinweg an.

»Verstehe ich das richtig? Sie kommen her, holen meine Hunde ab, bürsten sie und bringen sie zurück? Und es soll absolut nichts kosten? Was ist mit dem Benzin, das Sie verfahren?« Sie beäugte die Papiertüte. »Was ist da drin?«

»Kekse, für die Hunde. Nur mit natürlichen Zutaten, kein Zucker, nichts Ungesundes.«

»Kekse für Hunde?« Sie machte die Tüte auf und holte einen Keks hervor. Er sah aus wie ein Hundeknochen und war mit Erdnussbutter überzogen. »Und meinen Hunden schadet das nicht?«

»Nein, Ma'am.«

Wren legte den Keks auf den Tresen, als Barney in die Scheune kam.

Elisabeth hockte sich hin, um ihn zu kraulen, und sagte zu Wren: »Keine versteckten Kosten für die Fellpflege und auch nicht für das Abholen und Bringen. Sehen Sie es als einen Gefallen, den Sie mir tun. Als ich in L. A. lebte, hatte ich jeden Tag Hunde und Katzen um mich. Ich fand es herrlich, Zeit mit ihnen zu verbringen, ihr Fell zu pflegen, sie zu baden und sie zu verwöhnen und –« Sie merkte, dass sie abschweifte, und schloss: »Alles absolut kostenlos.«

»Gegen acht in der Früh sind die ersten Kunden hier. Können Sie vorher kommen?«

Elisabeth lächelte. »Wie wär's mit halb acht? Ich hab Platz für drei Hunde in meinem Wagen. Wann wäre eine gute Zeit, um die ersten drei zurückzubringen und die anderen zu holen?«

»Mittags.«

»Wunderbar! Dann komme ich mittags wieder.« *Ja!* Ein

winziger Schritt in die richtige Richtung. Darum ging es doch beim Dazugehören. Jedenfalls hoffte sie das.

»Gib's auf, Emily. Von mir erfährst du nichts.« Seit zehn Minuten hatte Ross seine Schwester in der Leitung. Sie versuchte mit allen Mitteln, ihm Informationen über Elisabeth aus der Nase zu ziehen, doch er weigerte sich standhaft, Geheimnisse aus seinem Privatleben auszuplaudern, was Emily auf die Palme brachte. Dass sie ihre Brüder anbetete, merkte man an allem, was sie für sie tat: Sie passte auf ihre Häuser auf, wenn sie verreisten, schaute nach ihnen und brachte ihnen Hühnersuppe, wenn sie krank waren. Sie war warmherzig und fürsorglich und Ross liebte sie. Das änderte jedoch nichts an der Tatsache, dass er sein Privatleben für sich behalten wollte.

Sie seufzte. »Okay, ist ja schon gut. Wohin geht ihr heute Abend?«

»Em«, sagte er streng und streckte die Hand aus, um Storm zu kraulen. Er hatte ihn ausnahmsweise früher abgeholt. Trout meinte, dass es mit dem Schlafen ein bisschen besser klappte, aber immer noch nicht wieder so wie sonst.

»Ich dachte, du merkst es nicht.« Sie lachte. »Also, das freut mich sehr für dich. Sie scheint wirklich nett zu sein, selbst wenn man sich in der Stadt erzählt, dass sie alles einsacken will, was sie in die Finger kriegen kann, und dann die Biege macht.«

Das ärgerte Ross unglaublich. Elisabeth gab sich alle erdenkliche Mühe, einen Platz in einer Stadt zu erobern, die sie bereits als raffgierige Erbin abgestempelt hatte. Selbst er hatte anfangs seine Zweifel gehabt. Er mochte gar nicht daran denken. »Emily, sie lässt sich von dir ihre Küche renovieren. Was sagt dir das?«

»Dass sie sich entweder hier niederlässt oder das Haus mit

allem Drum und Dran verkaufen will. Wir treffen uns erst nächste Woche, also kann ich noch nicht sagen, was von beidem es ist.«

Im Hintergrund hörte er eine Tür schlagen und Emily schnaufte ein bisschen. »Was machst du?«

»Ich suche meine Koffer. Ich dachte, sie wären im Keller, aber vielleicht sind sie doch auf dem Dachboden. In ein paar Wochen fliege ich in die Toskana und habe gerade gemerkt, dass ich keine Ahnung habe, wo meine Koffer und Taschen sind.«

Er stellte sich vor, wie sie in ihrem Wohnzimmer stand und sich mit dem Finger ans Kinn tippte. Das machte sie immer so, wenn sie scharf nachdachte.

»Nun, wenn du sie nicht findest, kann ich dir meine leihen. Ich verreise nicht.« Ross war nicht gerne unterwegs. Andere Länder kennenzulernen hatte ihn nie gereizt. Und dann waren da die Hunde und er konnte sich nicht vorstellen, sie zurückzulassen, damit er durch die Weltgeschichte gondeln konnte. Sie gehörten ebenso zu seiner Familie wie seine Geschwister. Sie verließen sich darauf, dass er für sie da war, und er wollte sie nicht enttäuschen. Und außerdem war er ganz zufrieden mit seiner Umgebung. Das Einzige, was ihm fehlte, war eine Frau, mit der er sein Leben teilen, die er lieben konnte. Dabei fielen ihm Elisabeth und ihr bevorstehendes Date wieder ein.

»Danke, Ross.«

»Ich muss los, Schwesterherz. Viel Glück mit den Koffern. Ich hab dich lieb.«

»Viel Glück mit deinem heimlichen Date und ich hab dich auch lieb.«

Heimliches Date. Ross hatte ganz bewusst ein Date geplant, dass man nicht als eine heimliche Verabredung missverstehen konnte. Es gab nichts Schlimmeres als das Gerede der Leute und er mochte Elisabeth wirklich. Er mochte ihre Selbstlosigkeit und er mochte es, dass sie mal heiß und sexy und dann wieder einfach nur süß war. Ross überlegte, dass er drei Möglichkeiten für ihr erstes Date hatte: mit ihr nach Allure, die übernächste Stadt, fahren und abwarten, bis es sich bis Trusty herumsprach. *Das sähe ganz sicher so aus, als würden wir unsere Beziehung verheimlichen.* Das Wort Beziehung ließ ihn innehalten. Es war sehr lange her, dass er es mit sich selbst in Verbindung gebracht hatte. Er gab dem Wort einen Moment Zeit, um in sein Bewusstsein einzusinken, und wartete dann darauf, dass eine Woge des Unbehagens über ihm zusammenschlug.

Die Woge blieb aus.

Hm.

Seine Gedanken kehrten zu ihrem Date zurück. Er könnte bei sich zu Hause etwas für sie beide kochen und einen netten, ruhigen Abend mit ihr verbringen. *Dann hätte ich das Gefühl, dass ich unsere Beziehung verstecke.* Er könnte aber auch das tun, was er seit zehn Jahren nicht mehr getan hatte, und das war tatsächlich die Alternative, die ihm am besten gefiel, eben weil er Elisabeth so sehr mochte. Er würde mit ihr in Trusty ausgehen, damit die Leute sie zusammen sahen und verstanden, dass sie nichts zu verbergen hatten. Für ihn war das die *einzige* Alternative.

Er zog sich ein Paar Jeans und ein schwarzes, kurzärmeliges Oberhemd an, steckte das Geschenk ein, dass er ihr später am Abend geben wollte, und fuhr hinüber zu Elisabeths Haus. Sie öffnete die Tür in einem schlichten schwarzen Kleid, das ihre Figur wunderbar betonte und ihr bis zur Mitte der Oberschenkel reichte. Sie war barfuß und am mittleren Zeh trug sie einen schmalen Silberring, was ihn aus irgendeinem Grund total anmachte.

»Hi. Wow, du siehst gut aus«, sagte sie lächelnd.

Er legte ihr eine Hand auf die Hüfte und gab ihr einen Kuss auf die Wange. »Mmh, du duftest wunderbar. Nach Sandelholz und Frühling.«

»Du bist gut.« Sie legte leicht eine Hand auf seine Brust. »Es ist Sexy Amber von Michael Kors. Ein alberner Name, aber ich liebe diesen Duft. Du riechst aber auch gut.«

»Ich nenne es Eau de Labrador.« Er zog sie an sich und küsste sie sanft auf den Mund. »Beim letzten Mal hast du den ersten Kuss gestohlen. Jetzt bin ich an der Reihe.«

»Nur zu, Baby.«

Er bedeckte ihren Mund mit seinem und die Gedanken an ihr Lächeln, ihre Stimme und ihre köstlichen Lippen, die ihn in den letzten Tage auf Schritt und Tritt begleitet hatten, flossen ineinander und ließen diesen Kuss noch viel süßer werden. Elisabeth zu küssen, sie an sich zu drücken, war tausendmal besser als all seine Fantasien. Sie schob ihre Hände in die Gesäßtaschen seiner Jeans und wiegte ihre Hüfte an seiner. Verdammt, sie fühlte sich gut an. Wenn sie nicht bald aufbrachen, würden sie nirgendwo hingehen. Widerstrebend löste er sich von ihr, nicht ohne ihr vorher rasch noch ein paar sanfte Küsse auf die Lippen zu drücken.

»Ross.« Ein erregtes Flüstern. Ihre Augen waren voller Verlangen.

Er nahm ihren Kopf in beide Hände und legte ihre Wange an seine Brust. »Ich weiß, Lis, ich weiß.« Und wie er es wusste. Alles an ihr war ungeheuer anziehend und noch nie in seinem Leben hatte er etwas so Machtvolles empfunden.

»Wir müssen hier weg«, sagte er. Es klang entschlossener, als er es wirklich meinte. Er sah ihr zu, als sie sich ein Paar Riemchensandalen überstreifte und ihre Tasche von einem Haken an der Tür nahm.

Draußen atmete er die kühle Abendluft ein, während sie die Tür abschloss. Er konnte nicht anders: Er musste einfach von hinten die Arme um sie legen und sie im Nacken küssen. Sie hatten noch nicht einmal ein richtiges Date gehabt und trotzdem fühlte es sich an, als gehörte sie zu ihm. Sie roch so verdammt gut und als sie sich in seinen Armen umdrehte und seinen Lippen mit ihrem Mund entgegenkam, wuchs sein Verlangen.

»Ich küsse dich so gern«, sagte sie an seinen Lippen, was seine Begierde in ungeahnte Höhen schnellen ließ.

»Ich dich auch.« Ihre Küsse waren erregt, drängend. »Und deshalb müssen wir gehen, sonst lege ich dich hier auf diese

Veranda und liebe dich.«

Er merkte, wie ihr Atem stockte.

»Tut mir leid.« Es tat ihm überhaupt nicht leid, aber es gehörte sich, es zu sagen.

»Nicht nötig.«

Du lieber Himmel.

Sie kletterten in seinen Truck und Elisabeth wollte sich gerade ihren Sicherheitsgurt über die Schulter ziehen, als Ross auf den mittleren Sitz direkt neben seinem klopfte.

»Das halte ich nicht aus, wenn du so weit weg sitzt. Ich verspreche, dich nicht zu küssen, aber ich brauche dich näher bei mir. Nein, warte. Ich verspreche gar nichts.«

Lachend rutschte sie neben ihn und legte ihm die Hand auf den Oberschenkel. »Ich habe immer davon geträumt, mit einem Typen mit einem Truck zusammenzusein und mich während der Fahrt an ihn zu kuscheln.« Sie schob sich unter seinen Arm.

»Davon hast du geträumt? Ich dachte, die meisten Mädchen träumen von Prinzen auf weißen Rössern.« Es fühlte sich fantastisch an zu fahren, während sich Elisabeth eng an ihn schmiegte.

»Kann schon sein. Aber ich hab immer davon geträumt, in einer kleinen Stadt zu leben, vor allem in dieser Stadt. Zu meinem siebten Geburtstag hat mir meine Tante ein Abonnement für *Farm Girl* geschenkt und ich bekomme die Zeitschrift heute noch. Als ich noch zu Hause wohnte, hat es meine Mutter verrückt gemacht. Sie kaufte ständig solchen Schund wie *People* oder *Star* und wollte, dass ich das lese.«

»Ich kann mir kaum vorstellen, dass jemand sich nichts sehnlicher wünscht als in Trusty zu leben. Außer denen, die hier geboren sind, meine ich. Ich liebe diese Stadt, aber du schwärmst von Trusty wie andere Leute von Hollywood.« Ross warf ihr einen Blick zu und merkte, dass sie ihn ansah. Er gab ihr rasch einen Kuss und konzentrierte sich dann wieder aufs Fahren.

»Ich weiß, es klingt seltsam, aber es stimmt, Ross. Und dazu stehe ich. Ja, ich komme aus L. A., dem Land der Schönen und Reichen, wo immer die Sonne scheint und wo das Leben so schnell ist, dass du das Beste verpasst, wenn du einmal blinzelst. Und wenn du die Gefahr von Erdbeben ignorierst, kannst du dort ein ziemlich idealistisches, wenngleich materialistisches Leben führen. Es passte nur einfach nicht zu mir. Ich hatte dort nie das Gefühl, dazuzugehören, egal, wie erfolgreich mein Unternehmen war oder wie lange ich dort gewohnt habe.«

Ross bog in die Zufahrt zum Haus seines Bruders Luke ein.

»Wie ging es Storm, als du ihn abgeholt hast?«

Er fand es wunderbar, dass sie nach ihm fragte. »Gut. Er hat sich gefreut, die Jungs wiederzusehen. Er schläft aber immer noch nicht so gut, wie ich es gerne hätte.«

»Warum wohl? Vielleicht steht die Box zu weit vom Bett weg?«

»Ich halte nichts von der Theorie, dass es besser für den Hund ist, wenn seine Box nachts nah bei seinem Menschen ist. Die Zellen sind klein. Storm kann Trout von seiner Box aus gut sehen.«

Elisabeth seufzte. »Und das sagt jemand, der seine Hunde auf seinem Bett schlafen lässt. Wie kannst du behaupten, dass ein Hund keinen Trost braucht?«

»Das sage ich ja gar nicht. Aber mit den Assistenzhunden müssen wir streng sein. Ihre späteren Besitzer werden nicht zu ihnen in die Box krabbeln oder sie hin und her schieben können.«

»Okay, das verstehe ich. Aber ich glaube trotzdem, dass Trout wahrscheinlich recht hat und sich Storm möglicherweise einsam fühlt. Er verbringt die Wochenenden hier mit den Jungs. Und im Gefängnis muss er schlafen, ohne andere Hunde neben sich atmen zu hören. Ich meine nur, dass es vielleicht hilft, wenn die Box so steht, dass er Trout atmen hören kann.«

Ross stimmte zu, dass es sich für Storm vielleicht besser anfühlen würde. Er drückte ihre Schulter. »Okay, ich werde es Trout vorschlagen.«

»Wo sind wir?«, fragte Elisabeth und blinzelte in die Dunkelheit.

»Mein Bruder Luke und seine Verlobte Daisy haben etwas, das dir bestimmt gefällt.« Er parkte, stieg aus und reichte Elisabeth die Hand. Gemeinsam gingen sie einen Schotterweg hinunter zum Stall.

Als Elisabeth auf der Weide Pferde wiehern hörte, drehte sie sich um. Ihre Augen wurden groß. »Oh, du meine Güte. Sind das Clydesdales?«

»Luke züchtet Tinker. Sie haben große Ähnlichkeit mit Clydesdales, aber der Fesselbehang, die Mähne und der Schweif sind voller. Er ist einer der besten Züchter der Region. Das sind Rose und Chelsea, zwei seiner Mädels.« Er nahm ihre Hand und führte sie in den Pferdestall mit seinen zwölf Boxen.

»Seine Mädels? Du hast deine Jungs und er hat seine Mädels?«, fragte sie lächelnd. »Das hat eure Mutter euch gut beigebracht. So viele Leute halten Tiere für Lebewesen zweiter Klasse oder so. Ich finde es wunderbar, dass ihr sie wie einen Teil eurer Familie behandelt.« Sie drückte seine Hand und atmete tief ein. »Heu, Stallmist und Leder. Es hört sich nicht besonders elegant an, aber ich liebe den Duft von Pferdeställen.«

»Im Grunde deines Herzens bist du ein Mädchen vom Lande.« Er zog sie an sich. »Ich bin wirklich froh, dass du dich mit mir verabredet hast.«

Sie lächelte. »Und ich bin froh, dass du mich gefragt hast. Hat ja lange genug gedauert.«

»Meinst du? Dann sollten wir die verlorene Zeit schleunigst nachholen«, sagte er und und gab ihr einen köstlichen Kuss. Sie gingen zu einer Box im hinteren Bereich des Stalls, wo drei Welpen zusammengekuschelt lagen und schliefen.

Elisabeth schnappte nach Luft und warf Ross einen begeisterten Blick zu.

Luke kam durch die Hintertür herein, mit einem Welpen in jeder Hand. »Hallo, du musst Elisabeth sein. Ich würde dich ja in den Arm nehmen, aber ich hab keine Hand mehr frei. Vielleicht könntest du mir etwas abnehmen.«

»Oh mein Gott, natürlich, sehr gerne. Ross, sieh dir nur diese kleinen Kerle an! Sind sie nicht süß?« Sie nahm einen Welpen, den Luke ihr reichte, und rieb ihre Nase an seinem Fell. »Welche Rasse ist das?«

»Ein bisschen von allem.« Luke klopfte Ross auf den Rücken. »Hier, nimm den. Daisy kommt gleich.«

»Elisabeth, das ist mein jüngster Bruder, Luke.«

Verdutzt sah sie von einem Bruder zum anderen. Ross warf Luke einen vielsagenden Blick zu. Trotz des Altersunterschieds von fünf Jahren sahen sie einander so ähnlich, dass die meisten Leute sie für Zwillinge hielten. Ihr Haar war etwas heller als das ihrer Geschwister und sie trugen es an den Seiten kürzer. Alle männlichen Bradens waren über eins achtzig groß, hatten dunkle Augen und waren kräftig gebaut, doch Ross und Luke wiesen im Vergleich zu ihren Geschwistern eine erstaunliche Ähnlichkeit auf.

»Hi Luke.« Elisabeth gab dem Welpen einen Kuss. »Das ist ganz bestimmt das beste erste Date, das ich je erlebt habe. Werdet ihr alle Welpen behalten?«

»Wenn es nach mir ginge, ja.«

Daisy kam hereingestürmt. Sie hatte noch den Rock und die Absatzschuhe an, die sie bei der Arbeit trug. Sie warf ihr weißblondes Haar über die Schulter zurück, schlang Luke die Arme um Hals und gab ihm einen Kuss auf den Mund. »Hi Hübscher.«

»Hey Schätzchen.« Luke legte ihr den Arm um die Taille. »Das ist Elisabeth. Sie und Ross haben ihr erstes Date.«

Daisy umarmte Elisabeth und gab dem Welpen einen Kuss auf den Kopf. »Sind sie nicht einfach hinreißend?«

»Ich bin total verliebt«, lachte Elisabeth.

Ross huschte zu Luke hinüber und sagte leise, sodass Elisabeth ihn nicht hören konnte: »Ich bin eifersüchtig auf diesen Welpen.«

»Ach, sag bloß. Warum hast du Wes erzählt, dass du und Elisabeth, also, dass ihr nicht zusammen seid?«, fragte Luke im

Flüsterton.

»Waren wir auch nicht. Jetzt sind wir es.« Ross merkte, wie sich bei diesen Worten ein gutes Gefühl in ihm ausbreitete. Es war so lange her, dass er sich zu einer Frau bekannt hatte, und er wünschte sich fast, Elisabeth hätte ihr Gespräch mitgehört, weil er gerne ihre Reaktion gesehen hätte.

Luke lachte und Ross stellte sich wieder neben Elisabeth. »Bist du dieses Jahr wieder auf der County Fair?«, fragte Luke.

»Aber sicher, alles wie gehabt«, antwortete Ross. Er nahm regelmäßig an dieser quirligen Mischung aus Kirmes, Bauernmarkt und Landwirtschaftsmesse teil, einem wichtigen Termin im Veranstaltungskalender von Trusty.

»Hab ich dir erzählt, dass ich einen Stand auf der County Fair habe?«, fragte Elisabeth ihn.

»Nein. Willst du Kuchen verkaufen?« Er freute sich, dass sie auf der County Fair sein würde, weil er selbst den ganzen Tag dort verbrachte. Gleichzeitig krampfte sich ihm jedoch der Magen zusammen. Er wollte sie nicht noch einmal so unglücklich sehen wie vor ein paar Tagen und mochte sich gar nicht ausmalen, wie die Leute mit ihr umgesprungen sein mussten, um eine solche Reaktion bei ihr auszulösen. Das war einer der Gründe, weshalb er in Trusty mit ihr ausgehen wollte. Er wollte den Vorverurteilungen etwas entgegensetzen, und außerdem konnte er so beobachten, wer es wagte, sie schief anzusehen.

»Ja genau, aber ich denke, ich biete auch Snacks für Hunde und vielleicht kostenlose Fell- und Pfotenpflege und solche Sachen an.«

Sie war so verdammt süß. »Tolle Idee.« Bei der County Fair würde er gut auf sie aufpassen, aber vielleicht begannen die Leute bis dahin ja schon von selbst, sie zu akzeptieren.

»Pfotenpflege? Das gefällt mir«, sagte Daisy. »Wenn diese Burschen hier etwas größer sind, bringen wir sie zu dir.«

Daisy nahm Ross den Welpen aus der Hand. »Du brauchst meine Welpen gar nicht so anzusehen, Ross. Schlag dir das aus dem Kopf. Du hast schon drei Hunde und obendrein noch einen Wochenendhund.«

»Ich habe doch gar nicht deine Hunde angesehen, sondern Elisabeth.«

Elisabeth blickte auf, legte den Kopf zur Seite und sah ihn nachdenklich an. Dann breitete sich langsam ein Lächeln auf ihrem Gesicht aus. Sie war die schönste Frau, der Ross je begegnet war. Als er sie mit dem Welpen auf dem Arm sah, verstand er, warum sie Wellness für Tiere zu ihrem Beruf gemacht hatte. In jeder Bewegung, jedem Streicheln des kleinen Hundes kam ihre Tierliebe zum Ausdruck. Diese Liebe war ein Teil von ihr, und das Glücksgefühl, das sie ausstrahlte, ließ sich nicht vortäuschen.

Kurz darauf verabschiedeten sie sich von Luke und Daisy und fuhren zur Brewery, einem Pub und Restaurant in Trusty. Es gab nur eine Möglichkeit, das Gerede im Keim zu ersticken: Sie mussten ihm entschlossen entgegentreten. Ross legte seinen Arm um Elisabeth und so betraten sie den Pub. Er wusste, dass ein solcher Auftritt manche Leute überraschen würde, nachdem er sein Privatleben so lange geheimgehalten hatte. Allerdings hatte er nicht damit gerechnet, dass sich nahezu jeder Gast im Pub nach ihnen umdrehte und sie anstarrte.

Als er spürte, wie sich ihr Körper anspannte, drückte er sie fast unmerklich an sich, gab ihr einen Kuss auf die Schläfe und flüsterte: »Ich bin bei dir, Lis. Niemand kann dir etwas tun.« Sie atmete tief durch.

Maria, die Kellnerin, kam auf sie zu. Sie war mit Wes zur Schule gegangen und arbeitete schon seit Jahren in der Brewery.

»Hi Ross. Kommen deine Brüder auch?«

»Heute nicht. Einen Tisch für zwei Personen, bitte.«

Sie lächelte Ross an. Der Blick, den sie Elisabeth zuwarf, fiel etwas frostiger aus. »Sie sind Coras Nichte, nicht wahr?«

»Ja, ich bin Elisabeth«, antwortete sie selbstbewusst.

»Ach, richtig. Elisabeth.« Maria griff sich zwei Speisekarten.

Ross fand, die Leute sollten sich ruhig angewöhnen, ihren

Namen richtig auszusprechen, daher setzte er an: »Also, eigentlich heißt sie E-lissa–«

Elisabeth legte ihm die Hand auf den Arm. »Ist schon okay. Elisabeth ist einfacher.«

Nanu, was war denn das? Sie änderte ihren Namen, damit andere es leichter hatten? Verwirrt gab Ross es auf, Maria zu verbessern. Als sie sie zu einem Tisch mitten im Raum führte, bat er sie um einen Tisch in einer der Nischen am Rand. Die Leute sollten sie zwar zusammen sehen, doch er wollte Elisabeth auch ganz für sich allein haben. In einer Nische würden sie den anderen Gästen eine gute Show bieten und hätten gleichzeitig ein Minimum an Privatsphäre.

»Natürlich.« Maria führte sie zu einer Nische im hinteren Teil des Restaurants, gleich neben dem Billardzimmer.

»Hey Ross.« Von einem Tisch auf der anderen Seite des Raumes winkte Tate McGregor herüber. Er saß dort mit drei anderen Männern, die Ross gut kannte. Vor ein paar Tagen hatte Tate bei Elisabeth den alten Lieferwagen abgeholt. Er winkte ihr zu. »Guten Abend, Elisabeth.«

Ross winkte zurück und schlüpfte dann in die Nische zu Elisabeth, die zu Tate hinübersah und grüßend die Hand hob. Ross zog sie an sich. »Alles okay?«

»Ja, danke.« Sie strich ihr Kleid glatt und ließ den Blick durch den Raum schweifen.

»Warum wolltest du nicht, dass ich Maria etwas wegen deines Namens sage?«

»Weil ich jedem, dem ich begegne, erst einmal beibringen muss, wie man ihn ausspricht. Außerdem ist es eines dieser Dinge, die mich anders machen und verhindern, dass ich dazugehöre.« Sie lächelte, doch das Lächeln reichte nicht bis zu ihren Augen. »Es ist okay, ist ja nur eine Kleinigkeit. Ein einziger Buchstabe.«

Er berührte ihre Wange. »Es ist ein wunderschöner Buchstabe für eine wunderschöne Frau. Mir macht es nichts aus, die Leute zu korrigieren.«

»Du bist so gut zu mir. Es ist okay, aber danke für das Angebot. Es lohnt sich einfach nicht, sich darüber aufzuregen.«

Er küsste sie sanft.

»Na, sieh mal einer an. Wen haben wir denn da?« Christina Macmillan, eine schlanke, vollbusige Brünette, die am Empfang eines Buchhaltungsbüros in der Stadt arbeitete, legte Ross die Hand auf die Schulter.

Er schüttelte sie ab und fragte sich, ob es wirklich eine gute Idee war, in Trusty auszugehen.

»Christina, das ist Elisabeth Nash. Elisabeth, Christina und ich sind zusammen zur Schule gegangen.« Am liebsten hätte er Elisabeth als seine Freundin vorgestellt, doch im letzten Moment fiel ihm ein, dass er das vielleicht vorher mit ihr absprechen sollte.

»Also wirklich. Zur Schule zu gehen war weiß Gott nicht das Einzige, was wir zusammen gemacht haben.« Sie starrte Ross aus ihren grünen Augen an und er spürte, wie ihm ganz heiß wurde, aber es war kein gutes Gefühl. In dem Sommer, als Ross mit dem College fertig war, waren sie zweimal zusammen ausgegangen – was Christina nie vergessen hatte, Ross aber am liebsten endgültig aus seinem Gedächtnis löschen wollte.

Das zweite Date hatte ziemlich hässlich geendet. Sie wollte mit Ross schlafen und er war nicht interessiert. Sie war auf ihn losgegangen wie eine Giftschlange. Sie war auch der Grund, warum er ein Büro aus einer Nachbarstadt mit seiner Buchhaltung beauftragt hatte. Je weniger er mit ihr zu tun hatte, desto besser.

Ross versuchte, sich locker zu geben. »Wir sind zweimal zusammen ausgegangen, aber das ist lange her. So lange, dass ich mich kaum daran erinnere.« Er legte einen Arm um Elisabeth.

Christina warf ihnen einen giftigen Blick zu. »Tja, war nett, dich wiederzusehen.« Damit drehte sie sich auf ihren hohen Absätzen um und stolzierte davon.

Elisabeth sah Ross neugierig an.

»Tut mir leid. Sie ist einer der Gründe, weshalb ich Dates in Trusty aus dem Weg gehe. Dabei ist sie kaum der Rede wert. Zwei

Dates, sie wollte mehr, ich hielt sie für eine geldgierige Schl... – Person.« Die Gehässigkeit in seiner eigenen Stimme ließ ihn zusammenzucken.

»Elisabeth sah ihn mit großen Augen an.

»Ich weiß, ich lasse kein gutes Haar an ihr.«

»Was ich gut verstehen kann. Wenn Blicke töten könnten ...« Er beugte sich vor und küsste sie.

»Ich will nicht unfair sein, was die Frauen hier angeht. Nicht alle sind so wie sie, aber die meisten sind nur darauf aus, sich einen Ehemann zu schnappen. Dabei ist es ihnen ganz egal, wie wenig sie mit dem Mann gemeinsam haben, auf den sie ein Auge geworfen haben. Vielleicht bin ich in dieser Hinsicht altmodisch, aber wenn ich heirate, dann will ich ganz sicher sein, dass es niemanden gibt, mit dem ich lieber zusammensein will als mit der Frau, für die ich mich entschieden habe.« Er sah Elisabeth an. Seit er ihr zum ersten Mal begegnet war, hatte er sie in jedem Augenblick vermisst, in dem er nicht bei ihr sein konnte.

»Genau das meinte ich, als ich sagte, dass ich an die wahre Liebe und an dieses besondere Gefühl für den Mann in meinem Leben glaube. Heute scheinen viele Paar zu denken, dass sie Liebe kaufen konnen.« Sie seufzte. »Aber ich meine, dass sich wahre Liebe nicht kaufen lässt und auch nicht vorgetäuscht oder irgendwie zurechtgebogen werden kann. Es gibt nur die eine wahre Liebe und sie ist erst vollständig, wenn zwei Leute zusammenkommen, und dann ...« Sie zuckte mit den Schultern. »Gott, ich höre mich an wie eine Träumerin.«

Du hörst dich an wie jemand, der geradewegs meinen Träumen entsprungen ist. Wie kann es bloß sein, dass wir so sehr im Einklang miteinander sind?

»Es gibt Schlimmeres, als eine Träumerin zu sein.«

Es gibt Schlimmeres, als eine Träumerin zu sein? Elisabeths Worte hatten ihn aus dem Konzept gebracht und ihm fiel tatsächlich nichts Besseres ein.

Während des Essens behielt Ross die Leute um sie herum im

Auge. Es gefiel ihm nicht, wie an einigen Tischen getuschelt wurde, doch vermutlich hatte das Gerede mehr damit zu tun, dass er sich in Trusty in Gesellschaft einer Frau blicken ließ, und nicht so sehr mit der Frau, mit der er sich zeigte.

Offenbar hatte sie bemerkt, wie er die Tische in ihrer Nähe beäugte, denn sie berührte ihn am Bein, um seine Aufmerksamkeit wieder auf sie zu lenken.

»Erzähl mir von deiner Familie, Ross. Du scheinst dich so gut mit ihnen zu verstehen. Leben sie alle hier in Trusty?«

Ross machte bei Dates zwar einen Bogen um Trusty, doch die kleinen Städte in der Umgebung, in denen er sich mit Frauen getroffen hatte, waren keineswegs aus der Welt. Man kannte sich, und da die Bradens eine der wohlhabendsten Familien der Region waren, wussten die meisten Leute über sie Bescheid. Es kam selten vor, dass ihn eine Frau bei einem Date nach seinem Verhältnis zu den anderen Mitgliedern seiner Familie fragte. Er überlegte einen Moment.

»Ich habe ziemliches Glück mit meiner Familie. Mein älterer Bruder Pierce hat sich vor Kurzem verlobt. Er lebt zusammen mit seiner Verlobten Rebecca in Reno und er besitzt Hotelanlagen auf der ganzen Welt. Emily und Luke hast du ja schon kennengelernt und von Jake, dem Stuntman in L. A., hab ich dir erzählt. Und dann ist da noch Wes. Er lebt auch in Trusty, mit seiner Freundin Callie. Wes hat eine Gästeranch in den Bergen und die beiden verbringen viel Zeit in seinem Haus auf der Ranch.«

»Du hast also vier Brüder und eine Schwester? Es war bestimmt toll für euch, zusammen aufzuwachsen.« Elisabeth legte den Arm auf die Rückenlehne der Sitzbank und drehte sich so, dass sie ihn direkt ansehen konnte.

»Ja, wir hatten eine Menge Spaß zusammen. Haben wir auch heute noch. Aber wir machen viel Krach und gehen uns gegenseitig auf die Nerven.«

Sie fuhr ihm mit den Fingern am Hals entlang, sodass es ihm schwerfiel, sich zu konzentrieren.

»Und du kommst mit allen gut aus? Kein schwarzes Schaf in der Familie?« Sie rutschte ein bisschen näher, sodass ihr Knie an seinem lehnte.

»Nein, kein schwarzes Schaf, aber Jake treibt es ein bisschen wild. Wahrscheinlich lernst du ihn bei der County Fair kennen. Er will versuchen, für eine Stuntvorführung am Samstag einzufliegen. Früher dachte ich auch, Wes würde gefährlich leben, denn er geht keinem Risiko aus dem Weg. Er hat schon alles gemacht, vom Fallschirmspringen bis zum Steilwandklettern. Er ist auf jeden Fall ein Adrenalinjunkie, doch er ist viel ruhiger geworden, seit er mit Callie zusammen ist. Aber Jake …« Er schüttelte den Kopf. »Jake ist ein toller Kerl, wirklich ein toller Kerl, aber dass unser Vater abgehauen ist, als ich fünf war, und dass seine erste große Liebe ihn von heute auf morgen hat sitzenlassen, das hat ihm einen Knacks versetzt, was Beziehungen angeht.«

»Dein Vater ist auch gegangen?« Elisabeth packte seine Schulter. »Mein Vater ist ausgezogen, als ich noch klein war.«

»Ach, Liebes, das tut mir so leid.« Dass Mutter oder Vater einfach verschwanden, das wünschte er seinem ärgsten Feind nicht. Der Schmerz, den man als Kind empfand, hörte nie ganz auf.

»Ist schon okay. Ich hab ihn gar nicht richtig kennengelernt. Ich war erst zwei, als er weggegangen ist, und einen Menschen, den du nie gekannt hast, kannst du auch nicht wirklich vermissen.« Ihre Stimme klang ernst, aber in ihren Augen waren weder Traurigkeit noch Sehnsucht zu erkennen. Sie sah ebenso friedlich aus wie zuvor. »Warum meinst du, dass Jake mit Beziehungen nicht zurechtkommt?«

»Er ist einfach ein Draufgänger. Eigentlich glaube ich nicht, dass das Verschwinden meines Vaters etwas damit zu tun hat. Wahrscheinlich war es Fiona, seine erste Liebe. Er dachte, es wäre für immer, aber sie hat mit ihm Schluss gemacht, ganz überraschend. Seitdem lässt er niemanden an sich herankommen.«

»Wie traurig. Vielleicht lässt er es ja doch irgendwann wieder zu.«

»Hallo Ross.« Charlotte Wellington klopfte ihm im Vorbeigehen auf die Schulter und lächelte Elisabeth zu. Sie und ihr Mann betrieben eine Heufarm am Rand von Trusty.

»Hi Charlotte. Wie geht's Taylor?« Taylor war ihr zwei Jahre alter Hund.

Charlotte war auf dem Weg zum vorderen Teil des Restaurants und antwortete über die Schulter gewandt: »Prima, seine Pfote ist gut verheilt.« Sie winkte kurz und war verschwunden.

Kurz darauf brachen Ross und Elisabeth auf. Ross fuhr in die Richtung, in der das Haus seiner Mutter stand, doch statt in ihre Straße einzubiegen, folgte er einem schmalen Weg den Berg hoch zu Pike's Peak und hielt am Aussichtspunkt.

»Wo sind wir hier?« Bis auf die Sterne über ihnen und die Lichter der Stadt unter ihnen war es stockfinster.

»Du wolltest doch Trusty erleben, also dachte ich, wir fahren zum Knutschplatz.«

Sie sah ihn mit aufgerissenen Augen an.

»Entspann dich«, sagte er und lachte leise. »Komm.«

Er stieg aus und half Elisabeth aus dem Truck. Während sie die Aussicht genoss, die Ross für die großartigste von ganz Colorado hielt, suchte er Decken und das Geschenk zusammen, das er ihr mitgebracht hatte. Er breitete eine Decke auf der Ladefläche des Trucks aus und griff nach Elisabeths Hand.

»Was haben Sie vor, Mr. Braden?«, fragte sie mit einem Blick auf die Decken.

»Keine Sorge, Verehrteste. Sie haben nichts zu befürchten. Schließlich bin ich ein Ehrenmann.« *Auch wenn's schwerfällt.* »Ich dachte, du hättest vielleicht Lust, Sterne zu gucken.« Er half ihr auf die Ladefläche und sie setzten sich auf eine der Decken. Die andere legte er ihr über die Beine, damit ihr nicht kalt wurde. Am liebsten hätte er sie in die Arme genommen und sein Bein über ihre geschoben, um sie warmzuhalten. Aber er wollte auch mit ihr reden, mehr über sie erfahren. Den Gedanken, sie zu berühren, schob er beiseite und versuchte, ihr zuzuhören.

»Es ist wunderschön hier. Hast du dich hier immer mit den Mädchen zum Knutschen getroffen, als du noch auf der Highschool warst?«

»Nein, dazu sind wir in den Wald gegangen.«

Sie lachte.

»Es stimmt, zumindest halb. Hier oben war ich tatsächlich noch nie mit einer Frau, außer mit Emily. Als sie mit der Highschool fertig war, sind wir hierher gefahren. Wir haben die halbe Nacht hier gesessen und darüber geredet, wie es für sie auf dem College sein würde, über ihre Hoffnungen, ihre Ängste und all diese Sachen.«

Elisabeth legte den Kopf an seine Schulter und wieder gab ihm diese schlichte Berührung das Gefühl, dass sie hierhergehörte. Dass sie zu ihm gehörte.

»Du bist so ein lieber großer Bruder. Ich wünschte, ich hätte jemanden gehabt, der so gut auf mich aufpasst.«

»Em hat eine große Klappe, aber sie ist auch empfindlich und hatte Angst davor, von zu Hause weg aufs College zu gehen. Sie hatte immer eine ganze Horde Brüder um sich, die sie beschützten, und hat sich Sorgen gemacht, weil sie zum ersten Mal allein zurechtkommen musste. Natürlich ist alles gut gegangen. Ich glaube, ich hab schon immer auf sie aufgepasst, und wahrscheinlich mache ich das bis heute.« Er hätte gern mehr über Elisabeth erfahren, statt über Emily zu reden. Er atmete den blumigen Duft ihres Shampoos ein. Als sie sich neben ihm bewegte, spürte er, wie ihre Brust ihn streifte, und er hatte Mühe, einen Satz zu formulieren. »Lis, wie alt bist du?«

»Siebenundzwanzig.«

Sie sah ihn an, ihre Lippen öffneten sich leicht zu einem Lächeln, das sich in ihren Augen widerspiegelte, und er konnte kaum der Versuchung widerstehen, seinen Mund auf ihren zu drücken. *Konzentrier dich. Sag was.* Lieber Himmel, noch nie war es ihm so schwergefallen, sein Verlangen zu zügeln. Er zwang seine Gedanken zurück zu ihrem Gespräch. Sie war drei Jahre jünger als

Luke, sein jüngster Bruder.

»Warst du aufgeregt, als du aufs College gegangen bist? Bist du überhaupt aufs College gegangen?«

»Nein, aufgeregt war ich nicht. Ich war an der Uni in L. A., es war also kein großer Einschnitt für mich.« Sie fuhr ihm mit dem Finger übers Knie. »Wie alt bist du, Ross?«

Er zog sie an sich, er musste einfach ihre Haut spüren. Er küsste sie auf die Schläfe, um sein drängendes Verlangen unter Kontrolle zu bekommen. »Wahrscheinlich zu alt, um mit dir zusammenzusein.«

Stirnrunzelnd sah sie ihn an.

»Ich bin alt genug zu wissen, was ich im Leben will, und so jung, dass ich noch Zeit habe, es zu bekommen. Ich bin fünfunddreißig.«

Sie stieß einen leisen Pfiff aus. »Ganz schön alt.«

Er lachte. »Vielen Dank.« Plötzlich fiel ihm das Foto von Elisabeth und einem Mann ein, das bei seinem ersten Besuch in ihrer Küche lag. Er hatte es ganz aus seinen Gedanken verdrängt. »Lis, hat dein Umzug nach Trusty etwas mit dem Mann zu tun, den ich auf dem Foto in deiner Küche gesehen habe?«

Sie senkte den Blick.

Mit einem engen Gefühl in der Brust wartete Ross auf ihre Antwort. »Ich dachte mir, dass du das Foto gesehen hast«, sagte sie leise.

»Tut mir leid. Du musst es mir nicht erzählen.« Hatte er da eine frische oder eine alte Wunde aufgerissen?

»Es macht mir nichts aus. Nein, mein Umzug hat nichts mit ihm zu tun. Er heißt Robbie und wir haben uns vor mehr als einem Jahr getrennt.« Sie holte tief Luft und legte ihm die Hand aufs Bein.

Mit leichten Fingern fuhr sie über seine Muskeln. Heiße Wogen erfassten seine Lenden. Er wünschte sich, ihre Hand würde weiter nach oben wandern, seinen ganzen Körper streicheln, sich in seine Haut krallen, während er tief in ihr vergraben war. Als sie weitersprach, stöhnte er fast auf. Er löste seinen Blick von ihrer Hand und zwang sich, ihr zuzuhören.

»Er war wirklich ein netter Typ und wir waren lange zusammen. Wir waren einfach an unterschiedlichen Punkten in unserem Leben angelangt.« Sie zuckte mit den Schultern und fuhr sich mit der Zunge über die Lippen.

Himmel, wollte sie ihn in den Wahnsinn treiben?

»Ich dachte, er sei der Richtige für mich, und dann hat er unsere Beziehung beendet, weil er sich auf seine Promotion konzentrieren wollte.«

Der Richtige für sie. Das riss ihn aus seinen Träumereien. Der Gedanke, dass sie in einen anderen verliebt gewesen war, versetzte ihm einen kleinen eifersüchtigen Stich.

»Das tut mir leid.« Ihre Miene war so ernst, dass es ihm für sie tatsächlich leidtat. Andererseits wären sie sich vielleicht nie begegnet, wenn sie und Robbie sich nicht getrennt hätten.

»Es war besser so. Hinterher wurde mir klar, dass wir uns in unserer Beziehung behaglich eingerichtet hatten. Es war eine ganz gemütliche Beziehung, wie bei guten Freunden. Aber, weißt du, ich hatte mir immer vorgestellt, dass die Liebe etwas viel Größeres ist.«

Er nickte. Ohne es in Worte fassen zu können, wusste er genau, was sie meinte.

»Nun, du bist ein Mann, also verstehst du es vielleicht nicht, aber ... bei dir ... Du raubst mir den Atem, wenn wir uns nahe sind. Das war bei ihm nie so.«

Sein Puls schnellte in die Höhe. »Ich raube dir den Atem?« Er beugte sich näher zu ihr und hielt ihren Blick gefangen.

»Genau.«

Er küsste sie, sehnte sich verzweifelt danach, sie zu berühren, jeden Zentimeter ihrer Haut zu schmecken, ihre harten Brustwarzen mit dem Mund zu liebkosen und ihren Körper unter seinem zu spüren. Er ließ den Kuss tiefer werden und zwang sich dann, sich von ihr zu lösen.

Mit geschlossenen Augen flüsterte sie: »Siehst du? Atemlos.«
Als sie ihn schließlich ansah, waren ihre Lider schwer und ihr Blick verträumt und voller Lust. Sie lächelte.

»Du hast gesagt, du glaubst an das Schicksal, an die Ehe und an dieses ganz besondere Gefühl für den einzigen Mann in deinem Leben. Nun stehst du im Moment an einem Punkt, wo sich vieles verändert. Da dachte ich, vielleicht könnte dir bei den wichtigen Entscheidungen ein bisschen Magie helfen.« Er griff hinter sich und holte das Geschenk hervor, das er ihr gekauft hatte.

»Ross, du hättest mir doch nichts mitbringen müssen. Danke!«

Sie presste ihre Lippen auf seine. Er schloss sie in die Arme, erwiderte den Kuss und wünschte, er würde nie aufhören. Er war mit Frauen zusammengewesen, bei deren Anblick andere Männer andächtig in die Knie gesunken wären, doch bei keiner hatte er empfunden, was er fühlte, wenn er mit Elisabeth zusammen war.

»Willst du's nicht aufmachen?«

Aufgeregt öffnete sie das Kästchen und zog lächelnd eine Magic-8-Kugel hervor. »Eine Wahrsagekugel! So was hab ich seit Ewigkeiten nicht mehr gesehen.«

»Willst du sie nicht ausprobieren? Komm, stell ihr eine Frage. Es gibt zehn positive Antworten, fünf negative und fünf neutrale.« Ross fand es wunderbar, wie ihre Augen leuchteten.

»Okay.« Sie holte tief Luft. »Werde ich hier jemals wirklich dazugehören?« Sie nahm die schwarze Plastikkugel in beide Hände, schüttelte sie und drückte sie dann mit zusammengekniffenen Augen an sich. »Ich kann nicht hinsehen.«

»Soll ich?«

Sie streckte ihm die Kugel hin. Die Augen hatte sie immer noch geschlossen. Ross nahm ihre Hände in seine. *Bitte, sag Ja. Bitte, sag Ja.*

»Komm, Lis, wir sehen zusammen nach.«

Sie öffnete die Augen und nickte. »Okay. Ich bin ja so aufgeregt.«

»Das macht dich so unglaublich. Aber du brauchst nicht

nervös zu sein. Wenn die Kugel die falsche Antwort gibt, schmeiße ich sie den Berg hinunter und schlage sie in tausend Stücke.«

»Nein, das wirst du nicht tun.« Sie wollte die Kugel wieder an sich drücken, doch er ließ nicht los. »Du hast sie mir geschenkt. Da kannst du sie doch nicht wegwerfen.«

»Also sollte sie dir besser die richtige Antwort geben, wenn sie weiß, was gut für sie ist. Sonst wird sie das bitter bereuen.«

Sie streckte ihm die Kugel wieder hin. »Sieh du zuerst nach. Ich kann es nicht. Ich würde ja gerne, aber ich kann nicht.«

»Okay. Also …« Mit übertriebener Geste tat er so, als würde er die flache Seite der Kugel mit der Hand verdecken, damit sie nicht sah, was darauf stand. *Ganz bestimmt* lautete die Antwort. Warum ihn eine Plastikkugel erleichtert aufatmen ließ, begriff er selbst nicht, doch so war es.

»Ist alles okay. Du kannst gucken.« Er drehte die Kugel so, dass sie die Antwort sehen konnte. Elisabeths Augen weiteten sich und sie schnappte aufgeregt nach Luft.

»Hurra!« Sie schlang ihm die Arme und den Hals und küsste ihn. »Danke! Das ist das schönste Geschenk, das ich je hatte.«

»Das würdest du aber nicht sagen, wenn die Kugel *Verlass dich nicht darauf* geantwortet hätte, oder?«

»Nein, hat sie aber nicht, und das Schicksal und die Sterne haben es so gewollt.« Sie blickte auf die Kugel hinunter. »Glaubst du an das Schicksal?«

»Ja.« Wenn seine Brüder das wüssten, würden sie nicht müde werden, ihn damit aufzuziehen, doch er glaubte tatsächlich an das Schicksal.

»Glaubst du an dieses ganz besondere Gefühl?«

Ross rückte ein wenig näher an sie heran, sodass sie eng beieinander saßen. »Ja.«

»Stell ihr eine Frage«, hauchte sie.

Ross sah auf die Stadt hinunter, in der ihm noch nie etwas Böses widerfahren war. Die Stadt, die seine Familie angenommen und gerettet hatte, nachdem sein Vater gegangen war. Die Stadt, zu der er gehörte und wo hoffentlich eines Tages seine eigenen Kinder aufwachsen würden. Die Stadt, die hoffentlich eines Tages Elisabeth all das geben würde, was sie ihm gegeben hatte.

Er verschränkte seine Finger mit Elisabeths, in der anderen Hand hielt er die Kugel.

»Wird mein Wunsch wahr werden?« Er schüttelte die Kugel und reichte sie Elisabeth. »Okay, Lis. Schmeißen wir sie in Stücke oder behalten wir sie?«

Sie warf einen vorsichtigen Blick auf die Kugel. »Soweit ich es sehen kann: Ja.«

»Ja, wir schmeißen sie kaputt?«

»Nein, das ist die Antwort auf deine Frage, aber was hast du dir gewünscht?«

»Dass alle deine Wünsche wahr werden.«

Als sich ihre Blicke trafen, konnte Ross nicht länger widerstehen. Er nahm sie in die Arme und sah ihr in die Augen, die ihn voller Verlangen ansahen. »Ich werde dich jetzt küssen, und wenn du willst, dass ich aufhöre, musst du mir das sagen. Denn wenn du nichts sagst, kann ich für nichts garantieren.«

In Ross' Armen zu liegen, war unvergleichlich. Ihre Herzen schlugen schneller als der Flügelschlag eines Kolibris, ihre Zungen umtanzten einander in perfektem Rhythmus. Ihr ganzes Leben lang hatte sie davon geträumt, sich so sicher und geliebt zu fühlen, einen Mann mit ihrem ganzen Wesen zu begehren. Kopf und Herz waren in vollkommener Harmonie. Die Luft war kühl, doch ihr Körper war heiß. Als Ross sie auf den Rücken drehte und sich neben sie legte, ein starkes Bein über ihren Oberschenkeln, seine Brust an ihrer, seine Hand unter ihrem Kopf und seine Lippen mit ihren verschmolzen, da war sie im siebten Himmel. Er war verrückt, wenn er glaubte, dass sie ihn auffordern würde, aufzuhören. Ihr einziger Gedanke war die Hoffnung, dass ihr Kuss nie enden möge.

Ross ließ ihre Lippen los, küsste ihre Mundwinkel und begann, mit der Zunge ihre Oberlippe zu streicheln.

Mehr. Küss mich noch mehr.

Sie hatte die Augen geschlossen und spürte seiner Hand nach, die über ihre Hüfte erst zum Saum ihres Kleides, dann darunter glitt und ihren Oberschenkel fasste. Seine kräftige Hand auf ihrer nackten Haut zu fühlen ließ ihren Atem schneller werden.

Er küsste ihren Kiefer, die empfindliche Stelle unter ihrem Ohrläppchen und dann drückte er seine raue Wange an ihre und flüsterte: »Lissa, du machst mir Appetit nach mehr von dir.«

Sie zitterte vor Erwartung.

»Soll ich aufhören?«

Selbst mit geschlossenen Augen spürte sie die Hitze seines Blicks, hörte das Verlangen in seiner Stimme. »Lieber Gott, nein.« Sie streckte die Hände aus und zog seinen Mund auf ihren.

Ihre Lippen trafen in berauschendem Verlangen aufeinander. Der Kuss war hart und rau und entlockte beiden betörende Laute. Ross' Hand glitt an ihrem Oberschenkel hoch zu ihrer Hüfte. Er drückte seine Härte an ihre Seite, während er den Kuss leidenschaftlicher werden ließ und alles intensiver wurde. Die Luft wurde heißer, ihr Atem ging schneller und ihre Hüften entwickelten ein Eigenleben, wölbten sich ihm voller schmerzlicher Sehnsucht entgegen. Seine Lippen tasteten sich an ihrem Kinn entlang bis zu ihrem Schlüsselbein. Mit der Zunge tauchte er in die Vertiefung in der Mitte ein und ihr stockte der Atem. Er leckte sich an ihrem Hals hoch bis zu der Stelle direkt unter ihrem Ohr, wo er die Haut sanft zwischen die Zähne nahm und saugte, bis ihr ganzer Körper weiß glühte. Sie war feucht vor Verlangen. Seine Hand schob sich höher, von ihrer Hüfte über ihre Rippen, bis sie genau unter ihren Brüsten haltmachte. Sie krallte sich in seinen Rücken, zerrte sein Hemd hoch, suchte seine Haut.

Oh ja, feste Muskeln, heiße Haut. *Göttlich.*

Seine Hand schob sich höher, bis sein Daumen schließlich ihre Brust streifte und ein Schock der Begierde durch ihren Körper jagte.

»Ross, fass mich an.«

Er fuhr mit dem Daumen über ihre harten Brustwarzen und, oh Gott, sie wollte mehr. So viel mehr. Sie versuchte gar nicht, die ungewohnte Woge aus Verlangen und Gefühlen zu verstehen, die sie vorwärts trieb und sie Dinge sagen ließ, von denen sie bisher nur geträumt hatte. Sie ließ ihre Gedanken leer werden und öffnete sich dem Moment.

»Bitte.« Ein heißes Flehen.

Er küsste die Haut zwischen ihren Brüsten. *Ja. Oh ja.* Seine Hand glitt nach unten und sie hielt die Luft an, als er seinen Finger unter den Rand ihres Spitzenhöschens schob. Er sah ihr in die Augen. Sie keuchte vor Verlangen, während sich sein Finger an der Naht entlangtastete und dabei federleicht ihre feuchte Mitte streifte. Ihr Magen zog sich zusammen.

»Lissa«, flüsterte er, dann legte er ihr seine Stirn auf den Bauch und hielt inne. Als er den Blick hob, sah sie in seinen Augen seinen inneren Konflikt zwischen Lust und Zögern.

Sein Finger berührte ihre Nässe kaum, doch ihr Innerstes zog sich vor Begierde zusammen.

»Ich will es, Ross. Ich will dich.« Sie stieß ihm ihre Hüften entgegen, drängte ihn, sie zu berühren. Obwohl das typisch war für Frauen, die leicht zu haben waren. Obwohl sie im Freien lagen. Obwohl sie nie zuvor so aggressiv gewesen war. Sie wollte das, was hier gerade passierte, sie wollte ihn und sie konnte nichts anderes tun, als sich der Hitze zu ergeben, die sie beide verzehrte.

Zum Glück verstand er, was sie ihm sagen wollte, und im nächsten Atemzug liebkosten seine geöffneten Lippen ihren nackten Bauch, während seine Finger ihre Mitte erkundeten. Er leckte und küsste sich von ihrem Bauch hinunter bis zu ihren feuchten Löckchen. Sie krallte die Hände in sein Haar und drängte ihn tiefer. Er streichelte und neckte und trieb sie bis kurz vor den

Höhepunkt, dann machte er mit dem Mund weiter und stieß sie in einen Strudel jenseits aller Kontrolle. Mit einer starken Hand hielt er ihre Hüfte umfasst, während die andere ihre Zauberkünste vollführte und seine Zunge, seine hinreißende Zunge, sie wieder hoch und höher peitschte und sie in der Dunkelheit seinen Namen schrie, als der Orgasmus sie durchbebte. Noch nie hatte sich etwas so gut angefühlt. Oder so richtig.

Allmählich drangen die Geräusche der Nacht wieder in ihr Bewusstsein, die Heuschrecken, ihr Atem, und sie merkte, dass sie selbst das Stöhnen und Wimmern ausstieß, das sie hörte. Ross schob sich an ihrem Körper nach oben und sie griff nach dem Knopf seiner Jeans. Seine Lippen trafen ihre und er schmeckte nach ihr, salzig und süß. Sein Kuss wurde leidenschaftlicher, mit harten Stößen seiner Zunge, während er seine Finger in sie drängte, bis sie nur noch ihn schmeckte.

»Lis, bist du sicher? Wir können auch aufhören.«

»Oh mein Gott, nein, nicht aufhören.« Es war ihr egal, dass sie so etwas noch nie gesagt hatte, und es kümmerte sie auch nicht, dass dies ihr erstes Date war. Sie wollte Ross so nah sein, wie sie konnte, und sie wollte ihn jetzt. *Schicksal.* Sie glaubte daran, lebte danach und sie wurde jetzt nicht damit aufhören.

Er küsste sie wieder und als er seine Lippen von ihren löste, nahm sie sein Gesicht zwischen die Hände und ohne nachzudenken sagte sie: »In meinen siebenundzwanzig Jahren habe ich noch nie jemanden so sehr begehrt, wie ich dich begehre.«

»Eins muss ich aber wissen«, sagte Ross und sah sie fragend an.

»Ich habe erst mit zwei Typen geschlafen, ich nehme die Pille und ich bin gesund.«

Er lächelte und gab ihr einen Kuss. »Ich bin auch gesund, hab immer Kondome benutzt. Aber das meinte ich gar nicht.«

»Oh.« Schamröte stieg ihr ins Gesicht.

»Du bist so verdammt süß.«

»War's das?« *Beeil dich. Beeil dich!*

»Nein.« Er küsste sie auf die Wange, dann die Nase, die Stirn und die andere Wange. »Willst du nur mit mir zusammensein? Als meine Freundin?«

»Liebe Güte, Ross. Ich dachte ... Ja. Natürlich.« Sie stützte sich auf die Ellenbogen und gab ihm einen Kuss. Sie war erleichtert, dass er ihre Beziehung nicht mit irgendwelchen Einschränkungen oder Vorbehalten versehen wollte – und wahrscheinlich hätte sie blind allem zugestimmt, denn sie war außer sich vor Verlangen. Sie mochte kaum glauben, dass sie so etwas überhaupt denken konnte. Für sie riskierte er, dass man sich in der Gerüchteküche von Trusty das Maul über ihn zerriss, und sie wusste, wie groß das Opfer war, das er da brachte.

Aus seinen Augen blitzte Glut, als er sich aus seiner Jeans schälte und sie auszog. Sie hatte noch nie eine so wundervolle Gestalt gesehen. Sein Körper war schlank und fest, muskulös, sehnig und braungebrannt. Er lehnte sich über sie und sie spürte die Spitze seiner Erregung. Ihr Körper sehnte sich nach mehr. Ross sah ihr tief in die Augen und küsste sie sanft, während er ihre Beine mit seinen kräftigen Schenkeln weiter spreizte und seine Härte langsam in ihr versenkte.

»Lissa, ich habe das Gefühl, als hätte ich mein ganzes Leben auf dich gewartet.«

Er drückte seine Lippen auf ihre und drängte sich in sie, bis er tief in ihr vergraben war. Der wunderbare Druck seiner Härte raubte ihr fast den Atem. Ihre Lungen füllten sich mit seinem Atem, während sie sich beide wie ein einziger Körper zu bewegen begannen, erst langsam, dann immer drängender, jeder gierig nach mehr. Sie spürte, wie sie sich dem Gipfel der Lust näherte und ihr Innerstes schwoll an in erregter Erwartung, als er härter zustieß. Seine Arme glitten an ihrem Rücken hoch, er umfasste ihre Schultern, drang immer weiter vor in ihre süßen Tiefen. Sein Herz pochte wild an ihrer Brust und ihre Blicke trafen sich, kurz bevor sie die Augen schloss und eine heiße Explosion durch ihren Körper bebte.

»Oh Gott, Ross ...«

»Lis ...«

Er vergrub sein Gesicht an ihrem Hals, als er ihr keuchend und mit kehligem Stöhnen auf den Gipfel der Leidenschaft folgte, bis die letzten Wellen ihre Körper durchschauderten. In der Stille der Nacht, vom Mond gesegnet, verschränkte Ross seine Finger mit ihren und führte ihre Hand an seine Lippen. Ihr schwoll das Herz. Sie schloss die Augen, atmete die kühle Nachtluft ein und schickte eine stumme Botschaft gen Himmel.

Danke, Tante Cora, genau hier soll ich sein.

Elf

Am Samstagmorgen zeigten sich gerade die ersten Sonnenstrahlen über den Bergen, als Elisabeth mit Kennedy auf dem Arm aus dem Stall kam. Um vier Uhr war sie von einem unruhigen Traum von Ross aufgewacht, um fünf war sie auf ihrer hinteren Veranda und machte ihre Yogaübungen. Jetzt fühlte sie sich ruhiger, nachdem sie eiskalt geduscht und ihre morgendlichen Arbeiten erledigt hatte. Wahrscheinlich hatte sie sich ihre Shorts schmutzig gemacht und roch nach Heu und Dreck, aber es war ihr egal. Heute erschien ihr alles heller, erfüllender, weil Ross und sie zusammengekommen waren. Irgendetwas hatte sich in der Nacht zuvor verändert, als sie in seinen Armen lag. Nein, es war schon früher passiert, in den Tagen davor, bei jedem Blick, jeder Berührung, jeder vielsagenden Bemerkung ein wenig mehr. Gestern Abend hatte er sie etwas fester an sich gedrückt, als sie die Brewery betraten. Es war nur eine kleine Geste, doch sie hatte etwas viel Größeres, Tieferes in seinen Augen gesehen, und es erfüllte sie, wie sie noch nie im Leben etwas erfüllt hatte.

Sie saß auf einem Holzstamm, sah zu, wie die Sonne aufging, und gab Kennedy seine Flasche Ziegenmilch. Er fraß gut, beim Trinken machte er putzige Schmatzgeräusche. Ihre Gedanken schweiften wieder zum Abend zuvor, wie sie unter den Sternen lagen und Ross ihr in die Augen sah, bevor sie sich liebten. Die Erinnerung jagte ihr einen Schauder über den Rücken. Sie wusste, dass er auch das Gefühl hatte, als sei die Welt aus den Angeln gehoben, und in dem Moment, in dem ihre Körper zusammenkamen, gehörte sie ihm und hatte irgendwie das Gefühl, als gehörte er ihr.

Nachdem sie Kennedy gefüttert hatte, machte sie sich daran, das niedrige metallene Gehege zusammenzubauen, das sie im Schuppen ihrer Tante gefunden hatte. Sie war gespannt auf ihren ersten Hundetag und auch ein bisschen nervös. Und immer, wenn sie an die vergangene Nacht dachte, wurde ihr ganz schwindelig. Sie mühte sich gerade mit dem letzten beiden Zaunteilen ab, als Ross in ihre Zufahrt einbog.

Ihr Herz machte einen Satz, als er aus dem Truck stieg. Knight, Ranger und Sarge stürzten auf sie zu, während Storm neben ihm blieb.

»Frei«, sagte Ross und ließ ihn zu den anderen laufen.

Elisabeth kniete sich hin und umarmte die Hunde. Knight leckte ihr durch das ganze Gesicht. Ross kam schnellen Schrittes hinzu, griff mitten in das Gewirr aus Fell und half ihr auf die Beine. Er schloss sie in die Arme und küsste sie, bis sich die Welt vor ihren Augen drehte.

»Tut mir leid, aber die Jungs wollten unbedingt zu dir.« Er hatte Jeans und ein Baumwollhemd an, das seinen Oberkörper wie eine zweite Haut umschloss, und sah einfach hinreißend aus.

»So so, die Jungs.« Sie kraulte Knight, während sie zu dem Gehege gingen, mit dem sie sich abgemüht hatte.

»Ach, ich zähl doch gar nicht.« Ross legte ihr den Arm um die Schultern und zog sie an sich. »Ich wollte nur kurz sehen, ob du irgendwas brauchst, bevor ich zu Jim und Gracie hinausfahre.«

Mit ein paar Handgriffen setzte er das Gehege fertig zusammen.

»Gracie? Ist alles in Ordnung bei ihr?«

Er runzelte die Stirn, wandte sich mit einem kurzen Kopfschütteln ab und wechselte das Thema. »Hast du das selbst aufgebaut?«

Sie spürte, dass er nicht über Gracie reden wollte, und ihr Herz blutete für ihn. »Ja. So schwer war es ja nicht. Aber ich kenne Wrens Hunde nicht, deshalb dachte ich, es ist sicherer, wenn sie im Gehege sind, statt frei herumzulaufen.«

»Siehst du, das mag ich so an dir. Du sorgst dich ebenso um Tiere wie ich.« Er griff nach ihrer Hand und betrachtete die Fellpflegestation, die sie vor dem Haus aufgebaut hatte. »Hast du ein Sonnensegel? Heute soll es warm werden, da brauchst du vielleicht etwas Schatten.«

»In Tante Coras Schuppen hab ich keins gesehen. Ich hab auch vergessen, eins zu kaufen, aber im Laufe der Woche besorge ich eins.« Sie standen Hand in Hand da und Ross sah sich um, bevor er ihr ernst in die Augen sah und sie zur Veranda führte. »Hast du einen Augenblick Zeit?«

»Klar, immer.« Ihr Magen zog sich ängstlich zusammen. Vielleicht hatte sie seine Gefühle falsch gedeutet, trotz allem, was er gesagt hatte. Vielleicht hatte er es sich anders überlegt. Sie setzten sich auf die vordere Veranda. Knight ließ sich neben Elisabeth plumpsen und atmete laut hörbar durch die Nase, während er mit dem Kopf an ihren Oberschenkel stupste.

»Muss immer im Mittelpunkt stehen, der Kerl«, sagte Ross scherzhaft.

Sie streichelte Knights Kopf und wurde immer nervöser. Ross drückte ihre Hand.

»Wegen gestern Abend, Lis.«

Sag's nicht. Bitte, sag's nicht. Sie hielt die Luft an und sah angestrengt zu Sarge und Storm hinüber, die im Gras spielten.

»Es tut mir leid, dass ich es so weit hab kommen lassen. Ich hoffe, du bereust es nicht, und ich hoffe, du hast nicht das Gefühl, dass ich mich aufgedrängt habe.«

»W-warum tut es dir leid?« Sie brachte es nicht fertig, ihm zu sagen, dass er sich keineswegs aufgedrängt hatte und dass sie noch nie einen Mann so sehr begehrt hatte wie ihn. Er drückte sich so vorsichtig aus und das machte ihr Angst. Bereute er, was in der

Nacht gewesen war? Hatte er vergessen, was sie zu ihm gesagt hatte?

»Weil du gerade erst hierher gezogen bist und es unser erstes richtiges Date war. Ich schlafe nie beim ersten Date mit einer Frau. So einer ...« Er legte den Arm um sie und küsste sie auf die Schläfe. »Ich kann noch nicht einmal sagen, dass ich nicht so einer bin. Ich weiß gar nicht genau, was für einer ich bin. Jedenfalls kein Heiliger, aber so etwas mache ich normalerweise nicht.«

»Oh.« Sie überlegte, ob sie irgendwie unter seinem Arm hindurchschlüpfen und ins Haus kriechen könnte, ohne dass er es merkte. Bestimmt gab es im Keller irgendwo ein Fleckchen, wo sie sich ein paar Wochen verstecken konnte. Oder für den Rest ihres Lebens.

Er legte ihr den Finger unters Kinn und drehte ihr Gesicht zu sich.

»Bereust du es?« Er sah sie fragend an, doch sie hörte nur, wie ihr Herz in tausend Stücke zersprang.

»Lis?« Ein einziges verzweifeltes Wort.

»Hm?«, brachte sie schließlich hervor.

»Mist. Hab ich jetzt alles versemmelt?« Seine Brauen zogen sich zusammen und er wandte sich mit einem Ruck ab. »Ich bin ein Idiot. Ein verdammter Idiot.«

»Warte, ich verstehe nicht.« Sie packte seinen Oberschenkel und spürte, wie sich die Muskeln unter dem Jeansstoff bewegten, als er herumfuhr. »Willst du mir sagen, dass du das Ganze für einen Fehler hältst? Oder fragst du mich, ob ich es für einen Fehler halte?«

»Es ist eine Frage, ich frage dich,« sagte er mit rauer Stimme.

»Nein, ich glaube, ich bin hier die Idiotin. Ich dachte – oh Gott –« Sie verbarg das Gesicht in den Händen. »Das ist so peinlich.« Sie atmete tief ein und erwiderte seinen verwirrten Blick. »Ich habe noch nie etwas getan, das sich so richtig anfühlt, in meinem ganzen Leben nicht, aber deshalb musst du nicht –«

Den Rest des Satzes fing er in einem drängenden Kuss auf. Er nahm ihr Gesicht in die Hände und lächelte. Es war ein zufriedenes, stilles Lächeln, das ihr alles sagte, was sie wissen musste, bevor er sprach.

»Ich mache nichts, weil ich es machen muss. Ich folge meinem Bauchgefühl und bei dir folge ich meinem Herzen.« Er gab ihr einen Kuss und Knight drängte seinen massigen schwarzen Kopf zwischen sie. Ross warf ihm einen finsteren Blick zu, dann sah er sie nachdenklich an. »Du hast mich gefragt, ob ich an das Schicksal glaube, und ich habe dir gesagt, ja, ich glaube daran. Das, was hier passiert. Wir. Das ist Schicksal, Lis. Ich hätte es nie für möglich gehalten, dass ich eines Tages an eine Frau denken würde, bevor ich an meine Praxis oder meine Familie denke. Doch als ich heute früh aufstand, waren meine Gedanken bei dir – und da sind sie die ganze Zeit.«

In diesem Augenblick wusste sie, dass all die Jahre nicht verschwendet waren, in denen sie sich nach Trusty gesehnt hatte. All die Jahre, in denen sie auf den Mann gewartet hatte, von dem sie hoffte, dass es ihn gab. Ross war alles, wovon sie jemals geträumt hatte. Und noch viel mehr.

Zwölf

Später am Vormittag, während er Gracie untersuchte, dachte Ross über das Leben nach, für das er sich entschieden hatte, oder eher über das Leben, das sich für ihn entschieden hatte. Trusty war eine feste Größe. Als sein ältester Bruder Pierce zum College ging, hatte Ross beschlossen, sich in Trusty niederzulassen. Er liebte diese Stadt, in der er aufgewachsen war, doch vor allem wollte er bei seiner Familie sein. Es war nicht so, dass er derjenige war, der die Familie zusammenhielt. Bei den Bradens trug jeder seinen Teil dazu bei. Pierce war zwar nicht immer da, doch er passte aus der Ferne auf die Familie auf. Er war für Luke da gewesen, als er sich in Daisy verliebte und sich den Dämonen seiner Vergangenheit stellen musste. Und abgesehen von Jake, der in Los Angeles lebte und oft zu Besuch kam, lebten alle anderen Geschwister in der Nähe. Sie trafen sich ständig, schickten sich SMS und sprangen ein, wann immer sie gebraucht wurden. Für seine Familie da zu sein war ebenfalls eine feste Größe für Ross, und zwar eine, die er nie infrage gestellt hatte, ebenso wenig wie die Entscheidung, Tierarzt zu werden. Es hatte ihn Jahre harter Arbeit gekostet, doch er war nie von seinem Kurs abgewichen. Und nun war Elisabeth eine weitere feste Größe in seinem Leben geworden.

Er war nicht bis über beide Ohren verknallt wie ein Schuljunge. Was er fühlte war viel tiefer als bloße Verliebtheit. Er dachte Tag und Nacht an sie, fragte sich, wie es ihr ging, war unruhig, weil die Leute in der Stadt ihr vielleicht unfreundlich begegneten. Und heute machte er sich Sorgen, dass sie mit ihrer kostenlosen Fellpflege möglicherweise ins Leere lief. Es würde ihm das Herz brechen. Elisabeth dagegen fand es offenbar normal, für sie war es etwas, das eben passierte, wenn man sich ein Unternehmen aufbaute. Für Ross war es viel mehr als das. Die Stadt, der er alles gegeben hatte, zeigte der Frau die kalte Schulter, auf die er sein Leben lang gewartet zu haben schien. Ja, so fühlte es sich an: als hätten sein Körper und Geist sie erkannt, sobald sich ihre Blicke trafen. *Oh, du bist es. Auf dich warte ich seit fünfunddreißig Jahren.* Er war nicht auf der Suche nach einer Beziehung gewesen, so wie es ihm nicht um einen Job gegangen war, als er seine Tierarztpraxis in Trusty einrichtete. Er wusste einfach, dass es das war, was er tun sollte. Elisabeth war in sein Leben und in sein Herz getreten.

Er streichelte Gracie und sammelte seine Gedanken. Natürlich gehörte es zum Leben dazu und natürlich wussten er, Jim und Kelsey, dass Gracies Tage gezählt waren, doch die Gewissheit, dass ihre Zeit gekommen war, raubte ihm trotzdem den Atem.

Jim sank auf den Futon, auf dem Gracie lag.

»Es ist Ihre Entscheidung, Jim.« Ross legte ihm die Hand auf die Schulter, um ihm zu zeigen, dass er nicht allein war.

»Sie ist mein Kaffeehund, Ross. Zwölf Jahre war sie jeden Morgen an meiner Seite, hat gebellt und ist herumgesprungen und hat Theater gemacht, während ich meinen Kaffee umrührte.« Jim schüttelte den Kopf. Die Erinnerung ließ ein Lächeln über sein Gesicht huschen. »Verdammter Hund.« Er strich ihr über den Kopf. »Nur, um neben meinem Schaukelstuhl auf der Veranda zu sitzen, während ich meinen verdammten Kaffee trinke.«

Ross hatte diese Geschichte schon so oft gehört, dass er sie Wort für Wort wiederholen konnte. Lächelnd hörte er zu. Es war Jims Geschichte von seiner Liebe zu Gracie.

»Sie ist ein großartiger Hund.«

Jim nahm sie in den Arm und legte seine Wange an ihre Brust.

Ross wartete geduldig, während Jim seine Entscheidung traf. Als er ihn mit kummervollen Augen ansah, wusste Ross, dass er noch nicht so weit war. Er klopfte ihm auf die Schulter.

»Lassen Sie sich Zeit, Jim. Sie haben ja meine Handynummer. Ich kann jederzeit wiederkommen.«

Er rief Kelsey an und erzählte ihr, wie es um Gracie stand, während er mit Storm zu seinem Truck zurückging. Er war sich sicher, dass Jim ihn später am Tag anrufen würde, spätestens bei Einbruch der Dunkelheit. Wenn jemand seinen Hund so liebte wie Jim, ließ er ihn nicht leiden.

In der Stadt besorgte er ein Sonnensegel und drei Bewegungsmelder für Elisabeth: für jede Veranda einen und einen für die Stalltüren. Dann fuhr er zum Diner, um für sie beide etwas zum Mittagessen zu holen.

»Ah, einer meiner liebsten Bradens«, sagte Margie, als er sich an der Theke niederließ.

»Und wann steige ich auf deiner Skala zum allerliebsten Braden auf?« Ross wusste genau, dass Margie keinen der Bradens jemals zu ihrem Liebling erklären würde. Sie war für die Leute in Trusty so etwas wie eine Lieblingstante, die keine Unterschiede machte und alle gleichermaßen verwöhnte. »Sitz«, sagte er zu Storm, der sich gehorsam neben seinem Stuhl niederließ.

»Sobald du mir einen Mann so abrichtest wie diesen wunderbaren Welpen, lasse ich mit mir reden.« Sie goss ihm einen Kaffee ein, fügte Milch hinzu und schob ihm die Tasse hin. »Ich habe von Jims Hund gehört. Es ist herzzerreißend.«

»Wie um alles in der Welt hast du das so schnell erfahren?« Er nippte an dem bitteren Kaffee.

»Kelsey. Sie war hier, als du anriefst. Das arme Ding. Kaum hatte sie aufgelegt, ist sie in Tränen ausgebrochen.«

»Lieber Himmel. Ich hätte es wissen müssen. Was ist bloß neuerdings mit den Frauen los?«

»Hier ist eine viel bessere Frage: Was ist neuerdings zwischen der Nichte einer bestimmten Dame und einem meiner liebsten

Bradens los?« Magie lächelte triumphierend, als hätte sie Ross eine Falle gestellt.

»Wahrscheinlich genau das, was du vermutest«, antwortete er lächelnd. Für Elisabeth würde er alles tun. Noch nie hatte er bei einer Frau so sehr den Wunsch verspürt, sie zu beschützen. Sie gab ihm das Gefühl, erfüllt und ganz zu sein. Wie hatte sich sein Leben bisher nur erfüllt anfühlen können? Sollte er sie jetzt verlieren, wäre die Lücke unerträglich, die sie hinterlassen würde, selbst nach dieser kurzen Zeit.

Margie lehnte sich auf die Theke und zeigte auf Ross. »Ihr Braden-Jungs fallt um wie die Fliegen. Sei vorsichtig, Ross. Wenn es stimmt, was man sich erzählt, dann bleibt sie nicht lange hier.«

»Wenn es stimmen würde, was man sich in Trusty erzählt, hätte die halbe Stadt gewaltigen Ärger am Hals. Das Gerede in Trusty ist wirklich schrecklich. Die Gerüchte hier bestehen zu fünfundsiebzig Prozent aus Eifersucht, zu zwanzig Prozent aus Streit mit entfernten Verwandten aus grauer Vorzeit, zu vier Prozent aus reinem Blödsinn und ungefähr ein Prozent ist wahr.«

»Das kommt ungefähr hin«, lachte Margie.

»Es gibt nur einen Grund, weshalb Elisabeth der Stadt den Rücken kehren würde: wenn sie hinausgejagt wird. Und ich werde verdammt nochmal dafür sorgen, dass das nicht passiert.«

»Ross Braden, ich glaube wahrhaftig, dich hat's erwischt.«

Schweigend trank er seinen Kaffee. Und wie es ihn erwischt hatte.

»Nun, es gibt noch ein anderes Gerücht, das hier die Runde macht, abgesehen von der aufregenden Neuigkeit, dass Ross Braden hinter Coras Nichte her ist. Ich habe gehört, was sie für Gracie getan hat.« Ihr Blick wurde weicher. »Sag mir eins: Hat sie es getan, um dich für sie einzunehmen, oder weil sie ein guter Mensch ist?«

»Ich war schon für sie eingenommen, lange bevor sie Gracie kennengelernt hat.«

Als er das Diner verließ, hatte er hoffentlich genug Wahrheiten gesät, um die Gerüchteküche zum Schweigen zu bringen. Nun war es an Margie, dafür zu sorgen, dass das dumme Gerede verstummte. Man würde sehen.

Kurz darauf bog er in Elisabeths Zufahrt ein. Am Briefkasten hingen Luftballons und ein großes Schild verkündete: *Heute kostenlose Fell- und Pfotenpflege!* Es war nicht zu übersehen. Als er jedoch die leere Zufahrt sah, wurde ihm das Herz schwer. Auch an der Pflegestation waren Ballons befestigt. Ross stellte den Motor ab und sah zu Elisabeth hinüber. Sie stand mit dem Rücken zu ihm im Gehege und spielte mit den Hunden der Wynchels. Die drei Hunde hatten Schleifen am Halsband, ihr Fell war sauber und flauschig. Sie warf Stöckchen und sie holten sie zurück. Er stieg aus, ließ Storm heraus und erst als er die Tür zuwarf, drehte sie sich mit einem strahlenden Lächeln um. Als sie das Haar über die Schulter zurückwarf, fing es das Sonnenlicht ein. Sie winkte ihm zu.

»Frei«, sagte Ross zu Storm.

Storm warf ihm einen kurzen Blick zu und rannte dann zu Elisabeth. Ross wäre am liebsten auch zu ihr gerannt, doch er brauchte einen Moment, um seinen Ärger in den Griff zu bekommen. Warum zum Teufel war niemand hier? Schließlich bot sie ihre Dienste kostenlos an. Er hoffte inständig, dass es nicht den ganzen Vormittag so leer gewesen war.

»Wie läuft's?« Er beugte sich über den Zaun und gab ihr einen Kuss.

»Es macht solchen Spaß. Sieh nur, wie glücklich die Hunde sind.« Sie griff über den Zaun und kraulte Storm. »Kann ich ihm das Fell bürsten?«

»Klar, musst du aber nicht. Wie viele Leute waren hier?«

»Niemand.« Sie kam aus dem Gehege und führte Storm zum Pflegetisch. »Aber das ist okay. Es ist ja erst mein erster Tag. Das braucht einfach seine Zeit. Ich muss bald die Hunde zu Wren bringen. Ich glaube, sie fand, dass die anderen drei gut aussahen, als ich sie zurückgebracht und diese Meute hier abgeholt habe.

Sind sie nicht herrlich?«

»Nicht so herrlich wie du.« Er zog sie an sich und küsste sie.

»Es tut mir wirklich leid, dass niemand gekommen ist. Ich finde es toll, was du machst.«

»Danke.« Sie fuhr ihm mit dem Finger über den Oberkörper.

»Es hat mir so gefehlt. Die Zeit mit den Hunden war wunderbar.«

»Das freut mich. Ich habe dir ein Sonnensegel mitgebracht, aber was meinst du: Wenn niemand kommt, könnten wir doch unsere Schwimmsachen zusammenpacken und den Nachmittag am See verbringen. Wir nehmen die Jungs mit, essen ein bisschen zu Mittag und entspannen uns.«

»Du verwöhnst mich.« Sie stellte sich auf die Zehenspitzen und gab ihm einen Kuss, dann setzte sie sich und bürstete Storms Fell.

»Ich hab Mittagessen vom Diner mitgebracht. Ich wusste nicht, was du gerne isst, daher hab ich für dich einen kalifornischen Hühnersalat gekauft. Mit irgendwas Kalifornischem kann ich nichts falsch machen, dachte ich.«

»Ich bin nicht wählerisch, ich esse so gut wie alles.« Ross schmunzelte.

Sie lachte. »Und wer hat jetzt schmutzige Gedanken?«

»Hab ich irgendwas gesagt?« Er brachte das Sonnensegel in den Schuppen und zeigte ihr dann die Bewegungsmelder, die er gekauft hatte. Er versprach, sie bald anzubringen.

»Ich kann gar nicht glauben, dass du das alles für mich gekauft hast. Ich zahl's dir zurück.« Er beugte sich über sie. »Okay, aber Geld als Zahlungsmittel nehme ich nicht an.«

Eine Stunde später bogen sie auf die Farm der Wynchels ein. Elisabeth hatte einen Pfirsichkuchen in der Hand, den sie mit Früchten aus Wrens Laden gebacken hatte. Die drei Hunde folgten ihr auf den Fersen, als sei sie der Rattenfänger von Hameln. Sie hatte dieses besondere Verhältnis zu Tieren, es war, als würden sie einander sofort verstehen. Wren saß an der Kasse und war gerade mit ein paar Kunden beschäftigt.

Ross sah sich mit Storm in der Scheune um und beobachtete Elisabeth, wie sie geduldig abwartete, dass Wren Zeit für sie hatte. Sie hatte sich Sandalen und ein Sommerkleid übergestreift, im Nacken sahen die zusammengeknoteten Träger ihres Bikinioberteils hervor. Sie wirkte entspannt und glücklich. Sie hob die Hand und wickelte sich eine Haarsträhne um den Finger, dann stockte sie und ließ die Strähne los, als hätte ihr jemand auf die Schulter getippt und geflüstert: *Schätzchen, du sollst doch nicht mit deinen Haaren spielen.* Ross hatte das schon ein paarmal bei ihr gesehen und jedes Mal kam diese erschreckte Millisekunde, bevor sie ihre Hand sinken ließ. Er fragte sich, was dahintersteckte.

»Danke, Marlene. Bis nächste Woche«, sagte Wren zu ihrer letzten Kundin. Sie schob die Kasse zu und sah auf die Hunde hinunter, die neben Elisabeth standen.

»Hi Wren. Danke, dass ich heute Ihre Hunde bei mir haben durfte. Ich glaube, es hat ihnen wirklich Spaß gemacht. Ich fand es jedenfalls großartig.«

»Sie haben Schleifen um«, sagte Wren stirnrunzelnd.

»Das mache ich immer so. Es gibt ihnen das Gefühl, etwas Besonderes zu sein«, antwortete Elisabeth lächelnd. »Und das hab ich Ihnen mitgebracht«, fügte sie hinzu und hielt Wren den Pfirsichkuchen entgegen.

Wrens Blick wanderte ein paarmal zwischen dem Kuchen und Elisabeth hin und her, bevor sie vorsichtig die Hand danach ausstreckte.

»Ich habe ihn mit Ihren eigenen Pfirsichen gemacht. Ich hoffe, er schmeckt Ihnen.«

»Sie holen meine Hunde ab und waschen und bürsten sie und dann backen Sie mir auch noch einen Kuchen?« Wren stellte den Kuchen auf die Theke und verschränkte die Arme vor der Brust.

»Was bezwecken Sie damit?«

Elisabeths Lächeln verblasste. »Gar nichts. Mir hat der Tag heute Spaß gemacht und ich wollte mich bei Ihnen bedanken.«

»Hm.«

Ross stellte sich zu Elisabeth und legte ihr die Hand auf die Schulter. Storm stand neben ihm. »Hi Wren. Sie haben ja ganz gut zu tun heute.«

»Ross.« Wren warf Elisabeth einen raschen Blick zu und sagte dann in freundlicherem Ton zu Ross gewandt: »Ich hab das mit Gracie gehört. Armer Jim. Wie geht's ihm?«

»Nicht besonders, aber das war ja auch nicht zu erwarten.«

»Tja, da hast du wohl recht. Wie geht's deiner Mutter?«

»Ihr geht's gut, danke.« Ross schob Elisabeth das Haar über die Schulter, dann beugte er sich hinunter und gab ihr einen Kuss auf die Wange. *Den Samen der Wahrheit aussäen*, für Wren *und* für Elisabeth. »Sollen wir, Lis?«

»Okay. Danke nochmal, Wren. Würde es Ihnen etwas ausmachen, wenn ich ihren Hunden nächstes Wochenende wieder das Fell pflege? Ich kann sie abholen.«

»Sie wollen …?«

»Wenn Sie nichts dagegen haben.«

Wren sah Ross merkwürdig an. »Okay«, sagte sie dann.

»Super, danke«, sagte Elisabeth begeistert. »Und lassen Sie sich den Kuchen gut schmecken.«

Nachdem sie Ross' Jungs abgeholt hatten, fuhren sie zum See hinaus und gingen Hand in Hand einen Waldweg entlang zu einer verschwiegenen, von Bäumen und einem Grasstreifen gesäumten Bucht. Ross hatte diese Stelle vor Jahren entdeckt, als er mit Knight spazieren ging. Seitdem war er öfter mit den Jungs hergekommen und nie einer Menschenseele begegnet. Ross zog sein Hemd aus und breitete die Decke auf dem Boden aus. Dann aßen sie zu Mittag und redeten, während die Hunde umhertollten.

Er bemerkte, wie Elisabeth das Tattoo auf seinem Arm anstarrte. »Es ist eine Palme.«

»Ich weiß. Ich frage mich, was sie für dich bedeutet.«

»Was meinst du, was sie bedeuten könnte?«

Ein rosiger Hauch breitete sich auf ihren Wangen aus. »Nun, der gerade aufragende Stamm steht für den Phallus und die Palmwedel sind wie eine Explosion und stehen für die Zeugung von Nachwuchs.«

»Das klingt gar nicht so abwegig. Der Gedanke gefällt mir.« Ross erinnerte sich noch genau, wie er sich das Tattoo mit Pierce zusammen hatte stechen lassen. Pierce hatte ihn damit gnadenlos aufgezogen, doch er ließ sich nicht davon abbringen. »Es ist ein Traumsymbol und symbolisiert unsere Fähigkeit, uns über Konflikte und Enttäuschungen zu erheben. Für mich symbolisiert die Palme meinen Glauben an das Schicksal.«

»Schicksal?« Ihr Blick wurde weich. »Das gefällt mir, Ross. Sieh mal, ich hab auch eins.« Sie drehte sich halb herum und zeigte ihm das Tattoo am unteren Rücken: zwei zarte Blumen, deren Stiele ineinander verschlungen waren. »Mein zukünftiger Mann und ich. Für mich symbolisiert es die Vorsehung.«

»Vorsehung?«, fragte er lächelnd.

»Ja, Vorsehung. Ross, der heutige Tag war wie ein Traum, der Wirklichkeit geworden ist, auch wenn niemand zur kostenlosen Fellpflege gekommen ist. Ein paar Kuchenbestellungen sind allerdings dazugekommen. Eigentlich besteht kein Grund, weshalb ich so hoffnungsvoll bin, aber ich habe ein gutes Gefühl bei allem, und ich glaube wirklich, dass sich alles fügen wird. Oder zumindest hoffe ich es.« Sie seufzte und packte die Reste ihres Mittagessens in den Korb zurück. Dann stand sie auf und zog sich das Kleid über den Kopf.

Ross hatte keine Ahnung, was sie danach tat oder sagte. Er war wie gebannt von der Frau, die sein Herz gestohlen hatte und die nun in einem Häkelbikini vor ihm stand, der nichts der Fantasie überließ. Das Höschen saß tief auf den Hüften und bedeckte kaum jene süße Stelle, die er auf der Ladefläche seines Trucks gekostet hatte. Er hatte ihren wundervollen Körper, ihre köstlichen

Rundungen unter sich gespürt. Es war sein Name gewesen, den sie auf dem Höhepunkt der Leidenschaft rief, und das hätte eigentlich für ein paar Tage reichen sollen, doch er pulsierte schon wieder vor Begierde. Sie kniete sich neben ihn und durch die Häkelmaschen konnte er die dunklen Höfe um ihre Brustwarzen sehen. Zwei feste Knospen, die sich aus der Umklammerung der dünnen Fäden befreien wollten. Er sah weg und gab sich alle Mühe, sich zu benehmen, bis ihre warme Hand seinen Oberschenkel streichelte. Er gab auf, suchte ihren Blick und Hitze durchströmte seinen Körper. Er musste sie einfach in die Arme schließen und sie in einen sinnlichen, begierigen Kuss ziehen. Ihre sonnengetränkte Haut lag heiß auf seiner nackten Brust. Während ihre Lippen noch miteinander verschmolzen waren, kletterte sie auf seinen Schoß und setzte sie rittlings auf ihn.

»Kommt auch bestimmt niemand?«, fragte sie drängend.

»Doch, du, wenn es nach mir geht.«

Wohlig stöhnend verschloss sie seinen Mund mit einem Kuss, dann lehnte sie sich vor und drückte ihn auf den Rücken. Sie glitt auf seinem Körper hinunter, küsste sein Schlüsselbein und tastete sich mit den Lippen über seine Brustmuskeln hinweg zu den Wölbungen seiner Bauchmuskeln. Ross packte sie an den Oberarmen, wollte die Kontrolle übernehmen und sich auf sie schieben.

Sie hob ihren schwelenden Blick und fuhr sich mit der Zunge über die Lippen. »Jetzt bin ich an der Reihe«, flüsterte sie und lächelte keck.

Heiliger Strohsack.

Sie zog ihm die Shorts bis auf die Oberschenkel herunter und legte ihre schlanken Finger um seine Erregung, dann liebkoste sie ihn mit der Zunge von unten bis zur Spitze. Ross schloss die Augen, als er die Luft auf seiner feuchten Haut spürte, und öffnete sie wieder, als sie ihren heißen, nassen Mund um ihn schloss. Sie streichelte ihn mit der Hand, während sie die Zunge verführerisch über die ganze Länge seiner Härte gleiten ließ, bis er sich kaum noch zurückhalten konnte. Ihre Blicke trafen sich. Er stützte sich auf die Ellenbogen und umklammerte ihre Arme.

»Lis«, keuchte er heiß und flehend.

Die Bänder an ihrer Hüfte waren mit einem kurzen Ruck gelöst und ihr Bikinihöschen fiel herunter. Er hob sie über seine pochende Erregung und sie senkte sich darauf, ließ ihn in ihre samtige Hitze eindringen. Ihre Münder trafen in einem wilden Kuss aufeinander. Er umklammerte ihre Hüften und drängte sich ihr entgegen, als sie ihn hart ritt und tief in sich aufnahm. Mit einem kehligen Stöhnen löste er seine Lippen von ihren, drehte sie auf den Rücken und trieb seine Härte immer wieder tief in sie hinein. Sie klammerte sich an seinen Rücken, ihre Nägel gruben sich in seine Haut, als sie den Kopf zurückwarf und vor Verzückung schrie. Die Hunde wimmerten und schoben sich näher an die Decke.

»Platz.« Alle vier Hunde legten sich flach auf den Boden.

Elisabeth hob die Hüften an und schlang ihm die Beine um den Rücken, um jeden Stoß noch tiefer, noch intensiver in sich aufzunehmen zu können.

»Oh Gott. Ross«, flüsterte sie. »Ah .... Ah ...«

Ihr Inneres zog sich zusammen, pulsierte um ihn und er verlor jegliche Kontrolle. Mit dem nächsten Stoß folgte er ihr auf den Gipfel und setzte seine rhythmischen Bewegungen fort, bis er auch den letzten Tropfen seiner Lust in ihr verströmt hatte.

Atemlos fiel er neben sie auf die Decke und griff nach ihrer Hand.

»Lieber Himmel, Lis. Ich schwöre, ich hab dich nicht aus deinem Haus gelockt, um mit dir zu schlafen.«

Sie stützte sich auf die Ellenbogen und fuhr ihm mit dem Fingern über den Bauch. »Das weiß ich. Ich habe mein ganzes Leben auf dich gewartet und auch wenn du es mir vielleicht nicht glaubst, ich war immer vorsichtig. Wenn es um Sex ging, meine ich. Und bei dir will ich nicht vorsichtig sein. Was wir auf deinem Wagen gemacht haben ... was ich gesagt habe, wie ich dich ermuntert habe – das war alles neu für mich, aber es fühlte sich richtig an. Ich vertraue dir.«

Die Sonne strahlte in ihrem Rücken und mit ihrem blonden Haar, das ihr in sanften Wellen um das schöne Gesicht fiel, sah sie aus wie ein Engel. Er streichelte ihre Wange, als sie ihre Lippen in einem zarten, süßen Kuss auf seine senkte.

»Bei mir brauchst du nicht vorsichtig zu sein. Ich werde dir nie wehtun, ich will nur bei dir sein.« Nackt und schutzlos lag er da, die Shorts halb heruntergezogen, und auch sie hatte nur noch ihr gehäkeltes Bikinioberteil an. Er setzte sich auf und nahm ihr Bikinihöschen in die Hand. Dann streifte er seine Shorts ab, legte sie neben ihre Bikinihose und zog ihr behutsam das Oberteil aus. In all den Jahren hatte er noch nie eine Frau geliebt und war dann nackt mit ihr in einen See gestiegen, um sie reinzuwaschen. Er wollte Dinge für sie tun, die er noch nie für jemanden hatte tun wollen. In all seinen Jahren war er noch nie jemandem wie Elisabeth begegnet.

Er nahm ihre Hand und führte sie ins Wasser.

Die Hunde kamen hinterher.

Das Wasser war kühl. Ross tauchte unter die Oberfläche, schlang ihr die Arme um die Taille und kam mit ihr wieder hoch. Ihre Arme und Beine legten sich so selbstverständlich um ihn, als hätte er nie etwas anderes getan, als sie zu tragen. Er trug sie weiter hinaus in den See und ließ das Wasser sie reinigen, während die Hunde um sie herumpaddelten.

Er watete näher zum Ufer, wo er stehen konnte. Er hielt sie immer noch an sich gedrückt. Sie lehnte den Kopf an seine Schulter und küsste ihn auf den Hals. Er liebte es, ihre Lippen auf seiner Haut zu spüren. Er liebte es, sie zu spüren.

»Lis?«

»Hm?«

Er drückte sie noch fester an sich, doch er schwieg. Wie konnte er ihr sagen, dass er sich zum ersten Mal in seinem Leben vollständig fühlte? Dass er nie gemerkt hatte, dass sein Leben bisher nur ein halbes Leben war? Wie konnte er ihr sagen, dass er sie liebte, obwohl er sie erst seit ein paar wunderbaren Tagen kannte? Sein Herz überraschte ihn, und wenn er es nicht verstand, wie konnte er dann erwarten, dass sie nicht Reißaus nahm?

»Ich wollte mich nur vergewissern, dass du da bist.«

Dreizehn

Am Montagmorgen wachte Ross davon auf, dass sein Handy vibrierte. Er tastete danach, bis ihm einfiel, dass er die Nacht bei Elisabeth verbracht hatte, also tastete er stattdessen nach ihr. Der Platz neben ihm war leer.

»Lis?« Im Badezimmer war kein Licht. Das einzige Geräusch im Raum war der träge Atem der Hunde. Er sah auf das Display seines Handys. Es war fünf Uhr und die SMS war von Jim: Gracie ging es schlecht.

Ranger und Sarge streckten sich, während Ross seine Boxershorts anzog und sich die Zähne putzte. Storm hatte er am späten Sonntagabend nach Denton zurückgebracht und Knight war auch nicht da. Er hing an Elisabeth wie eine Klette. Auf der Suche nach ihr ging Ross mit den beiden Hunden nach unten. Sie war auf der Terrasse, mit geradem Rücken, gestrafften Schultern und in die Höhe gereckten Armen. Ein angewinkeltes Knie zeigte zur aufgehenden Sonne, das andere Bein hatte sie nach hinten ausgestreckt. Sie erinnerte ihn an eine Blume, die dem Sonnenlicht entgegen strebt. Ranger und Sarge rannten sofort auf Elisabeth zu, während Knight aus dem Garten angelaufen kam, um sie zu begrüßen.

»Wollt ihr mitmachen?«, fragte sie.

Er trat in die kühle Morgenluft und breitete die Arme aus. Elisabeth stand auf und schmiegte sich an ihn. Sofort stieg die Temperatur beträchtlich.

»Eben kam eine SMS von Jim. Ich glaube, es ist so weit.« Er spürte, wie sich ihr Körper anspannte.

»Oh Ross.« Sie atmete tief ein und legte ihm die Hand auf die Wange. »Ich ziehe mich rasch um und komme mit.« Sie nahm ihre Wasserflasche und ging ins Haus.

»Lis, mit Gracie geht es zu Ende. Ich muss sie einschläfern.« Er wollte nicht mit ansehen, wie ein Tier seinen letzten Atemzug tat, erst recht nicht bei einem Hund, den er kannte, seit er seine Praxis eröffnet hatte. Es war ein Anblick, den sich niemand außer dem Besitzer des Tieres zumuten sollte.

»Ich möchte für Gracie da sein und für Jim.« Sie ergriff seine Hand. »Und für dich. Ich werde dir bestimmt nicht im Weg sein. Versprochen.« Sie sah ihn bittend an und Ross brachte es nicht über sich, Nein zu sagen.

Eine halbe Stunde später waren sie bei Jim und Gracie. Kelsey war auch schon da. Jim hatte verquollene Augen, sein Gesicht wirkte grau und seine Stimme klang schleppend.

»Danke, dass Sie rausgekommen sind, Ross. Und Sie auch, Elisabeth, das ist nett von Ihnen. Ich glaube, durch Ihre Massage hat Gracie ein bisschen länger durchgehalten.«

Elisabeth umarmte ihn. »Es tut mir so leid, dass Sie von ihr Abschied nehmen müssen.«

Kelsey wischte sich die Tränen aus den rotgeränderten Augen und Elisabeth nahm auch sie in den Arm.

Als sie sie losließ, ergriff Kelsey ihre Hand. »Danke. Es war wirklich lieb, was Sie für Gracie getan haben.«

Elisabeth lächelte und nickte schweigend.

Gemeinsam gingen sie hinaus, damit sich Jim allein von Gracie verabschieden konnte. Ross legte Kelsey die Hand auf die Schulter. »Alles okay?«

»Ja, geht schon. Es tut mir nur so leid für Grandpa. Ich finde es schrecklich, dass er jetzt wieder allein ist.« Kelsey warf einen Blick auf die geschlossene Wohnzimmertür.

»Es wird nicht leicht für ihn, aber er wird es überstehen. Er hat dich und den Rest der Familie. Lasst ihn trauern, das wird er brauchen«, meinte Ross.

Elisabeth stand am Fenster und Ross sah, dass Kelsey überlegte, wie sie zueinander standen. Er beantwortete ihre stumme Frage lieber mit Taten als mit Worten, legte einen Arm um Elisabeth und flüsterte: »Alles in Ordnung?«

Sie zuckte mit den Schultern. Er spürte, dass es alles andere als in Ordnung für sie war, doch sie wollte für ihn da sein. Es zeigte, wie groß ihre innere Stärke war, und Ross bedeutete es ungeheuer viel.

»Was ist mit dir? Alles okay?«, fragte sie.

Einen Hund einzuschläfern war schwierig, auch wenn es keine Alternative gab, doch bisher hatte Ross seine eigenen Gefühle immer auf Armeslänge von dem Geschehen ferngehalten. Er zog sich hinter eine Mauer zurück, gab sich professionell, stark und verständnisvoll. Vor Elisabeth ließ sich diese Maskerade nicht so leicht aufrechthalten. Sie lernte allmählich sein wahres Ich kennen und er wusste, dass sie ihn sofort durchschauen würde, wenn er sie nun mit einem knappen Nicken abspeiste. »Es ist traurig, aber notwendig.«

Er spürte, dass Kelsey sie nicht aus den Augen ließ. Sie hatte ihn noch nie mit einer Frau gesehen, mit der er eine Beziehung hatte. Er kannte Kelsey gut genug. Sie machte sich Sorgen um ihn, weil sie wusste, was man sich in der Stadt über Elisabeth erzählte. Dafür waren Freunde schließlich da. Umgekehrt würde er es bei ihr genauso machen. Er konnte förmlich sehen, wie sie das Dickicht aus Gerüchten durchforstete und das, was sie dort fand, mit der Frau verglich, die sie vor sich sah.

Ross wandte seine Aufmerksamkeit wieder Elisabeth zu. »Ich bin wirklich froh, dass du bei mir bist. Wenn du möchtest, warte hier, während ich mich um Gracie kümmere.«

Elisabeth hatte nicht damit gerechnet, dass es ihr so zusetzen würde. Bisher war sie noch nie dabei gewesen, wenn ein Tier die erlösende Spritze bekam, doch sie hatte schon oft solche Massagen wie bei Gracie gegeben. Dies war jedoch etwas ganz anderes. Sie wollte für Ross da sein, obwohl er sie erst gar nicht hatte mitnehmen wollen. Sie konnte sich einfach nicht vorstellen, dass so eine Situation spurlos an ihm vorüberging, obwohl er sie sicher oft genug erlebt hatte.

Er stand aufrecht und mit gestrafften Schultern da und wirkte stark und männlich. Vielleicht brauchte er sie doch nicht an seiner Seite, trotz allem, was er gerade gesagt hatte. Kelsey ließ sie beide nicht aus den Augen und das machte sie noch ein bisschen nervöser.

»Schon in Ordnung«, sagte sie so entschlossen wie möglich. In ihren Ohren klang es nicht sonderlich überzeugend.

Ross nickte und dann gingen sie ins Wohnzimmer, wo Jim bei Gracie saß. Eine Hand hatte er auf ihre Brust gelegt, in der anderen hielt er ihre Pfote. Jim nickte und erhob sich, um Ross Platz zu machen und ihn das tun zu lassen, was er tun musste.

»Es geht sehr schnell«, erklärte Ross. »Ich gebe ihr eine Spritze und innerhalb weniger Sekunden wird sie bewusstlos. Sie wird überhaupt nichts spüren.« Er bereitete die Spritze vor.

Kaum jemand hätte wohl die Traurigkeit bemerkt, die in seinen Augen lag. Elisabeth sah sie. Sie spürte, wie die Energie im Raum sich veränderte, als ein Windhauch durch ein offenes Fenster hereinwehte und den Duft von Heu und Pferden ins Zimmer trug. Gracies Nase zuckte und Jim sank in die Knie und streichelte ihr den Kopf. Kelsey stand hinter ihm, sie hatte ihm eine Hand auf die Schulter gelegt. Dann sah sie Elisabeth an und streckte ihr die andere Hand entgegen. In diesem Augenblick war es vollkommen unwichtig, ob sie dazugehörte oder nicht. Irgendwie hat der Tod diese Wirkung – der Schmerz lässt keinen Platz für Kritik und Distanz.

Jim blinzelte gegen seine Tränen an.

Ross warf ihm einen Blick zu und Jim gab ihm sein stummes Einverständnis. Er setzte die Spritze und Gracies Nase hörte auf zu zucken. Es dauerte kaum eine Minute, dann war sie tot. Ross horchte ihr Herz ab und nickte schweigend. Er legte kurz seine Hand auf Jims, dann nahm er seine Tasche, ergriff Elisabeths Hand und ging ohne ein Wort zu sagen mit ihr zum Truck.

»Ist es okay, sie so zurückzulassen?«

Ross ließ den Motor an. »So wollte er es. Er wird sie auf der Farm begraben.« Seine Kiefermuskeln zuckten. Er packte das Steuer so fest, dass seine Fingerknöchel weiß hervortraten.

Elisabeth rutschte auf den Sitz neben seinem und schnallte sich an. Sie legte ihm den Arm um die Schulter und lehnte ihren Kopf an ihn.

»Du hast einen schweren Job«, sagte sie schlicht.

»Manchmal.« Er hielt den Blick starr auf die Straße gerichtet.

Für den Rest der Fahrt schwiegen sie. Er brauchte sich nicht über seine Gefühle auslassen – sie spürte seinen Schmerz mit jedem Atemzug. Als sie an ihrem Haus ankamen, wirkte er immer noch verschlossen und distanziert. Er streckte die Arme nach ihr aus und hielt sie lange an sich gedrückt.

»Ich bin wirklich froh, dass du bei mir warst. Danke.« Seine Stimme klang angespannt.

»Aber?« Sie sah ihn fragend an. In seinen Augen lag eine seltsame Mischung aus Verwirrung und etwas anderem, das sie nicht deuten konnte.

»Es war viel aufwühlender als sonst, weil du dabei warst. Es fiel mir schwer, Abstand zu dem zu wahren, was ich da tat.«

»Ross, es tut mir so leid. Ich wollte nicht –«

Mit einem Kuss schnitt er ihr das Wort ab. »Ich will damit nicht sagen, dass das schlecht war. Mir ist nur der Unterschied aufgefallen. Ich hatte gar nicht gemerkt, wie abgestumpft ich mittlerweile bin. Vielleicht hat es ja sein Gutes, dass ich durch dich offener werde.«

Nachdem Ross gegangen war, um sich für die Arbeit fertig zu

machen, sah Elisabeth nach den Tieren und fütterte Kennedy. Dann rief ihre Mutter an und erzählte ausführlich von einer Party, zu der sie am Wochenende eingeladen war und auf der sie ein paar unglaublich prominente Schauspieler kennengelernt hatte. Nach einer Weile wurde Elisabeth ungeduldig, sie hatte noch einen ganzen Berg von Arbeit vor sich.

»Mom, ich muss Schluss machen. Meine Kuchenbestellungen warten. Aber es freut mich, dass du einen schönen Abend hattest.«

»Ach Schätzchen, natürlich hatte ich einen schönen Abend. Aber bevor wir auflegen, sag mir eins: Wie geht es dir wirklich da draußen, so ganz alleine? Willst du nicht lieber wieder zurückkommen?«

In ihrem Ton schwang etwas Leidendes mit, das Elisabeth seltsam vorkam. »Mom, ist alles okay? Warum willst du unbedingt, dass ich zurückkomme?«

»Ach, es gefällt mir nun mal gar nicht, dass du mutterseelenallein in diesem Nest hockst, wo niemand deine Vorzüge wirklich zu schätzen weiß. Du solltest hier sein, bei deiner Familie, und nicht dort in der Einöde ein einfaches Leben führen. Schätzchen, ich weiß, dass du Cora geliebt hast. Sie war meine Schwester und ich habe sie auch geliebt. Aber du bist viel zu weltgewandt für ein so einfaches Leben, wie sie es gelebt hat. Du bist dafür bestimmt, einen wichtigen Mann zu heiraten und ein mondänes Leben zu führen.«

Darum ging es also. Sie war eifersüchtig, weil sich Elisabeth für Coras Lebensweise entschieden hatte statt für ihre. Die Ereignisse des Vormittags hatten sie schon genug ausgelaugt und sie hatte nicht die Energie, ihrer Mutter zu erklären, dass ein einfaches Leben für sie ein erfüllteres Leben bedeutete. Mit ihren Tieren und mit Ross war sie glücklicher, als sie es in L. A. je gewesen war. Kein Ruhm dieser Welt würde jemals die Freude wettmachen, die sie empfand, wenn sie Kennedy wachsen und gedeihen sah, den Hahn jeden Morgen krähen hörte oder in Ross' Armen aufwachte. Leider war es unmöglich, ihrer Mutter das begreiflich zu machen, sie sprachen einfach nicht dieselbe Sprache.

»Ich weiß, dass du dir Sorgen machst, Mom, aber ich bin glücklich. Wirklich.«

Sie verabschiedete sich von ihrer Mutter, machte die Kuchenbestellungen für den nächsten Tag fertig. Sie wusste gar nicht recht, wie sie es geschafft hatte, die neuen Kunden zu gewinnen, aber der Gedanke an die neuen Bestellungen brachte etwas Licht in diesen schwierigen Vormittag. Als sie damit fertig war, backte sie noch einen kleinen Kuchen für Kelsey und ihren Großvater.

Die nächsten Stunden verbrachte sie damit, die Kuchen auszuliefern. Die Glocke über der Tür im Trusty Diner läutete, als sie eintrat, und aller Augen richteten sich auf sie. Ihr Magen krampfte sich ängstlich zusammen. Mittlerweile hatte sie sich an die verstohlenen Blicke und die Bemerkungen hinter vorgehaltener Hand gewöhnt oder rechnete zumindest damit, doch beim Backen hatte sie es irgendwie geschafft, diesen Teil ihres Tages zu vergessen.

»Elisabeth Nash, was haben Sie bloß mit meinem Sam gemacht?« Margie schob ihren Bestellblock in die Schürzentasche, stemmte die Hände in die Hüften und warf einen prüfenden Blick auf die Kühlbox, die Elisabeth dabei hatte.

»Sam?« Hatte mit den Kuchen etwas nicht gestimmt? Im Geiste ging sie rasch die Zutatenliste durch. Hoffentlich war er nicht allergisch gegen irgendetwas in dem Himbeer-Aprikosen-Kuchen, den sie ihm gebacken hatte.

»Er hat acht Himbeer-Aprikosen-Kuchen auf die Bestellliste für diese Woche gesetzt.« Sie schob sich ganz nah an Elisabeth heran und sagte mit gedämpfter Stimme: »Haben Sie da irgendwas reingetan, was süchtig macht?«

Dem Himmel sei Dank! Elisabeth bemühte sich, ihre Begeisterung im Zaum zu halten. »Nein, aber vielleicht sollte ich das mal probieren. Es freut mich so, dass der Kuchen ihm geschmeckt hat.«

»Geschmeckt?« Margie schnaubte verächtlich. »Der Mann hat einmal reingebissen und wissen Sie, was er dann gemacht hat? Versteckt hat er ihn, damit sonst niemand was davon abbekommt. Und dann schwärmt er allen vor, wie lecker der Kuchen war. Dem Brotlieferanten hat er's erzählt und dem Mann, der uns mit Eiern und Butter versorgt. Aber probieren durfte keiner.«

Der Tag wurde schlagartig besser.

Nachdem sie ihre Kuchenbestellungen ausgeliefert hatte, fuhr Elisabeth zur Farm der Wynchels, weil sie Himbeeren und Aprikosen brauchte. Drei der Hunde sprangen auf sie zu, als sie über den Parkplatz ging. Sie streichelte sie und schüttelte den Kopf: Ihr Fell war schon wieder schmutzig und hoffnungslos verfilzt.

»Ihr Burschen seht aus, als hättet ihr eine Menge Spaß«, sagte sie zu ihnen.

»Darauf können Sie sich verlassen«, hörte Elisabeth eine tiefe Stimme hinter sich sagen, mit der gedehnten Sprechweise, die typisch für diese Gegend war.

Zwei Männer, beide in den Fünfzigern, mit Cowboyhüten, Jeans und Stiefeln, gesellten sich zu ihr.

»Hi«, sagte sie lächelnd.

»Sie sind doch Coras Nichte, oder? Die Hundefrisöse?«, sagte der Größere von beiden.

»Nein, sie ist Bäckerin. Sie hat Coras Geschäft übernommen«, sagte der andere.

»Ich bin beides. Ich verwöhne Tiere und backe Kuchen.« Sie streckte ihnen die Hand hin. »Ich bin Elisabeth Nash.«

Die Männer tippen sich an den Hut und ignorierten ihre Hand. »Vom Tierverwöhnen hab ich keine Ahnung, aber wenn Sie 'nen Bierkuchen ins Programm nehmen, sagen Sie mir Bescheid. Das wär eher auf meiner Linie.« Der Mann lachte über seinen eigenen Witz.

»Zum Teufel, ja, davon würd ich jedes Wochenende einen kaufen«, pflichtete der andere ihm bei. Dann nickten sie ihr zum

Abschied zu und gingen zu einem Truck auf dem Parkplatz.

Bierkuchen. Kuchen mit Bier. Elisabeths Gedanken wirbelten durcheinander.

Andere Länder, andere Sitten ...

In der Scheune packte sie die Zutaten zusammen, die sie für die nächsten Tage brauchte, und stellte alles zusammen auf den Ladentisch.

»Harvey fand den Kuchen toll«, sagte Wren, ohne sie anzusehen.

Harvey fand den Kuchen toll! »Das freut mich aber«, sagte Elisabeth und reichte Wren das Geld für ihre Einkäufe. »Wer ist Harvey?«

»Mein Mann. Er sagt, keine Schleifen mehr für die Hunde.« Wren gab ihr das Wechselgeld.

»Keine Schleifen mehr. Kapiert.«

»Können Sie mir noch drei machen?«, fragte sie und sah Elisabeth an, die gerade ihre Einkäufe verstaute.

»Noch drei?«, fragte Elisabeth hoffnungsvoll.

»Kuchen. Zum Verkaufen.«

Elisabeth konnte sich ein Lächeln nicht verkneifen. »Aber sicher. Lassen Sie mich nur noch schnell ein paar Zutaten dazukaufen.« Sie ging zum Obstregal und hätte am liebsten triumphierend die Faust in die Luft gereckt.

Auf dem Nachhauseweg machte sie am Spirituosenladen und im Lebensmittelgeschäft halt. Die County Fair war am übernächsten Wochenende und sie wollte den Bewohnern von Trusty den perfekten Kuchen präsentieren, um sie endgültig auf ihre Seite zu bringen.

Zum Schluss fuhr sie zu Ross' Praxis. Kelsey war nicht an ihrem Platz an der Anmeldung, als sie hereinkam. Ein rundlicher Mops an einer langen Leine kam angewatschelt und beschnüffelte ihre Füße. Elisabeth stellte den Kuchen, den sie für Kelsey und ihren Großvater gebacken hatte, auf den Tresen und beugte sich herunter, um den Hund zu streicheln.

»Wie heißt er?«, fragte sie die Frau, die die Leine hielt.

»Wiggles. Weil er nicht einen Moment still gesessen hat, als er noch kleiner war.« Sie lächelte und zog leicht an der Leine. »Lass das, Wiggles.«

»Das ist schon okay, es macht mir nichts aus, wenn er an mir herumschnüffelt.« Sie erhob sich, als Kelsey mit Knight zusammen den Flur entlang kam. Mit einem Satz war der Hund bei Elisabeth.

»Oh, hi Elisabeth. Ross hat gerade einen Patienten, aber Sie können warten, wenn Sie mögen.« Kelsey setzte sich an ihren Platz und beäugte den Napfkuchen.

»Also, eigentlich wollte ich nur kurz vorbeischauen und sehen, wie es Ihnen geht.« Sie kraulte Knight und sagte dann mit einem Blick auf den Kuchen: »Den hab ich für Sie und Ihren Großvater gebacken.« Sie stellte eine kleine Geschenktüte auf den Tresen. »Und hier ist etwas Kamillentee. Ich weiß nicht, ob Sie und Jim Tee trinken, aber ...«

Kelsey lächelte sie an. »Danke. Mein Großvater liebt Kuchen und ich liebe Tee, könnte also nicht besser sein. Nach der Arbeit fahre ich zu ihm raus. Das ist wirklich nett von Ihnen.«

»Das mit Gracie tut mir wirklich leid. Aber ich will Sie nicht aufhalten. Ich weiß ja, dass Sie viel zu tun haben.« Sie gab Knight einen kleinen Klaps zum Abschied und wandte sich zur Tür.

»Wollen Sie nicht mit Ross sprechen?«, fragte Kelsey.

»Wenn er Feierabend hat. Nein, ich wollte zu Ihnen.« Sie drehte sich zu der Frau mit dem Mops um. »Und alles Gute für Wiggles.«

Als Ross endlich Feierabend machte, war es bereits dunkel. Je näher die County Fair rückte, desto länger wurde die Liste der Tiere, die er sich ansehen musste, und der Stapel an Papieren, die auszufüllen waren, wurde immer höher. Die Tatsache, dass er seine

Kunden bereits vor Wochen auf den Termin aufmerksam gemacht und sie daran erinnert hatte, dass sie ihre Tiere möglichst frühzeitig untersuchen lassen sollten, machte nicht den geringsten Eindruck. Manche folgten seinem Rat, doch es war noch nie einfach, einen Farmer von seinen alten Gewohnheiten abzubringen.

Den ganzen Tag hatte er an Elisabeth denken müssen. Am Nachmittag hatten sie sich SMS geschrieben und verabredet, dass er nach der Arbeit bei ihr vorbeikommen sollte. Er legte eine kurze Trainingssession ein, duschte und zog sich um. Dann kuschelte er mit den Jungs und spielte eine Weile mit ihnen, bevor er sie in den Truck scheuchte und zu Elisabeths Haus hinüberfuhr.

Durch die Fliegengittertür hörte er Countrymusik. Ross klopfte, aber er ihm war klar, dass Elisabeth ihn bei der Lautstärke nicht hören würde, also ging er mit den Jungs zusammen ins Haus. Sie fanden sie in der Küche, die aussah wie ein Schlachtfeld. Auf den Arbeitsflächen stapelten sich Schüsseln, Rührlöffel, ein Mixer, Mehltüten, Zucker und andere Backzutaten, darunter auch ein paar leere Bierflaschen, was ihn überraschte. Elisabeth schwang die Hüften im Rhythmus der Musik und sah verdammt verführerisch aus. Er bedeutete den Hunden mit der Hand, dass sie bei ihm stehen bleiben sollten, weil er sich einen Moment lang an ihrem Anblick weiden wollte. Sie trug ein locker geschnittenes rosafarbenes Kleid mit kurzen Ärmeln, dass ihr knapp über den Hintern reichte. Sie kehrte ihm den Rücken zu und sang aus voller Kehle mit. Ihre Singstimme klang wunderbar, und er stellte sich vor, wie er jeden Tag zu ihr nach Hause kommen würde.

Verdammt, *alles* an ihr war wunderbar.

Er trat hinter sie, doch bevor er die Arme um sie legen konnte, rannten die Jungs auf sie zu. Elisabeth stieß gegen Knight, schrie auf und ließ einen Becher mit Mehl auf die Küchentheke fallen. Eine Mehlwolke regnete herab und stäubte sie allesamt weiß ein.

»Ach du meine Güte! Ross! Das tut mir leid!«, rief sie und klopfte ihm das Mehl vom Hemd.

Er lachte und zog sie an sich. »Mir nicht.«

»Aber du bist voller Mehl.«

Die Hunde sprangen um ihre Beine, schnüffelten am Mehl und niesten.

»Eigentlich wollte ich die Sachen sowieso nicht anbehalten.« Er küsste sie wieder und sie stöhnte betörend. »Und du musst dein mehliges Kleid wahrscheinlich auch ausziehen.«

»Träumen Sie ruhig weiter, Mr. Braden.«

»Ich habe ziemlich erotische Träume.« Er küsste sie, er konnte nicht anders. Als er seine Lippen schließlich widerstrebend von ihren löste, sah er auf einer der Arbeitsflächen drei Kuchen nebeneinander aufgereiht stehen. »Hundekuchen?«

»Ich kann dir gerade nicht antworten. Ich muss immer noch an deine erotischen Träume denken.« Sie lächelte und machte die hintere Tür auf, um die Jungs auf die Terrasse zu lassen.

»Bierkuchen. Komm, koste mal.« Sie nahm ein Messer zur Hand. »Ich probiere neue Rezepte für die County Fair aus. Für einen Kuchen habe ich Honigbier genommen, ich nenne ihn Honig-Nuss-Kuchen.« Sie schnitt ein Stück ab und reichte es ihm. »Im Guss ist auch Honigbier.«

»Schmeckt köstlich.« Er gab ihr einen Kuss. »Und wie schmeckt das?«

»Mein Lieblingsgeschmack. Rossie-Kuchen.« Sie küsste ihn und schnitt ihm ein großes Stück vom nächsten Kuchen ab.

Rossie. Er musste lächeln. Er sah sich selbst ganz sicher nicht als *Rossie*, aber Elisabeth durfte ihn nennen, wie sie wollte.

Ihre Augen waren vor Aufregung ganz groß, als sie das Kuchenstück zwischen den Fingern hielt. »Das ist ein Schokoladennapfkuchen mit Starkbier und Joghurt.« Sie schob es ihm in den Mund und biss sich nervös auf die Unterlippe, während er kaute.

»Lis, wenn du mich weiter mit diesen Köstlichkeiten fütterst, muss ich in Zukunft zweimal am Tag trainieren. Herrlich, dieser Kuchen!«

Sie klatschte begeistert in die Hände. »Super! Das ist ja so spannend. Weißt du, da waren diese beiden Männer und sie haben

Witze über Bierkuchen gemacht.« Nun schnitt sie ein Stück vom dritten Kuchen ab.» Und da dachte ich: Männer mögen Bier. Warum also nicht? Mal sehen, wie sie sich auf der County Fair verkaufen. Bei diesem hier bin ich mir nicht sicher. Wenn er dir nicht schmeckt, sei ehrlich, ja?«

Der Kuchen war flacher als die anderen. An der Oberfläche ragten kleine Stücke hervor, die wie Obst aussahen.

»Den nenne ich Beschwipster Kuchen. Da ist Bier drin, Oatmeal Stout, und ein bisschen Whiskey. Und ein paar Apfelstücke habe ich auch untergemischt.« Sie stellte sich auf die Zehenspitzen und sah ihm mit ernstem Blick beim Kauen zu.

»Willst du meine ehrliche Antwort hören?« Er hob eine Augenbraue.

Sie sank auf die Fersen zurück. »Ja, bitte.«

»Verflucht lecker. Für normales Essen bin ich endgültig verdorben.« Er nahm sie schwungvoll in die Arme und küsste sie.

»Hast du deine neuen Kreationen selbst schon probiert?«

»Die noch nicht. Ich wollte auf dich warten. Also, meinst du, ich sollte sie auf der County Fair verkaufen?«

»Unbedingt. Die Leute werden hingerissen sein. Komm, ich helfe dir mit dem Mehl. Schließlich war ich daran schuld, dass du es verschüttet hast.« Er holte den Mülleimer. »Hier liegen Kuchen im Müll?«

»Die habe ich gekostet, während ich an meinen Rezepten herumgedoktert habe.« Lächelnd wickelte sie sich eine Haarsträhne um den Finger.

Er zog sie wieder an sich. »Du musst aufhören, so süß zu sein. Sonst machen wir nichts anderes, als uns die Kleider vom Leib zu reißen und übereinander herzufallen.«

»Und was ist daran auszusetzen?« Sie fuhr sich mit der Zunge über die Lippen und schob ihn weg. »Aber ich bin viel zu aufgeregt für so was. Außerdem muss ich meine Einkaufsliste machen.« Sie griff sich einen Block und begann zu schreiben.

Ross fing an, die Küche aufzuräumen. »Wow. Dass ich wegen

einer Einkaufsliste zurückgewiesen werde, habe ich auch noch nicht erlebt.«

»Nicht zurückgewiesen, nur auf später verschoben.« Sie sah gar nicht von ihrer Liste auf und Ross fand sie noch anziehender, wie sie so da stand, in ihrer chaotischen Küche, mit Mehl in den Haaren und auf ihrem hübschen Kleid und einem konzentrierten Blick in ihrem schönen Gesicht.

»Kelsey hat mir erzählt, dass du heute in der Praxis warst.« Tatsächlich hatte sie ununterbrochen davon geschwärmt, wie mitfühlend und aufmerksam Elisabeth war.

»Ich habe ihr einen Kuchen und etwas Tee gebracht.« Sie klopfte ihm Mehl von Ärmel.

Er wünschte, die Leute in Trusty könnten sie so kennenlernen, wie er sie kannte. Dann würden sie begreifen, dass sie nicht hier war, um sich die Taschen vollzustopfen und dann so schnell wie möglich zu verschwinden.

»Bist du sicher, dass du nicht doch in Trusty geboren bist? Du bist so fürsorglich und freundlich, wie ich die Menschen hier kenne.«

»Ich glaube, das ist wirklich das netteste Kompliment, das du mir machen kannst. Vielleicht kann meine Einkaufsliste ja doch warten.« Sie legte ihm die Arme um den Hals und er hob sie mühelos hoch. Sie schlang ihm die Beine um die Taille und küsste ihn.

Aber da läutete Ross' Handy. Widerstrebend löste er seine Lippen von Elisabeths und seufzte. »Ich seh später nach, wer's war.«

»Und wenn es ein Notfall ist?«

»Na gut.« Er hielt sie mit einem Arm fest und fischte in seiner Hosentasche nach seinem Handy. »Es ist mein Cousin Rex«, sagte er mit einem Blick auf das Display. Er setzte sie auf der Küchentheke ab und sagte dann erschrocken: »Oh je, ich hab gar nicht mehr an das Mehl gedacht! Tut mir leid.«

Sie rutschte auf der Theke hin und her. »Mein Freund hat mir gesagt, dass es ja schließlich Waschmaschinen gibt. Nun geh schon ans Telefon.«

Mein Freund. Das hörte sich wunderbar an.

»Rex, wie geht's?« Rex und seine Verlobte Jade lebten in Weston, einem Ort nicht allzu weit entfernt.

»Hallo Ross. Alles bestens, danke. Wie ich höre, schmieden Pierce und Rebecca Heiratspläne.« Rex tiefe Stimme passte zu seinem kräftigen Körper. Er leitete die Pferderanch seines Vaters und war der Inbegriff des in sich gekehrten Cowboys oder war es zumindest gewesen, bis Jade in sein Leben getreten war. Rex' Liebe zu Jade milderte seine ruppige Art.

»Ja, irgendwann im Frühjahr soll die Hochzeit sein. Wie geht's Jade?«

»Sie ist eigentlich der Grund, weshalb ich anrufe. Stimmt es, was man sich erzählt? Bist du mit Elisabeth Nash zusammen?«

»Lieber Himmel, Rex. Wo um alles in der Welt hast du das gehört?« Ross lächelte Elisabeth zu, hob sie von der Küchentheke und klopfte ihr das Mehl vom Hinterteil. Dann hielt er das Telefon mit einer Hand zu und flüsterte: »Könntest du vielleicht das Radio leiser machen?«

Sie tanzte ins Wohnzimmer zur Stereoanlage und drehte sie leiser. Ross erhaschte einen Blick auf das Bild von Robbie, das immer noch in der Kiste in der Küche lag, und spürte, wie ihn die Eifersucht wie ein Blitz durchzuckte.

»Deine Mutter hat Jade erzählt, dass Elisabeth Wellness für Haustiere anbietet, und sie dachte, es wäre vielleicht keine schlechte Idee, wenn sie sich gegenseitig bei ihren Kunden empfehlen. Und dann mussten Emily und Jade natürlich eine geschlagene Stunde über euch tratschen.« Rex lachte. »Besser, sie reden über dich als über mich. Das ist alles, was ich dazu sagen kann.«

Ross fuhr sich mit der Hand durch die Haare und wandte den Blick von dem verfluchten Bild ab.

»Klar, dass Emily das herumerzählen muss.«

»Jade würde gern mit Elisabeth über Möglichkeiten reden, zusammenzuarbeiten. Habt ihr irgendwann diese Woche Zeit? Ihr könntet zum Grillen zu uns kommen. Oder wir kommen zu euch, was immer euch am besten passt.«

»Rex, das hört sich gut an. Warte mal einen Moment.« Er ließ das Handy sinken. »Lis, Rex' Verlobte gibt Pferdemassagen und sie schlägt vor, dass ihr euch trefft und überlegt, wie ihr euch gegenseitig ergänzen könnt. Sollen wir uns mit ihnen verabreden, auf einen Drink oder zum Abendessen?«

Sie sprang auf. »Ja. Oh du lieber Gott, das ist toll. Richte ihm doch bitte meinen Dank aus, ja?«

Er legte ihr den Arm um die Taille und sagte zu Rex: »Klingt gut, Rex. Wie wär's mit morgen oder Mittwoch?«

Sie verabredeten sich zum Abendessen am Mittwoch. Kaum hatte er das Gespräch mit Rex beendet, warf sie sich in seine Arme. »Danke!«

»Ich hab ja gar nichts gemacht. Das war meine Mutter, sie hat Jade von dir erzählt und dann hat Emily Jade angerufen und die beiden haben sich über dich unterhalten. Oder besser gesagt über uns.«

»Mittlerweile gefällt mir der Nachrichtendienst von Trusty ganz gut.« Sie gab ihm rasch einen Kuss. Dann tanzte sie durch die Küche und räumte auf.

»Das ist eher der Nachrichtendienst der Bradens.«

»Kannst du mir die Nummer deiner Mutter geben, damit ich sie anrufen und mich bei ihr bedanken kann?« Sie fing an, die Küchentheke zu schrubben.

»Willst du nicht erst einmal mit Jade reden und sehen, ob die Sache Hand und Fuß hat?«

»Oh, was mit Jade wird, ist nicht so wichtig. Dass deine Mutter an mich gedacht und angeregt hat, dass wir uns treffen, das war wirklich nett. Ich möchte ihr nur Danke sagen.«

Er legte die Arme um sie und küsste sie auf die Wange. »Ich glaube, sie würde sich freuen, von dir zu hören. Und vielleicht wird ja tatsächlich was aus der Geschäftsidee.«

Vierzehn

Ross und Elisabeth verbrachten die Nacht auf Dienstag in seinem Haus. Die Jungs schliefen alle auf dem Boden – zumindest den größten Teil der Nacht. Am Dienstagmorgen fanden sie Ranger am Fußende des Bettes, wo er sich genüsslich ausgestreckt hatte. Elisabeth schien es nichts auszumachen, im Gegenteil: Es war Ranger, den sie in den Arm nahm, bevor Ross an der Reihe war.

Sie standen früh auf und versorgten gemeinsam alle Tiere. Ross ergriff die Gelegenheit beim Schopf und unterzog die Schweine einer kurzen Untersuchung. Die robusten Tiere waren alle in guter Verfassung und auch Kennedy als der Kümmerling des Wurfs fraß gut und wuchs und gedieh. Er würde immer kleiner sein als die anderen, dabei aber gesund und munter, wie Ross zu Elisabeths Erleichterung prophezeite. Bevor Ross zur Arbeit ging, rief Elisabeth seine Mutter an, die nicht wusste, dass die beiden die Nacht zusammen verbracht hatten und gleich darauf bei Ross anrief, um ihm begeistert von Elisabeths nettem Anruf zu erzählen. Am Abend war sie mit Emily verabredet, um den Umbau der Küche zu besprechen. Die beiden Frauen hatten sich beim Abendessen bei seiner Mutter so gut verstanden, dass Ross seine Schwester schon in Elisabeths Haus ein- und ausgehen sah. Er dachte gerade an den Anruf seiner Mutter, als am Dienstagnachmittag sein Telefon läutete.

Immer, wenn er einen Anruf von Walt Norton, dem Leiter

von Partner mit vier Pfoten, bekam, zuckte er zusammen und hoffte, dass er keine schlechten Nachrichten für ihn hatte. Doch zum Glück hatte es bisher nur einen Fall gegeben, bei dem ein Häftling das Programm verlassen musste. Ross erfuhr nie, was genau vorgefallen war, das Wichtigste war jedoch, dass der Hund keinen Schaden davongetragen hatte. Ross war zwar von dem Programm überzeugt und sah mit Begeisterung, was es bei den Insassen und den Hunden bewirkte, doch ein Rest an Sorge blieb trotzdem.

»Hi Walt.«

»Hey Ross. Ich hoffe, ich erwische Sie noch, bevor Sie sich auf den Weg hierher machen?«

»Gibt es ein Problem?« Er lehnte sich in seinem Stuhl zurück und warf einen Blick auf die Uhr.

»Ein Problem würde ich es nicht direkt nennen. Eher ein Wunder. Heute früh bekam ich eine Anfrage von Trout. Er möchte wissen, ob es okay ist, wenn er Storm ein Kuscheltier gibt. Offenbar glaubt er, dass der Hund einsam ist.«

Ross dachte an Trout und daran, wie nah er sich Storm fühlen musste. Dass er um etwas bat, das zu Storms Wohlbefinden beitragen sollte, zeigte, dass unter dem bedrohlich wirkenden Äußeren ein fürsorgliches Herz schlug – auch wenn er einen Mann umgebracht hatte. Einmal mehr fragte sich Ross, wie Trout wohl gewesen war, bevor er den Entschluss gefasst hatte, jemanden zu ermorden.

»Das ist gar kein abwegiger Gedanke. Ich besorge unterwegs ein Spielzeugtier und bringe es mit. Walt, können Sie mir mehr über Trout sagen als das, was in den Akten steht?«

»Haben Sie ihn schon gegoogelt?«, fragte Walt in ernstem Ton.

»Klar, hab ich. Aber wie schätzen Sie ihn ein?«

»Er ist entweder genial oder ein Idiot. Ich maße mir da kein Urteil an.«

Zweieinhalb Stunden später beendeten Ross und Trout Storms Trainingseinheit und Ross untersuchte Storm. Er sah ihm ins

Maul, kontrollierte die Zähne, auch um Zeit zu schinden, weil er hoffte, dass er Trout zum Reden bringen würde. Seit er und Elisabeth zusammen waren, gingen ihm Gedanken an die Zukunft durch den Kopf. Er hatte sich immer Kinder gewünscht und wenn er Trout sah, wurde ihm klar, wie schlimm die Dinge für ein Kind ausgehen konnten. Ross wollte Trout und die Entscheidungen verstehen, die er getroffen hatte.

Trout hatte die Ellenbogen auf die Knie gestützt und hielt den Kopf gesenkt. Eine Hand hatte er zur Faust geballt, die er mit der anderen Hand umschlossen hielt.

»Ich habe das Spielzeug mitgebracht, dass Sie für Storm haben wollten.«

Trout blickte auf. »Danke, Doc.«

Ross fuhr mit den Händen über Storms Beine. Berührungen waren gut für Storm. Als Assistenzhund musste er darauf vorbereitet sein, angefasst zu werden.

»Wie sind Sie darauf gekommen, dass er ein Spielzeug haben sollte? Oh, noch etwas: Ich habe eins besorgt, dass er nicht durchbeißen kann. An einem Kuscheltier könnte er ersticken, Sie müssen also aufpassen, was Sie ihm in seine Gitterbox geben.«

»Ersticken.« Er nickte.

»Es hat einen Knopf, mit dem Sie ein Geräusch wie ein Herzschlag einschalten können. Das müsste ihn beruhigen.«

»Herzschlag.« Wieder nickte er, doch sein Blick war voller Sorge. »Ich will nicht, dass er erstickt, Doc. Wissen Sie auch ganz bestimmt, dass dieses Spielzeug sicher ist?«

Er war überrascht, dass Trout mit ihm sprach, doch der Hund war scheinbar ein unverfängliches Thema. »Ganz sicher. Als Kind hatten Sie einen Hund, stimmt's?«

Trout wandte den Kopf ab und rieb sich mit der Handfläche über die Faust. Ross untersuchte Storms Ohren. Offenbar hatte er mit seiner Frage einen wunden Punkt bei Trout berührt.

»Warum meinen Sie, dass sich Storm nachts einsam fühlt?«

Trout sah ihn an, doch nun wirkten seine Augen kalt und leer.

Ross wartete und hielt seinem Blick eine volle Minute lang stand, bevor Trout seine gigantischen Schultern hob.

»Fernsehsendung.«

Ross nickte. »Es ist ein guter Gedanke. Meine Fr–« Er unterbrach sich. Es war ein ungeschriebenes Gesetz, dass man vor den Gefangenen nie über die eigenen Freunde und Verwandten redete. »Eine Freundin von mir meinte, es könnte helfen, wenn Sie die Gitterbox näher an Ihr Bett stellen.«

Trout nickte.

»Was für einen Hund hatten Sie als Kind?« Trout spannte die Kiefermuskeln an und schwieg.

Mit Trout über seine Vergangenheit reden zu wollen war genauso schwierig, wie Ross es sich vorgestellt hatte. Er untersuchte Storms Pfoten, dann holte er das Spielzeug aus seiner Tasche und reichte es Trout.

Trout lächelte und auf seinen Wangen zeigten sich ganz kurz die Grübchen, auf die Ross in der Woche zuvor schon einen Blick erhascht hatte. »Danke, Doc.«

»Haben Sie als Kind Ihrem Hund mal ein Spielzeug gegeben?«

Trout runzelte die Stirn. Er biss die Zähne zusammen und als er Ross ansah, loderte in seinen Augen blanke Wut.

Wieder straffte Ross die Schultern und wich seinem Blick nicht aus. Sein Instinkt sagte ihm, dass er Trout am besten wie einen Grizzlybären behandelte: wegschauen, sich leise davonschleichen. Doch der Mann in ihm befahl ihm, sich nicht von der Stelle zu rühren.

»Trout?« Er wusste nicht, warum er unbedingt herausfinden wollte, wie Trout vom Musterschüler zum Mörder werden konnte, doch er musste es verstehen. Er wollte ihn verstehen.

Trout sah auf Storm hinunter. »Mein Hund hat nachts gejault. Meine M–« Er wandte den Blick ab, verengte seine wütenden Augen zu Schlitzen und starrte auf den Boden. »Jemand meinte, dass er sich vielleicht einsam fühlt. Hab ihm ein Kuscheltier gegeben, danach hat er gut geschlafen. Hunde fühlen sich einsam, genau wie Leute.«

Natürlich war es Ross nicht entgangen, wie Trout beinahe seine Mutter erwähnt hätte, und in diesem Bruchteil einer Sekunde sah er ihn nicht als Mörder, als Häftling oder als Hundebetreuer, sondern als Sohn. Als einen Jungen, der acht Jahre lang eine Mutter hatte, die ihn wahrscheinlich liebte, ihn umsorgte, ihm die aufgeschrammten Knie verband und ihm das Gesicht wusch, wenn er schmutzig war. In den Aufzeichnungen, die er hatte einsehen können, deutete nichts auf Misshandlungen durch die Mutter hin. Sie war keine Alkoholikerin, sie nahm keine Drogen. Sie war eine Mutter und dieser Koloss von einem Mann war einmal ihr kleiner Junge – und dann wurde sie vor seinen Augen ermordet.

Ein Wärter kam herein und sofort wurde Trouts Miene verschlossen.

»Wär's das für heute?«, fragte er mürrisch.

»Trout. Was ist mit Ihrem Hund geschehen?«

»Carver hat ihn erwischt.« Er sah zu Storm hinunter. »Komm.« Der Hund ging brav neben ihm her.

Thomas Carver war der Mann, der Trouts Mutter ermordet hatte.

Elisabeth war gerade dabei, Hundekuchen für Ross' Jungs und Kekse für den Termin mit Emily am Abend zu backen, als ihr Handy klingelte. Sie hatte den ganzen Nachmittag noch nicht mit Ross gesprochen und hoffte, dass er der Anrufer war. Eine Woge der Enttäuschung erfasste sie, als sie eine unbekannte Nummer auf dem Display sah.

»Hallo?«

»Hi, spreche ich mit Elisabeth Nash?«, fragte eine Frauenstimme.

»Ja.«

»Mein Name ist Cherry Macomb. Ich wohne am Stadtrand und habe gehört, dass Sie Fellpflege für Hunde anbieten und den Hund auch abholen. Können Sie mir sagen, was das kostet?«

Ihr Puls ging schneller. »Wie haben Sie von mir gehört?« Sie überlegte rasch, ob sie weitere Fahrdienste für Hunde in ihrem Zeitplan unterbringen konnte und wie viel sie in Trusty dafür nehmen konnte.

»Meine Nachbarin Sally kauft ihr Gemüse bei Wynchels im Hofladen und hat mir erzählt, dass die Hunde aussahen wie neu. Sauber und flauschig, wie aus einem Hundesalon. Wren hat ihr gesagt, dass Sie die Hunde gepflegt haben. Können Sie meinen Hund auch übernehmen?«

»Ja, kein Problem.« Dann fiel ihr ein, was Wren über die Schleifen gesagt hatte. »Wie stehen Sie zu Schleifen am Halsband?«

»Finde ich toll!«

Sie verabredeten, dass Elisabeth Contessa, einen zwei Jahre alten Shih Tzu, abholen würde, wenn sie zu den Wynchels fuhr. Kaum hatte sie das Gespräch beendet, stand Emily vor der Tür.

Emily umarmte sie, als seien sie seit Jahren die besten Freundinnen. Sie kam direkt aus dem Büro und trug eine geschmackvolle Hose zu einer tief ausgeschnittenen weißen Bluse und schwarzen Riemchensandalen. Mit ihrem feinen Lidstrich und einem Hauch von Rouge sah sie modisch, locker und hübsch aus.

»Hier riecht es wie in einer Backstube.«

»Das sind wahrscheinlich die Bananen-Nuss-Kekse, die ich gerade mache.« Sie gingen in die Küche.

Emily sog den Duft tief ein und seufzte. »Brauchst du einen Tester?«

»Die sind für dich. Ich backe schrecklich gern und dein Besuch war genau der richtige Anlass.«

»Oh toll, danke.« Sie griff nach einem Keks.

»Warte, das sind Hundekekse. Die Bananen-Nuss-Kekse sind hier.« Elisabeth deutete auf ein Backblech.

»Stimmt, du hast ja auch noch die Hundekuchenbäckerei.« Emily zog die Brauen hoch. »Kein Wunder, dass mein Bruder so auf dich abfährt.«

Elisabeth wusste nicht, was sie sagen sollte.

Emily verdrehte die Augen. »Ross liebt Tiere und du tust es auch. Ein Volltreffer.«

Würde ich auch sagen. »Wir haben tatsächlich eine Menge gemeinsam.«

Emily sah sich in der Küche um und ihr Blick fiel auf die Bierkuchen. »Dass du mehr Öfen brauchst, ist offensichtlich. Du scheinst ja ununterbrochen zu backen. Wie schaffst du es nur, so dünn zu bleiben?«

»Oh, die sind nicht für mich.« Bei der Vorstellung, drei Kuchen ganz allein zu vertilgen, musste Elisabeth lachen. »Ich habe ein paar neue Rezepte ausprobiert. Die Kuchen will ich auf der County Fair verkaufen. Ross hat sie schon probiert. Du kannst einen mit nach Hause nehmen, wenn du möchtest.«

»Wirklich? Danke. Aber jetzt reden wir besser über deine Umbaupläne, sonst denkst du noch, ich bin hier, um Kuchen zu schnorren.«

Elisabeth erklärte, wie sie sich ihre neue Küche vorstellte, und Emily machte sich Notizen zur Aufteilung und zeichnete ein paar Ideen zu den Arbeitsflächen und einer weiteren Küchentheke. Zwei Stunden später saßen sie auf dem Sofa im Wohnzimmer. Sie hatten die Schuhe abgestreift und zwischen ihnen lagen eine Skizze der neuen Küche und ein Teller mit Kekskrümeln. Und Elisabeth hatte eine neue Freundin.

Eine halbe Stunde, nachdem Emily gefahren war, hörte Elisabeth Ross' Wagen in der Zufahrt. Sie ging zur Haustür, um ihn zu begrüßen. Sein Schritt klang schwer, sein Blick war ernst und er hielt die Augen auf den Boden gerichtet.

Sie ging die Verandastufen hinunter und hakte einen Finger in seine Hosentasche. »Was ist los?« Er schüttelte den Kopf. »Ross«, fragte sie erschrocken. »Ist etwas mit Storm?«

»Nein, ihm geht es gut. Tut mir leid, ich wollte dir keine Angst machen. Ich denke nur an Trout.« Er ließ den Blick über ihren Körper wandern und lächelte. »Du siehst wunderschön aus.« Er beugte sich hinunter und küsste sie. »Siehst du? Ein Kuss von dir und meine Sorgen sind wie weggeblasen.«

»Lügner. Als würde ich die Falten auf deiner Stirn nicht sehen. Was ist los mit Trout?« Sie nahm seine Hand und sie setzten sich auf die Verandatreppe.

»Ich kann einfach nicht begreifen, wie und warum jemand mit den besten Noten und einem Stipendium fürs College sein Leben wegwirft.« Er drückte Elisabeths Hand. »Wie kann so etwas passieren? Und was noch wichtiger ist: Wie kann man als Elternteil verhindern, dass so etwas passiert?«

»Hast du nicht gesagt, dass er den Mann ermordet hat, der seine Mutter umgebracht hat?« Sie erinnerte sich an die Geschichte, die Ross ihr erzählt hatte, und wusste noch gut, dass es ihn aufgewühlt hatte, doch sie fragte sich, warum ihn die ganze Sache jetzt so sehr beunruhigte.

»Ja, aber ich versteh's einfach nicht. Er hat es nicht nur geschafft, zehn Jahre irgendwie zu überleben. Er hat es mit Bravour geschafft.« Er schüttelte den Kopf. »Warum um alles in der Welt wirft er es weg, nach zehn Jahren und nach all der harten Arbeit?«

Ross zuckte mit den Schultern und stand auf. »Tut mir leid, ich will dir nicht die Laune verhageln. In letzter Zeit denke ich oft über das Leben und über die Familie nach und als ich heute im Gefängnis war, habe ich ihn in einem völlig neuen Licht gesehen. Bisher war er für mich immer der Strafgefangene, aber heute hab ich ihn als den Sohn seiner Mutter gesehen. Bestimmt war er mit acht Jahren kein Monster. Er war ein Kind, Lis. Ein kleiner Junge, der zusehen musste, wie seine Mutter starb. Weiß der Himmel, was ich oder einer meiner Brüder gemacht hätten, wenn jemand unsere Mutter umgebracht hätte. Es könnte einer von uns sein, dort im Gefängnis.«

»Ich dachte mir schon, dass du dir deswegen Gedanken

machst. Rossie, du bist kein Mörder.« Sie beobachtete ihn, während er auf und ab ging. »Du liebst deine Mom, aber ich glaube, im Kopf eines Menschen, der tatsächlich einen anderen umbringt, muss etwas gehörig schieflaufen. Ich habe gesehen, wie du Gracie eingeschläfert hast. Du hattest feuchte Augen und es hat dich noch eine ganze Weile verfolgt, auch wenn du es nicht zugibst. Dein Körper war angespannt und du konntest mich kaum ansehen.« Sie berührte ihn am Arm, damit er stehen blieb. »Und falls du dir Sorgen um deine Kinder machst: Ich glaube kaum, dass du ein Kind großziehen könntest, das einen anderen Menschen umbringt.«

Sein Blick wurde noch ernster. »Ja, das weiß ich. Aber das meinte ich gar nicht. Keiner von uns – weder ich noch meine Brüder – könnten tatsächlich einen Mann töten, aber die entscheidende Frage für mich ist: Macht ihn die Tatsache, dass er den Tod seiner Mutter gerächt hat, zu jemandem, der vom Beginn seines Lebens an ein kaltblütiger Killer war? Oder ist bei ihm eine Sicherung durchgebrannt, als es passierte?«

»Das kann ich dir nicht sagen, ich weiß zu wenig über solche Sachen. Wir haben wohl einfach Glück gehabt, dass wir nie erleben mussten, was Trout erlebt hat.«

Er zog sie an sich. »Tut mir leid, dass ich das alles bei dir ablade.« Er gab ihr einen Kuss. »Wie ist es mit Emily gelaufen?«

»Super, sie ist wahnsinnig nett. So eine Freundin hab ich mir immer gewünscht.«

»Tatsächlich? Da werde ich ja fast eifersüchtig.«

Elisabeth sah in seine verführerischen Augen und spürte, wie sich ihr Herz diesem Mann noch weiter öffnete, der sich nicht scheute, ihr seine menschliche Seite zu zeigen. Er hatte Ängste und Sorgen, genau wie sie, und er schämte sich nicht dafür. Wenn sie sich nicht schon längst bis über beide Ohren in ihn verliebt hätte, wäre es spätestens jetzt um sie geschehen.

Fünfzehn

Am Mittwochabend legte Elisabeth ein Paar lange silberne Ohrringe an und schlüpfte in ein Paar Sandalen. In ihrem langen königsblauen Halterneck-Kleid, das sich wunderbar an ihre herrlichen Rundungen schmiegte, sah sie viel zu sexy aus.

»Du siehst aus, als kämst du geradewegs aus einer Promi-Zeitschrift und müsstet eigentlich mit Brad Pitt an deiner Seite auftreten.« Sie hatten die Nacht bei Ross verbracht und er gewöhnte sich daran, mit seiner sexy Freundin im Arm und einem Hund am Bettende aufzuwachen. Bevor sie gegangen war, hatte sie einen Zettel unter seinen Schlüssel gelegt. *Ich werde dich heute vermissen. Kann es kaum erwarten, wieder in deinen Armen zu sein.* Selbst wenn sie nicht bei ihm war, war sie immer da. Und jedes Mal, wenn er mit Elisabeth zusammen war, fiel ihm etwas Neues an ihr auf. Dass sie beim Lesen die Nase ein bisschen kraus zog und dass sie kurz vor dem Einschlafen ihre Haarspitzen zwischen Daumen und Zeigefinger drehte, so wie er es gesehen hatte, wenn sie nervös war. Nachts hatte sie dabei jedoch ein schläfriges Lächeln auf den Lippen.

Er schloss sie in die Arme und küsste ihren Hals. »Im Restaurant werden sich alle Männer nach dir umdrehen.«

»Eifersüchtig?« Sie beugte den Kopf nach hinten und bot ihm ihre köstliche Haut dar, eine Gelegenheit, die er nicht ungenutzt verstreichen ließ. Er küsste sich an ihrem Hals entlang und saugte dann so fest, dass Elisabeth der Atem stockte.

Ross hätte ihr am liebsten das Kleid vom Körper gerissen, sie auf die Kommode gesetzt und sie geliebt, bis sie kaum noch atmen konnte. Allerdings waren sie in einer halben Stunde mit Rex und Jade im Restaurant verabredet.

»Vielleicht ein bisschen eifersüchtig«, gab er zu.

Er raffte den Rock ihres Kleides, dann fuhr er mit der Hand darunter, an der Rückseite ihres Oberschenkels hoch und wölbte seine Handfläche um ihre nackte Pobacke. Er liebte es, wenn sie einen String anhatte. Der bloße Gedanke daran, ihn herunterzureißen, jagte ihm einen Schauer in die Lenden.

»Rossie«, flüsterte sie. »Die Zeit ...«

Die Sekunden verstrichen, aber er konnte nicht mehr aufhören, jetzt nicht mehr, nachdem er sie berührt hatte. Er begehrte sie zu sehr.

Sie spreizte die Beine und er rieb über den dünnen Stoff.

»Das ist ... unfair.« Sie krallte sich in sein Hemd und bekam dabei ein paar Brusthaare zu packen. »Jetzt nicht. Ich muss nochmal duschen, wenn du in mir kommst.«

Sie keuchte, als er einen Finger unter den Stoff schob und über ihre feuchte Haut fuhr. »Oh Gott, ja«, lenkte sie ein.

»Nur so, dass du kommst«, flüsterte er, ließ seine Finger in sie gleiten und streichelte sie, bis sie so nass war, dass er sie einfach nehmen musste.

»Ross«, flüsterte sie und spreizte ihre Beine noch weiter. »Oh Gott, Ross. Ich will dich.«

Sie zerrte an seinem Hosenknopf. In Sekundenschnelle hatte er seine Jeans abgestreift, zog ihr das Kleid über den Kopf und zerrte ihr den String mit solcher Kraft vom Körper, dass die Naht riss. Sie fielen aufs Bett und er stieß hart und tief in sie hinein. Ihre Lippen trafen in einem leidenschaftlichen, gierigen Kuss aufeinander, so tief und drängend wie seine Stöße.

»Lieber Gott, Lis. Du bist so heiß. So nass.« Sie stöhnte.

»Komm für mich, Baby.«

Sie schlang die Beine um seine Taille und hob ihm ihre Hüfte entgegen. Er packte ihre Pobacken und stützte sie, sodass er noch tiefer in sie eindringen konnte. Die Muskeln in ihrem Inneren pulsierten um ihn und der Schrei, den sie ausstieß, durchströmte ihn wie Feuer. Er begann, sich zurückzuziehen, um nicht in ihr zu kommen, doch sie hielt ihn fest.

»Nicht.«

»Lis.«

»Bleib.« Sie drängte sich an seine Hüfte, hielt ihn mit den Beinen umklammert.

Zwei Stöße und er erreichte den Gipfel der Lust. Seine Muskeln waren bis zum Äußersten gespannt, als er all seine Liebe in sie hineinpumpte. Schwer atmend ließen sie sich zur Seite fallen.

»Lis, du sagtest doch, ich sollte nicht in dir kommen.«

Sie lächelte, die Augen hatte sie immer noch geschlossen. »Ich konnte nicht anders. Ich wollte dich in mir.«

Sie lagen da, von einem Schleier aus Lust umgeben, und zwangen sich schließlich, aufzustehen und gemeinsam zu duschen. Selbst wenn er Elisabeths hinreißenden Körper, ihre harten Brustwarzen und ihre verführerischen Augen durch den Nebel unter der Dusche nicht hätte erkennen können, wäre es ihm trotzdem kaum möglich gewesen, den Blick von ihr zu wenden. Zwischen ihnen war eine Energie, die die Luft aufheizte und ihn an sie zog wie ein Magnet.

»Du bist wie eine Droge. Wie soll ich mit dir duschen und nicht gleich wieder mit dir schlafen wollen?«

Elisabeth wusch sich, so schnell sie konnte, und lächelte, als sie seine eindrucksvolle Erektion sah, die sich eifrig in die Höhe reckte.

»Gut, dann kann ich mich ja auf später freuen.« Sie fuhr sanft mit dem Finger über seine Hoden und trat aus der Dusche.

»Ich brauche noch schnell eine *kalte* Dusche.« Wo hatte sie nur sein ganzes Leben lang gesteckt?

Das *Voodoo* war ein beliebtes Restaurant am Nordrand von Trusty. Es war mit allerlei Fundstücken wie altmodischen Fahrrädern oder Posaunen dekoriert, die wie Bilder an den Wänden hingen. Der dunkle Holzboden glänzte und auch die Tische und Bänke in den Nischen waren aus dunklem Holz gefertigt. Von der Bar im hinteren Teil des Restaurants erklang leise Musik. Sie warteten im Eingangsbereich auf Rex und Jade. Wenigstens kamen sie nicht zu spät. Elisabeth hatte sich schon mit hochroten Wangen ins Restaurant hetzen sehen, während Rex und Jade den Kopf über sie schüttelten. In ihrem Innersten war sie von der Intensität ihres Orgasmus noch so aufgewühlt, dass Rex sicher sofort sah, was Sache war.

Ross hatte ihr den Arm um die Taille gelegt und plötzlich spürte sie eine schwere Hand auf der Schulter. Sie drehten sich beide um.

»Hey Ross.« Rex war genauso groß wie Ross, er hatte ein Kreuz wie ein Footballspieler, dunkle Augen, die sie inzwischen als typisch Braden erkannte, und dichtes dunkles Haar, das ihm über Kragen reichte. Er nahm seinen Stetson ab und baute sich breitbeinig vor ihnen auf. Seine Oberschenkel sprengten fast die verblichenen Jeans. »Tut mir leid, dass wir uns verspätet haben. Wir ... uhm ...« Er warf Jade einen raschen Blick zu und sie errötete.

»... hatten Mühe, aus dem Haus zu kommen.« Jade hob die Augenbrauen und sah Elisabeth mit einem vielsagenden Lächeln an.

Elisabeth atmete erleichtert auf. Sie war nun nicht mehr ganz so nervös und fragte sich, ob wohl etwas Stimulierendes in der Luft von Colorado lag.

Rex umarmte Ross, dann sah er Elisabeth mit ausgebreiteten Armen an. »Und du musst Elisabeth sein. Schön, dich kennenzulernen.« Er drückte sie fest an seine steinharte Brust, dann legte er Jade eine Hand auf den Rücken.

»Und das ist meine Verlobte Jade.«

Jades langes Haar war ebenso dunkel wie Rex'. Ihre enganliegenden Jeans steckten in Cowboystiefeln, dazu trug sie ein schwarzes Tanktop. Sie hatte eine Figur wie Scarlett Johansson, doch sie war zehnmal hübscher mit ihren mandelförmigen Augen und hohen Wangenknochen. Sie und Rex sahen aus, wie man sich ein typisches Paar aus dem Westen vorstellte: heißer Cowboy, hinreißendes Cowgirl und der Blick, mit dem Rex seine Jade ansah, war ebenso aufgeladen wie der von Ross, wenn er Elisabeth anschaute. Die ganze Szene unterschied sich so sehr von dem, was sie in L. A. gewohnt war, dass sie sich fragte, warum sie so lange dort gelebt hatte. Bei Ross und seiner Familie hatte sie in ein paar Wochen so viel Liebe wahrgenommen wie noch nie zuvor.

Jade umarmte Elisabeth. »Ich freue mich, dich kennenzulernen. Emily hat mir so viel von dir erzählt.«

»Emily war gestern bei mir. Sie plant den Umbau meiner Küche.«

»Sie schleicht sich in Elisabeths Leben und isst all ihre Kuchen und Kekse auf«, witzelte Ross.

»Typisch!«, sagte Jade.

Die Kellnerin führte sie zu einer Nische. Sie überflogen die Speisekarte und bestellten.

»Emily sagt, dass du von Los Angeles hierher gezogen bist. Hat der Kulturschock inzwischen nachgelassen?«

»Es ist natürlich ein großer Unterschied, aber als Kind habe ich immer die Sommerferien hier verbracht, also wusste ich, worauf ich mich einlasse.«

Ross zog sie an sich. »Nun, jedenfalls im Großen und Ganzen.«

Elisabeth wurde es warm ums Herz. Sie hatte davon geträumt, einen Mann wie Ross kennenzulernen, doch mit ihm zusammenzusein war so viel besser als all ihre Träume.

»Dem Schicksal kannst du nicht entkommen.« Jade sah Rex voller Hingabe an. »Seht uns an. Unsere Familien haben sich vierzig Jahre lang bis aufs Blut gestritten, bevor unsere Liebe diese Fehde überwand.« Sie sah Ross und Elisabeth an. »Wahre Liebe lässt sich nicht aufhalten und wenn sie dich berührt, wirst du von so vielen Gefühlen überschwemmt, dass du nicht weißt, ob du untergehst oder schwimmst oder dich treiben lässt. Ich weiß, es klingt kitschig, aber es stimmt, das schwöre ich. Ich war fünfzehn Jahre lang in Rex verliebt, bevor wir schließlich zusammenkamen, und immer noch stockt mir der Atem, wenn ich ihn ansehe.«

Rex legte ihr seine große, kräftige Hand auf die Wange und sah ihr in die Augen. »Ich werde immer für dich mitatmen.« Er gab ihr einen liebevollen Kuss auf den Mund und Elisabeth spürte, wie ihr Innerstes dahinschmolz.

Sie warf Ross einen Blick zu und sah genauso viel Liebe in seinen Augen, wie sie in ihrem Herzen spürte.

Ihr Essen kam und das Gespräch wandte sich der Ranch der Bradens in Weston und Adriana zu, dem Baby von Treat, einem Bruder von Rex. Das kleine Mädchen trug den Namen von Rex' Mutter, die starb, als ihre Kinder noch klein waren. Wenn Rex von ihr sprach, merkte man, dass seine Liebe zu ihr noch immer lebendig war.

»Ich will die Nächste sein«, sagte Jade.

»Die Nächste?«, fragte Ross.

»Mit einem Baby. Ich will die Nächste sein, die ein Baby bekommt. Ich bin mehr als bereit dazu und Rex wird schließlich auch nicht jünger.«

»Hey, erst müssen wir heiraten.« An Rex' Lächeln war deutlich zu erkennen, dass ein Baby kein Streitpunkt zwischen ihnen war. Zu Ross gewandt sagte er: »Du kommst doch zu Joshs und Rileys Hochzeit, oder?«

»Die möchte ich auf keinen Fall verpassen«, sagte Ross und erklärte Elisabeth: »Josh ist Rex' jüngerer Bruder. Er ist Modedesigner und lebt in New York. Er heiratet Riley Banks, seine Geschäftspartnerin und Sandkastenliebe. Die Hochzeit ist im Frühjahr in New York. Wir suchen uns jemanden, der auf die Jungs aufpasst und deine Tiere versorgt, und machen ein paar Ferientage daraus, ja?«

Elisabeths Augen weiteten sich und sie versuchte, ihre Aufregung in Schach zu halten. Bis zum Frühjahr war es noch lang. Ross plante eine Zukunft mit ihr. Ihr fiel auf, dass sie noch nicht einmal darüber nachgedacht hatte, ob sie zusammenbleiben würden. Wahrscheinlich schon. Bei den wenigen anderen Männern, mit denen sie eine Beziehung gehabt hatte, hatte sie ständig gegen die Dinge angekämpft, die ihr an ihnen nicht gefielen. Bei Ross war das nicht ein einziges Mal vorgekommen.

»Elisabeth, du wirst begeistert sein von Riley«, sagte Jade. »Sie ist meine allerbeste Freundin. Und dann lernst du auch die anderen Mädels kennen. Ich kann es kaum abwarten!«

»Habt ihr beide schon ein Datum für eure Hochzeit?« Ross sah Rex an und hob eine Augenbraue.

Rex zog Jade an sich. »Wir wollen erst festlegen, wo sie stattfinden soll. Ich hatte ja vor, die ganze Sache zu organisieren und Jade damit zu überraschen, aber bis jetzt will sie nichts davon hören.«

Jade verdrehte die Augen. »Er ist der romantischste Mann der Welt, nicht wahr?«

»Ich finde, du solltest ihn ruhig machen lassen«, sagte Elisabeth. »Er kennt dich und er liebt dich. Wer wäre besser geeignet, euren großen Tag zu planen?«

Jades Blick wurde weich. »So hab ich das noch gar nicht gesehen. Vielleicht. Hm.«

»Nicht, dass ich denke, wir sollten das Thema wechseln, aber ...« Elisabeth juckte es in den Fingern, Jade über die Auftragsmöglichkeiten auszufragen, die sie erwähnt hatte. »Ross sagte, du wolltest mit mir über mein Wellnessangebot für Haustiere sprechen.«

»Ja. Kannst du mir sagen, was genau du machst? Ich biete

Pferdemassagen an und viele meiner Kunden haben Katzen und Hunde und haben mich gefragt, ob ich sie auch massiere. Ich kann das und hab es auch schon gemacht, aber eigentlich bin ich auf Pferde spezialisiert.«

»Und auf Cowboys«, meinte Rex mit einem neckischen Funkeln in den Augen.

»Nur auf einen Cowboy.« Jade streichelte ihm die Wange. »Jedenfalls dachte ich, wir könnten uns gegenseitig empfehlen und Kundenlisten austauschen und so.«

»Das wäre toll – wenn ich eine Kundenliste zum Austauschen hätte. Leider bin ich neu hier und ich glaube, dass viele Leute noch kein Vertrauen in mich haben. Und außerdem scheinen sie Fellpflege für ihre Haustiere nicht besonders wichtig zu finden. Allerdings hat mich eine Dame wegen ihres Shih Tzu angerufen. Cherry heißt sie.«

»Cherry Macomb. Ich kenne sie nicht persönlich, aber ich hab von ihr gehört.« Jade lachte. »Sie benimmt sich wie ein Filmstar und sieht aus wie Peggy Bundy, aber mit ihren Tieren geht sie wirklich gut um.«

»Nun, mit Filmstars kenne ich mich aus, das ist also kein Problem.«

»Lass es uns doch so machen«, schlug Jade vor. »Du begleitest mich zu einigen meiner Kunden und sprichst mit ihnen. Dann kannst du ihnen deine Telefonnummer und so weiter geben. Vielleicht kommen die Dinge dann ins Rollen.«

»Oh, das klingt super. Aber du hast ja noch gar nicht gesehen, wie ich arbeite. Willst du dir erst einmal meine Massage oder Fellpflege anschauen?« Elisabeths Herz pochte so laut, dass es fast alles andere übertönte.

»Ich habe gehört, was du für Gracie getan hast, und es hat sich bis nach Allure herumgesprochen, dass du die Hunde der Wynchels abholst und pflegst. Wenn Ross dir vertraut, und das tut er offensichtlich, dann vertraue ich dir auch.« Jade nippte an ihrem Drink. »Und ich könnte mir vorstellen, dass all das Gerede letzten

Endes dazu führt, dass du mehr Kunden bekommst.«

»Danke, Jade. Du kannst dir gar nicht vorstellen, was das für mich bedeutet.« *Ist das wirklich alles wahr?*

Ross lehnte seine Stirn an ihre. »Und was das Vertrauen angeht: Lass den Leuten Zeit. Dir kann auf die Dauer niemand widerstehen.«

Sechzehn

Am Samstagmorgen kuschelten sich Ross und Elisabeth im Liegestuhl unter eine Decke und sahen sich den Sonnenaufgang an, während Storm, Ranger und Sarge im Garten spielten. Knight saß neben ihnen. Sein schwarzes Fell hob und senkte sich mit jedem schläfrigen Atemzug. Er hatte Elisabeth ebenso ins Herz geschlossen wie Ross, und da Elisabeth in Ross' Arm lag und gleichzeitig eine Hand ausstreckte und Knight am Rücken kraulte, wusste er, dass sie Knights Zuneigung erwiderte. Storm war um fünf Uhr aufgewacht und sie hatten gar nicht erst versucht, wieder einzuschlafen, sondern beschlossen, alle Hunde mit nach draußen zu nehmen und die aufgehende Sonne von Ross' Terrasse aus zu begrüßen.

»Warum ist Storm wohl so früh aufgewacht?«, fragte Elisabeth.

»Keine Ahnung. Das kommt schon mal vor. Ich hoffe, es steckt nicht mehr dahinter.« Er schob seine Hand unter ihr Unterhemd. Ihre Haut war warm, trotz der kühlen Morgenluft. Sie hatte eine seiner Flanellschlafanzughosen an, die sie in der Taille gefaltet hatte, um sie enger zu machen. Trotzdem rutschte sie ihr fast von den Hüften.

»Hast du ihm vorgeschlagen, dass er die Gitterbox näher an sein Bett stellt?« Ihre Augen verengten sich.

Ross gab ihr einen Kuss. »Hab ich und außerdem hab ich ihm ein Kuscheltier mitgebracht, das besänftigende Geräusche macht.«

»Das hilft ihm bestimmt. Ich glaube, Hunde sind nicht gern allein, ebenso wenig wie wir.«

»Ich könnte mir vorstellen, dass du eine dieser Mütter wirst, die aufspringen, sobald das Baby einen Mucks von sich gibt.«

Er spürte, wie sie an seiner Brust lächelte.

»Wahrscheinlich, aber tu bloß nicht so, als wäre es bei dir anders. Du bist ein Softie, wie er im Buche steht. Ich sehe doch, wie du mit den Jungs umgehst. Ich weiß genau, dass du ihnen jeden Tag mindestens drei von den Keksen gibst, die ich für sie backe.«

»Das hast du also mitbekommen?«

»Ich kriege alles mit. Auch, dass du dir vor dem Schlafengehen die Zeit nimmst, sie zu streicheln, bis sie einer nach dem anderen den Kopf hinlegen und schläfrige Augen bekommen. Und wie du lächelst, wenn sie etwas Niedliches machen, mit den Nasen aneinander stupsen, zum Beispiel. Da kannst du noch so sehr den sachlichen Tierarzt spielen, dein Herz ist weicher, als du zugibst.«

»Was dich angeht, ja. Ich gebe zu, dass ich dir ganz und gar verfallen bin.« Wie seine Gefühle für sie aussahen, ließ sich nicht leugnen. »Ich baue noch deinen Sonnenschutz auf, bevor ich zur Arbeit gehe. Schaffst du es, alle sieben Hunde abzuholen und wieder zurückzubringen? Die sechs der Wynchels und den Hund von Cherry? Oder soll ich Luke fragen, ob Daisy Zeit hat? Oder Callie oder Emily?«

Sie gab ihm einen Kuss auf den nackten Oberkörper. »Oh nein, das ist nicht nötig. Ich schaffe das schon. Die Hunde der Wynchels passen hinten ins Auto, wenn ich den Rücksitz wegklappe und Contessa kommt in ihrem Transportkorb auf den Beifahrersitz. Du bist so fürsorglich und du kümmerst dich so wunderbar um mich. Ich wünschte, ich könnte etwas für dich tun.«

»Schätzchen, du tust die ganze Zeit etwas für mich. Wenn wir zusammen sind, könnte ich nicht glücklicher sein. Und du liebst die Jungs und du erträgst meine Schwester. Alles wunderbar.«

Sie lachte. »Ich liebe Emily. Sie ruft fast jeden Tag an, um über den Umbau zu sprechen, und am Ende reden wir über alles Mögliche. Es ist schön, hier endlich eine Freundin zu haben.«

»Du hast mich.«

»Ja, und du bist der beste Freund, den ich mir vorstellen kann. Aber zwischen einem Freund und einer Freundin ist ein großer Unterschied.« Sie zeigte auf die Berge. »Die Sonne geht auf.«

»Es ist ewig her, dass ich mir den Sonnenaufgang angesehen hab, und wenn wir uns nicht kennengelernt hätten, hätte ich es vielleicht nie wieder getan.«

»Ach, red doch nicht. Irgendwann hättest du es schon getan.« Sie stützte sich auf den Ellenbogen und grinste zu ihm hinunter. »Allerdings wäre es ohne mich nicht so wunderbar gewesen.«

»Da hast du verdammt recht. Komm her.« Er zog sie zu einem köstlichen Kuss in die Arme.

Seit sie die Nächte zusammen verbrachten, konnte er sich keinen besseren Anfang und auch kein besseres Ende eines Tages vorstellen.

Die Hunde abzuholen erwies sich als zeitraubender, als Elisabeth gedacht hatte. Bei den Wynchels jagte einer der Hunde einem Kaninchen nach, bevor sie ihn ins Auto setzen konnte, und sie brauchte fast eine halbe Stunde, um ihn wieder einzufangen. Und Cherry Macomb war genauso, wie Jade sie beschrieben hatte: Sie sah aus wie eine Kopie von Peggy Bundy mit ihrem aufgebauschten Haaren und ihren turmhohen Absatzschuhen zu Leggings, einem breiten Gürtel und einer knapp geschnittenen Bluse.

»Okay, Tessie, bald bist du wieder bei Mama.« Cherry gab Contessa einen Kuss auf die Nase und reichte sie Elisabeth. »Eigentlich heißt sie Miss Contessa Macomb, aber wir nennen sie Tessie.« Contessa war eine zierliche Hündin. Sie hatte flauschiges weißes Fell und ein paar schwarze Flecken auf dem Rücken. Außerdem hatte sie die süßesten Augen, die man sich vorstellen konnte, und ein sonniges Gemüt. Elisabeth verliebte sich sofort in das knuddelige kleine Geschöpf.

»Ich werde mich gut um sie kümmern.« Sie setzte Tessie in ihr kuscheliges Hundebett, mit dem sie den Transportkorb ausgepolstert hatte. Sofort schmiegte sich die Hündin an die beiden Plüschtiere, die ihr Cherry in den Korb gelegt hatte.

»Sie muss ihre Babys immer dabeihaben«, sagte Cherry.

»Ich finde es super, dass Sie sie so verwöhnen. Alle meine Kunden in L. A. haben ihre Hunde so behandelt, wie Sie es mit Tessie machen. Keine Sorge, sie ist bei mir in guten Händen.« Elisabeth ging um das Auto herum zur Fahrertür und als sie sich hinters Steuer setzte, trat Cherry ans Fenster.

»Elisabeth, danke. Die Leute hier sehen mich immer schief an, weil ich Tessie so verwöhne.«

Könnte das nicht eher mit Ihrer Peggy-Bundy-Verkleidung zu tun haben? »Mir geht's genauso. Dann sind wir also schon zu zweit.«

Um vier Uhr hatte Elisabeth die ersten drei Hunde der Wynchels und Tessie gebürstet und frisiert und zu ihren Besitzern zurückgebracht. Cherry war begeistert von der rosa Schleife, die sie Tessie ans Halsband gesteckt hatte, und versprach, all ihren Freunden von Elisabeths Fellpflegeservice zu erzählen. Eine Empfehlung ist das größte Dankeschön und Elisabeth freute sich darüber, während sie unter dem Sonnensegel saß, die Ross für sie aufgespannt hatte, und den sechsten Hund der Wynchels bürstete. Sie fragte sich verträumt, ob Ross den Zettel gefunden hatte, den sie am Morgen heimlich in seinen Truck gelegt hatte. Plötzlich bog ein unbekannter Wagen in ihre Zufahrt ein.

Elisabeth erkannte die Bibliothekarin Callie, als sie ausstieg und mit einem unglaublich süßen Bloodhound an einer roten Leine über den Rasen auf sie zu kam.

»Hi«, sagte Callie. »Emily hat erzählt, dass du heute Fellpflege anbietest, und da dachte ich, ich bringe Sweets vorbei. Hoffentlich bin ich nicht zu spät dran. Ich hatte Dienst in der Bücherei.« Sie schob sich eine braune Strähne hinters Ohr.

Elisabeth kniete sich hin, um Sweets zu kraulen. »Sie ist so niedlich und du bist überhaupt nicht zu spät dran. Du bist die Freundin von Ross' Bruder, stimmt's? Ich bin Elisabeth.«

»Ja, ich bin Wes' Freundin. Ich hab schon so viel von dir gehört und da habe ich zwei und zwei zusammengerechnet, nachdem Emily mir sagte, wie du aussiehst. Wir sind uns in der Bücherei begegnet, weißt du noch?«

»Ja, klar! Du hast mir *Wallbanger – ein Nachbar zum Verlieben* empfohlen. Du meine Güte, das war wirklich lustig. Ich fand es hinreißend. Danke.« Sie nahm Sweets Leine und gemeinsam gingen sie zum Frisiertisch. »Vermutlich möchte Wes nicht, dass sie Schleifen bekommt?«

»Wow, Schleifen? Das wäre super. Hast du welche in Pink?«

Elisabeth mochte sie auf Anhieb. »Ich habe mehr Pinkschattierungen als Grashalme im Garten.« Sie begann, Sweets zu bürsten. »Ich hatte noch nie einen Hund hier, der nicht sofort alles beschnüffelt.«

»Sie hat keinen Geruchssinn. Als Wes sie auf einem Wanderweg gefunden hat, ging es ihr sehr schlecht. Ohne Ross' Hilfe hätte sie vermutlich nicht überlebt. Sie hatte die Staupe und war nur noch Haut und Knochen.« Callie streichelte Sweets den Rücken. »Arme Sweets. Durch die Staupe hat sie ihren Geruchssinn eingebüßt, aber wenigstens ist sie durchgekommen.«

»Tja, manchmal könnte ich auf meinen Geruchssinn verzichten. Wenn ich zum Beispiel die Schweine versorge.« Lächelnd bot sie Callie ein Glas Eistee an.

»Nein, danke, nicht für mich. Und, wie gefällt dir Trusty?«

Callie wirkte frisch und unkompliziert und Elisabeth fiel es leicht, offen mit ihr zu reden. »Ich habe Trusty immer schon geliebt, seit ich ein kleines Mädchen war. Und das Leben hier ist so, wie ich es mir vorgestellt und erhofft hatte. Vermutlich braucht es etwas Zeit, bis sich alles andere findet.«

»Ich stamme auch nicht aus Trusty. Ich komme aus Denver, also weiß ich genau, wie es ist, als Neue hierher zu kommen.«

»Das wusste ich gar nicht. Ich dachte, dass ihr beide, Daisy und du, hier aufgewachsen seid.«

»Daisy schon, aber ich nicht. Am Anfang hatte ich keine Ahnung, dass mich die Leute überhaupt wahrgenommen haben. Und dass sie über mich redeten, kam mir erst recht nicht in den Sinn. Ich habe es erst gemerkt, als Wes und ich zusammenkamen. Anscheinend hat es den Leuten einen regelrechten Schock versetzt, dass Wes auf einmal in festen Händen war. So ähnlich wie bei Ross.«

»Wie bei Ross?« Sie hatte Ross absichtlich nicht nach seiner Vergangenheit gefragt. Er war fünfunddreißig, also hatte er sehr wahrscheinlich eine Vergangenheit, aber die hatte keine Auswirkungen auf ihre Beziehung. Jetzt wurde sie allerdings neugierig.

»Nun, ich glaube nicht, das Ross wie Wes war. Wes war ...« Callie runzelte die Stirn. »Er hatte in jedem Hafen eine Braut. Außer in Trusty.« Sie kicherte. »Ich glaube nicht, dass Ross viele Freundinnen hatte, aber ich weiß, dass auch er sich nicht mit Frauen hier aus der Stadt verabredet hat. Anscheinend haben die Bradens ein Problem damit, sich mit Frauen zu treffen, die in derselben Stadt leben wie sie. Ich bin mir nicht sicher, aber ich vermute, sie wollen nicht, dass die Leute über sie tratschen.«

»Ross hat mir erzählt, dass er sich nicht mit Frauen in Trusty verabreden wollte, aber dass es bei Wes auch so war, wusste ich nicht.«

»Und deshalb meint Emily, dass das mit Ross und dir etwas Ernstes ist.« Callie spielte nervös mit dem Saum ihrer Shorts. Offenbar hätte sie gerne mehr erfahren, wollte aber nicht fragen.

Sweets leckte an Elisabeths Bein und sie gab ihr einen Kuss auf den Kopf, bevor sie sie weiter bürstete.

»Wir sind noch nicht lange zusammen, aber ehrlich gesagt kann ich mir ein Leben ohne ihn gar nicht mehr vorstellen.« Sie hielt den Atem an und wurde plötzlich ein wenig unsicher, ob sie Callie so viel von sich hätte erzählen sollen.

Callie lächelte und erwiderte ihren Blick. »So war es bei Wes und mir auch. Ich schwöre, dass mir das Herz stehen blieb, als ich ihn zum ersten Mal sah. Und daran hat sich bis heute nichts geändert.«

Das war der Unterschied zwischen einem Freund und einer guten Freundin.

»Also weißt du genau, was ich meine. Dann bin ich nicht verrückt, wenn ich diese Gefühle habe?«

Callie beugte sich vor. »Verrückt wäre, wenn du nicht dem folgst, was du in deinem Herzen spürst. Ich liebe Geschichten, bei denen die Figuren glücklich und zufrieden bis ans Ende ihrer Tage leben, ich verschlinge sie geradezu. Ich dachte, so ein Happy End gibt es nur für Heldinnen in Liebesromanen, aber dann ...« Sie verdrehte die Augen und seufzte. »Dann trat Wes in mein Leben, und es war, als seien wir für einander geschaffen. Er hat so wunderbare Sachen für mich gemacht und mir wirklich die Augen geöffnet für Dinge, die ich nie erlebt hätte, wenn wir uns nicht begegnet wären. Er kam sogar auf einem Schimmel angeritten, um mich zu einem Tanz abzuholen, den er nur für mich und meine Freundinnen organisiert hat.«

»Wahnsinn!« Elisabeth konnte sich vorstellen, wie romantisch das gewesen sein musste.

»Kann man wohl sagen. Er hat uns sogar Ballkleider besorgt und die Männer meiner Freundinnen für den Ball auf seine Ranch geholt. Es war unglaublich und seitdem ist jede Nacht ... mit ihm zusammenzusein ist pure Romantik.« Sie schüttelte den Kopf, als könnte sie es immer noch nicht fassen.

»Wow, Callie, wie wunderbar für euch. Bei mir ist es ganz anders. Ich habe *immer* an Liebe und Ehe geglaubt und daran, dass es für jeden von uns jemanden gibt, den das Schicksal für uns ausersehen hat.« Sweets war fertig gebürstet und Elisabeth befestigte vier kleine rosafarbene Schleifen an ihrem Halsband.

»Mein ganzes Leben lang wollte ich nichts anderes, als hierher zurückkehren. Diese Stadt zog mich an, als sei sie mein Schicksal oder zumindest meine Heimatstadt, obwohl ich im Laufe der Jahre nur ein paar Wochen hier verbracht habe, bei meiner Tante. Und jetzt ...« Sie biss sich auf die Unterlippe und holte tief Luft.

»Und jetzt?«, fragte Callie mit großen Augen.

»Jetzt frage ich mich, ob Ross der Grund ist, weshalb es mich immer nach Trusty gezogen hat.« Elisabeth wusste, dass es albern klang. Sie hätte das alles nicht sagen sollen. Sie vergrub das Gesicht in den Händen. »Oh Callie. Es ist mir so peinlich. Ich kenne dich erst seit einer Stunde und schwärmte wie ein Schulmädchen vom Bruder deines Freundes. Normal ist das nicht.«

Callie nahm ihr die Hände vom Gesicht und lächelte. »Zum Glück finde ich normal schrecklich langweilig. Und falls du es noch nicht weißt: Emily ist eine unverbesserliche Romantikerin. Sie wird dich bestimmt auch nicht für verrückt erklären.«

Sie redeten noch eine Weile, dann verabschiedete sich Callie und Elisabeth packte die drei Hunde der Wynchels in ihr Auto. Wenn sie so weitermachte, brauchte sie bald ein größeres Auto, ganz abgesehen von ein paar zusätzlichen Stunden jeden Tag. Tiere durch die Gegend zu kutschieren war zeitraubend.

Ross bog in ihre Zufahrt ein und hielt hinter ihrem Wagen. Er lehnte sich aus dem Fenster seines Trucks und fragte: »Wolltest du gerade weg?«

»Ich muss die Hunde zu den Wynchels bringen. Hast du Lust, mitzukommen?« Sie ging zu ihm und kam ihm in einem Kuss entgegen.

»Wo du hingehst, gehe auch ich hin.« Er stieg aus und nahm sie fest in den Arm. »Ich habe deinen Zettel gefunden und mich den ganzen Tag darüber gefreut. Wie war dein Tag? Sind noch ein paar Leute gekommen?«

»Ja, Callie kam mit Sweets vorbei.«

Sie drehten sich beide um, als ein weiterer Wagen angefahren kam. Die rothaarige Frau, die an dem Tag in Ross' Praxis gewesen war, als Elisabeth mit Kennedy dort auftauchte, kam hastig auf sie zu. Sie hatte Schmutzspuren im Gesicht und ihre Kleidung war schlammverschmiert.

»Tracie, was ist los?«, fragte Ross.

»Bin ich zu spät? Haben Sie die Fellpflege für heute geschlossen?«, fragte sie Elisabeth.

»Ich wollte gerade die Hunde zu den Wynchels bringen, aber ich kann Ihrem Hund das Fell pflegen, wenn ich wiederkomme.«

»Die Hunde der Wynchels übernehme ich«, sagte Ross. »Dann kannst du Tracie helfen.«

»Es tut mir so leid. Justin Bieber ist in das Unterholz am Bach ausgebüxt und er ist ganz schlammig und hat Kletten im Fell. Er sieht furchtbar aus. Ich habe versucht, ihn zu baden, wie Sie sehen können.« Sie wies auf ihre Kleidung. »Aber ich kriege die Kletten nicht ab.«

Tracie ging zu ihrem Auto, um den Hund zu holen, und Elisabeth ergriff Ross' Hand.

»Bist du sicher, dass es dir nichts ausmacht?« Sie wollte ihm nicht noch mehr aufbürden, schließlich hatte er den ganzen Tag gearbeitet.

»Nein, es macht mir überhaupt nichts aus.«

Sie lehnte die Stirn an seine Brust. »Danke. Du hast was bei mir gut.«

Seine Mundwinkel zuckten. »Ein Grund mehr, die Hunde zu übernehmen.«

Sie gab ihm einen Klaps. »Kannst du Wren bitte ausrichten, dass ich die Hunde nächste Woche nicht abholen kann, weil ich auf der County Fair bin? Wahrscheinlich ist es ihr vollkommen egal, aber wir sollten ihr Bescheid sagen.«

Ross hob ihr Kinn mit dem Zeigefinger. »Hey, ich bin stolz auf dich. Du arbeitest so hart und bekommst gar nichts dafür.«

»Und ob ich was bekomme. Ich hatte schon eine zahlende Kundin und konnte den ganzen Tag mit Hunden zusammensein.«

Elisabeth badete Justin Bieber und machte sich dann daran,

sein Fell auszubürsten. Es war gar nicht einfach, alle Kletten aus den langen Locken zu zupfen, doch schließlich war sein Fell wieder seidig und glatt.

»Wow, so hübsch hat er ja noch nie ausgesehen«, sagte Tracie. »Maddy wird sich riesig freuen.«

»Ist Maddy Ihre Tochter? Ich hab sie in der Praxis gesehen, als ich mit meinem Ferkel dort war.« Elisabeth erinnerte sich lächelnd, wie sie Ross zum ersten Mal begegnet war und alles an ihm sie zu ihm hingezogen hatte, von seinem Aussehen und seiner Stimme bis hin zu seinem entschlossenen Auftreten.

»Ja, sie ist acht und sie liebt Justin Bieber heiß und innig. Sie hatte schreckliche Angst, dass Sie ihn scheren müssen.«

»Oh nein, das tue ich keinem Hund an, wenn es sich vermeiden lässt. Sie schämen sich sonst.«

Tracie lächelte und runzelte dann die Stirn. »Dann stimmt es also, was man über Sie und Ross hört?«

»Was stimmt?«

»Dass Sie beide zusammen sind.«

»Oh. Ja.« *Wir scheinen tatsächlich das Gesprächsthema Nummer eins in der Stadt zu sein.*

»Das freut mich für Sie beide. Er ist so ein netter Mann. Ich kenne ihn schon seit Ewigkeiten. In der Schule war er ein paar Klassen über mir, aber wenn Sie mich fragen, ist er der beste der Braden-Brüder. Nicht, dass es einen Braden gäbe, der nicht in Ordnung ist, aber er ist immer so ein Gentleman.« Tracie griff in ihre Tasche und holte ihr Portemonnaie hervor. »Was bin ich Ihnen schuldig?«

Elisabeth war in Gedanken immer noch bei dem, was Tracie über Ross und sie gesagt hatte. »Nichts, das geht aufs Haus.«

»Oh nein, das kann ich nicht annehmen. Sie haben eine ganze Stunde lang gearbeitet und ich hätte das selbst nie hinbekommen.« Tracie öffnete ihr Portemonnaie.

»Nein, wirklich, Tracie. Wahrscheinlich haben Sie den Flyer gesehen, auf dem ich Werbung für die kostenlose Fellpflege mache, also sind wir quitt. Und ich bin froh, dass ich Justin Bieber kennenlernen durfte, er ist so ein süßer kleiner Kerl.« Sie nahm ihn auf den Arm und drückte ihn an sich.

»Flyer?« Tracie zog die Nase kraus. »Ich bin hergekommen, weil mir Janice Treelong gesagt hat, dass Sie samstags kostenlose Fellpflege anbieten.«

»Ich habe keine Ahnung, wer Janice Treelong ist, aber richten Sie ihr bitte meinen Dank aus. Ich betreibe Fellpflege als Beruf, aber im Moment ist sie kostenlos. Sie sind mir also nichts schuldig.« Sie übergab Justin Bieber gerade in Tracies Arme, als Ross in die Einfahrt einbog.

»Ich lasse Sie beide allein, aber ich kann Ihnen gar nicht genug danken. Maddy wird begeistert sein.«

»Am kommenden Wochenende bin ich auf der County Fair und biete Snacks für Hunde und wahrscheinlich auch eine kostenlose Pfotenpflege an. Ich würde mich freuen, wenn Sie mit Justin Bieber vorbeischauen.«

»Das machen wir. Danke, Elisabeth.«

Ross trat zu ihnen und sagte lächelnd: »Justin Bieber sieht aus wie neu!«

»Nicht wahr? Elisabeth macht ihre Sache wirklich gut«, schwärmte Tracie.

Sie verabschiedete sich und fuhr davon, und Ross schloss Elisabeth in die Arme. »Siehst du? Auch Tracie ist ganz hingerissen von dir. Wren war enttäuscht, weil du ihre Hunde nächste Woche nicht hübsch machen kannst. Ich glaube, es gefällt ihr mittlerweile, wenn ihre Hunde gut aussehen. Ich hab ihr gesagt, dass du auf der County Fair bist und sie mit ihren Hunden vorbeischauen kann.«

»Das wird nicht gehen, sie steht ja den ganzen Tag im Laden. Aber am Wochenende nach der County Fair hole ich sie wieder ab. Wenn ich mehr Kunden habe, muss ich mir die Sache mit dem Holen und Bringen noch einmal überlegen. Es ist wirklich zeitraubend.«

»Vielleicht solltest du dir überlegen, dir deine Arbeit bezahlen zu lassen und Hausbesuche zu machen.« Er zog ihr eine Klette aus dem Haar.

Sie lachte. »Ich könnte tatsächlich wieder Hausbesuche machen, wie in L. A. Oder mit einem Pflegemobil herumfahren und mich damit am Hundepark oder am Stadtpark hinstellen. Und natürlich muss ich Geld nehmen für die Fellpflege, schließlich kann ich nicht ewig umsonst arbeiten.« Vielleicht gelang es ihr ja doch noch, in Trusty etwas auf die Beine zu stellen.

»Und wie willst du die Kuchenbäckerei und die Fellpflege unter einen Hut bekommen? Wren sagte, dass sie alle deine Kuchen gleich am ersten Tag verkauft hat. Für diese Woche will sie dreimal so viele bestellen.«

»Ist das wahr?« Elisabeth packte aufgeregt seine Hand. »Ich habe keine Ahnung, wie ich das alles hinkriege, aber das sind wunderbare Aussichten. Mir fällt schon etwas ein. Vielleicht sollte ich mir feste Zeiten einrichten, denn morgens backe ich und am frühen Nachmittag liefere ich die Bestellungen aus. Früher oder später muss ich mir einen Plan machen. Ich kann gar nicht glauben, dass das alles wahr ist!«

»Es ist alles wahr.« Er senkte seine Lippen auf ihre und sie drängte sich an ihn.

»Mmh. Darauf habe ich den ganzen Tag gewartet und es hat sich gelohnt«, sagte Elisabeth und holte sich einen weiteren Kuss.

Siebzehn

Am Dienstagnachmittag war Ross spät dran. Er hatte in der Praxis zwei Notfälle behandeln müssen, sodass sein ganzer Tagesablauf durcheinandergeriet. Während er mit seinen Patienten beschäftigt war, wanderten seine Gedanken immer wieder zu Elisabeth. Heute war sie mit Jade unterwegs, um einige ihrer Kunden kennenzulernen, und er hoffte, dass sie auf diese Weise ein paar nützliche Kontakte knüpfen konnte. Sie versuchte, ihren Wellnessservice für Haustiere auf die Beine zu stellen, und bemühte sich gleichzeitig, ihre Kuchenbäckerei auszuweiten. Ihm kam das so spontan und ein wenig planlos vor, als würde sie einfach die Arme ausbreiten und alles mitnehmen, was sich ihr bot. Dabei schien sie entschlossen und zuversichtlich zu sein, dass sich die Fellpflege für Hunde tatsächlich zu einem tragfähigen Unternehmen ausbauen ließ. Wenn sie nun Kunden in den Nachbarstädten dazubekam, würde sie noch weitere Strecken fahren müssen. Dabei waren ihre Tage schon hektisch genug: Sie stand im Morgengrauen auf, versorgte die Tiere, machte ihre Yogaübungen und backte die Kuchen, die sie am Nachmittag ausliefern musste. Die Hunde zur Fellpflege zu holen und wieder zurückzubringen erschien ihm wie reine Zeitverschwendung.

Es musste eine Möglichkeit geben, ihr den Alltag zumindest ein wenig zu erleichtern. Bei ihr war es ja nicht wie bei ihm mit seiner Praxis. Jeder in der Stadt kannte ihn und vertraute ihm, und eine Woche nach der Eröffnung war sein Terminbuch voll gewesen. So etwas wünschte er sich auch für sie: dass die Leute sie akzeptierten und dem, was sie anzubieten hatte, Interesse und Wertschätzung entgegenbrachten.

Nachdem er seine letzte Patientin für den Tag, eine fünf Jahre alte Katze, untersucht hatte, ging er in sein Büro, um weiter über Elisabeths Situation nachzudenken.

Von seinem Bürofenster aus hatte er einen herrlichen Blick auf die Berge. An der gegenüberliegenden Wand präsentierte er stolz seine Diplome und in einem Regal hinter dem Schreibtisch bewahrte er die Fachbücher auf, die er im Laufe der Jahre angesammelt hatte. Auf dem Schreibtisch stand ein gerahmtes Foto von Ross und seinen Geschwistern, die sich die Arme um die Schultern gelegt hatten und in die Kamera lachten. Die Aufnahme war vor ein paar Jahren an Weihnachten entstanden und Ross musste immer lächeln, wenn sein Blick darauf fiel.

Als er sich setzte, knisterte etwas auf seinem Stuhl. Er fand einen Umschlag, auf den Elisabeth seinen Namen geschrieben hatte. Er fand es wunderbar, dass sie ihm überall kleine Nachrichten hinterließ: in seinem Truck, in der Küche, am Badezimmerspiegel. Wann hatte sie bloß die Zeit gefunden, diesen Briefumschlag vorbeizubringen? Er öffnete ihn und las die Nachricht. *Wie wär's mit Picknick unterm Sternenhimmel, mit den Jungs? Heute Abend? Xox, Lis.*

Er schrieb ihr eine SMS: *Picknick klingt wunderbar. Bin heute spät dran. Komme vorbei, sobald ich aus Denton zurück bin. Wie ist es mit Jade?* Er tippte auf Senden und schickte dann schnell eine weitere Nachricht hinterher: *Xox.*

Bei Elisabeth war ihm ständig nach *xox* – Küssen und Umarmungen – zumute, doch er musste sich immer wieder daran erinnern, es auch in seine SMS schreiben.

Während er auf seinem Schreibtisch den Stapel mit Patientenakten und einen anderen Stapel mit Katalogen für Praxisbedarf betrachtete, kam ihm eine Idee. Er rief Walt im

Gefängnis an und sagte ihm, dass er etwas später zu seiner Trainingseinheit kommen würde. Dann schrieb er rasch ein Memo und schickte es per E-Mail an Kelsey, griff sich seine Schlüssel und ging zum Anmeldetresen.

»Wie geht's deinem Großvater?«, fragte er Kelsey.

»Er vermisst Gracie, aber wenigstens schottet er sich nicht ab, wie damals, als Grandma gestorben ist. Er überlegt sogar, sich irgendwann einen neuen Hund anzuschaffen.«

»Gut, das ist ein gutes Zeichen. Kelsey, du musst mir einen Gefallen tun. Ich habe dir ein Memo geschickt, das heute noch an unsere Händler für Praxisbedarf rausgehen sollte.«

»Okay«, sagte sie und hatte den Blick schon wieder dem Bildschirm zugewandt. »Kann ich das machen, wenn ich hiermit fertig bin? Am späten Nachmittag oder morgen?«

»Mir wäre es lieber, wenn es so bald wie möglich verschickt wird. Es ist ziemlich dringend.«

Sie sah ihn forschend an, dann speicherte sie ihre Arbeit und öffnete das E-Mail-Programm. Normalerweise war Ross nicht so fordernd und er wunderte sich nicht über ihren erstaunten Blick. »Du lädst sie zur County Fair ein und weist sie auf Elisabeths Fellpflegeservice hin? Aber das sind Händler für Praxisbedarf. Warum sollten sie sich dafür interessieren?«

»Sie haben Haustiere und sie lieben ihre Tiere. Warum sollten sie sich nicht dafür interessieren?« Er lächelte ihr zu und verließ die Praxis. Jedenfalls war es ein Anfang.

Eine halbe Stunde später betrat er gerade das Gefängnis, als er eine SMS von Elisabeth bekam: *Mit Jade läuft es prima. Vermisse dich. Gib Storm eine Streicheleinheit von mir. Xox.*

Während der Trainingseinheit wirkte Trout unkonzentriert. Seine Muskeln waren angespannt und er wich Ross' Blick aus. Zum Glück war Storm eifrig und munter, befolgte alle Anweisungen und behielt Trout aufmerksam im Auge, wie es von einem Assistenzhund erwartet wurde.

Nach dem Training saßen sie zusammen auf der Bank,

während Storm aus der Pflicht entlassen wurde und spielen durfte.

»Er entwickelt sich prächtig, Trout. Sie leisten wirklich gute Arbeit mit ihm.«

»Hmm.« Trout hatte wie beim letzen Gespräch wieder eine Hand zur Faust geballt und umfasste sie mit der anderen Hand. »Spielzeug hat geholfen.«

»Gut zu wissen.«

Trout warf ihm einen kalten, harten Blick zu. Ross stellte sich vor, dass es wahrscheinlich dieser Blick war, den Thomas Carver gesehen hatte, bevor Trout ihn umbrachte. Er spürte, wie sich ihm die Haare sträubten.

»Ich hab ein Problem, Doc.«

»Was ist es denn?« Wenigstens drehte er ihm nicht den Hals um.

»Ich kann ihn trainieren, aber ich kann nicht für seine Sicherheit sorgen, wenn er hier rauskommt.« Trouts Blick ging zurück zu Storm, der mit einem Ball spielte. »Wer sorgt dafür, dass er sicher ist?«

»Das muss sein neuer Besitzer tun.« Ross war froh, dass Trout sich solche Gedanken um Storm machte. Dafür nahm er den finsteren Blick in Kauf.

Trout schüttelte den Kopf und starrte auf seine Hände. »Sicherheit ist eine Illusion.«

Ross ahnte, dass sie nun nicht mehr über Storm sprachen. »Ja, in gewisser Hinsicht haben Sie wahrscheinlich recht.«

»Deswegen gibt's Gitter, Doc.« Er neigte den Kopf und starrte Ross erneut aus kalten Augen an. »Sperren Sie die Gefährlichen hinter Gitter, dann haben die Guten eine bessere Chance.«

Ross beugte sich vor und stützte die Ellenbogen auf die Knie, sodass er in derselben Haltung dasaß wie Trout. Ross hatte das Gefühl, einen gefährlichen Tanz mit ihm zu tanzen, bei dem Trout führte. »Vermutlich.«

»Haben Sie Familie?«, fragte Trout.

Ross wusste, dass er diese Grenze eigentlich nicht überschreiten sollte, spürte aber auch, dass dies eine Möglichkeit war, ein paar Antworten zu bekommen.

»Klar.«

»Ich hatte auch mal Familie.«

»Ja. Ich weiß, was Ihrer Mutter passiert ist, und es tut mir leid.« Ross mochte sich nicht vorstellen, wie sich der Gedanke an seine Mutter sich für Trout anfühlen musste.

»Auch einen Bruder.«

Ross blickte auf. »Ich glaube, ich habe etwas über ihn gelesen. Er wurde direkt nach der Geburt zur Adoption freigegeben, nicht wahr?«

Trout nickte. »War nicht ganz richtig im Kopf.«

»Dann kannten Sie ihn also?« In den Akten hatte Ross nichts über eine Beziehung zwischen den beiden Jungen gelesen.

»Meine Mutter hat das eingefädelt, aber das wusste niemand. Sie ist mit mir und meinem Hund in einen Park gefahren, in der Nähe von dem Haus, in dem mein Bruder lebte. Ungefähr 'ne Stunde von dort, wo wir wohnten.« Trout schwieg und sah weg. Sein Blick wurde weich, als er auf Storm fiel.

Ross wagte kaum zu atmen, als könnte die geringste Störung dazu führen, dass sich Trout wieder hinter seine Mauer des Schweigens zurückzog.

»Wir waren Freunde. Für ihn war ich Mike. Meine Mutter war schlau. Wenn er meinen richtigen Namen gekannt hätte, wären ihr diese Typen von der Adoptionsbehörde irgendwann auf die Schliche gekommen. Und so war ich einfach irgendein Kind auf dem Spielplatz.« Er sah Ross an. »Manchmal muss man das machen, was man für richtig hält, nicht das, was andere für richtig halten. Und das hat meine Mama gemacht. Blut ist Blut. Das sollten Sie nie vergessen, Doc. Stärker als Beton.«

Ross nickte. »Wusste er, dass sie seine Mutter war?«

Trout schüttelte den Kopf. »Nein. Aber für ihn war seine Mutter großartig, weil sie ihn hergegeben hatte, um ihm ein besseres Leben zu ermöglichen.« Er nickte und wieder blitzten seine Grübchen auf. »Er hatte recht. Sie war großartig.«

»Und wo ist Ihr Bruder jetzt?«

Er zuckte mit den Achseln. »Hab ich nicht mehr gesehen, seit dem Tag, bevor … alles den Bach runterging.« Trout wandte den Kopf und sah Ross an. »Ich sehe, Sie wollen es genau wissen. Ich sehe es in Ihren Augen. Ich bin nicht blöd, Doc, nur, weil ich hier bin oder nicht mit den anderen Typen reden will.«

»Klassenbeste sind selten blöd.« Ross richtete sich auf. Trout wirkte nun nicht mehr bedrohlich. Er wusste nicht, warum, doch vermutlich hatte es etwas damit zu tun, dass Trout sich endlich öffnete und mit ihm redete wie ein ganz normaler Mensch. So fiel es Ross leichter, mehr in ihm zu sehen als einen verurteilten Mörder.

Trout stieß einen Laut aus, halb Lachen, halb Knurren. Er richtete sich ebenfalls auf. »Seine Adoptivmutter hat ihm erzählt, dass jemand seine Mutter ermordet hat. Verdammte Idiotin. Er musste das nicht wissen. Die halbe Zeit lebte er eh in einer Fantasiewelt. Für ihn wäre das Leben einfach so weitergegangen, wenn …«

Er sah Ross in die Augen. »Wenn ich es nicht getan hätte, war's mein Bruder gewesen, und er hätte hier drinnen nicht überlebt. Jahrelang hab ich auf ihn eingeredet, es nicht zu tun. Aber ich sagte es ja schon, er war nicht ganz richtig im Kopf. Er war besessen davon, ihren Tod zu rächen. Als seine Adoptivmutter ihm gesagt hat, dass unsere Mutter tot ist, brauchte er nur ein paar Nachforschungen anzustellen, und schon wusste er alles, was er wissen wollte. Er war wie ein Hund mit 'nem Knochen, redete pausenlos davon, wie er rausgekriegt hat, dass Carver sie umgebracht hat und solchen Mist. Da hatte ich schon so viel Wut in mir, so viel Hass, dass ich auch nicht mehr ganz ungefährlich war. Als mir klar wurde, dass ich tatsächlich fähig wäre, einen Mann umzubringen, damit mein Bruder es nicht tat, da wusste ich, dass mit mir was nicht stimmte.«

Lieber Himmel. Er hatte den Mann umgebracht, um seinem

Bruder ein Leben im Gefängnis zu ersparen.« »Trout, haben Sie keine Angst, dass Ihr Bruder einem anderen Menschen etwas zuleide tun könnte?«

Er schüttelte den Kopf. »So ist er nicht gestrickt. Mittlerweile hat er gesündere Obsessionen. Das war einfach ein Tick in seinem kaputten Hirn. Ein Tick, der nach so vielen Jahren endlich vorbei ist. Hab draußen einen Freund, der nach ihm sieht, aber ich hab ihm gesagt, ich will nicht wissen, wo er ist. Ich will auch nicht, dass er erfährt, was ich getan hab. Mein Bruder weiß, dass Carver tot ist, und nun hat er seinen Frieden. So soll es bleiben.«

»Aber Sie hatten eine vielversprechende Zukunft vor sich. Und Sie haben einen Mann umgebracht und diese Zukunft aufgegeben, damit ihr Bruder ihn nicht ermordete? Warum? Warum sind Sie so weit gegangen?«

»Warum ich so weit gegangen bin? Wie ich schon sagte: Als mir klar wurde, dass ich fähig war, Carver umzubringen, dass ich es sogar wollte – und glauben Sie mir, ich wusste genau, was ich tat –, da wusste ich, dass ich hinter Gitter gehöre. Ich war eine Gefahr da draußen. Ich war selbst zu Carver geworden. Aus irgendeinem verdammten Grund hab ich einen brauchbaren Kopf, der gleichzeitig kaputt ist. Sie müssen kaputt sein, um das zu tun, was ich getan hab. Was ich geplant und ausgeführt hab. Ich war nicht betrunken oder high oder sonst irgendwie daneben. Ich habe mich entschieden zu töten.«

Ross konnte kaum fassen, dass Trout so offen darüber sprach. »Ich kann mir nicht vorstellen, den Entschluss zu fassen, alles aufzugeben. Aber ich kann mir ja auch nicht vorstellen zu wissen, dass ich losgehen und einen Mann umbringen werde.«

»Sie sind ja auch nicht kaputt. Sie sind mit einem brauchbaren Kopf gesegnet, aber Ihrer ist nicht gleichzeitig kaputt.« Ein Anflug von einem Lächeln huschte über sein Gesicht, dann wurde er wieder ernst. »Was hab ich denn schon aufgegeben? Okay, ich werde nie ein Wundermittel gegen Krebs finden oder einen Roboter bauen. Kinderträume, Doc. Ich hab ein Dach über dem

Kopf und Bücher zum Lesen. Wissen Sie, warum ich gewartet hab, bis ich achtzehn war?«

Ross schüttelte den Kopf.

»Damit sie mich auch ganz bestimmt als Erwachsenen verurteilen und ich keine Chance hatte, wieder rauszukommen. Doc, wenn Sie einen Mann umbringen können, dann stimmt was nicht mit Ihnen. Dass ich ein schlauer Bursche bin, ist einfach Glückssache, aber wenn man das macht, dann ist was nicht in Ordnung. Wer weiß, wie viele Leute überlebt haben, weil ich hinter Gittern sitze.« Mit einem Schulterzucken erhob sich Trout.

Ross stand ebenfalls auf. »Trout.« Er wusste nicht, was er sagen sollte. Dieser Mann hatte erkannt, welche Gefahr er für die Welt darstellte, und etwas getan, was sonst sein Bruder getan hätte. Er war beides, ein Held und ein Verbrecher.

»Manchmal müssen Sie einfach auf dieses Ding in Ihrer Brust hören und das tun, was Sie für richtig halten, auch wenn alles, was Sie jemals gelernt haben, dagegen spricht. Sie müssen loslassen, was Sie lieben, damit Sie nach vorn schauen können. In dem Wissen, dass Sie trotz allem jemanden zu dem Leben verholfen haben, das er leben sollte. Ja, ich hab einen Mann umgebracht. Einen Mann, der meine Mutter und meinen Hund umgebracht hat und der wahrscheinlich auch meinen Bruder umgebracht hätte, wenn der mit seinem wirren Kopf jemals versucht hätte, sich zu rächen. Ich bin nicht stolz darauf, aber wissen Sie, was ich bei diesem Schweinehund fand, als ich ihn aufgespürt hatte?«

Ross runzelte die Stirn und schwieg.

»Er trug den Ring meiner Mutter am kleinen Finger. Und das Halsband von meinem Hund hing an der Wand wie eine Trophäe. Zehn Jahre, Doc. Zehn Jahre und er hatte diesen Scheiß immer noch.« Er wandte sich ab und als er Ross wieder ansah, waren seine Augen kalt wie Eis.

»Trout, warum erzählen Sie mir das alles?«

»Weil Sie der Einzige sind, der mir den großen Schweiger nicht abgekauft hat, Doc. Sie haben keinen Bogen um mich gemacht wie die anderen. Sie haben mir Storm anvertraut, dabei wussten Sie nicht, ob ich ihm oder Ihnen nicht vielleicht den Hals umdrehe. Sie haben mir vertraut. Und ich vertraue Ihnen mein Geheimnis an.« Trout klopfte sich auf den Oberschenkel. »Storm, komm.«

Storm kam angelaufen, setzte sich und sah ihn unverwandt an. »Braver Junge.«

Ross sah ihm nach, als er aus dem Raum ging, und hielt ihn dann auf. »Trout, eins muss ich noch wissen. Warum wollten Sie an dem Programm teilnehmen?«

Er zuckte mit den Achseln. »Reiner Egoismus, würde ich sagen. Ich bin auch nur ein Mensch. Ich brauche Liebe und will Liebe geben.« Trout sah auf Storm hinunter. »Ich werde nie ein Kind großziehen, aber wenigstens einen Hund. Storm liebt mich, egal, wie meine Vergangenheit aussieht.«

Ross hatte keine Ahnung, was er sagen sollte. War Trout ein Genie oder ein Idiot? Er wusste es ebenso wenig wie Walt.

»Ach, eins noch, Doc: Ich hab hier einen Ruf zu wahren.«

Ross musste lächeln. »Sie sind der große Schweiger, der jedem die Fresse poliert, der ihn schief anguckt. Alles klar.«

Trouts Blick wurde weich, für einen Moment wich die Spannung aus seinem Gesicht, doch im nächsten Augenblick starrte er Ross wieder mit unbewegter Miene an, nahm seine gewohnte Drohhaltung ein und ging zur Tür hinaus. Ross machte sich auf den Heimweg zu Elisabeth. Er hatte das Gefühl, etwas über das Leben und die Liebe gelernt zu haben, und wusste, dass nichts so eindeutig war, wie es manchmal schien.

Achtzehn

Der Mittwochnachmittag verging wie im Fluge. Nachdem Elisabeth die bestellten Kuchen gebacken und ausgeliefert hatte, setzte sie sich an den Küchentisch und versuchte, einen Zeitplan zu machen. Sie war wie berauscht nach ihrem romantischen Picknick mit Ross am Abend zuvor und dem Nachmittag mit Jade, der ihr sehr gut gefallen hatte. Inzwischen hatten sich schon drei von Jades Kunden gemeldet und einen Termin für Fellpflege und Massage vereinbart. Nun musste Elisabeth dringend einen Plan aufstellen, um sowohl ihre Kuchenbäckerei als auch das Wellnessangebot unterzubringen. Eines war klar: Hunde durch die Gegend zu chauffieren war eine riesige zeitliche Belastung, auch wenn ihr die Fahrerei selbst nichts ausmachte und sie die Zeit mit den Hunden genoss.

Ihr Handy läutete und ihr Herz schlug schneller, als sie Ross' Namen auf dem Display sah.

»Hi.« Warum klang sie bloß immer so atemlos, wenn sie mit ihm sprach? Nach dem Picknick am See hatten sie die Nacht wieder in seinem Haus verbracht. Mittlerweile hatten sie ihre festen Abläufe: Morgens versorgten sie die Tiere und frühstückten gemeinsam und abends schliefen sie eng umschlungen ein. Diesen Teil des Tages mochte Elisabeth am liebsten.

»Hallo Schatz. Ich wollte nur mal hören, wie dein Tag ist.«

»Ich bin in deinen Armen aufgewacht. Er kann also nur

wunderbar sein.«

»Seine Stimme klang rau und verführerisch. »Kannst du Gedanken lesen? Ich vermisse dich.«

»Ich vermisse dich auch.«

»Ich hab deinen Zettel in meiner Tasche gefunden. Lieber Himmel, Lis, wie kann es sein, dass ich bei einem Stück Papier Herzklopfen kriege?«

Sie lächelte. Das war genau die Reaktion, die sie beabsichtigt hatte, als sie ihm ihre verheißungsvolle Nachricht zusteckte. *Sehne mich nach dir, vermisse dich, kann es kaum erwarten, dich von oben bis unten zu küssen.*

»Keine Ahnung, aber es freut mich. Emily hat angerufen. Sie kommt heute Abend und zeigt mir ihre Pläne für den Küchenumbau.« Sie war gespannt, was Emily sich ausgedacht hatte.

»Wes hat auch angerufen. Macht es dir etwas aus, wenn ich mich nach der Arbeit mit ihm und Luke auf einen Drink treffe?«

»Natürlich nicht. Viel Spaß.«

»Liebling?«

»Ja?« In der Stille, die nun folgte, breitete sich ein Gefühl aus, ein Einssein, das sie immer wieder spürte, wenn sie zusammen waren. Etwas Heiliges und Kostbares, das ihren Emotionen entsprang und sie nach und nach ausfüllte. Sie hatte sich in ihn verliebt, und zwar richtig.

»Bis heute Abend.«

Elisabeth merkte erst jetzt, dass sie den Atem angehalten hatte. Sie dachte, er würde sagen, dass er sie liebte. Und wahrscheinlich hätte sie geantwortet, dass sie ihn auch liebte. Nachdem sie sich verabschiedet hatten, saß sie noch lange da, in ihre Gefühle eingehüllt. Wenn die Zeit reif war, würden sie es beide wissen, da war sie sich sicher. Ein Klopfen an der Tür riss sie aus ihren Gedanken. Seufzend stand sie auf und öffnete. Eine drahtige Frau mit einer schwarzen Brille auf der spitzen Nase und einer alten Katze auf dem Arm stand auf der Veranda.

»Hi«, sagte Elisabeth.

»Elisabeth?«

»Ja.«

»Ich bin Alice Shalmer und das ist Flossie. Ich wollte anrufen, aber … Nun, ich bin altmodisch und finde, man sollte vorbeischauen, wenn man mit jemandem reden will.«

Sie lächelte und Elisabeth bat sie ins Haus und trat zur Seite.

»Jim Trowell ist ein Freund von mir, und ich glaube zwar nicht, dass ich Flossie bald verlieren werde, aber er hat mir erzählt, wie Sie Gracie massiert haben, und meine süße Flossie könnte wirklich eine Massage gebrauchen. Hätten Sie wohl irgendwann Zeit für sie?«

»Oh, Alice, natürlich. Kommen Sie, setzen Sie sich, ich mache es jetzt gleich.« Die Unterbrechung kam ihr nicht gerade gelegen, aber sie fand es erfrischend, dass Alice vorbeigekommen war. *Das* war etwas, woran sie sich erinnerte und was sie mit Trusty in Verbindung brachte. Wie oft waren Leute plötzlich aufgetaucht, um mit ihrer Tante zu sprechen, während sie selbst im Garten spielte, und dann setzte Tante Cora sich hin und plauderte mit ihrem Besuch. Sie hatte so sehr versucht, in Trusty Fuß zu fassen, und dabei gar nicht mehr daran gedacht, dass Beziehungen hier nicht mithilfe von E-Mails und Handys gepflegt wurden. In den ersten Wochen hatte sie das Gefühl, nur auf Ablehnung zu stoßen, doch allmählich schien sich das Blatt zu wenden. Alice' Auftauchen war ein Beweis dafür. Langsam schienen die Bewohner von Trusty aufzutauen.

Sie legte Flossie auf das Sofa und begann, ihr den Rücken und den Bauch zu massieren. Flossie gähnte und räkelte sich genüsslich. Offenbar war sie es gewöhnt, gestreichelt zu werden.

»Sie ist wirklich süß. Sie streicheln sie oft, stimmt's? Normalerweise sind Katzen ein bisschen schreckhaft.«

Alice' Blick wurde weich und die Sorgenfalten auf der Stirn verschwanden für einen Augenblick. »Ich fürchte, sie ist ein bisschen verwöhnt. Sie ist seit ihrer Geburt bei mir. Es ist mir fast peinlich, aber sie erhebt schon seit Jahren Anspruch auf mein Kopfkissen.«

»Wie lieb von Ihnen, dass Sie es ihr überlassen«, lachte Elisabeth.

»Oh, ich hatte überhaupt keine Wahl. Immer, wenn ich *Zeit zum Schlafengehen* sage, geht sie mit mir die Treppe zum Schlafzimmer hoch. Und während ich mir die Zähne putze, macht sie es sich auf dem Kissen gemütlich. Kennen Sie diesen Blick, den Katzen haben? Ungefähr so?« Sie beugte sich vor, spitzte die Lippen und runzelte die Stirn.

»Oh ja, das ist der Ich-hab-hier-das-Sagen-Blick. Katzen sind wahre Meister darin. Ich wette, Flossie beherrscht ihn sehr gut.«

Alice seufzte. »Früher schon. Jetzt hat sie das gar nicht mehr nötig. Das Kissen gehört ihr, wie ich schon sagte. Nun lächelt sie, wenn ich mich ins Bett lege.«

Elisabeth beendete die Massage, nahm Flossie auf den Arm und kraulte sie am Kinn. »Hören Sie nur, wie laut sie schnurrt. Ich glaube, das hat ihr gut gefallen.« Sie reichte Alice die Katze und begleitete sie zur Tür. »Ich freue mich, dass Sie gekommen sind. Es war schön, Sie kennenzulernen.«

»Danke, dass Sie sich die Zeit für uns genommen haben. Hier duftet es himmlisch. Coras Kuchen haben immer den Duft von zuhause verbreitet.«

Zuhause, dachte Elisabeth glücklich. In einem Zuhause gab es Besucher, Freunde und Liebhaber. Das Haus roch nicht nur wie zuhause, endlich fühlte es sich auch so an.

»Ich denke gern daran zurück, wie wir zusammen gebacken haben. Das gehört zu meinen liebsten Erinnerungen.«

Alice zögerte einen Moment, dann meinte sie: »Eins wollte ich noch sagen. Eine wunderbare Frau wie Sie habe ich mir für Ross immer gewünscht.«

Dass die Leute über Ross und sie Bescheid zu wissen schienen, schockte Elisabeth inzwischen nicht mehr. Da es sich schon bis Allure herumgesprochen hatte, konnte es nur jemand aus Trusty weitergetratscht haben. Sie freute sich jedoch sehr, dass eine alteingesessene Bewohnerin der Stadt ihrer Beziehung ihren Segen gab, auch wenn sie eigentlich nicht auf solche Zustimmung angewiesen sein sollte. Die Leute hier passten aufeinander auf. Ross war einer der ihren und diese Fürsorglichkeit war genau so, wie sie es sich von den Menschen in Trusty immer vorgestellt hatte. Das zu sehen ließ ihren Wunsch noch stärker werden, ein Teil dieser Gemeinschaft zu sein, in der sie sich von Tag zu Tag mehr verwurzelt fühlte.

Um sechs Uhr kam Elisabeth gerade aus dem Stall, als Emily aus dem Auto ausstieg. Sie hatte Shorts, ein weißes Tanktop und Cowgirlstiefel an, das lange wellige Haar trug sie offen. Unter dem einen Arm trug sie mehrere zusammengerollte Zeichnungen, den anderen streckte sie lächelnd aus und drückte Elisabeth.

»Tut mir leid, dass ich zu spät komme«, sagte sie lächelnd. »Ich war noch eben zu Hause und hab mich umgezogen. Und ich hab uns noch was Leckeres mitgebracht, für alle Fälle. Kannst du die mal halten?« Sie reichte Elisabeth die Zeichnungen und holte eine Tasche vom Rücksitz.

»Das wäre doch nicht nötig gewesen, ich hab jede Menge Knabbereien hier.«

»Oh, das hier sind aber keine Knabbereien.« Sie zog eine Flasche mit fertig gemixten Margaritas hervor. »Wes sagte, dass er sich mit Ross auf einen Drink trifft, also dachte ich, dass du vielleicht Gesellschaft brauchen könntest.«

Elisabeth musste schlucken. Die Gefühle, die in ihr aufwallten, schnürten ihr fast die Kehle zu. Es war so schwer, echte Freunde zu finden. Bei ihren täglichen Telefonaten mit Emily hatte sie den Eindruck, dass sie sich näherkamen, und nun war sie sich sicher, dass sie sich das nicht nur zusammenfantasiert hatte.

»Komm, wir sehen uns die Zeichnungen an.« Emily hakte sie unter, so wie sie es bei ihrer ersten Begegnung getan hatte. »Und vielleicht hab ich auch ein paar Cracker und etwas Käse dabei.«

Elisabeth räumte rasch den Tisch ab, damit Emily die

Zeichnungen darauf ausbreiten konnte.

»Und eine Schachtel Pralinen.«

»Der perfekte Mädelsabend.«

»Oh, ich bin richtig gut, wenn's um Mädelsabende geht. Mit echten Dates klappte es bei mir allerdings nicht so gut. Einmal hab ich Wes geholfen, für Callie einen Wellnesstag zu organisieren und eine Märchennacht zu planen. Meine Brüder haben's gern romantisch, aber sie brauchen immer jemanden, der ihnen dabei hilft. Dabei ist der ganze Romantikkram gar nicht so schwer. Man muss sich nur überlegen, was man sich selbst von einem Typen wünschen würde, dann fällt einem schon was ein.« Sie seufzte.

Elisabeth goss ihnen beiden ein und reichte Emily ein Glas. »Nun, Ross kommt offenbar ganz gut allein zurecht.«

Emily seufzte wieder. »Aber ja. Ich hab dir doch gesagt, dass er ein netter Kerl ist.«

Netter Kerl war nun wirklich untertrieben, dachte Elisabeth. *Fürsorglich. Liebevoll. Mitfühlend. Männlich. Sexy. Der beste Liebhaber, den sie sich vorstellen konnte.*

Sie beugten sich über die Zeichnungen. Elisabeth war begeistert von Emilys Vorschlägen.

»Ich habe so geplant, dass es sich alles in dem finanziellen Rahmen hält, den du dir gesteckt hast, trotz der drei Öfen und der erweiterten Kücheninsel. Wir werden die vorhandenen Küchenschränke aufarbeiten, statt neue zu kaufen, und sparen dadurch eine Menge Geld.«

»Das hört sich alles fantastisch an. Wie lange wird die Renovierung dauern?«

Emily füllte die Gläser nach. »Etwa drei Wochen, würde ich schätzen, aber das hängt davon ab, wen du die Abschlussarbeiten machen lässt. Da gibt es mehrere Möglichkeiten.« Sie rollte die Zeichnungen zusammen. »Allerdings fahre ich in ein paar Wochen in die Toskana, also sollten wir entweder sofort loslegen oder die ganze Sache verschieben, bis ich wieder da bin.«

»In die Toskana? Wow, das klingt wunderbar. Mit wem fährst

du?«

Emily holte eine weitere Flasche Margaritas hervor und reichte Elisabeth die Tasche. »Ich erzähl's dir, wenn du die Knabbereien auspackst.«

»Gute Idee.« Elisabeth legte alles auf eine Servierplatte und holte ein frisches Brot, dass sie am Vormittag gebacken hatte.

»Ach, lass uns lieber Pizza essen. Ich rufe bei Joe in der Pizzeria an und bestelle uns welche.«

Sie machten es sich mit ihren Drinks im Wohnzimmer gemütlich und Emily erzählte ihr von der Reise, die Wes ihr zum Dank für ihre Hilfe bei Callies Wellnesstag und der Märchennacht spendiert hatte.

»Hoffentlich gibt es da mehr unverheiratete Männer als hier«, seufzte Emily.

»Du kannst dich doch sicher über einen Mangel an Bewunderern nicht beklagen. Du siehst hinreißend aus, bist schlau, witzig und außerdem eine tolle Architektin.«

»Ja, klar.« Emily lachte. »Nein, ehrlich. Ich habe keine Dates. Vielleicht liegt es daran, dass ich hier aufgewachsen bin, also weiß ich praktisch alles über die unverheirateten Typen in Trusty. Oder vielleicht halten sie auch Abstand, weil ich ein erfolgreiches Unternehmen leite und fünf Brüder habe, die über einen ausgeprägten Beschützerinstinkt verfügen. Hey, möglicherweise haben die Jungs ja alle in die Flucht geschlagen«, überlegte sie grinsend. »Nun ja, ich find's blöd, aber wenigstens habe ich Freundinnen.«

Als die Pizza kam, waren sie beide schon ziemlich angeheitert. Emily öffnete die Tür.

»Wenn das nicht Caleb Stowers ist! Junge, bist du groß geworden! Und Auto fahren kannst du auch schon!« Caleb sah ungefähr aus wie siebzehn. Er hatte einen braunen Wuschelkopf und trug ein T-Shirt mit dem Logo der Pizzeria.

»Und du siehst aus, als hättest du einen im Kahn«, lachte Caleb.

Emily bezahlte die Pizza und reichte sie an Elisabeth weiter.

»Und Sie sind die Freundin von Dr. Braden, oder? Die Hundeflüsterin oder so, stimmt's?«, sagte Caleb zu Elisabeth.

»Hundeverwöhnerin vielleicht, aber nicht Hundeflüsterin.« Sie lachte und musste sich an Emily festhalten.

»Ich hoffe, Sie beide wollen heute nicht mehr Auto fahren«, grinste Caleb und verabschiedete sich.

»Nein, keine Sorge«, sagten sie beide wie aus einem Munde und winkten ihm nach.

»Komm, wir rufen Callie und Daisy an. Bestimmt haben sie Lust, rüberzukommen.« Emily brachte die Pizza ins Wohnzimmer und zückte ihr Handy.

»Klingt super. Oh, und ich hab genau den richtigen Film für uns.« Elisabeth kniete sich vor das Regal mit den DVDs, holte jeden einzelnen Titel hervor und stapelte die Filme auf dem Boden.

»Okay, aber keinen rührseligen Liebesfilm.«

Zwanzig Minuten später türmten sich die DVDs neben dem Regal und Elisabeth schwenkte triumphierend eine DVD-Box. »Hab ihn. *Zauberhafte Schwestern.* Total lustig, mit Schwestern und Zauberei und ... Okay, ein Typ kommt auch drin vor, aber es wird nicht rührselig.«

Die Fliegengittertür ging auf und Callie und Daisy kamen mit einer weiteren Pizzaschachtel und einer Tüte mit Getränken herein.

»He, ihr habt ohne uns angefangen.« Daisy ging in die Küche und Elisabeth hörte, wie sie die Küchenschränke auf- und zumachte. Sie kam mit zwei Gläsern zurück, umarmte Elisabeth und Emily und reichte Callie ein Glas. »Schön, euch zu sehen, Mädels.«

»Ihr könnt euch ja gar nicht vorstellen, wie gut das tut. Heute ist erst Mittwoch und mir reicht's eigentlich schon für diese Woche. Wer hätte gedacht, dass die Arbeit in einer Bücherei so stressig sein kann?« Callie schenkte ihnen ein und ließ sich dann auf das Sofa sinken.

»Ich!«, sagte Daisy. »Wie schaffst du es bloß, all die Bücher richtig einzusortieren und wiederzufinden? Und was ist, wenn die Leute blöde Bücher haben wollen?«

»Oh, das passiert sogar ziemlich oft.« Callie lachte. »Am besten finde ich die alten Damen, die reinkommen und nach so einem Buch über Beziehungen fragen. *Irgendwas mit Fifty Shades*...« Callie verdrehte die Augen. »Für wie dämlich halten die mich? Sie tun so, als wüssten sie nicht, worum es geht, und wenn ich ihnen *Fifty Shades of Grey* gebe, sagen sie immer: *Meine Tochter meinte, ich sollte das lesen.*«

Sie lachten.

»Ich würde meiner Mutter nie sagen, dass sie das lesen soll«, meinte Daisy. »Obwohl es sicher gut für sie wäre, wenn sie ein bisschen lockerer würde.«

»Meine Mutter hätte das Buch schreiben können«, gab Elisabeth zu.

»Tatsächlich?«, fragte Callie.

»Jedenfalls kann man sie nicht als gehemmt bezeichnen.« Elisabeth klappte die Pizzaschachteln auf und alle nahmen sich ein Stück.

»Ist doch prima. Dann können wir also davon ausgehen, dass du auch nicht gehemmt bist«, sagte Emily.

Elisabeth erstarrte und sah Emily mit großen Augen an. Hatte jemand sie am See beobachtet?

Daisy stieß ihr den Ellenbogen in die Rippen. »Sie nimmt dich nur auf den Arm. Emily, du bist genauso schlimm wie Jake.«

Emily lachte. Sie saß am Fernseher und schob gerade die DVD ins Gerät. »Tut mir leid, aber dein Gesichtsausdruck war's wert.«

»Himmel, du hast mir aber wirklich einen Schrecken eingejagt.«

»Ah, also ist Ross ein heißer Liebhaber? In der Öffentlichkeit ist er ganz der Gentleman und im Schlafzimmer lässt er seine Maske fallen, hm?« Daisy wackelte vielsagend mit den

Augenbrauen.

Elisabeth merkte, wie sie rot wurde. Das Thema war ihr ein bisschen peinlich, aber trotzdem genoss sie jeden Augenblick mit ihren neuen Freundinnen und hatte das Gefühl, endlich dazuzugehören. Dass sie alle Ross kannten, machte ihre Freundschaft umso wertvoller.

»Kommt ihr alle zur County Fair?«, fragte Emily.

»Ich habe einen Stand dort. Ich biete Pfotenpflege an und verkaufe Bierkuchen«, erwiderte Elisabeth stolz.

»Bierkuchen? Na, da werden die Herren der Schöpfung bei dir Schlange stehen. Luke wird seine Mädels vorführen. Shaley ist zum ersten Mal dabei. Brauchst du Unterstützung an deinem Stand?«, fragte Daisy. »Ich könnte helfen, nur bei den Vorführungen will ich dabei sein. Schließlich ist es ein großer Tag für unser Baby.«

»Oh, danke, das wäre toll. Der Gedanke, da ganz alleine zu stehen, macht mich ein bisschen nervös«, gestand Elisabeth. »Eigentlich glaube ich nicht, dass viele Leute an meinen Stand kommen, aber es wäre schön, etwas Gesellschaft zu haben.«

»Ich bin sicher, dass du gut zu tun haben wirst. Wes wird beim Rodeo Kälberfangen vorführen, also kann ich dir auch helfen, wenn du willst. Aber wenn er dran ist, möchte ich zusehen«, sagte Callie. »Ehrlich, er ist so verdammt sexy.«

»Also bitte! Er ist immerhin mein Bruder«, sagte Emily schmunzelnd. »Und das ist das Problem: Ausgerechnet mit den einzigen brauchbaren Typen hier bin ich verwandt!«

»Tut mir leid!«, sagte Callie. Dann flüsterte sie Elisabeth zu: »Er ist aber wirklich verdammt sexy.«

Elisabeth lachte.

»Wir helfen dir alle an deinem Stand. Es macht bestimmt Spaß«, sagte Emily. Sie drängten sich nebeneinander aufs Sofa. »Ich kann es kaum erwarten, dass du Jake kennenlernst. Er macht eine Stuntvorführung bei der Monstertruck-Show. Oder beim Stockcar-Rennen, ich weiß es nicht mehr genau. Er kommt mit dem Nachtflug.«

»Bei seinen Stunts rutscht mir immer das Herz in die Hose«, sagte Callie.

»Mir auch. Ich kann kaum hinsehen«, meinte Daisy.

»Ich bin richtig gespannt auf ihn. Und dein ältester Bruder kommt nicht zur County Fair?« Elisabeth hatte das Gefühl, schon richtig zu ihrer großen, wunderbaren Familie zu gehören.

»Nein, er hat eine wichtige Besprechung, die er nicht verlegen kann. Schade, ich wünschte, er und Rebecca könnten auch kommen.«

Elisabeth wollte gerade den DVD-Player einschalten, als Emily »Warte!« rief und aufsprang.

»Was ist?«, fragte Elisabeth.

»Rebecca sollte eigentlich auch dabei sein.« Emily sah sich im Wohnzimmer um. »Hast du Skype auf deinem Laptop?«

»Klar, hat doch jeder.« Elisabeth erhob sich schwankend. Sie hatte eindeutig genug Alkohol getrunken. Sie griff nach Emilys Hand, um sich festzuhalten, und ging mit ihr in die Küche, um den Laptop zu holen.

»Oh, wer ist das denn?« Emily hielt das Foto von Robbie und Elisabeth hoch.

»Ein Ex. Aus ferner Vergangenheit.« Sie streckte die Hand nach dem Bild aus, doch Emily hielt es so, dass sie nicht drankam.

»Sieht süß aus.«

»Ja.« Sie nahm ihren Laptop.

»Sieht auch lieb aus.« Emily fuhr mit dem Finger über den Rahmen und sah Elisabeth an.

»Total lieb.«

»Also? Was ist passiert?«

Elisabeth seufzte. Offenbar ließ sich Emily nicht mit knappen Antworten abspeisen. Sie nahm ihr das Bild ab und starrte darauf. »Er hat mich fallenlassen, um seine Doktorarbeit fertig zu schreiben.«

»Autsch.« Emily zog die Nase kraus.

»Nun ja. Ist lange her.«

»Habt ihr noch Kontakt?«, fragte Emily.

»Nein, ich hab seit mehr als einem Jahr nichts von ihm gehört.« Sie legte das Bild mit der Rückseite nach oben in den Karton zurück und schloss die Klappen. »Komm, lass uns skypen. Ich will keine Zeit an diesen Typen verschwenden.«

»Rebecca wird dir gefallen. Sie ist wirklich nett«, sagte Emily und fügte im Flüsterton hinzu: »Ihre Mom ist gestorben, sie braucht uns also.«

Elisabeth blieb abrupt stehen. »Gestorben? Oh mein Gott!«

»Sie hatte Krebs. Es ist wirklich traurig, aber Rebecca hält sich prima und Pierce kümmert sich sehr um sie, auch wenn sie das nicht immer zulässt. Sie ist die stärkste Frau, die ich kenne.« Emily nahm ihr Handy und stellte es auf Lautsprecher.

»Hi Em«, sagte Rebecca.

»Hi Rebecca«, riefen die anderen.

Elisabeth wurde es ganz warm ums Herz. Sie liebte diesen Zusammenhalt, der unter den Mädels herrschte. Sie mochte sie alle schrecklich gern.

»Becca, wir sind alle bei Elisabeth«, erläuterte Emily. »Sie ist Ross' Freundin und wir machen gerade einen Mädelsabend. Machst du mit?«

»Oh mein Gott! Ich finde es so schade, dass wir am Wochenende nicht in Trusty sind. Ich wollte so gerne kommen.«

»Du könntest doch alleine kommen«, schlug Emily vor.

»Ja, das hat Pierce auch gesagt, aber ...« Rebecca ließ den Rest des Satzes in der Luft hängen.

»Aber sie will nicht ohne ihren Schatz sein«, ergänzte Daisy. Callie stieß sie an. »Was ist? Ich meine es doch nett. Ich würde nicht ein ganzes Wochenende ohne Luke verreisen wollen. Ich würde ihn viel zu sehr vermissen. Vielleicht in ein paar Jahren, aber jetzt? Kommt nicht in Frage. Ich will nicht ohne ihn aufwachen.«

»Ach, es ist so super, dass ihr anruft«, sagte Rebecca. »Pierce ist noch in einer Besprechung, ich bin also ganz allein.«

»Jetzt nicht mehr«, sagte Callie. »Wir rufen dich auf Skype an und dann kannst du mit uns einen Film gucken.«

Sie richteten alles ein, schenkten sich nach und drängten sich dann alle auf das Sofa. Emily setzte sich seitlich hin und legte die Beine auf Callies und Daisys Schoß. Ihr Fuß landete bei Elisabeth.

»Fußmassage?«, fragte sie hoffnungsvoll und wackelte mit dem Fuß.

Sie lachten und begannen, abwechselnd die Plätze zu tauschen und sich die Füße zu massieren. Für Elisabeth war es der beste Mädelsabend ihres Lebens.

Ross saß in einer Nische im hinteren Teil der Bar. Ihm gegenüber waren Wes und Luke. Aus den Lautsprechern an der Decke plärrte Countrymusik. Es war schon ein paar Wochen her, dass er sich mit seinen Brüdern auf einen Drink getroffen hatte, und er amüsierte sich prächtig, aber gleichzeitig vermisste er Elisabeth. Vor einer Stunde hatte er ihr eine SMS geschickt, doch bis jetzt hatte sie sich nicht gemeldet. Er sah auf seinem Display nach. Immer noch keine Antwort.

»Nun leg doch endlich das blöde Ding weg«, sagte Wes, während er selbst auf sein Handy sah.

»Musst du gerade sagen. Was ist denn bloß mit euch beiden los?« Luke legte Wes den Arm um die Schulter. »Früher haben wir bis ein Uhr nachts hier gesessen. Und jetzt ist es gerade mal halb elf und ihr wollt am liebsten nach Hause zu euren Mädels.«

»Ich wollte nur nachsehen, ob Chip sich gemeldet hat. Für heute Abend ist auf der Ranch eine große Gruppe angemeldet.« Wes schob das Handy in die Tasche.

»Ja, klar.« Luke lachte. »Und was ist deine Ausrede, Ross? Willst du nachsehen, ob es einen Notfall gibt?«

»Und du? Du hast dich doch vorhin auf die Herrentoilette geschlichen, um Daisy eine SMS zu schreiben, gib's zu.« Ross streckte die Hand. »Her mit deinem Handy.«

»Nein.« Luke verschränkte die Arme.

»Nun komm schon, du Großmaul. Ich wette fünf Dollar, dass du in den letzten beiden Stunden wenigstens zwei SMS an Daisy geschickt hast.« Ross sah ihn durchdringend an, doch Luke blieb standhaft.

Etwa eine Minute lang.

»Ach, verdammt. Was ist denn schon dabei? Wenn Daisy zu Hause auf dich warten würde, würdest du dann lieber hier sitzen oder zu Hause mit ihr im Bett liegen?« Luke trank einen großen Schluck Bier.

»Ich würde lieber mit Lis im Bett liegen«, meinte Ross.

»Sagt der Mann, der nie eine feste Beziehung wollte«, erinnerte Wes ihn. »So wie Pierce. Aber was soll's. Uns hat es alle erwischt, bis auf Jake.«

»Der wird sich nie auf eine feste Beziehung einlassen«, sagte Ross kopfschüttelnd. »Er ahnt ja nicht, was er verpasst.«

Wes und Luke warfen einander einen Blick zu. Ross wusste nur zu gut, was er bedeutete. *Hab ich's dir doch gesagt.*

»Unser lieber Bruder, erklärter Gegner von festen Beziehungen, hat also seine Meisterin gefunden? Ist aber schnell gegangen, was?«, sagte Luke.

»Ja, mir ist noch ganz schwindelig«, antwortete Ross trocken.

Wes beugte sich über den Tisch und fragte mit ernster Stimme und unschuldigem Blick: »Ist das die ganz große Liebe?«

Ross erwiderte seinen Blick und trank einen Schluck Bier. Ja, es war Liebe. Daran hatte er gar keine Zweifel, aber das ging seinen jüngeren Bruder überhaupt nichts an. Jedenfalls nicht, bevor er es Elisabeth sagte.

Wieder tauschten Wes und Luke einen Blick.

»Verdammt, meinst du, wir wüssten es nicht?« Luke schlug mit der flachen Hand auf den Tisch. »Ich war der Letzte, den es erwischen würde. Wisst ihr noch? Ich nicht. Nicht Luke Braden. Frauen waren wie Wein – viel zu süß, um nicht jede Nacht einen anderen zu probieren.«

Ross verzog keine Miene und sah ihn unverwandt an.

»Du willst es uns nicht erzählen? Wir sind's, Mann. Wir wissen, wie das ist. Wir haben das alles erlebt, wir stecken noch mittendrin.« Luke zeigte auf Wes und sich selbst.

»Wir sind mittendrin, Ross, glaub mir. Warum sagst du's uns nicht? Es sei denn ...« Wes lehnte sich zurück und verschränkte die Arme. »Es sei denn, du bist dir nicht sicher.« Er warf Luke einen raschen Blick zu.

»Stimmt. Oder vielleicht ist sie nicht so hin und weg von ihm wie er von ihr?«, überlegte Luke.

Sie stachelten ihn auf und es funktionierte. Und zwar richtig. Als die Kellnerin kam und fragte, ob sie noch etwas zu trinken wollten, knallte er seine Kreditkarte auf den Tisch.

»Wir haben einen Nerv getroffen«, sagte Luke. »Fragt sich nur, welchen.«

»Es gibt noch eine andere Möglichkeit. Vielleicht tut sie nur so lieb und nett, aber in Wirklichkeit hat sie noch einen anderen und unser Bruder hier hat davon Wind gekriegt –«

Ross packte Wes am Kragen und zerrte ihn halb über den Tisch. »Halt verdammt nochmal die Klappe, sonst sorge ich dafür, dass du keinen Ton mehr rauskriegst.« Er ließ ihn mit einem Ruck los.

Die Kellnerin kam mit seiner Kreditkarte zurück. Er unterschrieb die Quittung und reichte sie ihr. Dabei wandte er den Blick nicht von Wes, der ihn belustigt angrinste.

Ein Handy klingelte und alle drei griffen in ihre Hosentasche.

»Chip, was ist los?« Wes sah seine Brüder triumphierend an. »Ja, gut. Jepp. Morgen. Okay, Kumpel. Bis dann.« Er beendete das Gespräch und schob das Handy wieder in seine Tasche.

»Ihr seid ja so bescheuert.« Ross stand auf.

»Ja, du auch«, sagte Wes.

Ross legte seinen Brüdern die Arme um die Schultern und gemeinsam gingen sie hinaus auf den Parkplatz, wie sie es hunderte

Male zuvor getan hatten.

»Daisy ist bei Elisabeth«, sagte Luke, als sie vor ihren Autos standen und ein weiteres Mal ihre Handys hervorgeholt hatten.

»Callie auch.«

»Tatsächlich? Ich dachte, nur Emily wollte zu ihr, um die Renovierung der Küche durchzusprechen.« Sie holten alle drei ihre Autoschlüssel hervor. »Zu Elisabeth.«

Sie nickten einander zu, dann stieg jeder in seinen Truck und sie fuhren im Konvoi zu Elisabeths Haus.

Bis auf das Geflacker des Fernsehers im Wohnzimmer war alles dunkel.

»Was zum Teufel machen sie?«, fragte Wes. »Hört ihr das?«

Sie gingen auf die Veranda und horchten. Luke schlich sich zum Fenster und winkte die anderen zu sich. Alle drei starrten auf die vier jungen Frauen auf dem Sofa, die sich weinend in den Armen lagen und sich gelegentlich die Augen wischten.

»Ach, verdammt.« Ross kehrte dem Fenster den Rücken zu.

»Tränen.« Luke wandte sich ebenfalls ab.

»Mist.« Auch Wes mochte nicht mehr hinsehen.

Gerade als Ross noch einmal einen Blick durchs Fenster warf, sah Emily auf und schrie. Sie fiel vom Sofa und prompt begannen auch die anderen drei Frauen zu schreien.

»Verdammt.« Wes stürzte ins Haus. Emily, Daisy, Callie und Elisabeth kauerten nah beieinander an der Wand und kreischten. »He, wir sind's. Wir sind es.«

»Du Idiot.« Emily warf mit einem Kissen nach ihm.

»Wes, was soll das? Wir dachten, ihr seid Spanner«, sagte Callie streng.

Luke schloss Daisy in die Arme. »Spanner in Trusty?« Er lachte und Daisy versetzte ihm einen Klaps.

Während sich die anderen gegenseitig knufften und schubsten, nahm Ross Elisabeth in die Arme und wischte ihr mit dem Daumen die Tränen ab. »Tut mir leid, dass wir euch Angst gemacht haben, Lis.« Er legte seine Wange an ihre und flüsterte:

»Ich liebe dich.« Er hatte nicht vorgehabt, es zu sagen, und ganz gewiss hatte er es nicht vor seinen Brüdern sagen wollen, die alle Hände voll damit zu tun hatten, ihre aufgeregten und angeheiterten Freundinnen zu beruhigen. Doch er konnte es nicht länger zurückhalten.

Elisabeth sah ihm in die Augen und klimperte mit den Wimpern. »Du ...«

Er lächelte auf sie hinunter und nickte. »Ja. Ich liebe dich.«

Tränen liefen ihr übers Gesicht. Er legte ihr die Hand in den Nacken und küsste sie. Ihre Lippen schmeckten zuckersüß, ein Geschmack, den er nie vergessen würde.

»Hey!«, rief Emily und schlug Ross auf den Rücken. »Ihr zwei knutscht hier herum, als sei nichts gewesen. Dabei habt ihr uns fast zu Tode erschreckt. Gut, dass Rebecca das nicht mehr mitbekommen hat, sie hätte sonst bestimmt hier in Trusty die Polizei angerufen.«

Widerstrebend löste Ross seine Lippen von Elisabeths Mund und sah sich seine Schwester genauer an. Ihr Gesicht war gerötet, die Augen blickten glasig und sie schwankte bedenklich. Ross legte ihr den Arm um die Taille.

»Entweder übernachtest du heute hier oder ich fahre dich nach Hause, Schwesterherz.«

Emily ließ die Stirn an seine Brust fallen. »Ich liebe deine Freundin«, schwärmte sie.

»Ich auch. Also, wo willst du schlafen? Hier oder bei dir?« Er sah zu Wes und Luke hinüber, die ihre Freundinnen im Arm hielten. Sie hatten sein »Ich auch« sehr wohl mitbekommen und nickten lächelnd.

»Bei mir«, sagte Emily, »Aber wir müssen noch aufräumen. Wir können doch Elisssssabeth nicht mit diesem Chaos alleinlassen.« Sie wankte kichernd und Ross musste sie auffangen.

»Das Aufräumen besorge ich. Wes, kannst du Callie und Daisy nach Hause bringen? Luke, hilfst du mir, die Autos auf die jeweiligen Adressen zu verteilen, damit morgen früh jeder seins vor der Tür stehen hat?«

»Klar.« Luke drückte Daisy an sich.

Ross sah sich im Wohnzimmer um. »Pizza, Käse, Cracker, Schokolade, Tränen und Margaritas. Da haben wir wirklich was verpasst, wenn man von den Tränen absieht.«

Elisabeth fuhr ihm mit dem Finger über den Nacken. »Wir lassen unsere eigene Party steigen.«

»Versprochen?«

Ross und seine Brüder brachten alle sicher nach Hause, dann holte Ross die Jungs und fuhr zu Elisabeth zurück. Sie lag auf dem Sofa und schlief tief und fest. Knight machte es sich zu ihren Füßen bequem, während sich Ranger und Sarge auf dem Fußboden ausstreckten. Ross räumte das Wohnzimmer auf, ließ sich dann in einen Sessel sinken und atmete tief durch. Hier wollte er sein, bei Lis und den Jungs.

Er nahm sie auf den Arm und trug sie unter Knights vorwurfsvollem Blick nach oben. Ob sie noch wusste, was er gesagt hatte, wenn sie aufwachte? Er legte sie aufs Bett, zog ihr die Jeans aus und deckte sie zu. Sie war so verdammt schön, wie sie sich im Schlaf mit der Zunge über die Lippen fuhr und sich mit einem schläfrigen Seufzer in die Decke kuschelte. Ross zog sich bis auf die Unterhose aus und kaum hatte er sich neben sie gelegt, schmiegte sich Elisabeth an ihn.

Er gab ihr einen Kuss aufs Haar. »Ich liebe dich, Lis.« Ihm war es egal, ob sie es hörte oder nicht. Es fühlte sich verdammt gut an, es zu sagen.

»Ich liebe dich auch«, murmelte sie und war im nächsten Moment schon wieder eingeschlafen.

Neunzehn

Elisabeths Kopf dröhnte. Vermutlich lag sie im Sterben. Oder folterte sie jemand? Sie öffnete die Augen, blinzelte kurz im Morgenlicht und kniff sie wieder zu. Sie stöhnte. Heute war Donnerstag und sie musste sich um die Tiere kümmern und Kuchen ausliefern. *Oh Gott. Nein, nein, nein.* Sie drehte sich auf die andere Seite, und als sie dabei nicht an Ross stieß, streckte sie den Arm aus und tastete das Bett nach ihm ab. Er war nicht da. Sie wagte nicht, nach ihm zu rufen, denn selbst das Denken tat weh. Allmählich kehrte die Erinnerung an ihren Mädelsabend zurück und sie lächelte, ließ es aber sofort wieder sein, als sie vor Schmerz zusammenzuckte. Das vertraute Klicken von Hundekrallen auf dem Holzboden kam näher. Eine feuchte Nase stupste sie an, dann folgte eine Zunge, die sie eindeutig als Hundezunge identifizierte und die nach einem ihrer Hundekekse roch. Sie wusste, dass es Knight war. Er und Ranger waren die einzigen, die ins Bett kamen. Ranger machte es möglichst unauffällig, indem er sich mit den Vorderpfoten hochzog. Knight dagegen landete mit einem Satz auf dem Bettende – und meist auf ihren Füßen, so wie jetzt.

Sie stöhnte auf und zog sich das Kissen über den Kopf. Neben ihr sackte die Matratze unter Ross' Gewicht ein und sein männlicher Duft füllte ihre Sinne. Sie öffnete ein Auge, schob das Kissen beiseite und weidete sich an seinem Anblick. Selbst für jemanden mit einem gigantischen Kater sah er aus wie ein brandheißer Gott.

»Mein armes Mädchen«, sagte Ross leise. »Ich hab dir Schmerztabletten mitgebracht, außerdem Tomatensaft für den Blutzuckerspiegel und Wasser. Such dir was aus.«

Sie zog sich wieder das Kissen über den Kopf. »Wie schaffen die Leute das?«

»Einen Kater aushalten? Damit hab ich Erfahrung. Augen zu und durch.«

»Ich hatte bisher erst einen und der war nicht so schlimm. Kannst du mich nicht einfach erschießen?«

Er nahm ihr das Kissen weg und gab ihr einen Kuss auf die Stirn. »Nein, aber mit etwas Liebe wirst du es schon schaffen.«

Da fiel es ihr wieder ein. *Ich liebe dich.* Sie schlug die Augen auf und lächelte, was einen schmerzhaften Blitz durch ihren Kopf jagte. »Du liebst mich«, flüsterte sie.

»Ah, du weißt es also noch.« Er lächelte auf sie hinunter und strich ihr das Haar über die Schulter.

»Das werde ich nie vergessen.« Sie setzte sich auf und hielt einen Moment inne, bis das Dröhnen in ihrem Kopf abgeebbt war. Dann nahm sie die Tabletten mit einem Schluck Wasser und lehnte sie sich an seine Brust. »Kann ich nicht einfach für den Rest des Tages so liegen bleiben?«

»Willst du wirklich alle meine Patienten in deinem Schlafzimmer haben? Deine Tiere hab ich übrigens schon versorgt.«

Sie krallte die Hände in sein Hemd. »Du bist der wunderbarste Freund auf der ganzen Welt. Kein Wunder, dass ich dich liebe.«

Er hob ihr Kinn an, sodass er ihr in die Augen sehen konnte, und presste seine Lippen auf ihre.

»Mein Atem riecht bestimmt furchtbar.« Sie wandte den Kopf ab, doch er zog sie an sich.

»Ist mir egal.« Er gab ihr noch einen Kuss. »Ich möchte, dass du eins weißt. Ich habe noch nie einer Freundin gesagt, dass ich sie liebe. Noch keiner einzigen. Nur dir, Babe.«

Sie senkte den Blick. Bei ihr war es anders und sie fragte sich, ob er sich an das Gespräch erinnerte, das sie geführt hatten, bevor sie sich auf der Ladefläche seines Trucks liebten.

»Es ist okay. Ich weiß, dass du es schon einmal gesagt hast. Du hast es mir erzählt. Ich wollte nur, dass du es weißt.«

Sie klammerte sich immer noch an sein Hemd. »Ja, ich hab es schon mal gesagt, aber die Sache mit Robbie war etwas ganz anderes als das, was zwischen uns beiden ist. Das ist mir jetzt klar. Das war nicht Liebe, Ross. Was wir haben ist echt und wahrhaftig. Mit ihm war es Freundschaft.«

»Lis, du musst mir nichts erklären. Wir alle haben eine Vergangenheit. Es ist okay, wenn du ihn geliebt hast. Manche Menschen lieben im Laufe ihres Lebens mehr als eine Person. Du liebst mich jetzt, das ist alles, was zählt.« Er wollte aufstehen, doch sie hielt ihn zurück.

»Ross.«

Er legte ihr den Finger auf die Lippen. »Ich stelle deine Liebe zu mir nicht infrage, Lis. Ich glaube dir. Darum geht es doch bei der Liebe: unsere Unsicherheiten beiseitelegen und Vertrauen in unseren Partner haben. Ich muss jetzt zur Arbeit, aber wenn du mich brauchst, schick mir eine SMS, ja? Ich nehme die Jungs mit in die Praxis.«

Sie nickte, auch wenn sie dabei die Zähne zusammenbeißen musste. »Danke, dass du die Tiere und mich versorgt hast.«

»Jederzeit.«

Elisabeth hörte, wie er mit den Jungs hinausging und die Tür hinter sich schloss. Sie atmete tief ein und aus und fragte sich, wie es sein konnte, dass sie an den nettesten Menschen der Welt geraten war – und wie sie mit ihrem mörderischen Kopfweh die Kuchenlieferungen durchstehen sollte.

Ihr Handy vibrierte: eine SMS von Emily.

Lebst du noch?

So grade eben. Und du?, schrieb sie zurück.

Gleich darauf kam Emilys Antwort. *Hat mein Bruder dir wirklich gesagt, dass er dich liebt, oder hab ich das nur geträumt?*

Elisabeth zögerte nicht. *LOL. JA!*

Es dauerte eine Weile, bis Emily sich wieder meldete. Elisabeth duschte, zog sich an und hatte schon mit dem Backen angefangen, als die nächste SMS kam.

Okay, jetzt weiß es die ganze Stadt.

Elisabeth wählte ihre Nummer.

»Hey«, flüsterte Emily kaum hörbar.

»Du klingst schrecklich.«

»Danke«, sagte Emily. »Kopfschmerzen.«

»Wem sagst du das. Warum hast du es in der ganzen Stadt herumerzählt? Ich bin ja nicht gerade beliebt hier.«

»Ach, halt die Klappe. Wir lieben dich, und das ist, was zählt.«

Elisabeth musste lächeln.

»Ich hab es niemandem erzählt. Nicht wirklich. Ich hab mir im Diner schnell einen Kaffee geholt und bin Wes in die Arme gelaufen. Tut mir leid, dass ich mich nicht sofort wieder gemeldet hab.«

»Ich hab mir schon Sorgen gemacht.«

»Sorry, aber du kennst ja Margie. Sie redet wie ein Wasserfall und als Wes auftauchte, hat er mir die Hölle heißgemacht wegen gestern Abend. Dieser Idiot. Als wäre er noch nie betrunken gewesen. Ich freu mich für dich und Ross, aber ein bisschen eifersüchtig bin ich schon. Allmählich denke ich, dass mir ein Dasein als ewiger Single beschieden ist. Vielleicht sollte ich mir von Alice ein paar Katzen ausleihen.« Emily lachte.

Der Teig für die Bierkuchen war fertig und Elisabeth klemmte sich das Handy ans Ohr, während sie ihn in eine Schüssel goss. »Ich glaube, die Liebe findet uns, wenn wir noch nicht einmal wissen, dass wir dafür bereit sind. Also, nicht aufgeben. Egal, ob du die Liebe deines Lebens hier oder in Italien findest – sie kommt ganz sicher. Du bist viel zu sensationell, um ewig Single zu bleiben.«

»Du bist so lieb, Elisabeth. Daisy und Callie verdrehen nur die Augen und sagen, ich soll mich nach Dates umsehen.«

»Tja, das könnte nicht schaden, aber ich hab's nicht so mit Dates. Also, ich glaube nicht, dass das die Lösung ist. Als ich Ross zum ersten Mal sah, da *wusste* ich es. Du weißt schon, weiche Knien und Schmetterlinge im Bauch. Mein Körper war auf einmal ganz wach und gleichzeitig total schwach. Ross war ganz ruhig und hatte alles unter Kontrolle, als ich mit meinem quiekenden Ferkel in seiner Praxis aufgetaucht bin. Er hat mich auch nicht angepflaumt oder so. Er hat mich nur angesehen und gesagt: *Alles okay. Entspannen Sie sich. Atmen Sie tief durch.* Ich hab kaum noch Luft gekriegt, als ich ihn sah. Er —«

»Okay, okay. Er ist mein Bruder, weißt du noch? Aber du meinst, ich sollte die Hoffnung nicht aufgeben.«

»Tut mir leid, ich bin ins Schwärmen geraten.« Sie schob die Kuchen in den Ofen. »Wollt ihr Mädels mir morgen auf der County Fair wirklich helfen?«

»Ja, klar. Das wird bestimmt lustig. Was sollen wir mitbringen?«

»Gar nichts. Ich mache Bierkuchen, Hundekekse und Obstkuchen. Das sollte reichen. Oh, vielleicht bringt ihr Wasserflaschen mit? Das wäre prima. Ross hilft mir mit der Markise und der Kühleinheit, die ich gemietet habe. Ich baue alles für die Fellpflege auf und dann kann's losgehen.«

»Und wie willst du alles unter einen Hut kriegen, wenn plötzlich alle ihre Hunde und Katzen von dir frisiert und massiert haben wollen? Dann musst du sie holen und bringen und außerdem noch deine Kuchen backen und ausliefern. Meine Mom sagt, dass du bei Jades Kunden das Topthema bist, also wirst du dich bald vor Anfragen nicht mehr retten können.«

Allein der Gedanke, dass der Wellnessservice tatsächlich in Schwung kommen könnte, war wahnsinnig aufregend. »Bis jetzt haben sich drei von Jades Kunden bei mir gemeldet, das ist also noch überschaubar. Ich weiß noch nicht, wie ich das alles organisiere. Wahrscheinlich muss ich meine ganze Ausrüstung für die Fell- und Pfotenpflege irgendwie mitschleppen, in einer Art

Pflegemobil. In L. A. hatte ich eins, aber das habe ich verkauft. Ich denke, ich sehe mich nach einem neuen um, dann müsste ich die Hunde nicht holen und bringen und könnte eine Menge Zeit sparen.«

»Wenn ich höre, was du alles machst, werde ich schrecklich müde. Ich muss jetzt in eine Besprechung. Keine Ahnung wie ich die durchstehe – bei den Kopfschmerzen! Wir sehen uns morgen früh.«

Sie beendeten das Gespräch und Elisabeth beäugte den Pappkarton in der Küche. Sie fühlte sich viel stärker als beim letzten Mal, als sie versucht hatte, sich mit seinem Inhalt zu befassen. Nun holte sie nur ein paar Fotos von ihrer Tante hervor und schloss die Klappen. Robbie wegzupacken war einfach. Sie hatte kein Problem damit, sich von ihrer gemeinsamen Vergangenheit zu verabschieden. Mit den Briefen ihrer Tante und den kleinen Geschenken, die sie im Laufe der Jahre von ihr bekommen hatte, war es etwas anderes.

Doch selbst, wenn sie diese Erinnerungsstücke im Karton ließ, bedeutete das nicht, dass sie ihre Tante aus ihren Gedanken verbannte. Tante Cora war allgegenwärtig. Es war ihr Haus, in dem Elisabeth lebte, mit ihren Möbeln und ihren Fotos an den Wänden. Sie backte nach ihren Rezepten und führte das Geschäft weiter, das ihre Tante mit viel Herzenswärme aufgebaut hatte. Sie sah sich in der Küche um und seufzte. Es war an der Zeit, ihr eigenes Leben zu leben. Und es war an der Zeit, Robbie endgültig beiseitezuschieben und den Schmerz über Coras Tod hinter sich zu lassen.

Als sie den Karton im Wandschrank im Flur verstaute, packte sie zugleich auch die ständigen Vergleiche zwischen ihrer Mutter und sich selbst weg und all die Zweifel und Sorgen, die damit einhergingen. Sie war in der Stadt, in der sie den Rest ihres Lebens verbringen wollte, mit einem Mann, den sie für den Rest ihres Lebens lieben wollte. Schöner konnte es kaum werden.

Nach der Arbeit ging Ross nach Hause, um die Hunde zu versorgen und eine Trainingseinheit einzulegen. Ohne Elisabeth war es ungewöhnlich still im Haus. Knight wich ihm nicht von der Seite und ging mit ihm die Treppe hoch ins Schlafzimmer, als vermisste er sie ebenso sehr wie Ross. Er zog sich seine Trainingssachen an und schrieb Elisabeth eine SMS, bevor er in seinen Fitnessraum ging. *Bin gerade nach Hause gekommen & trainiere kurz. Komme nach dem Duschen zu dir, okay?*

Er montierte gerade die Gewichte, als ihre Antwort kam.

Willst du zu Hause bleiben? Meinem Kopf geht's besser, kann Abendessen mitbringen. Xox.

Mist, er hatte die *xox* vergessen.

Klingt gut. Doppelte xox von mir.

Seit er Elisabeth gesagt hatte, dass er sie liebte, fühlte er sich freier, stärker. Er hatte immer gehofft, eines Tages die richtige Frau zu finden und mit ihr ein gemeinsames Leben aufzubauen. Eine Frau, die er lieben und beschützen würde und die ihn so liebte, wie er war, und nicht wegen seines Geldes. Elisabeth war besser als jede Frau, die er sich hätte erträumen können, und sie zu lieben fühlte sich verdammt gut an. Er fand es schön, sie zu umsorgen, wie gestern Abend und heute früh. Sie war traurig, dass er nicht der erste Mann war, dem sie sagte, dass sie ihn liebte, doch ihm machte es nichts aus. Er glaubte ihr, wenn sie sagte, dass sie ihn liebte. Er sah es in ihren Augen und spürte es bei jeder ihrer Berührungen. Er montierte weitere Gewichte an seiner Langhantel, schaltete den Sportkanal ein und absolvierte eine harte Trainingseinheit. Er war schweißgebadet, doch er fühlte sich stark und lebendig. Als er gerade mit den letzten Sit-ups fertig war, hörte er die Hunde bellen. Er schaltete den Fernseher aus und ging nach oben.

»Lis?«

»In der Küche.«

Die Jungs strichen ihr um die Beine, während sie mit einer Auflaufform und einem Korb mit Brot jonglierte. Sie wandte ihm den Rücken zu, den er dank ihres rückenfreien Neckholderkleides in seiner vollen Schönheit bewundern konnte. Ihr Haar hatte sie mit einem roten Seidenband zu einem Zopf gebunden.

»Du hast mich so wunderbar umsorgt, dass ich dachte, ich verwöhne dich ein bisschen. Ich hab dir dein Lieblingsessen gekocht. Wahrscheinlich ist es nicht so gut wie bei deiner Mom, aber ...« Sie wirbelte herum und strahlte ihn an. In der Küche duftete es verführerisch nach Parmesan-Hähnchen, warmem Brot und Elisabeth. Es war jedoch nicht sein Magen, der den größten Hunger hatte. Der bloße Anblick des Seidenbandes lenkte seine Gedanken in gewagte Bahnen.

»Wow«, hauchte sie, als sie ihren Blick über seinen Körper schweifen ließ.

»Selber wow. Du siehst heiß aus.« Er beugte sich zu ihr und gab ihr einen langsamen, leidenschaftlichen Kuss. Sie fuhr ihm mit den Händen über den Rücken und ihm wurde sofort heiß. Sie hielt seine Lippe zwischen den Zähnen fest und fuhr mit der Zunge darüber, bevor sie sich voneinander lösten. Als sie mit dem Finger am Rand seiner Shorts entlangstrich, ließ er seinem Begehren freien Lauf.

»Du sollst ja nicht denken, dass ich dich nur wegen deines Körpers liebe, aber ... vielleicht sollte ich öfter vorbeischauen, wenn du trainierst. Du siehst aus wie gemalt.« Sie ließ einen Finger über seine festen Bauchmuskeln wandern und schickte einen Hitzestrahl durch seinen Körper.

Er zog ihr das Seidenband aus dem Haar und ließ es über ihre Hände gleiten. »Wie gemalt, ja? Tja, das wirst du mir büßen, schließlich muss ich ununterbrochen an deinen sexy Körper denken, und bei diesem heißen kleinen Bändchen hier fällt mir so einiges ein, das nichts mit deinen Haaren zu tun hat.« Er küsste ihren Hals. Ihre Haut war warm und sie duftete wie eine frische

Sommerbrise. Er biss ihr sanft in die Schulter und küsste sich auf ihrer samtigen Haut zurück zu ihrem Hals.

»Heißes kleines Bändchen?« Sie klimperte mit den Augen, drängte sich mit der Hüfte an ihn und sagte mit leiser, verführerischer Stimme: »Aber, Mr. Braden, was meinen Sie damit?« Sie nahm ihm das Seidenband aus der Hand und wickelte es sich um das Handgelenk. »Ein hübsches Armband, finden Sie nicht?«

Heiliger Strohsack.

»Oh, du meine Güte!«, stieß sie in gespieltem Entsetzen hervor. »Sieh mal einer an, was dieses kleine Bändchen mit dir anstellt.« Sie warf einen Blick auf seine Erregung und sah ihn dann mit großen, unschuldigen Augen an, während sie die Hand in seine Shorts schob und seine Härte in ihrer ganzen Länge streichelte.

Ihm stockte der Atem. »Und ich dachte, du wärst so ein liebes Mädchen«, sagte er und drückte sie gegen die Küchentheke.

»Aber ich bin ein sehr liebes Mädchen.« Ihre Hand glitt tiefer und legte sich sanft um seine Hoden. Ein lustvoller Blitz durchfuhr ihn.

Er setzte sie auf die Küchentheke und riss ihr mit einer Bewegung das Kleid über den Kopf. Ihre nackten Brüste waren unwiderstehlich. Zwei perfekte Hügel, die er einfach kosten musste. Er senkte seinen Mund erst auf die eine, dann die andere Brustwarze und liebkoste sie zu harten Spitzen. Das kehlige Stöhnen, das sie ausstieß, erregte ihn noch mehr. »Lieber Gott, Lis. Du bist wie ein Pin-up-Girl.«

Sie nahm seinen Kopf in beide Hände und drückte seinen Mund auf ihre Brust. »Dein Pin-up-Girl.« Sie warf den Kopf nach hinten und ihre Brüste hoben und senkten sich mit jedem lustvollen Atemzug.

Hastig streifte er seine Shorts ab und zog ihr den Slip aus. Dann hob er sie an den Rand der Küchentheke. Ihre nasse Mitte lag heiß an seiner Erregung. Er vergrub die Hand in ihren seidigen

Locken.

»Verdammt, ich liebe dich so sehr.«

»Dann hör auf, mit mir zu spielen.« Sie schlang ihm die Arme um den Hals, legte die Beine um seine Hüften und senkte ihre süße Mitte auf seine Männlichkeit, bis er ganz in ihr vergraben war.

»Heiliger ... lieber Gott.« Er presste seine Lippen auf ihren Mund und küsste sie gierig. Er packte ihre wundervollen Pobacken und hob sie auf und nieder, spürte ihre Hitze, ihr Verlangen, während sie ihn immer und immer wieder tief in sich gleiten ließ.

»Ich liebe dich, Ross«, sagte sie an seinen Lippen. »Ich liebe dich wirklich.«

Er trug sie ins Gästezimmer – bis zu seinem Schlafzimmer hätte er es nicht geschafft. Er legte sie aufs Bett und beugte sich über sie, umschmeichelte ihre Brüste mit den Händen und küsste jedes Fleckchen ihrer nackten Haut. Mit kleinen zarten Bissen tastete er sich über ihre Hüften, den Bauch, die Brüste bis hoch zu ihrem Mund und fuhr mit der Zunge über die köstliche Rundung ihrer Oberlippe. Ihr Atem kam heiß und voller Verlangen, doch er ließ sich Zeit, sie zu liebkosen. Er ließ seine kräftige Hand über ihre schlanken Arme gleiten und spielte mit dem Seidenband an ihrem Handgelenk. Er wollte nichts tun, was ihr nicht gefiel. Mit der Zunge glitt er am Rand des Bändchens entlang. Sie wölbte sich ihm entgegen, presste ihre Hüften an seine.

»Das hab ich noch nie gemacht«, flüsterte sie.

»Ist okay. Wir lassen es.« Er küsste sie zärtlich. Er liebte sie viel zu sehr, um etwas zu tun, das sie nicht wollte, aber er genoss es, wie sie ihn reizte und mit ihm spielte.

»Ich will es, mit dir. Ich vertraue dir, Ross.«

Er lehnte seine Stirn an ihre. »Lis, wir brauchen nicht –«

Sie stützte sich auf und küsste ihn. »Ich will es. Ich will alles mit dir. Ich habe mein ganzes Leben auf dich gewartet.«

Die Liebe und das Vertrauen in ihrer Stimme ließen sein Herz dahinschmelzen.

»Ich halte nur deine Hände fest. Mehr nicht. Vielleicht ein andermal, wenn du möchtest. Ich brauche dich jetzt, Lis.« Er legte seine Hände um ihre Handgelenke und führte sie sanft über ihren Kopf. Sie war vollkommen offen für ihn und während er ihre Arme festhielt und sie ihn aus vertrauensvollen blauen Augen anlächelte, war es fast um ihn geschehen.

Sie hob ihm das Becken entgegen und er glitt in sie, bis sie Hüfte an Hüfte dalagen. Er stieß tiefer in sie hinein, als ihr Körper zu beben begann. Sie stemmte ihre Handgelenke gegen seine Hände.

»Soll ich loslassen?«, flüsterte er an ihrer Wange.

»Bloß nicht. Mehr, Ross. Mehr.«

Tiefer und tiefer drängte er sich in sie, spürte den Druck ihrer Arme gegen ihn. Er sah ihr fragend in die Augen, vergewisserte sich, dass sie sich noch einig waren und – oh ja, sie waren sich einig, sie waren eins. Er spürte, wie sich ihre Schenkel anspannten. Sie schloss die Augen.

»Ross.«

»Komm, Baby.« Er stieß schneller zu und trieb sie geradewegs zum Höhepunkt. Himmel, wie gerne sah er zu, wenn sie kam. Ihr Innerstes schloss sich fest um ihn und sie gab kleine Laute von sich, die sich unglaublich sexy und verheißungsvoll anhörten. Als der Orgasmus sie durchjagt hatte, ließ er ihre Handgelenke los, schloss sie in die Arme und hielt sie umschlungen, bis die letzten Wellen verebbten.

»Nochmal«, flüsterte sie.

Er bewegte sich schneller, stieß tiefer in sie und sie führte seine Hände wieder zu ihren Handgelenken.

Er packte ihre Handgelenke und stieß hart und tief zu. »Lange halte ich nicht mehr durch.«

Sie gab einen dieser sexy Laute von sich. »Versuch's«, drängte sie ihn.

Lieber Himmel, machte sie Witze? Hatte sie eine Vorstellung davon, wie nah er dem Gipfel der Lust war? Er ließ die Hände auf ihre Hüften gleiten und drückte sie in die Matratze, dann trieb er sie mühelos zum nächsten Höhepunkt. Sie krallte die Hände in seinen Rücken, schlang die Beine um ihn und wölbte ihm ihr Becken entgegen, damit er sich noch tiefer in sie drängen konnte, bis ihr Körper um ihn bebte und pulsierte und sie seinen Namen schrie.

»Nochmal«, keuchte sie.

»Ich verspreche nichts«, stöhnte er. Er packte ihre Handgelenke und streckte ihre Arme zur Seite, während er seine Erregung schneller und schneller in sie trieb.

»Oh Gott ... oh Gott ...«

»Komm, Baby. Jetzt, komm, ich halt's nicht länger aus. Du bist so verdammt sexy, du machst mich verrückt.«

»Komm, mit mir.« Sie schlug die Augen auf. »Mit mir, Ross.«

Ihre süße Einladung schickte einen Hitzestrahl durch seinen Körper und entfachte ein Feuerwerk aus Gier und Verlangen und allem dazwischen. Er stieß tiefer zu und härter und ließ ihre Hände los. Sie krallte sich an ihn, grub ihre Fingernägel in seine Haut und raubte ihm den letzten Rest an Verstand. Noch zwei tiefe Stöße und sie bäumte sich auf und drängte ihm ihr Becken entgegen. Tief in ihr vergraben ergab er sich stöhnend dem Strudel der Leidenschaft. Erschöpft, gesättigt und schweißglänzend lagen sie eng umschlungen da, ihre Körper miteinander verschmolzen, und versuchten, ihre Sinne zu sammeln. Ross hielt sie an sich gedrückt, bis ihr Puls langsamer wurde und ihr Atem sich beruhigte.

Er wollte sich zur Seite rollen, doch sie legte die Arme noch fester um ihn.

»Geh nicht«, flüsterte sie. »Ich bin gerne so nah bei dir.«

Er legte ihr den Kopf auf die Schulter und küsste ihre glühende Haut. »Ich werde dich nie verlassen.« Sie hatte das Letzte aus ihm herausgeholt, sein Herz gehörte ihr und er war der glücklichste Mann der Welt.

Zwanzig

Die alljährliche County Fair – Jahrmarkt, Landwirtschaftsmesse und Sportveranstaltung in einem – fand seit den 1950er Jahren auf einem großen Gelände am Stadtrand statt. Es gab Karussells und Fahrgeschäfte, einen Streichelzoo, Tierschauen und jede Menge Imbissstände, Schießbuden und dergleichen. Es war die größte County Fair in Colorado und ganze Familien reisten von weither an, um sich die Monstertrucks, das Stockcar-Rennen, das Kälberfangen und natürlich die preisgekrönten Sieger der Tierschauen aus der Nähe anzusehen: Schweine, Ziegen, Schafe, Milchkühe und Pferde. Als Kind war Elisabeth einige Male mit ihrer Tante auf der County Fair gewesen und sie fand es aufregend, in diesem Jahr selbst als Teil des Programms hier zu stehen. Sie war immer wieder begeistert von den Tiergehegen und den großen Scheunen, in denen einzigartiges Kunsthandwerk wie Quilts, Holzmöbel und noch vieles mehr angeboten wurde. Außerdem konnte man frisch zubereitete Spezialitäten, Obst und Gemüse aus der Umgebung, selbstgekochte Marmeladen und eingelegte Früchte kaufen.

Ross spannte das Sonnensegel für sie auf und schloss die gemietete Kühleinheit an. Dann half er ihr, die Tische aufzubauen, Schilder aufzuhängen und ihre Pflegestation vorzubereiten. Elisabeth band Luftballons an die Tischbeine und die Stützen des Sonnensegels. Ringsum herrschte munteres Treiben, alle waren damit beschäftigt, ihre Buden einzurichten, winkten einander zu, plauderten über das Wetter und mutmaßten, wie viele Besucher wohl kommen würden. Nicht mehr lange, dann wurde die County Fair offiziell eröffnet.

Ross brachte die Kühlboxen, in denen Elisabeth die Kuchen transportiert hatte, zum Auto und sie beobachtete ihn, als er vom Parkplatz zurückkam. Er sah blendend aus in seinen Jeans und dem Polohemd mit dem Logo der Praxis, das sich über seinem kräftigen Oberkörper spannte. Oh, wie sie ihn liebte. Sie hatte nicht gewusst, was wahre Liebe war, obwohl sie ihr ganzes Leben lang davon geträumt hatte. Doch dann kam Ross in ihr Leben und mit jedem Augenblick, den sie zusammen verbrachten, wurde das Wissen tiefer.

Ross winkte ihr zu und lächelte das sexy Lächeln, das sie so liebte.

»Na, ob ich mir den ganzen Tag ansehen kann, wie ihr euch anschmachtet?« Emily ließ sich auf Elisabeths Stuhl plumpsen.

»Tut mir leid!«

»Ich mach doch nur Quatsch. Ehrlich gesagt, hab ich Ross noch nie so gesehen. Es ist irgendwie schön und irgendwie auch unfair.« Emily hatte abgeschnittene Jeans, ein Tanktop und Sandalen an, die sie jetzt abstreifte, um es sich mit angewinkelten Beinen gemütlich zu machen.

»Ach, hör auf. Du findest deine wahre Liebe schon noch. Da bin ich mir ganz sicher.« Elisabeth streckte die Hand aus, als Ross zu ihnen trat.

»Hallo, Schwesterchen. Hast du Jake schon gesehen?« Ross gab Elisabeth einen Kuss auf die Schläfe.

Ich liebe es. Ich liebe dich.

»Ja, er ist bei den ölverschmierten Mechanikern.« Emily zupfte ihr Tanktop zurecht.

»Wenn ich mich recht entsinne, ist da ein bestimmter ölverschmierter Mechaniker, der dich gerne näher kennenlernen würde«, sagte Ross mit hochgezogenen Brauen.

»Ach, wirklich?«, fragte Elisabeth.

»Quatsch, hör gar nicht hin.« Emily warf Ross einen finsteren Blick zu. »Ich tu nie wieder was für dich, wenn du versuchst, mich mit Tate zu verkuppeln.«

»Er ist doch ein netter Kerl. Ich glaube, du bist einfach zu wählerisch.« Dann sagte er zu Elisabeth gewandt: »Ich will mal sehen, ob ich Jake finde. Mom lädt uns alle für morgen zum Frühstück ein, bevor die County Fair öffnet. Ich hab ihr gesagt, dass wir kommen. Okay?«

»Natürlich. Ich mache ein paar Muffins, die bringen wir mit.«

»Musst du aber nicht«, sagte Ross und gab ihr einen Kuss. »Heute Abend bist du bestimmt erledigt.«

»Mach ich aber gerne«, erwiderte sie und scheuchte ihn weg. »Nun geh und such Jake, bevor es hier richtig voll wird. Die ersten Besucher sind ja schon da.«

Er holte einen Bierkuchen aus dem Kühlschrank. »Kann ich den für Jake mitnehmen?«

»Für *Jake* mitnehmen, ja, klar«, grinste Emily und verdrehte die Augen.

»Nimm nur. Guten Appetit.« Elisabeth hatte absichtlich ein paar Kuchen mehr für die Braden-Brüder und ihre Freundinnen gebacken.

Um die Mittagszeit war das Gras vor Elisabeths Stand plattgetreten. Callie und Daisy hatten alle Hände voll mit dem Kuchenverkauf zu tun, während Emily Hundekekse und andere Leckereien verteilte. Elisabeth war fast pausenlos mit Pfotenpflege beschäftigt. Sie war seit dem frühen Morgen auf den Beinen, aber sie genoss jede Minute. Die Arbeit machte ihr Spaß und es war herrlich, mit den anderen Mädels zusammenzusein.

Emily hatte Elisabeth eine Dose für Trinkgelder auf den Pflegetisch gestellt. Es war Elisabeth zwar peinlich, doch viele Leute wollten unbedingt für die Pfotenpflege bezahlen, obwohl sie sie kostenlos anbot, um Hundebesitzer kennenzulernen, neue Kunden zu gewinnen und auf ihre Kuchen und Kekse für Zwei- und Vierbeiner aufmerksam zu machen. Die Trinkgelddose war also die perfekte Lösung für dieses Problem und es war nicht die einzige geniale Idee, mit der Emily aufwartete. Sie plante bereits einen wöchentlichen Newsletter für Elisabeth und legte Listen aus, in die sich die Kunden mit Namen, Telefonnummern und E-Mail-Adressen eintragen und auf denen sie ankreuzen konnten, wofür sie sich interessierten: Fellpflege, Snacks für Hunde oder Kuchen für Menschen.

Tracie und Maddy schauten vorbei und Justin Bieber bekam natürlich den versprochenen Hundekuchen.

»Danke, dass Sie Justin Bieber sauber gemacht haben. Ich hatte Angst, dass Sie ihm das ganze Fell abrasieren müssen«, sagte Maddy. Ihre langen roten Haare fielen ihr ins Gesicht.

»Dafür ist er viel zu hübsch. Sieh nur zu, dass er nicht wieder im Gebüsch verschwindet.«

Tracie kaufte eine Tüte mit Hundekeksen. »Danke nochmals, Elisabeth. Ich rufe an und mache einen neuen Termin zur Fellpflege aus, ja?«

Als Elisabeth mit dem Hund fertig war, den sie gerade auf dem Tisch hatte, stieß sie einen Seufzer der Erleichterung aus. »Also, Mädels, ohne euch hätte ich das nie geschafft heute. Ich bin euch ja so dankbar.«

»Mir hat's wirklich Spaß gemacht«, sagte Callie, während sie ihr dunkles Haar zu einem Pferdeschwanz zusammenband.

»Ja, mir auch. Jetzt ist gleich Shaleys großer Auftritt, aber danach komme ich wieder.« Sie umarmte Elisabeth. »Übrigens: Willkommen im Club. Wes hat mir erzählt, dass Ross gesagt hat, dass er dich liebt.«

»Tatsächlich?« Elisabeth spürte, wie sie rot wurde.

»Diese Kerle tratschen wie ein paar Waschweiber«, meinte Daisy. »Alles gut. Jetzt gehörst du wirklich dazu. Nun ist also ein weiterer Braden-Bruder in festen Händen.«

»Und jetzt ist Emmie dran.« Callie legte Emily den Arm um die Schultern.

»Und wo wir gerade beim Thema sind ...« Daisy wies mit dem

Kopf auf Tate McGregor, der sich gerade einen Weg zu ihrem Stand bahnte. Im Flüsterton fragte sie: »Du bist in der letzten Zeit oft mit ihm zusammen. Verschweigst du uns etwas?«

Emily schubste sie ein bisschen. »Er ist ganz bestimmt *nicht* mein Freund. Wir arbeiten zusammen an einem Projekt, das ist alles.«

Elisabeth sah sich Tate genauer an. Trugen eigentlich alle Männer in Trusty tief sitzende Jeans und eng anliegende T-Shirts? Er war sonnengebräunt, hatte glänzendes schwarzes Haar und ein Tattoo auf dem Arm, wie die meisten Typen hier.

»Sieht süß aus«, flüsterte Elisabeth.

»Wir sind nicht zusammen«, meinte Emily kurz angebunden. »Bin gleich wieder da.« Sie hastete auf Tate zu und verschwand mit ihm in der Menschenmenge.

Elisabeth sah ihnen nach. »Meinst du, da ist was zwischen den beiden?«

»Ich glaube nicht, sonst hätte sie uns doch längst von ihm vorgeschwärmt.« Callie knabberte an einem Stück Bierkuchen. »Es ist wirklich höchste Zeit, dass sie endlich in die Toskana fährt.« Ein paar Frauen steuerten auf ihren Stand zu. »Oh, gut. Kundinnen. Mach mal Pause, ich komme eine Weile allein zurecht.«

»Danke. Soll ich dir was zu trinken mitbringen?«

»Eistee wäre prima, danke«, sagte Callie und wandte sich den Frauen zu.

Auf dem Weg zum Imbisszelt machte Elisabeth einen Umweg durch die Halle, in der das Nutzvieh ausgestellt war. Bei dem Geruch von Heu und schwitzenden Tieren drehte sich sicher so manchem Besucher der Magen um, doch Elisabeth erinnerte er an Kennedy, Dolly und die anderen Tiere und an Tante Coras Haus, in dem sie sich so wohlfühlte. Seufzend lehnte sie sich an eine der Boxen und dachte an Ross. Ob sie sich ohne Kennedy jemals begegnet wären? Sie war fest davon überzeugt. Das Schicksal hätte sie zusammengeführt.

Draußen schob sich eine Menschenmenge langsam auf das Imbisszelt zu. In der warmen Sommerluft lag der Geruch nach gegrilltem Fleisch und buttertriefendem Popcorn. Im Zelt selbst herrschte dichtes Gedränge, Elisabeth stand eingezwängt zwischen zwei Männern. Schließlich bestellte sie Getränke, bezahlte, nahm sich ein paar Servietten und wollte gerade den Rückweg antreten, als sie ein kleiner Junge anstieß und sie einen der Becher fallen ließ. Der Inhalt schwappte ihr über die Füße und ergoss sich über die Schuhe eines Mannes, der neben ihr stand. *Na toll.*

»Tut mir schrecklich leid«, sagte sie und reichte ihm die Servietten.

»Macht nichts«, erwiderte der Mann und starrte ihr auf den Ausschnitt. Seine Begleiterin funkelte sie wütend an.

Elisabeth hatte sich inzwischen daran gewöhnt, wütend angefunkelt zu werden. Sie drängte sich zum Zeltausgang. Dort entdeckte sie Ross, der sich mit Tate unterhielt. Aus den Augenwinkeln sah sie einen Mann, der gerade den Lageplan der County Fair studierte. Etwas an der Art, wie er da stand, kam ihr bekannt vor, doch sie wusste nicht, woher. Ihr Blick wanderte zu Ross und dann zurück zu diesem Mann. Während sie ihn musterte, hob er den Kopf, und Elisabeth stockte der Atem. Das kantige Kinn, das kaffeebraune Muttermal am Haaransatz. *Nein.* Ihr Herz raste. Ihr Kopf drängte sie, sich umzudrehen und zu verschwinden, doch sie war wie erstarrt. *Robbie?* Das war doch unmöglich. Warum sollte er hier in Trusty sein? Als sie das letzte Mal mit ihm gesprochen hatte, war er in Kalifornien und arbeitete an seiner ach-so-wichtigen Doktorarbeit.

Er hob den Blick und sie hielt den Atem an, als er sich suchend umsah und langsam in ihre Richtung kam.

Sie wirbelte herum, doch da hatten seine strahlend blauen Augen sie schon entdeckt.

Ogottogottogott.

Sie hastete zurück ins Zelt, zwängte sich zwischen den Menschen durch zum gegenüberliegenden Ausgang und lief eilig zu ihrem Stand zurück.

»Hallo«, sagte Callie, die gerade einer Kundin Wechselgeld herausgab. »Da war ein Typ, der nach dir gesucht hat. Ich hab ihm gesagt, dass du im Imbisszelt bist. Ein Robbie Soundso.«

Elisabeth sank auf den Stuhl und verbarg das Gesicht in den Händen. *Robbie. Dieser verdammte Robbie.* Warum war er hier?

»Oh mein Gott, was ist los?«

Elisabeth sprang auf und ging hektisch auf und ab. »Nichts.« *Nichts. Er ist nichts.*

Callie legte ihr den Arm um die Schultern. »Elisabeth, was ist denn? Du zitterst ja.«

Sie zitterte nicht nur, ihr drehte sich auch der Magen um. Sie sah zu Callie auf und brach in Tränen aus. Was zum Teufel war mit ihr los? Sie war fertig mit ihm. Schluss. Vorbei. Ohne jeden Zweifel: vorbei. Warum war sie dann so durcheinander?

Was wollte Robbie hier? Er gehörte nicht hierher. Er hatte sich von ihr getrennt und sie war zu neuen Ufern aufgebrochen. Sie hegte nicht die geringsten Zweifel, was das Ende ihrer Beziehung anging, und ganz sicher keinen Zweifel, was Ross anging.

Ross.

Oh Gott.

Sie musste sich zusammenreißen. »Es ist nichts, ehrlich. Ich …«

»Wer ist dieser Robbie?«, fragte Callie und reichte ihr ein Taschentuch.

Elisabeth wischte sich die Augen. »Danke.« Sie schniefte und atmete tief durch. »Oh Gott, wie kann das nur passieren?«

»Wenn ich wüsste, was passiert, könnte ich es dir vielleicht sagen.«

Sie sah Callie an, die süße Callie, die wahrscheinlich nicht die Nerven verlieren würde, wenn ein Ex-Freund auftauchte, von dem sie früher einmal *gedacht* hatte, dass sie ihn liebte. Inzwischen wusste sie, dass ihre Gefühle für Robbie nicht Liebe gewesen waren, aber, *oh Gott*, warum war sie derart aufgelöst?

»Wo ist Ross?«

Ross lehnte zwischen seinen Brüdern Jake und Luke an einem Zaun. Er hatte bereits ein paar Tiere behandelt und zugesehen, wie Luke seine Shaley vorführte. Das Fohlen hatte eine blaue Rosette gewonnen und Luke und Daisy strahlten vor Stolz. Daisy ging zurück zu Elisabeths Stand, und bevor er ihr folgte, wollte Ross noch einen Augenblick mit Jake reden, den er lange nicht gesehen hatte.

»Wann bist du dran?«, fragte Ross.

Jake zuckte mit den Schultern. »Keine Ahnung. Bald.« Er war braungebrannt und muskulös und an seiner draufgängerischen Art hatte sich nichts geändert. »Wes sagt, du hast jetzt eine feste Freundin.«

»Jepp.« Ross warf ihm einen Blick zu, den seinem Bruder eindeutig *Spar dir deine blöden Kommentare* zu verstehen gab. Und Jakes süffisantes Grinsen und die hochgezogenen Augenbrauen signalisierten ihm: *Aha, alles klar.*

Jake drehte sich so, dass er ihm geradewegs ins Gesicht sehen konnte, lehnte den Ellenbogen an den Zaun, kreuzte lässig die Beine und blickte rasch zu Luke hinüber.

»Oh-oh, jetzt geht's los«, sagte Luke.

»Ich frage mich nur: Warum?« Jake sah Ross unverwandt an.

»Warum was?«, fragte Ross gleichgültig.

»Warum willst du dich binden? Dir geht's doch gut, du hast einen tollen Beruf und bestimmt keinen Mangel an interessierten Frauen, also erzähl mir nicht, dass du ausgehungert bist. Warum all das aufgeben? Was bringt dir das?« Jake blickte einer Blondine nach, die in äußerst knappen Hotpants und Cowgirlstiefeln an ihnen vorbeiging, und seufzte theatralisch: »Warum, oh, warum nur?«

»Du bist ein Idiot.« Ross sah weg.

Luke kicherte.

»Ich meine das gar nicht lustig. Ich würde es wirklich gerne wissen. Bei Pierce und Luke hätte ich im Leben nicht damit gerechnet, sie jemals in festen Händen zu sehen. Eigentlich dachte ich immer, dich würde es zuerst erwischen.« Jake lüftete seinen Cowboyhut, als zwei hübsche dunkelhaarige Frauen vorüberkamen. »Aber du hast durchgehalten, Junge. Warum jetzt?«

Ross tauschte einen vielsagenden Blick mit Luke: *Eines Tages wird er es kapieren.* Dann legte er Jake die Hand auf die Schulter. »Jake, ich will es dir erklären, in einfachen Worten, die selbst du verstehst. Kennst du diese Hochstimmung, wenn du mit zwei Frauen gleichzeitig im Bett bist?«

»Ja, und wie.« Jakes Augen leuchteten.

»Weißt du noch, wie du dich in der Highschool gefühlt hast, als du in Fiona verliebt warst?« Er wusste, dass er einen empfindlichen Nerv traf, und genau das war seine Absicht.

Jake spannte den Kiefer an. »Allerdings«, sagte er mit tiefer, rauer Stimme.

»Was fühlte sich besser an?«

Jakes Blick wurde hart. Er ballte die Hände zu Fäusten, machte aber keine Anstalten zu antworten.

Luke und Ross sahen sich an und drückten sich vom Zaun ab. Ross klopfte Jake auf den Rücken. »Ich gehe jetzt zu meiner Freundin, mit der ich mich so gut fühle, wie ich es mit keiner anderen Frau jemals könnte. Ich seh mir deine Show an und danach treffen wir uns, okay?«

Jake nickte und sah einer weiteren Frau hinterher. »Du bist ein echter Spielverderber, Junge. Musstest du denn von Fiona anfangen?«

»Tut mir leid, mein Lieber. Du hast mich gefragt und ich hab dir geantwortet.«

Lukes Handy klingelte, als er mit Ross unterwegs zu Elisabeths Stand war. Er hörte zu, sagte ein paarmal *aha* und *hm* und beendete dann das Gespräch.

»Ross, sagt dir der Name Robbie etwas?«, fragte Luke.

Ein eiskalter Blitz durchzuckte Ross. »Robbie?« Luke konnte doch nicht den einzigen Robbie meinen, der ihm einfiel? Elisabeths Robbie?

»Jemand, der Elisabeth kennt.«

Mist. »Was ist mit ihm?«

»Wie es aussieht, ist er hier. Und wie es aussieht« – Luke deutete mit dem Kopf auf Elisabeth, die mit raschen, entschlossenen Schritten auf sie zukam – »hat sie ihn gesehen. Soll ich hierbleiben? Oder besser verschwinden?«

»Verschwinde.«

»Okay, aber wenn ich ihn mir vorknöpfen soll –«

Ross sah ihn finster an. Von Vorknöpfen konnte bisher keine Rede sein, und wenn es nötig sein sollte, kam er auch allein damit klar.

Luke hob abwehrend die Hände. »Wollte nur helfen, Bruderherz.«

»Danke, ich komm schon zurecht.« Er wappnete sich innerlich. Erfahrungsgemäß bedeuteten Ex-was-auch-immer selten etwas Gutes, und als er die Anspannung in Elisabeths Gesicht sah, wusste er, dass es diesmal nicht anders war.

»Hey Babe.« Er bemühte sich, lässig zu klingen, doch ihre rot geränderten Augen glänzten feucht, und als sie ihn ansah, stiegen ihr neue Tränen in die Augen. Angst krampfte ihm den Magen zusammen. Er wollte gar nicht erst darüber nachdenken, was diese Tränen bedeuteten. Weinte sie seinetwegen? Oder wegen Robbie?

»Elisabeth?« Ein gut gebauter Mann mit hellbraunem Haar und leuchtend blauen Augen streckte Elisabeth lächelnd die Hand entgegen. *Ross'* Elisabeth.

Elisabeth drehte sich um und als sich ihre Blicke trafen, schnürte es Ross fast das Herz zu. Das also war Robbie. Er zweifelte keine Sekunde, dass der Mann in khakifarbener Hose und einem Polohemd, das seinem eigenen ziemlich ähnlich sah, ihr

Ex war. Als Robbie Elisabeths Hand berührte, musste sich Ross zusammenreißen, um nicht den Arm um sie zu legen und ihm zu zeigen: *Sie gehört mir.*

»Robbie«, flüsterte sie kaum hörbar. Sie sagte seinen Namen so, wie man den Namen eines Freundes sagt, den man lange nicht gesehen hat. Ganz anders, als sie seinen Namen sagte, ging es Ross durch den Kopf. Dann war ihre Liebe nicht zu überhören.

Aber warum zitterte ihre Unterlippe?

Ach, verdammt. Hier waren sie, die Tränen.

Ross legte ihr die Hand auf den Rücken. »Alles okay, Lis?«

Sie sah Ross an, dann wanderte ihr Blick zurück zu Robbie und sie schluckte schwer, während sie nickte.

Wer's glaubt, wird selig. Er wollte sie nicht in Verlegenheit bringen, also streckte er Robbie die Hand entgegen und hoffte inständig, dass Robbie ihre Hand loslassen würde, die er schon viel zu lange in seiner hielt.

»Ross Braden.« Er konnte es sich nicht verkneifen, Robbie zu mustern. *Muskelbepackt. Trainiert wahrscheinlich. Eine gute Handbreit kleiner als ich. Und du fasst verdammt nochmal meine Freundin nicht an.*

»Robbie Prather.« Er sah Ross mit einem kurzen Lächeln an und ließ endlich Elisabeths Hand los.

Die Tatsache, dass Ross' Hand immer noch besitzergreifend auf ihrem Rücken lag, zeigte offenbar Wirkung.

»Was machst du hier?«, fragte sie Robbie.

Er sah sie an. »Ich wollte dich sehen.«

Einundzwanzig

Ross blieben etwa drei Sekunden, um die schwerste Entscheidung seines Lebens zu treffen. Sollte er weggehen, sodass sie ungestört waren? Und damit Robbie die Gelegenheit geben, Elisabeth wieder in seine Arme zu locken, mit welchen Mitteln auch immer? Oder sollte er bleiben, wo er war, und sich gewissermaßen als Hindernis zwischen Robbie und Elisabeth schieben? Er vertraute ihr. Verdammt, er vertraute ihr hundertprozentig und er liebte sie.

»Ich lasse euch zwei allein.« Ross kämpfte den Drang nieder, Elisabeth zu küssen und damit seinen Claim noch deutlicher abzustecken. Stattdessen drückte er ihre Hand.

»Ich ... ähm ...« In ihren Augen lag eine stumme Entschuldigung.

»Ist okay. Schick mir eine SMS, wenn ihr fertig seid. Soll ich den Stand für dich übernehmen?« *Heiliger Bimbam, bin ich noch bei Trost?*

»Die Mädels machen das schon.«

Ross nickte, dann streckte er Robbie die Hand entgegen.

»War nett, Sie kennenzulernen, Robbie. Willkommen in Trusty.«

Willkommen in Trusty, was für ein Blödsinn. Wie wär's mit: Scheren Sie sich zum Teufel? Er haderte insgeheim mit seiner Mutter, die immer auf guten Manieren bestanden hatte.

Wes und Luke holten ihn ein, als er mit raschen Schritten

davonging.

»Was zum Teufel ist los?«, fragte Luke.

Ross stürmte zum Stockcar-Rennen, um Jake bei seiner Stuntnummer zu sehen. Er brauchte dringend Ablenkung, um nicht umzukehren und diesem Albtraum ein Ende zu setzen.

»Ross, was ist los?« Wes packte ihn am Arm.

»Lass das«, zischte Ross.

Wes ließ ihn los. »Warum hast du die beiden allein gelassen? Callie sagte, dass Elisabeth mit den Nerven fertig war, als sie zum Stand zurückkam, aber sie hat ihr nicht gesagt, wer dieser Idiot ist.«

»Ex-Freund«, knurrte Ross.

»Und du lässt die beiden allein?« Diesmal packte Luke ihn am Arm und Ross riss sich unsanft los. »Junge, was denkst du dir denn dabei?«

Je weiter er von Robbie und Elisabeth entfernt war, desto besser. Die Versuchung, umzukehren und Stellung zu beziehen, war sehr groß. Sie näherten sich dem Rundkurs, auf dem das Stockcar-Rennen ausgetragen wurde, und der Lärmpegel stieg beträchtlich. Motoren heulten auf, Reifen quietschten und die Zuschauer jubelten.

Geh zurück!, kreischte es in Ross' Kopf.

Er blieb stehen und sah Luke an, der ihn verwirrt und wütend anstarrte. »Was ich mir dabei denke? Ich denke, dass ich ihr vertraue. Und dass sie mich nicht mehr lieben wird, als sie es schon tut, wenn ich mich danebenstelle. Ich vertraue ihr, Luke. Vertraust du Daisy nicht?«

»Verdammt, natürlich tue ich das, aber ich würde sie nicht mit irgendeinem Idioten allein lassen.«

»Der Typ hat einen Doktortitel. Er wird wohl kaum mitten im Getümmel etwas Unanständiges tun.« Ross fuhr sich mit der Hand durchs Haar und ging nervös auf und ab. Verdammt, es machte ihn fertig.

»Also, was hast du vor?«, fragte Wes und verschränkte die

Arme vor der Brust.

Ross kochte innerlich. Er hatte überhaupt nichts vor, hatte keinen Plan, nichts.

»Das ist doch, als würdest du sie den Wölfen zum Fraß vorwerfen.« Luke begleitete ihn auf seiner nervösen Wanderung.

»Was ist, wenn sie dich braucht? Wenn er ihr etwas antut?«

»So war ihre Beziehung nicht.« Und genau deshalb fand er es so beunruhigend, dass Robbie hier aufgetaucht war. »Sie hatten eine gute Beziehung.«

»Was bist du, sein Fürsprecher?«, fragte Wes.

»Nein, ich bin nicht sein verdammter ... Hör mir zu, Wes. Der Typ ist nicht irgendein Schwachkopf, okay? Er ist ein gebildeter Mensch, der sie gut behandelt hat. Was zum Teufel soll ich denn machen? Ich liebe sie und ich vertraue ihr. Es gibt einfach keine Alternative. Ich weiß noch nicht einmal, was er will. Ich weiß nur, dass er sie sehen wollte.«

»Was meinst du denn, was er will? Er hat sie von L. A. aus ausfindig gemacht. Und wie hat er das überhaupt geschafft?«, fragte Luke.

Ross funkelte ihn wütend an. *Wie zum Teufel hat er sie ausfindig gemacht?* Waren sie doch die ganze Zeit über in Kontakt? Nein, vollkommen unmöglich.

»Es kann nur einen Grund geben, warum er höchstpersönlich den ganzen Weg von L. A. hierher gekommen ist«, sagte Wes.

Ross wandte sich ab, doch Wes zerrte ihn herum. »Mach verdammt nochmal die Augen auf, Ross. Wenn du sie liebst, kannst du es nicht einfach ihr überlassen, die richtige Wahl zu treffen.« Wes starrte ihn herausfordernd an.

»Genau deshalb lasse ich sie entscheiden. Die richtige Wahl ist, wofür sie sich entscheidet, und wenn du das nicht weißt, dann bist du wirklich ein Idiot.«

Ross ist gegangen. Er hat uns alleingelassen. Was hatte das zu bedeuten? Sie hatte das kurze Aufblitzen von Besorgnis in seinen Augen gesehen, doch dann hatte er Robbie freundlich die Hand geschüttelt und ihn nett begrüßt. Und was bedeutete *das*? Elisabeth fühlte sich wie gelähmt, obwohl sie am ganzen Körper zitterte.

»Können wir irgendwo reden?«, fragte Robbie.

»Robbie, was willst du hier? Ein ganzes Jahr lang höre ich nichts von dir und dann tauchst du wieder auf, nachdem ich in eine Stadt gezogen bin, die Hunderte von Meilen entfernt liegt? Wie hast du mich überhaupt gefunden?« Zu ihrer Überraschung spürte sie Wut in sich aufsteigen. Dies war verdammt nochmal *ihre* Stadt, nicht seine. Streng genommen war es natürlich noch nicht ihre Stadt, aber seine war es ganz gewiss nicht.

»Ich musste dich sehen und ich wusste, dass es keinen Zweck hatte, dich vorher anzurufen. Elisabeth, bitte, können wir uns irgendwo unterhalten? Irgendwo, wo wir ungestört sind?« Er legte ihr die Hand auf den Arm.

Emily kam angelaufen. Ihr Blick war streng und Robbie ließ sofort seine Hand sinken. »Elisabeth, ist alles okay?«

»Ja, alles in Ordnung.« Elisabeth wusste selbst nicht, warum sie meinte, Robbie beschützen zu müssen. Auch die Wut, die sie eben noch verspürt hatte, war verschwunden. Bei Robbie hatte sie nie lange wütend sein können. Ihre Beziehung war überhaupt nicht auf Konfrontation ausgerichtet, sie plätscherte vielmehr gemächlich vor sich hin. Ihre Beziehung zu Ross war ganz anders. Wenn sie ihn sah, wurde sie von ihren Gefühlen überwältigt, ihr Herz raste und ihr Atem stockte. Sie wollte ihm ganz nah sein, in seine Haut schlüpfen, dieselbe Luft atmen wie er, seinen Schmerz und seine Freude spüren.

Emily starrte Robbie an. »Bist du sicher?«

»Ja. Wirklich.« Elisabeth sah Daisy auf sie zukommen. *Oh Gott.* »Ich bin gleich wieder am Stand.«

Daisy blieb in einiger Entfernung stehen und beobachtete sie. Die Fürsorglichkeit ihrer neuen Freundinnen schnürte Elisabeth die Kehle zu.

»Na gut.« Emily ließ Robbie nicht aus den Augen, während sie den Rückzug antrat. Erst als sie mit einem Mann zusammenstieß, richtete sie den Blick nach vorn.

»Entschuldige«, sagte Elisabeth.

Robbie schüttelte den Kopf. »Was denken sie denn, was ich im Schilde führe? Dass ich dich kidnappen will?«

Elisabeth sank ins Gras. Sie hasste Robbie nicht und sie hatte auch keine Angst vor ihm. Sie war einfach durcheinander. Nach ihrer Trennung hatte sie sich wochenlang in den Schlaf geweint. Damals hatte sie nicht geglaubt, dass sie sich jemals wieder verlieben würde. Sie hatte Robbie für den Mann ihres Lebens gehalten und eine ganze Weile gebraucht, bis sie merkte, dass sie sich geirrt hatte. Und seit sie Ross kennengelernt hatte, wusste sie ganz genau, wer der Mann ihres Lebens war.

»Robbie, wie hast du mich ausfindig gemacht?«

Er setzte sich neben sie und stützte die Ellenbogen auf die Knie. Er roch immer noch nach Fußball. Es war der einzige Vergleich, der ihr einfiel, und er ergab überhaupt keinen Sinn. Es war ein Duft nach Leder, der sie an die Zeit erinnerte, wenn der Herbst in den Winter übergeht, kühl und voller Farben. *Oh Gott*, diese Bilder hatte sie ganz vergessen.

»Das war nicht schwer. Bei deiner Mom hatte ich immer schon einen Stein im Brett.« Sein Lächeln überschwemmte sie mit Erinnerungen.

Er war nicht nur ein netter Typ, sondern stammte auch aus einer Familie, zu der ihre Mutter liebend gern gehört hätte. Sein Vater war ein weltbekannter Regisseur, seine Schwestern hatten sich als Schauspielerinnen einen Namen gemacht und Robbie schien all das zu haben, auf das ihre Mutter solchen Wert legte – er hatte die besten Schulen besucht und seine Familie war reich und berühmt. Nichts davon hatte Elisabeth interessiert. Es war sein freundliches Wesen, das sie anziehend fand, sein Wunsch, anderen zu helfen, und die Liebe zu seiner Familie.

Für Tante Cora mit ihrer klaren Vorstellung von Liebe und Beziehungen war Robbie nicht der Mann, den Elisabeth für den Rest ihres Lebens lieben würde, und das hatte sie ihr unmissverständlich mitgeteilt. Sie hatte auch angezweifelt, ob seine Herzensgüte so uneigennützig war, wie sie schien. Tante Cora hatte ihn nie kennengelernt, alle ihre Einschätzungen beruhten auf Elisabeths Erzählungen, doch Elisabeth hatte inzwischen erkannt, dass ihre Tante recht hatte. Seine Bemühungen waren ein Mittel zum Zweck. Er war sicherlich ein netter Mensch, doch seine Großzügigkeit und Hilfsbereitschaft dienten allein dazu, sich ins rechte Licht zu rücken, und hatten wenig mit echter Herzenswärme zu tun.

»Ich habe dich vermisst.« Seine blitzenden blauen Augen wurden weich, doch er ließ ihr keine Zeit, etwas zu erwidern, sondern redete weiter. Wahrscheinlich war es besser so. Dass er sie vermisst hatte, verwirrte sie und sie wusste nicht, was sie davon halten sollte. »Das erinnert mich an das CaliFest. Weißt du noch?«

Sie lächelte. Es war eine schöne Erinnerung, das konnte sie nicht leugnen. Mit Robbie war es wie mit einem alten Freund. Alles an ihm war vertraut und angenehm und freundlich – eine willkommene Abwechslung nach dem frostigen Empfang, den die Leute in Trusty ihr bereitet hatten.

»Erinnerst du dich, wie wir stundenlang auf dem Rasen getanzt haben, mit all diesen verschwitzten Leuten ringsum? Lieber Gott, was haben wir hinterher gestunken!« Sie lachte und bekam sofort ein schlechtes Gewissen. Ross war so lieb und gab ihnen diese Möglichkeit, ungestört zu reden, dabei wusste sie, dass er krank sein musste vor Sorge. Erst hatte sie sich gefragt, warum er sie allein gelassen hatte. Nun war ihr klar, dass er sich nicht aus ihrer Beziehung zurückzog, sondern ihr den Raum gab, den sie brauchte, um sich mit ihrer Vergangenheit auseinanderzusetzen. Es lag in seinem Wesen, ihr Wohlbefinden vor sein eigenes zu stellen.

Robbie sah sie an. Sein Kinn war stoppelig und sein Blick wurde dunkler und ernster.

»Ich habe nicht viel Zeit, Robbie. Ich muss zu meinem Stand zurück.« Sie wusste immer noch nicht, warum er sie unbedingt sehen wollte.

»Ich bin für eine Nacht hier, fahre morgen in aller Herrgottsfrühe wieder ab.« Er griff in seine Brusttasche und reichte ihr eine Visitenkarte. »Hier, das ist die Adresse des Hotels.«

Trusty Lodge stand auf der Karte. Es war ein Hotel am anderen Ende der Stadt.

»Ich sage, was ich zu sagen habe. Dann gehe ich, und was dann passiert, hängt von dir ab.«

Oh je.

»Nach unserer Trennung hab ich mich in die Arbeit gestürzt, wie du weißt, und, tja, es war nie wieder so, wie es mal war, Elisabeth.«

Ross hätte mich Lis genannt.

Er sah ihr direkt in die Augen. »Elisabeth, ich vergleiche jede Frau, mit der ich mich verabrede, mit dir, messe jede Beziehung an dem, was wir zusammen hatten.«

»Robbie –«

»Lass mich bitte ausreden.« Er presste kurz die Lippen aufeinander, dann lächelte er wieder. »Es war dumm von mir zu glauben, dass ich erst meinen Abschluss in der Tasche haben muss, bevor wir unsere gemeinsame Zukunft planen können.«

»Robbie –«

»Ich möchte wieder mit dir zusammensein, Elisabeth. Ich möchte, dass du mit mir nach L. A. zurückkehrst, dass wir eine Familie gründen. Du hast doch immer gesagt, dass du eine große Familie willst. Ich will das auch, das weißt du.« Er sah sie fragend an.

Das war es, was sie sich gewünscht hatte, und vor einem Jahr wäre sie ihm bis ans Ende der Welt gefolgt.

»Robbie, unterbrich mich bitte nicht«, sagte sie rasch. »Du musstest deinen Abschluss machen und das habe ich verstanden. Ich war froh, dass du das getan hast, was dir wichtig war. Aber genau das habe ich auch getan. Ich muss hier leben. Du weißt, dass ich immer hierher zurückkehren wollte.«

Er runzelte die Stirn. »Ich weiß. Ich glaube, wir kriegen das hin.«

Wie bitte? Sie sah ihn verwundert an. Dachte er wirklich, dass sie mit ihrer Beziehung einfach da weitermachen würden, wo sie vor einem Jahr aufgehört hatten? Aus den Augenwinkeln sah sie, dass sich vor ihrem Stand eine lange Schlange gebildet hatte.

Sie sah in Robbies leuchtende, hoffnungsvolle Augen und stand auf. Robbie erhob sich ebenfalls und griff nach ihrer Hand.

»Elisabeth, bitte versprich mir, dass du darüber nachdenkst.«

»Robbie, es tut mir leid, dass du den ganzen Weg hierher gefahren bist. Ich bin jetzt mit Ross zusammen und ich bin glücklich.« Sie wandte sich zum Gehen.

»Ich bin bis morgen früh im Hotel. Denk darüber nach. Das ist alles, worum ich dich bitte.«

Das ist alles? Als sei es nichts weiter als eine Kleinigkeit?

Sie sah, wie Daisy ihr zuwinkte und signalisierte, dass sie zum Stand kommen sollte. Als sie genauer hinsah, erkannte sie Wren Wynchel, die mit verdrossener Miene wartete, während Barney und ein anderer Hund an der Leine zerrten.

»Ich muss gehen.«

Elisabeth machte ein paar Schritte und spürte, dass Robbie ihr nachstarrte. Sie wusste, dass sie ihm wehtat, und es gefiel ihr überhaupt nicht. Es war nicht ihre Art, jemandem wehzutun, vor allem, wenn er ihr keineswegs egal war.

Es war ihr leichtgefallen, ihre gemeinsame Vergangenheit in einem Pappkarton zu verstauen. Sich umzudrehen und wegzugehen war eine ganz andere Geschichte.

Zweiundzwanzig

Ross konnte sich kaum konzentrieren, als Jake einen atemberaubenden Stunt nach dem anderen vorführte. Nun sah er bestimmt zum hundertsten Mal auf sein Handy. Keine Nachricht von Elisabeth.

»Es wird bald dunkel. Warum siehst du nicht nach, wo sie ist?«, meine Wes. »Ich könnte Callie anrufen und fragen, ob sie wieder an ihrem Stand ist.«

»Nein, sie meldet sich, wenn sie kann. Ich muss ja nicht die ganze Familie da hineinziehen.«

Wes zog eine Augenbraue hoch. »Die Familie steckt schon bis zum Hals mit drin.«

Ross' Handy klingelte und das Herz schlug ihm bis zum Hals. Es war nicht Elisabeth, es war einer seiner Patienten.

»War sie's?«, fragte Wes.

»Nein, es war Mr. Ricker. Probleme beim Kalben. Ich muss hinfahren.« Er schlug den Weg zum Parkplatz ein, obwohl er am liebsten in die entgegengesetzte Richtung gegangen wäre. Dann rief er zurück: »Wes, Elisabeth wird Hilfe brauchen, wenn sie ihren Stand abbaut.«

»Mach ich, Brüderchen, keine Sorge. Sie liebt dich, Mann. Wir wissen das. Ich kümmere mich um sie. Geh und hilf der Kuh.«

Ross war noch nicht weit gekommen, als er Margie Holmes

seinen Namen rufen hörte. Er sah sie so selten außerhalb des Diners, dass er sie ohne ihre Kellnerinnenuniform kaum erkannte. Ihre Stimme war jedoch unverkennbar.

»Hallo, ist das nicht einer meiner Lieblings-Bradens?«, japste Margie, als sie ihn eingeholt hatte.

»Hey Margie. Tut mir leid, aber ich hab's eilig«, sagte er und hastete weiter. Ihm stand der Sinn überhaupt nicht nach Smalltalk und außerdem machte er sich Sorgen um die Kuh. Und der Gedanke an Elisabeth raubte ihm fast den Verstand.

»Oh-oh. Dann stimmt es also?«

»Was?«

»Dass der junge Mann, der heute früh im Diner nach Elisabeth gefragt hat und den wir mit ihr im Gras haben sitzen sehen, ihr Ex-Freund ist.« Sie schnalzte missbilligend mit der Zunge und schüttelte den Kopf.

Mit ihr im Gras gesessen?

»Was stimmt nicht mit dieser Stadt?«, knurrte Ross und ging schneller.

»Du liegst uns einfach am Herzen, Ross. Ach, es ist wirklich schade. Wir hatten gerade angefangen, sie wirklich gernzuhaben.«

Ross bliebt abrupt stehen und schloss die Augen, um seinen Ärger in den Griff zu bekommen. »Margie, tu mir einen Gefallen. Sei so gut und verbreite diesen Unfug nicht weiter. Ja, er war ihr Ex-Freund, wobei ich das *Ex* betonen möchte. Sie ist mit mir zusammen und mehr gibt es dazu nicht zu sagen.«

Margie legte den Kopf schief und sah ihn voller Mitleid an. »Ich kenne dich, seit du ein kleiner Junge warst, und du hast immer das Gute in allen Menschen gesehen. Und das ist bis heute so.«

Was zum Teufel meint sie damit?

Margie wandte sich zum Gehen und sagte: »Ich sehe mal lieber, wo Alice abgeblieben ist. Wir sind zusammen hergekommen, aber jetzt wollte sie sich Krapfen kaufen. Darauf kann ich gut verzichten.« Sie tätschelte ihre rundliche Hüfte und machte sich auf den Weg zum Imbisszelt.

Ross überlegte, ob er Elisabeth anrufen sollte. Wenn sie noch mit Robbie zusammen war, wollte er lieber nicht stören, andererseits wollte er, dass sie wusste, wo er war, falls sie ihn brauchte. Schließlich konnte er nicht an sein Handy gehen, wenn er mit einer kalbenden Kuh zu tun hatte. Unterwegs zur Farm der Rickers schrieb er ihr eine SMS und als sie nicht antwortete, rief er sie an. Er wollte nicht riskieren, dass sie ihn anrief, während er mit der Kuh beschäftigt war. Womöglich deutete sie es falsch, wenn er nicht ans Telefon ging.

»Ross.« Sie klang außer Atem.

»Hey Babe. Ich bin unterwegs zu den Rickers, eine Kuh hat Probleme beim Kalben. Bei mir wird's also spät heute. Ist bei dir alles okay?« *Sind wir immer noch ein Paar?*

»Ja, ich hatte nur alle Hände voll am Stand zu tun.«

»Du bist wieder am Stand?« Dem Himmel sei Dank. Dann konnte ihr nicht so schrecklich viel an Robbie liegen.

»Ja. Tut mir leid. Als ich zum Stand zurückkam, standen die Leute schon Schlange. Ich kann es kaum glauben, aber Wren war hier, mit zwei ihrer Hunde. Und jetzt warten hier ungefähr sieben Leute, darunter auch zwei, die deine Praxis beliefern, sagen sie. Und die County Fair macht bald zu, also muss ich gleich Schluss machen, aber das mit Robbie tut mir leid.« Sie sprach schnell und natürlich konnte sie vor ihren Kunden nicht mehr darüber sagen.

»Wir reden heute Abend. Und nun kümmerst du dich besser um deine Kunden.« Eine Woge der Erleichterung überrollte ihn. Sie war immer noch seine Lissa. *Dem Himmel sei Dank.* »Ich komme vorbei, sobald ich fertig bin. Und ich hab mit Wes abgesprochen, dass er dir beim Abbauen hilft.«

»Ich weiß, Callie hat's mir eben gesagt. Danke. Es tut mir leid. Ich würde gerne reden, aber ich muss weitermachen.«

»Okay.« Er lächelte bei der Vorstellung, wie sie ihr schönes Gesicht in bedauernde Falten legte. »Lieb dich, Lis.«

Doch da hatte sie schon aufgelegt. Und obwohl er wusste, dass sie viel zu tun hatte und es an ihrem Stand hektisch zuging, versetzte es ihm doch einen kleinen Stich.

Bis in den späten Abend hatte Ross auf der Farm der Rickers zu tun. Die Mutterkuh war erschöpft und Ross fürchtete, dass sie aufgegeben hatte. Als das Kalb schließlich zum Vorschein kam, zeigten sich nur der Kopf und ein Vorderbein. Nun musste er schnell handeln. Es war für alle Beteiligten – die Kuh, das Kalb und Ross – eine unangenehme Prozedur, doch es half nichts: Er musste in die Kuh hineingreifen und das andere Vorderbein so legen, dass es bei der Geburt keinen Schaden nahm. Mit viel Geduld gelang es ihm, das Bein vorsichtig vorzuholen, und nach einer Viertelstunde war das süße Kälbchen sicher auf der Welt.

Erleichtert sah er, dass das erschöpfte Muttertier begann, das Kalb trockenzulecken. Dieser Moment der innigen Nähe und Fürsorglichkeit gehörte zu den schönsten Augenblicken in seinem Beruf und ihm wurde immer warm ums Herz, wenn er sah, wie eine Kuh ihrem Mutterinstinkt folgte und ihr Kalb liebevoll umhegte. Schließlich standen Mutter und Kälbchen auf den Beinen und das Kleine begann zu trinken. Während Ross in den rührenden Anblick versunken dastand, wanderten seine Gedanken zu Elisabeth – und zu einer Zukunft, in der sie Kinder haben würden und sie ihr Baby stillte.

Das Kälbchen trank gut, ein untrügliches Zeichen, dass nun alles in Ordnung war. Er stieß einen Seufzer der Erleichterung aus.

Bevor er zu Elisabeth fuhr, musste er nach Hause und duschen, obwohl er sie am liebsten sofort in die Arme geschlossen hätte, um sie nie wieder loszulassen. Er wählte ihre Nummer, doch nach dem dritten Klingeln meldete sich ihre Mailbox, sodass er ihr nur eine Nachricht hinterlassen konnte.

»Hey Babe. Ich bin unterwegs nach Hause, um zu duschen, und komme dann mit den Jungs vorbei. Tut mir leid, dass es so spät geworden ist. Vermisse dich.«

Auf dem Nachhauseweg rief er Wes an.

»Hey Bruder, wie geht's dem Kalb?«, fragte Wes gut gelaunt.

»Prima. Hat lange gedauert, aber Mutter und Kind sind wohlauf. Ich wollte mich nur bei dir bedanken, dass du Lis heute Abend mit ihrem Stand geholfen hast. Tut mir leid, dass ich dich hab hängen lassen.« Er konnte sich immer auf seine Brüder verlassen, so wie sie sich umgekehrt auf ihn verlassen konnten.

»Kein Problem. Außerdem war ich dir sowieso noch was schuldig. Schließlich hast du damals alles stehen und liegen lassen, um Sweets die Stachelschweinstacheln zu ziehen, weißt du noch?«

Ross lachte leise. »Und ob! Das war der Tag, an dem mir klar wurde, dass es ernst ist zwischen Callie und dir. Und ich weiß noch, dass ich Mitleid mit dir armem Idioten hatte, weil du ihr hoffnungslos verfallen warst. Und dass ich dachte, mir würde das nie passieren.« Er schüttelte den Kopf.

»Oh ja, ich erinnere mich genau an diesen Blick. Und nun sieh dir an, was aus dir geworden ist.«

Ross stellte sich das freche Grinsen auf Wes' Gesicht vor und war kurz davor, ihm eine ebenso freche Antwort zu geben. Doch dann dachte er an Elisabeths schönes Gesicht und ihre rot geweinten Augen, und seine coole Fassade bröckelte.

»Ehrlich, Wes. Ich kann mir ein Leben ohne sie nicht mehr vorstellen.«

Als Elisabeth nach Hause kam, rief sie als Erstes ihre Mutter an und machte ihr die Hölle heiß, weil sie Robbie gesagt hatte, wo sie war. Nach diesem hitzigen, aber notwendigen Gespräch überlegte sie hin und her, ob sie Robbie anrufen sollte. Schließlich hatte sie das Gefühl, dass sie den Verstand verlieren würde, wenn sie nicht endlich zum Handy griff. Sie brauchte noch nicht einmal die Nummer des Hotels, die er ihr gegeben hatte. Seine Handynummer hatte sie immer noch gespeichert.

Manche Paare spuckten Gift und Galle, wenn sie sich

trennten, doch nicht Robbie und sie. Ihre Beziehung hatte über ein Jahr gedauert und Elisabeth war glücklich gewesen. In dieser Zeit hatte sie zum ersten Mal in all den Jahren an ihrem Wunsch, nach Trusty zurückzukehren, gezweifelt und begonnen, all ihre Hoffnungen und Träume für einen Irrtum zu halten. Es gab eben keine intensivere Liebe als die, die zwischen ihr und Robbie war. Sie dachte, dass sie vielleicht einfach einem Mythos nachgejagt war und dass Beziehungen eben so waren wie das, was sie mit Robbie erlebte. Alles war ausgeglichen und harmonisch, man freute sich, den anderen zu sehen. Und obwohl sie sich nach Trusty und nach einer intensiveren, tieferen Liebe sehnte, blieb sie bei Robbie und akzeptierte ihre Beziehung als Schicksal.

Eines Abends saßen sie in ihrem Wohnzimmer und sahen fern. Und dann teilte er ihr mit, dass er sich auf seine Doktorarbeit konzentrieren müsste, und beendete die Beziehung. Einfach so, als sei diese Trennung nichts weiter als ein Tagesordnungspunkt von vielen. Sie tobte nicht und schrie nicht, und an jenem Abend weinte sie auch nicht. Die Tränen kamen später. Das Toben und Schreien blieb aus.

Nach und nach hatte sie verstanden, dass das Zweifeln an ihren Träumen und Hoffnungen der Irrtum gewesen war. Die Trennung war ein Wink des Schicksals, die Beziehung war es nie gewesen. Seitdem glaubte sie wieder fest an die Liebe und daran, dass sie beides in Trusty finden würde.

Sie ging zum Wandschrank und holte den Pappkarton hervor. Sie warf einen kurzen Blick auf die Briefe ihrer Tante und zog dann Robbies T-Shirt und die gerahmte Fotografie heraus. Sie fuhr mit dem Finger über das Bild und konnte kaum glauben, dass er hier war. Dass er den ganzen Weg nach Trusty gekommen war, um sie zurückzugewinnen.

Sie klappte den Karton zu und schob ihn wieder in den Wandschrank. An die Schranktür gelehnt wählte sie seine Nummer. Er hob beim ersten Läuten ab.

»Schön, dass du anrufst.« Er klang so hoffnungsvoll, dass es ihr ins Herz schnitt.

»Ja. Kannst du vorbeikommen? Ich denke, wir sollten reden.« Sie warf einen Blick auf das Foto und das T-Shirt, das ordentlich gefaltet neben ihr auf dem Boden lag.

»Klar. Sag mir, wie ich zu dir komme, dann fahre ich gleich los.«

Sie gab ihm eine Wegbeschreibung, dann ging sie ins Wohnzimmer, setzte sich auf die Couch und vergrub das Gesicht in den Händen. Emily, Daisy und Callie hatte sie von Robbie erzählt und ihnen gesagt, dass sie nicht die Absicht hatte, wieder mit ihm zusammenzukommen. Die drei wollten sie nicht allein lassen und schlugen vor, den Abend gemeinsam zu verbringen und in eine Cocktailbar zu gehen. Doch Elisabeth hatte fürs Erste genug von Cocktails. Alles, was sie wollte, war das Leben, von dem sie immer geträumt hatte, mit dem Mann, den sie anbetete.

Als es eine Viertelstunde später an der Tür klopfte, stand sie auf, musste aber auf halbem Weg stehen bleiben. Ihre Beine gehorchten ihr nicht mehr und das Herz schlug ihr bis zum Hals.

Ich schaffe das.

Sie holte tief Luft und atmete langsam aus. Dann ging sie zur Tür, das T-Shirt und das Foto drückte sie an die Brust. Robbie sah sie mit einem freundlichen Lächeln und ganz weichem Blick an. Er war der Mann, von dem sie lange geglaubt hatte, dass sie sich nach ihm sehnte, und hier stand er nun und war bereit, alles wieder gutzumachen. Elisabeth musste plötzlich an etwas denken, was Tante Cora einmal gesagt hatte: *Du wirst es wissen, wenn du denjenigen gehen lässt, der wirklich zählt. Denn wenn du ihm ein letztes Mal in die Augen siehst, fällt dir das Herz auf die Füße und du kannst kaum noch atmen.*

Sie trat auf die vordere Veranda hinaus und setzte sich ohne ein Wort auf die oberste Treppenstufe. Robbie setzte sich neben sie und sie spürte, wie es ihr das Herz zusammenzog. *Das ist Ross' Platz.*

»Ich bin froh, dass du angerufen hast.« Robbie stützte die

Ellenbogen auf die Knie und verschränkte die Hände, wie es seine Art war. »Ich weiß, es war ziemlich überraschend für dich, dass ich hier aufgetaucht bin.«

»Ja, das war es.« Er war so verlässlich, sich mit ihm wohlzufühlen war so leicht. Es wäre so einfach, sich wieder in diese Freundschaft sinken zu lassen wie in einen bequemen Sessel. Denn das war es, was sie hatten: eine wunderbare Freundschaft, die es irgendwie ins Schlafzimmer geschafft hatte. Man hätte sie als Freunde mit Extras bezeichnen können, auch wenn sie das lange Zeit nicht so empfunden hatte. Erst seit sie mit Ross zusammen war, wusste sie, wie tief ihr Herz lieben und wie lebendig sich ihr Körper fühlen konnte.

Robbie griff nach ihrer Hand und sie wehrte sich nicht dagegen. Es war eine freundliche Geste, mehr nicht. Sie war bereit, ihm das zu sagen, was sie zu sagen hatte. Und dann würde er, wie beim letzten Mal, weggehen, ruhig und gelassen wie immer. Und sie würde anders als beim letzten Mal zu Ross zurückkehren.

Leidenschaft. Das war es, was Robbie fehlte. Eine Leidenschaft für das Leben, für andere, für jemanden, den er liebte. Robbie war ein netter Kerl, vielleicht sogar ein guter Mensch, aber keineswegs ein leidenschaftlicher Mann. Wenn er sich engagierte, dann nur mit Blick auf seine Karriere oder auf das, was man von ihm erwartete, doch das war immer nur ein kurzes Aufflackern. Ross dagegen war voller Leidenschaft für alles, was er tat, und für die, die er liebte. Seine Leidenschaft war so wahrhaftig und ehrlich wie die Luft, die er atmete.

Robbie sah sie hoffnungsvoll an. »Elisabeth, ich möchte mit dir zusammen sein. Bitte gib mir noch eine Chance.«

»Robbie.« Die Gefühle schnürten ihr die Kehle zu. Es war schwieriger, als sie es sich vorgestellt hatte. Nicht das, was sie ihm sagen wollte, sondern die Tatsache, dass sie ihm wehtun würde. Sie dachte an den Schmerz, den er ihr bereitet hatte, und die Erinnerung trieb sie vorwärts. Doch als sie in seine leuchtend blauen Augen sah, spürte sie keinen Schmerz, sondern Dankbarkeit. Wenn er sie nicht freigegeben hätte, wäre sie Ross nie begegnet. Und Ross war ihr Schicksal. Sie konnte keine Wut oder Bitterkeit heraufbeschwören. Ihre Trennung war vorherbestimmt, ebenso wie alles andere in Elisabeths Leben – selbst dieses unangenehme Gespräch gehörte dazu.

»Robbie, ein Teil von mir wird dich immer für die Freundschaft lieben, die wir hatten. Und das ist es, was wir hatten: eine tiefe, innige Freundschaft. Aber zwischen Freundschaft und alles verzehrender Liebe ist ein großer Unterschied.« Sie schwieg einen Moment. »Das ist es, was ich jetzt habe. Mit Ross. Ich sehe ihn an und meine ganze Welt ist heller und irgendwie tritt sie auch in den Hintergrund. Da sind nur noch wir beide. Ich weiß, dass du das nicht hören willst, Robbie, aber Ross ist für mich der Mann für immer. Er ist der Mann, mit dem ich mein Leben verbringen möchte.«

Er presste die Lippen aufeinander und schluckte. Ihre Ehrlichkeit machte ihm schwer zu schaffen. Sie legte ihm das Foto und sein T-Shirt auf den Schoß.

»Es sind gute Erinnerungen, aber es sind deine Erinnerungen, Robbie. Ich habe lange genug darüber geweint und für mich gibt es neue Erinnerungen. Du bist ein guter Mensch und du wirst die Frau finden, die zu dir passt. Ganz sicher.« Sie stand auf und er folgte ihrem Beispiel.

»Elisabeth, ich bin den ganzen Weg hierher gekommen. Bedeutet dir das gar nichts? Ich tue alles, was du willst. Du kannst alles haben, alles, was du brauchst. Du kannst ein Haus in Trusty und eins in L. A. haben.« Das Flehen in seiner Stimme klang so fremd, dass es ihr unwirklich erschien.

Sie wollte ihm nicht wehtun, doch sie war sich so sicher wie nie zuvor. In ihrem Herzen gab es nicht den geringsten Zweifel, mit welchem Mann sie zusammen sein wollte. Welcher Mann für sie bestimmt war.

»Ich habe alles, was ich will, und er wird bald hier sein.«

Robbie nickte resigniert. »Du hast immer gesagt, dass dein

Herz in Trusty ist. Ich konnte mir überhaupt nicht vorstellen, dass es für mich keinen Platz mehr darin gibt. Ich bin ganz selbstverständlich davon ausgegangen.«

Ja, das bist du. Noch immer spürte sie keine Bitterkeit. Die Liebe, die sie für Ross empfand, ließ keinen Platz für Wut oder Feindseligkeit Robbie gegenüber. Sie machte ihr Herz weich und gleichzeitig stark, und als sie Robbie zum Abschied in den Arm nahm, war es diese Liebe zu Ross, die ihr ein Seufzen entlockte.

Ross ließ die Hunde auf den Beifahrersitz im Truck und fuhr zu Elisabeths Haus. Knight japste vor Vorfreude, er musste gespürt haben, wie Ross das Tempo drosselte, und vielleicht erkannte er das Haus von der Straße aus. Das Licht der Scheinwerfer streifte einen BMW, der in der Zufahrt stand. Ross fuhr im Schritttempo an der Einfahrt vorbei und im Schein der Verandalampe sah er Elisabeth in Robbies Armen. Eifersucht und Wut schossen durch seinen Körper und brachten jeden Nerv zum Glühen. Mit zusammengekniffenen Augen folgte er der Linie, die Robbies kräftige Arme um Elisabeths Taille bildeten. Trouts Worte fielen ihm siedend heiß ein: *Sie müssen loslassen, was Sie lieben, damit Sie nach vorn schauen können. In dem Wissen, dass Sie trotz allem jemanden zu dem Leben verholfen haben, das er leben sollte.*

Mist. Hieß das, sie sollte ein Leben mit Robbie leben? Ross zuckte zusammen, als Sarge den Kopf aus dem Fenster steckte und bellte. Er trat mit Wucht aufs Gaspedal und raste fluchend davon.

Vor seinem Haus brachte er den Wagen mit einem Ruck zum Stehen und ging mit Riesenschritten wütend auf und ab. Die Hunde hefteten sich an seine Fersen. Was zum Teufel ging da vor sich? Er hatte gedacht, er würde Elisabeth inzwischen so gut kennen. Er hatte geglaubt, an ihrer Stimme zu hören, wie stark ihre Beziehung war, als er sie vorhin anrief. Warum hing sie dann diesem Idioten um den Hals?

Sein Handy vibrierte und er wusste, dass sie es war, doch vermutlich hätte er das blöde Ding quer durch den Garten geschmissen, wenn er es jetzt aus seiner Tasche gezerrt hätte. Wie hatte er sich nur so irren können? Wie konnte alles Lüge sein? Alles, was er zwischen ihnen gespürt hatte?

Vollkommen unmöglich.

Er ging zurück zu seinem Truck. Er würde verdammt nochmal nicht stillschweigend mit ansehen, wie alles in sich zusammenfiel, was sie hatten, auch wenn er zu Wes gesagt hatte, dass sie die Entscheidung fällen musste. Auf halbem Weg zu seinem Auto blieb er plötzlich stehen. Es *war* ihre Entscheidung.

Mist.

Mist.

Mist.

Die Hunde standen unentschlossen da und sahen zu, wie er erst einen Schritt auf Truck zuging, dann wieder einen Schritt zurück machte und schließlich stehen blieb.

Ach, verdammt. Er liebte sie und darum ging es. Zur Hölle mit dem, was Trout gesagt hatte. Zur Hölle mit dem, was er zu Wes gesagt hatte. Er öffnete die Fahrertür.

»Rein«, befahl er.

Knight legte sich flach auf dem Boden, während sich Ranger und Sarge auf dem Beifahrersitz zusammendrängten. Er brauchte verdammt nochmal einen größeren Truck.

Er ließ den Motor aufheulen und wendete mit quietschenden Reifen auf dem kreisrunden Vorplatz, als Scheinwerfer in der Einfahrt auftauchten. *Heiliger Strohsack. Was war das nun wieder?*

Elisabeths Auto kam mit einem Ruck zum Stehen. Er machte den Motor aus und sah, wie sie mit wehenden Haaren auf den Truck zu gerannt kam. Sie sah so verdammt schön aus, dass all seine Wut verebbte. Er kletterte aus dem Truck, die Hunde drängten sich an ihm vorbei zu Elisabeth und begrüßten sie laut jaulend.

»Ross!«

Er hörte Tränen in ihrer Stimme, lief ihr entgegen und fing sie in seinen Armen auf.

»Lissa. Ich kann keine Spiele spielen. Nicht mit dir. Entweder gehörst du zu mir oder du tust es nicht.«

»Ich gehöre zu dir, Rossie. Als ich dich wegfahren sah, fiel mir das Herz auf die Füße. Es fiel, Ross, genau wie Tante Cora gesagt hat.« Ihre feuchten Augen waren so voller Gefühl, dass Ross ebenfalls feuchte Augen bekam. »Jetzt kann ich wieder atmen.«

Er hatte nicht die geringste Ahnung, wovon sie sprach, doch es war egal. Er senkte seine Lippen auf ihre und alle Unsicherheit und aller Ärger lösten sich in Nichts auf. Sie war in seinen Armen und alles andere war unwichtig.

»Lissa«, flüsterte er an ihren Lippen. »Ich werde zu dir stehen und dir in allem helfen, was du tust. Aber ich kann nicht zusehen, wie du in den Armen eines anderen liegst. Ich hätte ihm am liebsten den Kopf abgerissen.«

Sie gab ihm einen Kuss, dann löste sie sich von ihm und lächelte. »Vielleicht habe ich mich geirrt und du hast doch etwas von einem Mörder an dir.« Sie lehnte ihre Stirn an seine. »Ich hab mich verabschiedet. Für immer. Es gibt nur dich und mich, Ross.« Sie sah zu Knight hinunter, der ihr das Bein ableckte. »Und die Jungs. Und die Schweine. Und Dolly und die Ziegen, aber sonst niemanden. Oh, und den Hahn, aber das ist wirklich alles. Versprochen.«

»Im Moment.« Er drückte seine Lippen auf ihren Mund. »Aber ich gehe kein Risiko mehr ein. Eines Tages in nicht allzu ferner Zukunft werde ich dir einen Ring an den Finger stecken und dann kommen noch Babys auf die Liste. So viele wie du möchtest.«

Sie schlang die Beine um seine Taille und ließ ihren Tränen freien Lauf. Zum ersten Mal in seinem Leben hatte er nichts gegen Tränen einzuwenden. Sie bekräftigten alles, was er seit ihrem allerersten Date wusste.

Mit einem zärtlichen Kuss trug er sie ins Haus.

Dreiundzwanzig

Am Samstagmorgen schmiegten sich Ross und Elisabeth unter eine Decke auf der Terrasse hinter Ross' Haus. Seit halb sechs lagen sie so aneinander gekuschelt auf einer ausladenen Gartenliege. Storm war früh aufgewacht, als sie sich liebten, und hatte dann die anderen Hunde geweckt, weil er jaulte und nach draußen wollte. Also hatte sich Ross eine Decke geschnappt und vorgeschlagen, von der Terrasse aus den Sonnenaufgang anzusehen. Durch die Bäume hörten sie Rocky krähen, was die Hunde aufhorchen ließ. Schwalben sangen ihr Lied und die Morgenröte tauchte alles in ein rosiges Licht.

Elisabeth schlug die Augen auf und atmete tief ein. »Gestern hatte ich die Hühner vergessen. Sie sind auch ein Teil unseres Lebens.«

Er drückte sie fester an sich.

»Wir sollten wirklich aufstehen«, sagte sie leise an seinem Hals. »Ich will noch Muffins backen, bevor wir zu deiner Mutter fahren, und außerdem muss ich die Tiere füttern.«

»Noch eine Minute?« Seine Stimme war rau und voller Verlangen, während seine Hand sacht über ihre nackte Hüfte glitt.

Sie schloss die Augen und schmiegte sich noch ein paar Augenblicke an ihn.

»Dein Herz schlägt schneller. Heißt das, dass du nervös wirst und wir besser aufstehen sollten?« Ross machte die Augen auf und küsste sie. »Oder heißt es, dass du mir nicht einen Moment länger widerstehen kannst und ich dich hier und jetzt nehmen sollte?«

»Lieber Gott, was immer ihr tut: das nicht!« Jake kam um die Hausecke geschlendert. Er hatte dieselben Sachen an wie am Abend zuvor und sah aus, als hätte er keine Sekunde geschlafen.

»Was zum Teufel machst du hier?« Ross zog die Decke hoch und steckte sie unter Elisabeths Armen fest. Sie fand es wunderbar, dass er sich erst um sie kümmerte, bevor er sich aufsetze und seinen Bruder mit einem frustrierten Seufzer ansah. »Wie spät ist es?«

»Höchste Zeit, dass du deinen faulen Hintern bewegst.« Jake ließ sich in einen Sessel sinken und seufzte. »Elisabeth, stimmt's? Schön, dich kennenzulernen.«

»Hi.« *Oh mein Gott. Ich bin vollkommen nackt.*

»Ich würde meinen faulen Hintern ja bewegen, wenn ich etwas anhätte«, grinste Ross.

»Shit.« Jake murmelte etwas von Kaffee und ging ins Haus. Elisabeth hörte, wie er zwei Treppenstufen auf einmal nahm, dann wieder heruntergepoltert kam und mit einer von Ross' Shorts in der Terrassentür erschien. Er warf sie seinem Bruder zu, der sie mit einer Hand auffing. »Vermutlich heißt das, dass der Ex nicht mehr aktuell ist?«

Elisabeth wurde rot. »Das ist er schon lange nicht mehr.«

»Die Wetteinsätze waren recht beachtlich«, sagte Jake. »Gut, dass ich richtig getippt hab.«

»Lieber Himmel.« Ross zog Elisabeth an sich und gab ihr einen Kuss auf die Schläfe. »Und wo warst du die ganze Nacht?«

Jake grinste. »Willst du das ganz genau wissen?«

»Nein, lieber nicht.«

»Tate muss heute weg, daher hat er mich gebeten, dir mit deinem ... *Ding* zu helfen«, sagte Jake.

»Mit meinem *Ding*?« Ross sah ihn ratlos an.

»Etwas, dass er heute früh zu Mom bringen sollte? Ich hab's hierher gebracht. Ich dachte mir, dass ihr noch schlaft, also wär's 'ne schöne Überraschung. Ist oben an der Straße. Ich wollte euch nicht wecken, deshalb hab ich nicht geklopft, sondern bin ums Haus geschlichen.«

»Welches Ding?« Elisabeth war völlig verwirrt.

Ross schlüpfte in seine Shorts und griff nach ihrer Hand. Er hielt die Decke eng um sie gewickelt und warf Jake einen Blick zu, der deutlich sagte: *Wage bloß nicht, meine nackte Freundin anzugucken.* Dieser Blick war neu und sie fand ihn wunderbar.

»Ich hab was für dich reparieren lassen«, erklärte Ross.

»Was? Ross, das wäre doch nicht nötig gewesen.«

Er schob ihr eine Haarsträhne hinters Ohr. »Nur eine kleine Anerkennung dafür, dass du so hart arbeitest.«

»Es ist ja wirklich nett, euch zwei Turteltäubchen zuzusehen, aber habt ihr was dagegen, wenn ich Kaffee mache?«, fragte Jake.

»Ich sollte mich sowieso anziehen«, sagte Elisabeth.

»Hübsches Tattoo«, sagte Jake, der seinen Blick über Elisabeths Rücken schweifen ließ.

»Halt die Klappe.« Ross küsste Elisabeth und zog die Decke höher.

»Das mit dem Anziehen ist eine gute Idee. Schließlich haben wir das Familienfrühstück hierher verlegt und die ganze Meute kann jeden Moment vor der Tür stehen.« Jake steuerte die Küche an.

»Was? Warum? Und wieso hat uns das niemand gesagt?« Ross rief die Jungs und folgte Jake und Elisabeth ins Haus.

»Es war nicht geplant. Ich hatte Em eine SMS geschickt und sie gefragt, ob ich mich ein paar Stunden bei ihr aufs Ohr legen kann, weil ich Mom nicht stören wollte. Und sie sagte, Mom ist schon auf, weil sie für die County Fair backt. Sie hat mich gefragt, ob ich das … Ding … gemacht hätte, und als ich sagte, ich wollte gleich loslegen, da sagte sie, sie würde alle anrufen, dass wir uns hier treffen.«

»Um sechs Uhr morgens?«

»Tja, ich hab ihnen ja gesagt, sie sollten eher gegen halb sieben kommen. Ich wusste nicht, wo ihr wart, ob hier oder bei Elisabeth drüben. Ich brauchte einen kleinen Puffer.«

»Du bist unglaublich.« Zu Elisabeth gewandt sagte er: »Geh ruhig schon duschen, ich komm auch gleich nach oben.«

Auf der Treppe hörte sie Jake sagen: »Bruderherz, geh mit ihr duschen. Ich bin ja schon groß.«

Einen Augenblick lauschte sie ihren Stimmen. Sie hörte gerne, wie die Brüder sich gegenseitig aufzogen, und fand es wunderbar, wie sie sich untereinander halfen und für einander da waren. Dass Jake in aller Herrgottsfrühe unangekündigt auftauchte, zeigte, wie nah sie sich standen.

Um sieben Uhr quoll das Haus förmlich über vor Testosteron, sodass sich Elisabeth, Daisy, Callie, Emily und Catherine mit ihren Kaffeetassen auf die Terrasse flüchteten. Es war ein kühler, sonniger Morgen und die Vögel zwitscherten. Knight lag zu Elisabeths Füßen, während die anderen Hunde mit Sweets im Garten spielten.

»Ich habe gehört, dass Jake gestern Abend nach Fiona gesucht hat«, sagte Emily im Flüsterton.

»Oh nein.« Catherine beugte sich vor. »Ist er deshalb letzte Nacht nicht nach Hause gekommen?«

»Nein, er war mit jemand anderem zusammen. Aber als ich vorhin im Diner war, fragte Margie mich, ob er Fiona gefunden hat.«

»Nun, Luke meint, sie wäre für ihn sowieso nicht mehr gewesen als eine weitere Eroberung, auch wenn sie mal seine große Liebe war. Und er meint, dass Jake sich nie wieder verliebt«, sagte Daisy. »Also ist es wahrscheinlich besser, dass er sie gestern Abend nicht gefunden hat. Aber das Geschwätz in dieser Stadt – furchtbar.«

»Ich weiß nicht, ob Jake jemals über sie hinwegkommt. Die Liebe der Bradens geht tief«, meinte Emily.

Sie saßen eine Weile schweigend da. Schließlich versuchte Elisabeth die Spannung aufzulockern und fragte Emily: »Na, auf wen hast du gestern Abend gesetzt? Ross oder …?«

»Gesetzt? Was meinst du?«, fragte Emily stirnrunzelnd, doch Elisabeth sah, wie sich ihre Hände um ihren Kaffeebecher krampften.

»Ich hab auf dich und Ross gesetzt«, antwortete Daisy.

»Ich auch«, sagte Callie.

»Ich habe mich geweigert, mitzumachen«, sagte Catherine. »Aber ich hätte auf dich und Ross gesetzt.«

»Ach, das meintest du«, sagte Emily schulterzuckend und sah ihr nicht in die Augen.

Elisabeth stockte für einen Moment der Atem. »Du hast wirklich gedacht, dass ich Ross verlasse? Nachdem ich dir erzählt habe, was ich für ihn empfinde?«

»Ach Quatsch, ich hab alles oder nichts auf dich und Ross gesetzt.«

Elisabeth boxte sie auf den Arm. »Das war gemein, Em!«

»In dieser Familie brauchst du ein dickes Fell«, sagte Daisy grinsend.

Plötzlich stolperten Luke und Jake wie ein unentwirrbares Knäuel aus Körpern und Gliedmaßen auf die Terrasse. Sie taumelten an Elisabeth vorbei, umrundeten Daisy und Emily und machten einen großen Satz in den Garten. Im nächsten Moment flitzte Wes an Elisabeth und Daisy vorbei, hielt kurz inne, um Callie einen Kuss zu geben, und stürzte sich dann ins Getümmel. Ross kam gemächlich aus dem Haus geschlendert und reichte Elisabeth seinen Kaffeebecher. Er gab ihr einen Kuss und seufzte.

»Tja, es ist wohl wieder mal so weit«, meinte er und schon wälzte er sich mit seinen Brüdern über den Rasen.

Callie wandte sich ab und legte die Hand vor die Augen. »Ich kann nicht hinsehen. Ich habe immer Angst, dass sich jemand etwas bricht.«

»Dafür bin ich ja da«, beruhigte Daisy sie. »Bei diesen Burschen kann ein abgeschlossenes Medizinstudium nie schaden.«

Elisabeth sah zu, wie Ross mit Jake rang. Einen Augenblick

hielten sie inne und starrten einander unverwandt an, doch gleich darauf rauften sie wieder wie junge Hunde. Elisabeth lächelte. Ross sah so glücklich aus und sie liebte diese spielerische Seite an ihm.

Eine richtige Familie. Elisabeth nippte an Ross' Kaffee und war so glücklich wie noch nie in ihrem Leben. Sie hatte einen Mann, den sie liebte, und sie war von den nettesten Freundinnen umgeben, die man sich wünschen konnte.

»Okay, Jungs, das reicht.« Catherine ging entschlossen zu dem Gewirr aus Männern und stemmte die Hände in die Hüften.

Alle vier unterbrachen ihre Rauferei auf der Stelle und tauschten vielsagende Blicke. Im nächsten Moment hatten Luke und Wes sie auf die Schultern gehoben. Die Hunde sprangen bellend um sie herum.

»Lasst mich runter!« Catherine strahlte über das ganze Gesicht.

Elisabeth konnte sich nicht vorstellen, dass ihre Mutter jemals so entspannt und glücklich aussehen würde. Der Gedanke machte sie traurig, nicht ihretwegen, sondern wegen ihrer Mutter. Sie wünschte, ihre Mutter wäre glücklicher, gleichzeitig wusste sie, dass sie nichts daran machen konnte. Glück, das wusste sie inzwischen, kam zuallererst aus einem selbst. Andere Menschen verstärkten nur die Gefühle, die schon da waren.

»In die Einfahrt!«, rief Emily.

Sie trugen Catherine vor das Haus und setzten sie dort ab. Sie umarmte sie einen nach dem anderen und gab ihnen dann einen liebevollen Klaps.

»Ich bin zu alt für so was. Ich hätte mir die Hüfte brechen können«, sagte Catherine in das Gelächter hinein.

Daisy hob die Hand. »Dafür bin ich ja da.«

Ross verschränkte seine Hand mit Elisabeths und küsste ihre Finger.

»Ich hatte auch auf uns gesetzt«, sagte Ross, griff in seine Hosentasche und zog das Schlüsselbund ihrer Tante hervor.

Sie blickte auf die Schlüssel in seiner Hand, dann sah sie ihn an. »Ich verstehe nicht.«

»Komm mit.« Er führte sie die Einfahrt hinunter und die anderen folgten ihnen im Gänsemarsch.

»Ich habe den Lieferwagen nicht verschrotten lassen. Ich wusste ja, wie viel er dir bedeutet. Ursprünglich wollte ich ihn so ausstatten, dass du deine Kuchenbestellungen darin unterbringen und ausliefern kannst, doch dann hast du mit der Fellpflege angefangen.« Er zuckte mit den Schultern und zeigte auf eine Baumreihe.

Dort hinter den Bäumen stand der Lieferwagen ihrer Tante. Er war frisch lackiert und strahlte in hellem Pink. Auf einer Seite stand in dicker schwarzer Schrift: KUCHEN UND HAUSTIERPFLEGE TRUSTY. Daneben war ein Hund mit kleinen Schleifen am Halsband zu sehen. Er saß auf den Hinterbeinen und hielt einen Kuchen auf der Pfote.

»Das war der Grund, weshalb ich so oft mit Tate zusammen war«, erklärte Emily. »Drinnen ist ein Kühlschrank für deine Kuchen, und es gibt Schränke für alles, was du bei der Fellpflege brauchst.« Sie presste die Lippen zusammen und sah Daisy und Callie streng an. »Und jetzt hört hoffentlich dieses Gerede über Tate und mich auf. Ich kann es kaum erwarten, endlich nach Italien zu fliegen.«

Elisabeth liefen die Tränen über die Wangen. »Das hast du für mich gemacht?«, flüsterte sie fassungslos.

»Für dich würde ich alles tun.« Ross gab ihr einen leidenschaftlichen Kuss, bei dem alle Mädels *oooohh* riefen und Elisabeth in seinen Armen dahinschmolz. Genau dort, wo sie hingehörte.

Danksagungen

Ich hätte nie geglaubt, dass mir etwas mehr Freude machen könnte, als über die Bradens zu schreiben, doch es ist ebenso aufregend, von meinen Leserinnen zu hören, die mehr von unseren sexy Helden und kecken Heldinnen lesen möchten. Ich liebe es, Ihre E-Mails und Nachrichten über Social Media zu bekommen, bitte schreiben Sie mir auch weiterhin. Sie spornen mich an, eine bessere Autorin zu werden und die Linie der Bradens fortzusetzen. Danke!

Ein herzliches Dankeschön gilt Giacomo (Jim) Giammatteo, der so freundlich war, mir von seiner geliebten Gracie zu erzählen. Ich hoffe, ich bin ihr gerecht geworden. Jim war außerdem so nett, mir alles über Schweine beizubringen, was ich wissen musste, und von Shanyn Silinski habe ich viel über Nutztiere und das Kalben erfahren. Danke an Sie beide für Ihre Zeit und die Großzügigkeit, mit der Sie Ihr Wissen geteilt haben. Alle Fehler gehen auf meine Kappe.

Elisabeth Nash hat ihr Vorbild in einer Leserin, mit der ich oft auf Facebook chatte. Ihr Name ist Elisabeth Occhipinti. Ich hoffe, Sie haben Ihre Freude an Ihrer Namensvetterin. Danken möchte ich auch Russell Blake dafür, dass er Tante Cora ihren Namen gegeben hat. Er passt hervorragend. Und großer Dank geht an all die hilfreichen Freunde und Familienmitglieder für ihre Engelsgeduld und ihre moralische Unterstützung. Ihr inspiriert mich jeden Tag und ich weiß eure Hilfe wirklich zu schätzen.

Ohne die hervorragende Arbeit, die mein Lektoratsteam leistet, wären meine Bücher nicht das, was sie sind. Danke, Kristen Weber, Penina Lopez, Jenna Bagnini, Juliette Hill, Marlene Engel und Lynn Mullen. Ich möchte auch Natasha Brown für das wunderbare Cover danken, und Clare Ayala dafür, dass sie meine Texte formatiert.

Und zu guter Letzt: Danke an meinen Mann, Les, und meine beiden jüngsten Kinder, Jess und Jake, die mir freundlicherweise jeden Tag viel zu viele Stunden in meiner fiktionalen Welt gönnen.

Abonnieren Sie Melissas Newsletter, um über Neuerscheinungen informiert zu werden:
www.melissafoster.com/Newsletter_German

Lesen Sie hier einen Auszug aus dem nächsten Band!

Trotz allem Liebe

DIE BRADENS

LOVE IN BLOOM – HERZEN IM AUFBRUCH

Eins

Üppig. Grün. Hügelig. *Traumhaft.* Auf dem überdachten Balkon einer Villa in den Hügeln vor Florenz genoss Emily die Aussicht über die einzigartige Landschaft der Toskana und auf die einmalig schöne Stadt. Die letzten Sonnenstrahlen des Tages malten rosige Schatten. Dann erloschen sie und es wurde kühler. Seufzend sog Emily diese italienischen Momente in sich auf und schlang die Arme um ihren Körper. Es war wie ein Traum, dass sie nun tatsächlich hier war und in einer Villa von Gabriela Bocelli, ihrer Lieblingsarchitektin, wohnte.

Zu den Stars der Szene gehörte Gabriela Bocelli nicht, aber Emily bewunderte die Klarheit und Anmut ihrer Linienführung schon, seit sie als Architekturstudentin erste Skizzen ihrer Häuser gesehen hatte. Ihr schien, als wäre das hundert Jahre her. Damals war der Traum von einer Reise in die Toskana erwacht. Aber nach dem Studium war sie zu sehr damit beschäftigt gewesen, ihr eigenes Architekturbüro aufzubauen. Sie hatte sich auf Passivhäuser spezialisiert und für eine Urlaubsreise blieb einfach nie genug Zeit. Dass sie jetzt nicht in ihrer Heimatstadt Trusty am Schreibtisch saß, sondern hier auf dieser Loggia stand und fasziniert auf die Hügel hinausschaute, verdankte sie ihrem Bruder Wes.

Sie zog ihr Handy aus der Gesäßtasche und schrieb ihm eine Nachricht.

Du bist der allerbeste Bruder der Welt. Bin überglücklich, hier zu sein. Danke!

Emilys fünf Brüder waren ungeheuer besorgt, weil sie sich allein auf die weite Reise gemacht hatte. Aber genau genommen wurden die Jungs schon unruhig, wenn sie zu Hause mal außer Sichtweite war. Ihr ältester Bruder Pierce hatte ihr sogar ein extra Handy für Auslandsanrufe schenken wollen. Für alle Fälle. Aber das ging eindeutig zu weit. Mit ihren einunddreißig Jahren würde sie doch wohl einen neuntägigen Trip in die Toskana überstehen, ohne dass ihre Brüder sie retten mussten. Normalerweise kam sie ganz gut ohne Beschützer zurecht. Aber die Braden-Brüder glaubten, jeden Mann, der sich in ihre Nähe wagte, genau unter die Lupe nehmen zu müssen. Viel Lust zum Daten machte ihr das nicht.

Gleichzeitig fand sie es schön, dass sie ihren Brüdern so wichtig war, denn sie war selbst ganz vernarrt in diese Spinner mit dem übersteigerten Beschützerinstinkt.

Adelina Ambrosi erschien an der Balkontür. Ihr Lächeln wirkte nicht mehr ganz so energiegeladen wie noch vor ein paar Stunden. Adelina betrieb die kleine Privatpension in der Villa zusammen mit ihrem Ehemann Marcello schon seit zwanzig Jahren. Sie war eine stämmige kleine Frau mit einem freundlichen Gesicht. Ihre Augen waren blaugrau wie ein Wintersturm, das widerspenstige graue Haar trug sie locker aufgesteckt. Vermutlich um ihre Gäste nicht zu stören, bewegte sie sich nahezu geräuschlos durchs Haus.

»Guten Abend, Emily.« Adelina zupfte einen Fussel von dem Vorhang neben der Glastür. Emily freute sich, dass die Ambrosis das Haus mindestens so sehr liebten wie sie. Um immer genügend Platz für Familienangehörige und Freunde zu haben, vermieteten sie nur zwei der acht Zimmer. Ihnen ging es nicht darum, mit der Villa Geld zu machen, sie war vor allem ihr Heim, und das merkte man auch den gemütlichen Gästezimmern an.

»Guten Abend, Adelina. Gibt es Neuigkeiten von Serafinas Mann?«

Serafina war die Tochter der Ambrosis und erst kürzlich mit ihrem acht Monate alten Sohn aus den Staaten hergekommen. Dort lebte sie zusammen mit ihrem Mann Dante, einem US-Marine. Seine Einheit war derzeit in Afghanistan im Einsatz und Dante galt seit fast drei Monaten als vermisst. Adelina hatte Emily erzählt, dass sie ihre Tochter gebeten hatte, nach Hause zu kommen, damit sie und Marcello sich um sie und den kleinen Luca kümmern konnten. Adelina war fest davon überzeugt, dass Dante zurückkommen würde. Emily hatte ihre Zweifel.

»Noch nicht. Aber ich lasse mir die Hoffnung nicht nehmen.« Adelina senkte den Blick, nickte freundlich und ging wieder ins Haus.

Emily schickte ein stummes Bittgebet für Dantes gesunde Heimkehr in den Abendhimmel.

»Wunderschön.«

Die wohltönende tiefe Stimme trieb Emily einen Schauer über den Rücken. Sie wandte sich um und ... *heiliger Strohsack*. Vor ihr stand ein über eins achtzig großer, sonnengebräunter, exquisit bemuskelter Kerl. Das mokkabraune Haar floss ihm über die Augen und reichte bis fast zum Kragen seines eng anliegenden schwarzen Shirts. Sie wollte ihm zu gern antworten, aber ihr Mund war plötzlich wie ausgetrocknet und sie brachte keinen Ton heraus. Sie hielt sich an der steinernen Balustrade des Mauerbogens fest, unter dem sie stand, und brachte gerade mal ein Lächeln zustande.

Seine vollen Lippen kräuselten sich amüsiert, seine Augen blitzten. Er trat ein paar Schritte näher.

»Wunderschön«, sagte er noch einmal. »Die Aussicht, meine ich.« Seine Augen glitten an ihr hinab. Sofort begann ihr Magen zu flattern. Anstelle der Belustigung trat etwas Dunkles, Sinnliches in seinen Blick. Sie räusperte sich, riss widerstrebend die Augen von ihm los und schaute wieder in die Ferne. Im Vergleich zu dem, was sie direkt neben sich bewundern konnte, verblasste die Schönheit der Landschaft.

Herrje! Reiß dich zusammen! Lag es an der italienischen Luft oder am Abendhimmel? Jedenfalls raste ihr Puls, als wäre sie gerade einen Marathon gelaufen.

Oder liegt es daran, dass ich schon seit einer Ewigkeit keinen Sex…

»Ehrfürchtiges Schweigen. Angeblich eine ganz normale Reaktion auf den Zauber Italiens.« Er legte die Unterarme auf die steinerne Brüstung und flocht seine großen Hände ineinander.

»Italien. Ja, klar.« Emily war verblüfft über ihren ironischen Ton. Erschrocken presste sie die Lippen zusammen. Eigentlich hatte sie das nicht laut sagen wollen. Beim Anblick dieses Mannes wurden sicher alle Frauen schwach, und sie stand da und schmachtete ihn an wie ein Schulmädchen. Was für ein Blödsinn. Sie schmachtete doch nicht. Das hatte sie noch nie getan. Verdammt, was war mit ihr los?

Mit schiefgelegtem Kopf lächelte er zu ihr hinauf. Emily sah ein Flackern in seinen Augen. War es schelmisch oder gefährlich? Es konnte beides sein. Sicher wusste er um die prickelnde Aura, die ihn umgab. Leise lachend zog er eine Braue hoch.

Gütiger Himmel. Eine heiße Woge schwappte über ihre Brust und ihr Gesicht. Sie verschränkte die Arme. Eine Barriere zwischen ihr und ihm. Die war auch bitter nötig, denn offenbar hatte sie ihre wildgewordenen Hormone nicht im Griff.

»Tut mir leid. Ich bin erst ein paar Stunden hier. Lange Reise, müde Augen.« *Müde Augen?* Mit angehaltenem Atem hoffte sie, dass er so tun würde, als wäre damit erklärt, weshalb sie ihn angaffte.

»Ich bin auch gerade erst angekommen.« Er streckt ihr die Hand hin. »Dae Bray. Schön, Sie kennenzulernen.«

Emily spürte, wie sich ihre Nackenmuskeln lockerten. Offenbar ließ er ihre Erklärung gelten. »Emily Braden. Day? Interessanter Name.« Sie schüttelte seine starke, warme Hand. Er hielt ihre Hand eine Sekunde länger fest als nötig und schon stand sie wieder unter Hochspannung. Das galt auch für die Region südlich ihres Nabels.

»Vielleicht bin ich ja ein interessanter Typ. Dae. D. A. E.« Er sagte das, als müsste er seinen Namen öfter buchstabieren. »Sind Sie zum ersten Mal in der Toskana?«

Wie konnte er so völlig gelassen wirken, während ihr Herz Purzelbäume schlug? Locker und geschmeidig richtete er sich auf und lehnte seine sexy Hüfte in den tiefsitzenden Jeans an die Balustrade. Er schlug die Knöchel übereinander und stützte sich mit den Handflächen auf der Steinbrüstung ab. Das T-Shirt spannte über seiner breiten Brust. Weiter unten ließ es gut definierte Bauchmuskeln erahnen. Emilys Blicke huschten bis zu Bund seiner Jeans. Zu gern wollte sie den Blick noch etwas tiefer gleiten lassen. Aber das verbot sie sich energisch. Unter Aufbietung all ihrer Kräfte ignorierte sie die Hitzewellen, die sie durchjagten, und wandte sich wieder der Aussicht zu.

»Ja.« *Warum klingt meine Stimme so atemlos?* Sie straffte die Schultern, schaute ihm in die Augen und versuchte, ruhig und normal zu sprechen. »Und Sie?«

Er zuckte mit einer Schulter. Sein dunkles, schimmerndes Haar fiel ihm ins Gesicht. Mit einer schnellen Bewegung schüttelte er es nach hinten und gestattete ihr damit einen weiteren Blick auf seine unvergleichlichen Augen und seine markanten Züge. Ein Hauch von Stoppeln sprießte auf seinem kantigen Kinn.

»Für mich ist es auch das erste Mal.«

Emilys Telefon vibrierte. Auf dem Display erschien Wes'

Name. Froh über die Ablenkung las sie seine Nachricht.

Freut mich. Pass gut auf dich auf. Viel Spaß. Du hast es verdient.

»Fragt Ihr Ehemann nach, warum Sie sich mit einem wildfremden Kerl unterhalten, anstatt mit ihm einen romantischen Spaziergang durch die Weinberge zu machen?« Er kniff die Augen kaum merklich zusammen, doch sein Lächeln saß bombenfest.

Emily schaute ihm in die Augen. »Dazu müsste ich erst mal verheiratet sein.« Nicht, dass sie etwas dagegen gehabt hätte. In den letzten Monaten hatten sich vier ihrer Brüder Hals über Kopf verliebt und ihr Glück gefunden, ohne je wirklich danach gesucht zu haben. Und sie, die sich nichts sehnlicher wünschte, als sich endlich zu verlieben und geliebt zu werden, stand immer noch alleine da und versuchte, nicht vor Neid zu platzen. Sie freute sich von Herzen für ihre Brüder. Gleichzeitig sehnte sie sich nach der großen Liebe, nach einem Mann, der es nicht vor allem auf das Braden-Vermögen abgesehen hatte. Damit, ein solches Exemplar in ihrer kleinen Heimatstadt zu finden, rechnete sie nicht mehr. Die Einsamkeit hatte sie mit Arbeit bekämpft und war zu einer erfolgreichen Architektin geworden.

»Wenn das so ist ... Hätten Sie Lust, ein Glas Wein mit mir zu trinken?«

Bevor Emily antworten konnte, kam eine weitere Nachricht von Wes.

Bitte nicht ZU VIEL Spaß! Ich will nicht in die Toskana fliegen und einen Kerl vermöbeln müssen, weil er meiner kleinen Schwester das Herz gebrochen hat.

Emily lachte über ihren besorgten Bruder. Plötzlich war sie viel lockerer. Sie steckte das Handy weg und lächelte den gut aussehenden Mann an ihrer Seite an. Sie war Tausende Meilen von zu Hause entfernt an einem der romantischsten Orte der Welt. Warum sollte sie nicht *zu viel* Spaß haben? Sie konnte nur raten, was Wes darunter verstand. Wenn es um seine kleine Schwester ging, fand er vermutlich schon Händchenhalten zu gewagt. Aber vielleicht, nur vielleicht, durfte sie sich jetzt endlich auch mal ein

Vergnügen gönnen.

Mit frischem Mut und ein klein wenig Abenteuerlust hob sie das Kinn und kniff die Augen leicht zusammen. Sie hoffte, dass das verführerisch wirkte, war aber nicht allzu zuversichtlich, denn ihr fehlte ganz einfach die Übung. Einen Versuch war es trotzdem wert.

»Warum nicht? Klingt gut.«

Dae stieß sich von der Brüstung ab und griff nach ihrer Hand. »Sollen wir?«

»Ähm ...« Ging das nicht ein bisschen schnell? War ihr der Femme-fatale-Blick vielleicht *zu gut* gelungen?

»Ich bin harmlos. Fragen Sie meine Schwestern. Harmlos, aber herzlich. Also Hand oder Arm? Sie dürfen sich was aussuchen.«

»Sie haben Schwestern?« Warum fühlte sie sich gleich viel sicherer? Er nahm ihre Hand und, verdammt, ihre Handflächen passten perfekt ineinander. Seine Hand war groß und warm, ein bisschen rau und ein bisschen schwielig.

»Zwei. Und zwei Brüder. Und Sie?« Gemeinsam gingen sie zur Küche der Villa. Emily freute sich, dass er in dem hohen, nach frisch gebackenem Brot duftenden Raum ihre Hand nicht gleich wieder losließ. Er betrachtete die Flaschen in dem kunstvoll in die Wand eingelassenen Weinregal, zog eine nach der anderen heraus und studierte die Etiketten. Schließlich fand er einen Wein, der ihm zusagte.

»Fünf Brüder. Ähm ... Dürfen wir uns hier einfach so bedienen?« Emily schaute sich in der makellos sauberen Küche um. Öfen und Herde standen in Nischen unter gemauerten Bögen. Ein Kupferkessel wartete griffbereit auf der Kochstelle, die Türen der eingebauten Vorratsschränke schimmerten in warmem Mahagoni.

»Es hieß, ich soll mich wie zu Hause fühlen.« Dae reichte ihr die Flasche und führte sie an einem großen Esstisch und einer ebenso großen Kochinsel vorbei. Dann nahm er zwei Weingläser aus einem Hängeschrank an der Wand.

Er lächelte spitzbübisch. »Halten Sie sich immer und überall brav an die Regeln?« Er warf ihr einen forschenden Blick zu, entkorkte die Weinflasche und gab sie ihr zurück.

Eine brave Buchhalterseele? Bin ich das? Sie wusste es nicht genau. Eigentlich war sie für jeden Spaß zu haben. Aber musste man deshalb gleich gegen Regeln verstoßen? Und welche Regeln galten überhaupt noch, wenn man erst mal über dreißig war? Plötzlich war ihr ein wenig beklommen zumute. Hatte sie es mit einem skrupellosen Draufgänger zu tun? Wollte er sie zu Dingen verleiten, die nicht in Ordnung waren? Sie war eine Braden und stammte aus einer angesehenen Familie. Ganz gleich, wo sie sich befand, sie hatte einen Ruf zu verlieren. Was die Situation seltsamerweise nur noch prickelnder machte.

»Emily?«

O nein. Was wenn …

Seine Hände auf ihren Oberarmen rissen sie aus dem Gedankenstrudel, der sie mitzureißen drohte.

»Emily. Keine Sorge.« Das Haar fiel ihm wieder über die Augen. Sein Lächeln sah sie trotzdem. »Das war ein Scherz.«

Jetzt hält er mich für eine langweilige Trulla. Sie verdrehte die Augen. Mehr wegen sich als wegen ihm. Wes' Nachricht hatte sie wohl unterschwellig in Alarmstimmung versetzt. *Oder bin ich tatsächlich eine fade Buchhalterseele, die ein bisschen Gefrotzel gerade noch aushält, aber kneift, sobald sie eine Regelübertretung wittert? Wie langweilig. Langweilig, zwei Ausrufezeichen.*

»Adelina hat gesagt, ich soll mir in der Küche einfach nehmen, was ich will. Auch vom Wein. Egal zu welcher Tages- oder Nachtzeit.«

Er nahm sie wieder an der Hand und ging mit ihr durch eine schwere Holztür hinaus in den Garten.

»Tut mir leid, Dae. Ich wollte keine Spaßbremse sein.«

»Schon in Ordnung. Wenn Sie meine Schwester wären, hätte ich mich über Ihre Vorsicht gefreut. Sie haben mich angeschaut, als hätte ich mich gerade als Serienkiller geoutet.« Er lächelte sie an.

»Auweia. Wirklich nett ist das nicht, oder?« Sie musste sich beeilen, um in ihren hochhackigen Stiefeln mit ihm Schritt halten zu können. Vorsichtshalber richtete sie den Blick auf den dichten Rasen. Das war besser, als Dae hemmungslos anzugaffen.

»Nett vielleicht nicht. Aber schließlich müssen Sie an Ihre Sicherheit denken.« Er blieb unvermittelt stehen und Emily prallte ungebremst gegen ihn.

Um nicht umzufallen, riss sie den Arm hoch. Die Weinflasche schlug gegen Daes Brust, Wein spritzte auf sein Shirt. Er schlang den Arm sie und hielt sie aufrecht. »O mein Gott. Wie ungeschickt von mir.« *Mist, Mist, Mist.* Sie wischte mit der Hand an seinem Shirt herum und versuchte, seine herrlichen Muskeln nicht wahrzunehmen.

»Ich habe schon schlimmere Unfälle erlebt.« Das lässige Lächeln blitzte wieder auf, seine Augen schienen plötzlich zu glühen. Ihre Knie wurden zu Pudding.

Verdammte Knie. Er hielt sie fester. *Schlaue Knie.*

Gerade als Emily glaubte, dass sie das Atmen endgültig einstellen würde, zeigte er auf ihre Stiefel. »Mit hohen Absätzen läuft es sich im Gras nicht gut.«

Sie konnte nur daran denken, wie wunderbar es sich anfühlte, von ihm gehalten zu werden, und wie schnell ihr Herz schlug.

»Alles in Ordnung?«, fragte er.

Keine Ahnung. »Ja. Alles klar.«

Mit dem Daumen wischte er einen Tropfen Wein von ihrer Wange und kostete davon. »Hmm. Guter Jahrgang.«

Heiliger Strohsack.

Seine Augen wurden dunkel, sein Blick verhangen. Dunkel und verhangen gefiel ihr gut. Sehr gut sogar.

»Vielleicht setzen wir uns besser. Das ist sicherer.« Er deutete mit dem Kopf nach rechts.

Emily blinzelte gegen das verrückte Verlangen an, das in ihrem Bauch ganze Schmetterlingsschwärme auffliegen ließ und ihren Verstand vernebelte. Sie folgte seinem Blick zu einer Laube mit einer wunderbaren Aussicht über Täler und Hügel. Blauregen rankte sich an einem Gitter empor. Triebe voller üppig grüner Blätter schlängelten sich um Säulen, lilafarbene Blütentrauben fielen in Kaskaden herab.

»Traumhaft.« Wie knorrige Finger streckten sich die Äste alter Bäume über den Pfad und bildeten zusammen mit der Wand aus Blauregen einen lebenden Torbogen. Auf der niedrigen Steinmauer, die die Laube zur Seite hin einfasste, standen rustikale Pflanzkübel voller bunter Blumen.

Dae übernahm zusätzlich zu den Gläsern nun auch die Weinflasche und hielt Emily den Ellbogen hin. »Festhalten bitte! Hier herrscht erhöhte Stolpergefahr.«

Am liebsten wollte sie sich einfach an ihn schmiegen und wünschte sich, dass er seinen starken Arm schützend um sie legte. Stattdessen schob sie die Hand durch seinen gebeugten Ellbogen und legte sie auf seinen muskulösen Unterarm. Sie kannte diesen Mann doch erst seit ein paar Minuten. Wieso verging sie fast vor Hitze?

Dae konnte regelrecht sehen, wie die Rädchen in Emilys Kopf ineinandergriffen. Trotz ihrer Nervosität war sie die aufregendste Frau, die ihm je begegnet war. Sie war schlank und ihre Designerjeans und das weiße Shirt mit dem V-Ausschnitt unter dem offenen schwarzen Cardigan betonten ihre sanften Kurven. Verstohlen betrachtete er ihr Profil. Sie hatte eine niedliche Stupsnase und hohe Wangenknochen. Ihr langes Haar hatte dieselbe Farbe wie seines. Zu gern wollte er spüren, wie es über seine nackte Brust glitt. Emily war nur sehr dezent geschminkt und beim genaueren Betrachten ihrer süß geschwungenen Lippen fiel ihm nur das Wort *atemberaubend* ein. Wenn diese Frau nicht gerade von einem zupackenden Abrissunternehmer überrascht wurde, der ihr kaum Zeit zum Nachdenken ließ, war sie sicher höllisch temperamentvoll und wusste, was sie wollte.

Er hatte ihre kurze Schreckstarre nach dem Zusammenstoß ebenso gespürt wie die versengende Hitze, die sich zwischen ihnen ausgebreitet hatte. Emily war in seinem Arm fast geschmolzen. *Geschmolzen.* Anders ließ sich das Gefühl nicht beschreiben, als die Anspannung aus ihren Schultern und ihrem Rücken gewichen war und sie ihre zarten Kurven an ihn geschmiegt hatte. Wenn er auf ein schnelles Abenteuer aus gewesen wäre, hätte er sie mühelos in sein Bett lotsen können. Aber den One-Night-Stands hatte Dae schon vor Jahren abgeschworen und sich ein Gewissen zugelegt.

Er goss Wein in die Gläser. Zu gern hätte er gewusst, wer ihr vorhin eine Nachricht geschickt und sie damit zum Lachen gebracht hatte.

Er reichte Emily ein Glas und hob seines. »Auf die Toskana.«

Emily stieß lächelnd mit ihm an und nahm einen Schluck Wein. »Hmm, der ist gut. Genau das, was ich jetzt brauche.«

»Sollen wir das mit dem Sie nicht lieber lassen?«, fragte er, nachdem er den Wein probiert hatte.

»Ja gern.« Lächelnd stieß sie noch einmal mit ihm an.

Dae schaute zu, wie sie einen Moment lang abwog, die Holzbank verschmähte und stattdessen auf dem breiten Tisch Platz nahm.

»Von hier aus ist die Aussicht besser«, erklärte sie. »Ich möchte jede Sekunde genießen.«

Sie konnte nicht ahnen, dass Dae ebenfalls lieber auf Tischen saß anstatt auf Stühlen oder Bänken. Das war immer so gewesen.

»Eine Frau nach meinem Geschmack. Ich hätte mich auch für den Tisch entschieden.« Er setzte sich neben sie und stützte die Ellbogen auf die Knie. »Und jetzt erzähl mal, was führt dich in die Toskana?«

»Die Reise hat mir mein Bruder geschenkt, weil ich ihm geholfen habe, seine Freundin mit einem ganz besonderen Abend zu überraschen.« Das Lächeln, mit dem sie von ihrem Bruder sprach, gefiel ihm. Er fand es schön, dass ihr die Familie offenbar ebenso wichtig war wie ihm. Die Art, wie jemand über seine Angehörigen sprach und wie er mit ihnen umging, verriet viel über seine Herzenswärme und Loyalität.

»Was für ein tolles Geschenk.« Ihr Oberschenkel streifte seinen. Als ihre Blicke sich trafen und sie nicht von ihm abrückte, wusste er, dass sie ihn absichtlich berührt hatte. Er spürte ein Kribbeln zwischen den Beinen. *Ruhig bleiben, Freundchen.*

»Ja, finde ich auch. Er wusste, dass ich für mein Leben gern in die Toskana fahren und mir vor allem diese Villa ansehen wollte. Gabriela Bocelli ist eine meiner Lieblingsarchitektinnen. Aber ohne meinen Bruder wäre ich sicher nicht hier. Ich schaffe es einfach nicht, mich lang genug von der Arbeit und der Familie loszueisen.« Sie trank ihren Wein aus und Dae schenkte ihnen nach.

»Das Leben ist zu kurz, um seine Träume aufzuschieben. Schön, dass dein Bruder die Sache in die Hand genommen hat.« Dae und seine Schwestern standen sich sehr nahe und als erfolgreicher Unternehmer hätte er es sich leisten können, alle seine Geschwister in die Toskana einzuladen. Trotzdem war ein solches Geschenk für ihn kaum vorstellbar. Leanna war spontan und chaotisch und lebte völlig planlos in den Tag hinein, und Bailey, seine jüngere Schwester, hatte als Musikerin ein unglaublich dicht gedrängtes Konzertprogramm. Es war schon schwierig genug, nur einen Termin für ein gemeinsames Abendessen zu finden. Wenn er seinen Schwestern eine Reise schenken würde, würde Leanna den Flug verpassen und Bailey wahrscheinlich in letzter Minute absagen müssen. Das größte Geschenk, das sie einander machen konnten, war ganz einfach, Zeit miteinander zu verbringen.

»Meine Brüder kümmern sich sehr um mich. Vielleicht ein bisschen zu sehr.« Sie seufzte.

»Übersteigerter Beschützerinstinkt?« Warum freute ihn das?

»Könnte man sagen. Sie sind großartig und ich bin ganz

vernarrt in sie. Aber ja, die Beschützerrolle nehmen sie ein bisschen zu ernst.« Sie schaute ihm in die Augen und die Luft begann zu knistern. Mit geröteten Wangen wandte sie sich ab und presste die Hände auf ihre Oberschenkel. »Ehrlich gesagt, finde ich das noch nicht mal besonders schlimm. Es klingt vielleicht albern, aber ich habe auch immer das Gefühl, auf die Jungs aufpassen zu müssen.«

»Du willst deine Brüder beschützen?« Wie wollte diese zarte Frau das denn machen? Sie wog sicher kaum mehr als fünfzig Kilo. Fünfundfünfzig, wenn überhaupt.

Ihr Lächeln ließ ihre dunklen Augen aufstrahlen. Ihre Stimme wurde weicher, sie straffte die Schultern. »So wahr ich hier sitze. Ihre Freundinnen habe ich mir jedenfalls immer genau angesehen, denn ich will nicht, dass jemand den Jungs das Herz bricht. Meine Brüder sind die begehrtesten Junggesellen der Stadt und Mädchen können ziemlich flatterhaft sein. Inzwischen sind all diejenigen, die noch in der Nähe leben, in festen Händen. Also ...« Sie zuckte die Achseln.

Ihre Liebsten waren ihr wichtig. Das gefiel ihm. Er fragte sich, ob sie ebenfalls zu den heißbegehrten Singles in ihrem Heimatort gehörte. »Lebst du noch da, wo du aufgewachsen bist?«

»Ja, in Trusty, in Colorado. Trusty ist ungefähr so groß wie deine Faust. Meine ganze Familie wohnt dort. Außer meinen Brüdern Jake und Pierce. Pierce ist der Älteste. Er lebt in Reno und Jake in L. A., aber sie kommen oft zu Besuch. Wir verstehen uns wirklich gut und ich kann mir nicht vorstellen irgendwo anders, womöglich weit weg von meiner Familie zu wohnen. Auswärts zu studieren hat mir schon gereicht. Ich war froh, als ich wieder zu Hause war.« Sie nahm noch einen Schluck Wein und stellte das Glas ab.

Dae hielt die Flasche hoch. »Mehr?«

»Ich mache lieber eine Pause. Sonst musst du mich am Ende in mein Zimmer tragen.«

Ich hätte nichts dagegen. »Sag einfach, wenn ich nachschenken soll.« Er verbot sich den Gedanken, sie in den Armen zu halten.

»Womit verdienst du denn dein Geld?«

»Ich bin Architektin und habe mich auf Passivhäuser und ökologisch verträgliches Bauen spezialisiert.« Sie schaute in die Ferne, wieder wurde ihr Blick weich.

»Ach ja? Passivhäuser sind eine prima Sache, aber die meisten Bauherren haben noch zu wenig Ahnung davon.«

Ihre Augen weiteten sich. Er spürte, wie ihr Bein gegen seines drückte. »Du weißt, was Passivhäuser sind? Wenn ich darüber spreche, schauen mich die meisten Leute an, als würde ich Chinesisch reden.«

»Das wundert mich nicht. Passive Solarenergienutzung und Abwärmenutzung von Lebewesen und Geräten als Heizquelle klingen ein bisschen nach Science Fiction. Das ganze Konzept ist noch zu wenig bekannt.« Aus Daes Sicht gehörte der Passivbauweise die Zukunft. Das galt nicht nur für Wohnhäuser, sondern auch für Bürohäuser, Schulen und andere öffentliche Gebäude. Noch konnten sich die meisten Menschen nicht viel darunter vorstellen. Aber das war vor zwanzig Jahren bei Elektroautos und Handys auch so gewesen.

»Genau.« Sie klopfte ihm auf den Schenkel. Dann starrten sie beide auf ihre Hand.

Ihre Blicke trafen sich, sie schluckte. In den letzten Minuten hatte er die verschiedensten Gefühle in ihren Augen gelesen. Verlegenheit, Beklommenheit, Verlangen. Sicher spürte auch sie, wie aufgeladen die Luft zwischen ihnen war. Ihre Augen wurden dunkler, ihre Lippen öffneten sich.

O ja. Sie spürt es.

Als sie die Lippen mit der Zungenspitze befeuchtete, glaubte er, vergehen zu müssen.

»Und du?« Deutlich entspannter als zuvor stützte sie sich auf eine Hand und drehte sich zu ihm. »Wo wohnst du? Was machst du?«

Die Antwort wollte gut überlegt sein. *Eine sexy Architektin mit einem Faible für umweltverträgliches Bauen. Mal sehen.* Aus

Erfahrung wusste er, dass Öko-Jünger Abrissunternehmern wenig Sympathien entgegenbrachten. Er nahm einen Schluck Wein und entschied sich, vage zu bleiben. Diskussionen über Konfliktthemen konnten warten.

»Kommt ganz auf die Woche an. Wenn ich zu lange an einem Ort bin, werde ich kribbelig.« So war das schon immer gewesen. Für längere Zeit allein in einem seiner Häuser zu sein, machte ihn rastlos. Und die Frau, mit der er Wochen, Monate oder gar sein ganzes Leben verbringen wollte, war ihm bisher noch nicht begegnet.

Emilys schön geschwungene Brauen zogen sich zusammen. Offenbar war sie mit dieser Auskunft nicht zufrieden.

»Also ...«

»Ich bin im Bausektor tätig. Wo ich mich aufhalte, bestimmen meine Aufträge.«

»Ach. Und ich dachte immer, gerade Leute aus der Baubranche wären besonders ortsgebunden.«

»Manche schon. Aber ich bin für meine Projekte viel unterwegs.« Viel mehr wollte er noch nicht preisgeben, vor allem nicht über den Abrissauftrag, der ihn in die Toskana führte. Er fand es schön, mit Emily zusammen zu sein. Dass er seinen Lebensunterhalt damit bestritt, Gebäude dem Erdboden gleichzumachen, konnte er ihr später noch verraten.

»Wie lange bleibst du denn hier?« Keine sehr originelle Frage, aber ein Themawechsel war angesagt.

»Neun Tage. Und ich habe mir einen genauen Plan gemacht, damit ich möglichst viel sehen kann.« Sie hielt ihm ihr leeres Glas hin.

»Keine Angst mehr, dass ich dich in dein Zimmer tragen muss?« Ihre Blicke trafen sich. *Oder in meins?*, schoss ihm durch den Kopf. Er füllte die Gläser. Er wusste, dass vor allem sein Ego zu ihm sprach. One-Night-Stands hatte er sich zwar abgewöhnt, aber als Gedankenspiel waren sie durchaus prickelnd.

»Ich könnte mir Schlimmeres vorstellen.« Ihre Stimme klang

leise und verführerisch. Gedankenverloren spielte sie mit ihrem Haar und senkte den Blick. Dann hob sie den Kopf und sagte fest: »Außerdem hast du Schwestern. Deshalb glaube ich, dass du die Situation nicht ausnutzen würdest.«

»Das ist ein großer Vertrauensvorschuss für einen Kerl, den du gerade erst kennengelernt hast.«

»Wenn du ein Serienkiller wärst, hättest du mich bereits erstochen und meine Leiche entsorgt. Und wenn du mich ins Bett zerren wolltest, würden wir uns nicht fast die ganze Zeit über unsere Familien unterhalten.« Sie drehte die Hand so, dass sie seine berührte. »Also wie gesagt – du hast Schwestern und der große Bruder in dir wird auf mich aufpassen.«

Verdammt. So viel zum Thema widersprüchliche Signale. Ihre Hand. Das Gerede über große Brüder. Sie machte eine rasante Kehrtwende nach der anderen. Wenn er nicht achtgab, würde der Abend mit einem Schleudertrauma enden.

Eine Stunde und eine leere Weinflasche später standen sie vor Emilys Zimmer. Er hatte den Arm um sie gelegt und hielt sie fest, ihre Wangen waren gerötet, ihre Augen glasig und ihr Kopf lag an seiner Brust.

Sie verträgt wirklich nicht viel. Wie süß. Dae ließ sie los und lehnte sich an den Türrahmen. Vorsichtshalber verschränkte er die Arme. Er wollte sie küssen, ihre weichen Lippen spüren und den leckeren Wein auf ihrer frechen Zunge schmecken. *Der große Bruder in dir wird auf mich aufpassen.*

»Deine fünf Brüder mit dem übersteigerten Beschützerinstinkt, meinst du, die hätten was dagegen, wenn wir morgen zusammen losziehen?«

Sie trat einen Schritt zurück und musterte ihn eingehend. »Kommt drauf an. Verabreden Serienkiller sich mit ihren Opfern zu Besichtigungstouren?«

Er lachte. »Wenn ich einen kennen würde, könnte ich ihn fragen.«

Emilys Handy vibrierte.

»Vielleicht ist das einer von meinen Brüdern. Dann kannst du ihn gleich um Erlaubnis bitten.«

Emily zog ihr Telefon aus der Tasche und las die Nachricht. Sie biss sich auf die Unterlippe, schaute ihm in die Augen und hob den Zeigefinger. Dann tippte sie eine Antwort.

»Ist das dein Ernst? Du fragst deinen Bruder, ob wir den Tag zusammen verbringen dürfen?«

Sie schüttelte den Kopf. Das Haar fiel ihr in die Augen. »Ich frage Daisy, meine zukünftige Schwägerin. Sie und mein Bruder Luke heiraten übernächstes Wochenende.«

Dae rieb sich das Gesicht. Er konnte nicht fassen, dass Emily ihre zukünftige Schwägerin über ihr Date entscheiden ließ. »Na prima.« Er gab sich keine Mühe, seinen Sarkasmus zu verbergen.

Wieder vibrierte ihr Telefon. Mit flatternden Lidern las sie die Nachricht.

»Und, was meint Daisy?«

»Ähm ...« Sie versteckte das Handy auf dem Rücken und lächelte kokett.

Dae verdrehte die Augen. Das Date konnte er sich wohl abschminken. Offenbar war er der große böse Fremde. »Danke für den schönen Abend. Gute Nacht, Emily.« Er machte einen Schritt von ihr weg.

Ihr Lächeln verrutschte. »Moment mal! Das war's? Du hast die Antwort doch noch gar nicht gehört.«

Er rückte so nahe an sie heran, dass ihre Schenkel sich berührten. Nur ein Atemzug trennte ihre Lippen. Emilys Augen blitzten verführerisch und herausfordernd zugleich. Am liebsten hätte er den kecken Gesichtsausdruck einfach weggeküsst. Aber er nahm sich mit aller Macht zusammen.

»Ich dachte nur ...«

»Du dachtest nur?«, schnurrte sie. »Was ist denn aus Mister *Hand oder Arm* geworden? Wenn du so schnell aufgibst, habe ich mich wohl in dir getäuscht.« Sie berührte seine Brust und vernichtete damit beinahe seine besten Vorsätze.

Er straffte die Schultern. »Ich wollte dich nicht bedrängen. Legst du nicht Wert darauf, dass ich mich benehme wie ein großer Bruder?«

»Doch, ja.« Sie kräuselte die Nase. In ihrem Blick lag so etwas wie Bedauern.

Sie war so unglaublich süß. Er wusste nicht, was er mehr wollte, auf sie aufpassen oder sie küssen. »Na also.« Er beugte sich zu ihr, legte die Wange an ihre, schlang einen Arm um ihre Taille und zog sie an sich. »Was Daisy sagt, ist mir ehrlich gesagt schnuppe«, flüsterte er.

Emily knabberte an ihrer Unterlippe.

Das ganze Haus war still. Nur ihre schweren Atemzüge waren zu hören.

»Ich will deine Antwort, nicht Daisys.«

Dae lehnte sich zurück und schaute ihr in die Augen. Er hoffte, sie würde dem Verlangen nachgeben, das er darin sah.

»Okay«, flüsterte sie.

»Schön. Und damit keine Missverständnisse aufkommen: Auch ohne eigene Schwestern wäre ich nicht gleich über dich hergefallen. Dabei kann ich dir versichern, dass ich keine brüderlichen Gefühle für dich hege.«

Emilys Augen weiteten sich.

»Und ich würde es überhaupt nicht schlimm finden, wenn du mich nicht behandeln willst, als wärest du meine Schwester.«

»Ich ...«

»Gute Nacht, Emily.«

Ende des Auszugs
Um weiterzulesen, kaufen Sie *Trotz allem Liebe*
bei Ihrem Online-Buchhändler!

Die vollständige Reihe

Love in Bloom – Herzen im Aufbruch

Für noch mehr Vergnügen lesen Sie die Bücher der Reihe nach. Sie werden in jedem Band bekannte Figuren wiederfinden!

Bisher erschienen in deutscher Sprache:

Die Bradens (Trusty, Colorado)

Bei Heimkehr Liebe
Bei Ankunft Liebe
Im Zweifel Liebe
Bei Rückkehr Liebe
Trotz allem Liebe
Bei Aufprall Liebe

Die Snow-Schwestern

Schwestern im Aufbruch
Schwestern im Glück
Schwestern in Weiß

Die Bradens (Weston, Colorado)

Im Herzen eins
Für die Liebe bestimmt
Freundschaft in Flammen
Wogen der Liebe
Liebe voller Abenteuer
Verspielte Herzen

Bisher erschienen in englischer Sprache:

The Bradens (Peaceful Harbor)

Healed by Love
Surrender my Love
River of Love
Crushing on Love
Whisper of Love
Thrill of Love

The Remingtons

Game of Love
Strokes of Love
Flames of Love
Slope of Love
Read, Write, Love

Seaside Summers

Seaside Dreams
Seaside Hearts
Seaside Sunsets
Seaside Secrets
Seaside Nights
Seaside Embrace
Seaside Lovers
Seaside Whispers

Entdecken Sie Melissa Fosters Bücher auch auf:
www.melissafoster.com/herzen-im-aufbruch

www.ingramcontent.com/pod-product-compliance
Ingram Content Group UK Ltd.
Pitfield, Milton Keynes, MK11 3LW, UK
UKHW041303180426
11947UKWH00009B/655

9 781941 480397